Kate Alice Marshall

Eisnebel

KATE ALICE MARSHALL

EIS NEBEL

Thriller

Aus dem amerikanischen Englisch
von Birgit Schmitz

PIPER

Mehr über unsere Autorinnen, Autoren und Bücher:
www.piper.de

Wenn Ihnen dieser Thriller gefallen hat, schreiben Sie uns unter Nennung des Titels »Eisnebel« an empfehlungen@piper.de, und wir empfehlen Ihnen gerne vergleichbare Bücher.

ISBN 978-3-492-06564-1

Titel der amerikanischen Originalausgabe: »A Killing Cold«,
Flatiron Books, New York 2025

Piper Verlag GmbH, Georgenstraße 4, 80799 München, *www.piper.de*
Dieses Werk wurde im Auftrag von FLATIRON BOOKS
durch die Literarische Agentur Thomas Schlück GmbH,
30161 Hannover, vermittelt.
Für einen direkten Kontakt und Fragen zum Produkt
wenden Sie sich bitte an: *info@piper.de*
Redaktion: Antje Nissen
Satz: Satz für Satz, Wangen im Allgäu
Gesetzt aus der Kepler Std
Druck und Bindung: GGP Media GmbH, Pößneck
Printed in Germany

Für Darryl, die alle durchschaut hat.

Das Mädchen wartet in dem Haus im Wald auf das Monster.

Sie kauert sich zusammen und versteckt sich, so gut sie kann, ist ganz klein und still. Darin ist sie gut. Muss es sein. Denn wenn das Monster kommt, willst du nicht auffallen. Du willst nicht entdeckt werden.

Wir fahren an einen besonderen Ort, hat die Mutter des Mädchens vor Kurzem gesagt. *In einen Wald.*

Einen Zauberwald, hat das Mädchen erwidert. *Dann wohnen wir in einem Schloss, und alle unsere Wünsche gehen in Erfüllung.*

Genau, hat ihre Mutter gesagt und sie fest in den Arm genommen. *Nun wird alles besser.*

Die Tür geht auf.

Das Monster ist da.

1

Mir gefiel noch nie, wie leise Schnee die Welt macht, dass er alle Geräusche dämpft und die Illusion von Stille erzeugt. Ich werde das Gefühl nicht los, dass sich hinter dieser Lautlosigkeit ein Warten verbirgt. Ein Lauern.

Das Auto arbeitet sich unerbittlich durch den knirschenden Schnee die schmale Straße hinauf. Die Bäume um uns herum sind größtenteils Hemlocktannen; sie verstecken ihr Grün unter weißen Capes. Hier und da zeigen sich auch Buchen oder Zuckerahorne, deren vom Winter entblößte Äste wie Greifarme aussehen. Die Ländereien hier gehören Connors Familie; alles, bis ganz hoch zur Bergspitze.

»Ist nicht mehr weit«, sagt Connor zum dritten Mal, seit wir die kleine Ortschaft am Fuß des Bergs verlassen haben. »Sobald man aus Datura raus ist, sind's nur noch zwanzig Minuten, selbst bei dem Wetter.«

»Das ist eine Pflanze«, erwidere ich träge. »Datura ist der botanische Name für Stechapfel, auch als Teufelsapfel bekannt. Die Viktorianer sagten, er stehe für trügerische Reize.«

Connor bedenkt mich mit einem Blick, den ich nur zu gut kenne – halb erfreut und halb verwirrt.

Ich wollte schon immer die Namen von allem wissen. Das ist fast so gut, wie meinen eigenen zu kennen.

Ich knete wieder mein Tuch in den Händen, wringe es wie

einen billigen Lappen. Da Connor es mir geschenkt hat, ist es jedoch alles andere als billig. Manchmal spiele ich ein Spiel; ich rate, wie viel etwas gekostet hat, verdopple die Summe anschließend und schaue dann den echten Preis nach. Meistens liegt der geratene noch ein bisschen darunter. Rotes Halstuch aus Kaschmir und Wolle, vierhundertneunzig Dollar. Und ich knülle es in meinem Schoß zusammen.

»Sie werden dich lieben«, sagt Connor, als er meine Miene bemerkt. Er ist ein Mensch, der es gewöhnt ist, geliebt zu werden, das wusste ich gleich in dem Moment, als ich ihn zum ersten Mal sah. *Dieses Herz trägt keine Narben,* dachte ich damals, fand aber später heraus, dass das nicht stimmt.

»Wenn sie nur zähneknirschend zustimmen, bin ich auch zufrieden«, erwidere ich und lächle ihn an, um zu demonstrieren, dass ich nicht nervös bin, obwohl ich es natürlich doch bin. Ich trage einen Diamanten am Finger, der so viel wert ist wie eine Anzahlung auf ein Haus, habe aber noch nie jemanden aus der Familie meines Verlobten getroffen – bis auf seine Schwester Alexis. Sie war vor zwei Monaten mal zu einem Blitzbesuch in der Stadt, aber die Höflichkeit, mit der sie mir begegnete, hatte etwas Aufgesetztes. Damals waren Connor und ich erst drei Monate zusammen, inzwischen ist es ein knappes halbes Jahr, und doch sind wir schon verlobt. Ich würde mir Sorgen machen, wenn Connors Familie *nicht* skeptisch wäre.

Also ich bin es, und wie!

»Grandma Louise ist diejenige, bei der du Eindruck schinden musst«, sagt Connor. Er klingt nervös, auch wenn er etwas anderes behauptet, seine Finger trommeln einen ungleichmäßigen Rhythmus aufs Lenkrad. »Für dich natürlich Mrs Dalton. Was die Firma angeht, hat Granddad das letzte Wort, in Familienangelegenheiten Grandma. Wenn sie dich mag, hast du gewonnen.«

»Und wenn nicht?«, frage ich.

»Dann führen wir dich auf den Gipfel und opfern dich den Göttern«, versichert er mir, ohne eine Miene zu verziehen, und ich verdrehe die Augen. »Keine Sorge, Theo. Sie wird dich mögen.«

Mein Herz stolpert, nur einmal, und ich verspüre Übelkeit, ohne sagen zu können, ob sie von Furcht oder Hoffnung herrührt. Ich brauche den Segen von Connors Familie, weil ich Connor brauche. Ich brauche die sanfte Berührung seiner Hände und den Geruch seiner Haut, und ich kann mir beim besten Willen nicht mehr vorstellen, dass ich ihn letztes Jahr um diese Zeit noch nicht kannte.

Connor bräuchte sich keine Sorgen zu machen, wie er bei meiner Familie ankommt – denn da gibt es niemanden, den man beeindrucken müsste. Ich habe ihm erzählt, meine Eltern wären tot. Das erzähle ich allen.

Vielleicht stimmt es sogar.

»Das Einzige, worüber du dir Gedanken machen solltest …«, beginnt Connor und flucht dann, weil ein dunkler Schatten aus dem Wald auf die Straße springt. Connor tritt auf die Bremse und reißt das Lenkrad herum, der Instinkt überholt den Verstand. Die Reifen verlieren den Halt, das Auto schwenkt aus und schlittert gefährlich, bevor es kurz vor dem Ding, das wir beinahe überfahren hätten, abrupt zum Stehen komm. Es ist ein Hirsch.

Sein Geweih verzweigt sich zu zehn langen Enden, von seinen bebenden Flanken steigt Dampf auf. Er steht mit gespreizten Beinen und gesenktem Haupt da, und einen Moment lang denke ich, dass er den Jeep attackieren will, doch dann sehe ich die blutrote Farbe an seinen Nüstern. Sie tropft in den Schnee unter ihm. Zwischen seinen Rippen ragt der schwarze Schaft eines Pfeils mit roter und gelber Befiederung hervor.

Connor hat seinen Arm schützend vor mir ausgestreckt. Ich halte den Türgriff mit weiß hervortretenden Fingerknöcheln umklammert. Bei jedem Schnaufer des Tiers bilden sich Atemwolken, sein Blick ist leer.

»Alles in Ordnung, Theo?«, fragt Connor.

Der Hirsch stößt einen leisen, stockenden Klagelaut aus. Dann bricht er zusammen – zuerst knicken die Vorderläufe ein, dann die Hinterläufe. Ich schnalle mich ab.

»Theo«, sagt Connor wieder.

»Mir geht's gut«, antworte ich, öffne die Tür und trete in den Schnee hinaus. Connor greift nach meinem Ärmel, bekommt ihn aber nicht mehr zu fassen, weil er die langsamen Reflexe eines Menschen hat, der nie wachsam sein musste. Er macht sich hektisch an seinem Sicherheitsgurt zu schaffen, während ich um den Jeep herum und auf das Tier zugehe. Es bewegt sich kaum noch, vielleicht sogar gar nicht mehr. Aus seiner Flanke rinnt ein dünner Faden Blut.

Mein Körper zeigt eine seltsame Reaktion. Mein Magen zieht sich zusammen, und auch die Muskeln in meinem Rücken spannen sich an. Ich verspüre einen Fluchtimpuls. Und zugleich das Bedürfnis, hinzusehen. Die glänzenden Enden des Hirschgeweihs sind nur noch eine Handbreit von mir entfernt.

»Sei vorsichtig, Theo«, sagt Connor, und der Hirsch schlägt die Augen auf bei dem Geräusch. Er stemmt sich hoch, kommt mit einem schrecklichen Brüllen wieder auf die Beine und stochert dabei mit seinem Geweih durch die Luft. Ich taumele nach hinten. Meine Absätze bleiben im Schnee stecken, und dann liege ich am Boden und starre in die glitzernde, blutverschmierte Schnauze des Tiers. Connor schreit.

Der Bock rennt in einem ungleichmäßigen Trab davon, seine Spuren füllen sich mit Blut. Er wird nicht weit kommen, doch ich wünsche es ihm mit aller Macht. *Lauf! Bleib nicht stehen!*, denke ich halb wütend. *Sorg dafür, dass sie dich nicht finden!*

Connor zieht mich auf die Füße, klopft den Schnee von meiner Fleecejacke und überprüft, ob ich heil geblieben bin. Mein Puls galoppiert. Ich schiebe Connors Hände weg und starre dem Hirsch hinterher, der zwischen den Bäumen verschwindet.

Was bleibt, ist dieses Bild: ein verzweigtes Geweih. Ein roter Fleck auf schmerzhaft weißem Schnee. Das Gefühl der inneren Anspannung kehrt zurück und mit ihm das seltsame Echo einer dunklen Erinnerung.

»Theo, ich habe dich gefragt, ob alles in Ordnung ist«, sagt Connor, und meine Aufmerksamkeit richtet sich schlagartig wieder auf ihn.

»Ich bin nicht verletzt«, versichere ich ihm, auch wenn meine Knochen es nicht toll fanden, so zusammengestaucht zu werden, und mir die Ellenbogen wehtun. »In seiner Flanke steckte ein Pfeil!«

»Es ist Bogenjagdsaison«, sagt er. »Granddad lässt ein paar Einheimische auf seinem Land jagen.«

In der Nähe hört man dreimaliges lautes Bellen. Ich will in die Richtung schauen, aus der der Lärm kommt, doch Connor hindert mich daran, indem er mein Kinn mit einem Finger festhält.

»Diese Aktion hätte dich das Leben kosten können«, tadelt er mich.

Connor hält mich für leichtsinnig. Er findet es erschreckend, wie wenig ich manchmal auf meine Sicherheit achte, aber ich bin eben, aufs Kilo umgerechnet, auch sehr viel weniger wert als Connor Dalton. Ein paar Beulen und Kratzer mehr machen keinen Unterschied.

»Ist doch gut gegangen«, gebe ich zurück und drücke seine Hand. »Aber du hast recht, das war dumm von mir.«

Ein Mann mit orangefarbener Warnweste kommt durch den Schnee auf uns zugestapft, auf seinen grauen Locken sitzt eine ebenfalls orangefarbene Mütze. Er hält einen Jagdbogen in der Hand, ein kompliziert aussehendes Gerät mit einem Visier und Umlenkrollen. An seiner Seite trottet ein großer schwarzer Hund.

»Mr Vance«, sagt Connor, die Hand hebend. Der Hund spitzt die Ohren. Der Mann – Mr Vance – hält Connor fest im Blick, sagt aber nichts, während er mit knirschenden Schritten näher kommt. Mein Puls beschleunigt sich. Ich sage mir, dass es keinen Grund zur Panik gibt. Connor kennt ihn, er ist kein Fremder.

»Alles okay bei Ihnen?«, fragt Mr Vance, er hat eine raue Stimme und vom Nikotin gelb verfärbte Fingerspitzen. Er nickt in Richtung des Autos, das noch immer schief mitten auf der Straße steht.

»Wir hatten einen Beinahezusammenstoß – mit Ihrer Jagdbeute, nehme ich an«, erklärt Connor ihm. »Aber es ist nichts passiert.« Sein Blick fliegt zu mir, als wollte er sich noch einmal vergewissern. Ich schiebe ein dürres Lächeln auf mein Gesicht.

»Tut mir leid. Ich dachte nicht, dass der zur Straße läuft«, sagt Vance. In seinem Bart hängen vereinzelte Schneeflocken.

Der Hund steht absolut reglos neben ihm und beobachtet

uns. Ich muss mich zusammenreißen, um weiter Vance anzuschauen und nicht die Fäuste zu ballen. Solange ich denken kann, habe ich Angst vor Hunden. Möglicherweise gibt es einen Grund dafür, irgendein Trauma, aber wie das meiste andere aus meiner frühen Kindheit ist auch das ein großes Fragezeichen. *Braves Hundchen,* denke ich.

»Fahren Sie hoch zur Wohnanlage?«, fragt Mr Vance.

»Ja, genau. Das ist Theo – Theodora Scott. Meine Verlobte.« Connor strahlt, Vance stößt einen Grunzlaut aus.

»Hab davon gehört«, sagt er und nickt mir zur Begrüßung zu. »Daniel Vance. Ich arbeite für die Familie. Ich würde auch bleiben, um noch ein bisschen zu plaudern, aber …« Er zeigt auf das Blut, den platt getrampelten Schnee.

»Das Tier machte nicht den Eindruck, dass es noch weit kommen würde«, sagt Connor gut gelaunt. »Sehen wir Sie oben auf Idlewood?«

»Denke schon«, sagt Mr Vance zu Connor – doch sein Blick ruht auf mir, und sein Gesichtsausdruck gefällt mir nicht. Es wirkt, als würde er mich taxieren. Oder als hätte er das bereits getan und wäre mäßig beeindruckt. Er geht an uns vorbei. Der Hund bleibt, wo er ist, seine Nase zuckt, und er hat seine glänzenden Augen weiter auf mich geheftet. Meine Finger krümmen sich. Ich versuche, nicht an seine scharfen Zähne zu denken. Dann pfeift Vance. »Fuß, Duchess!«

Sie stürmt los, schließt zu ihm auf und stimmt ihre Schritte perfekt auf seine ab. Zusammen folgen sie in gleichmäßigem Tempo der Spur, die der Hirsch hinterlassen hat, und bald sind wir wieder unter uns.

Connor reibt sich den Nacken. »Mr Vance kümmert sich für uns um das Gelände. Er sorgt dafür, dass hier alles in Ordnung ist, wenn wir nicht da sind.«

Das weitläufige Refugium oben auf dem Berg steht im Frühjahr und im Herbst leer. Die Familie kommt nur zweimal im Jahr hier zusammen – einen Monat lang im Sommer und zwei Wochen über Weihnachten. Sie vermietet die Gebäude nie, nicht einmal an Freunde. Das ist eine eiserne Regel, wie Connor mir erklärt, weil seine Großeltern sich nicht mit ständigen Anfragen herumschlagen wollen. Hin und wieder darf einer der Teenager über den Sommer einen Freund oder eine Freundin mitbringen. Davon abgesehen sind die Daltons und ihre Angestellten die Einzigen, die einen Fuß auf das Gelände setzen.

Und jetzt ich.

Die nächsten zwei Wochen werde ich im Wald fernab von der Zivilisation allein mit der Familie meines Verlobten verbringen. Und das wird gut. Ich brauche sie nur davon zu überzeugen, dass ich ihn liebe und charmant bin und nicht nur scharf auf sein Geld.

Ich brauche nur die Nachricht auf meinem Handy zu ignorieren, das ich ganz unten in meiner Tasche vergraben habe. Die Nachricht, die letzte Woche von einer unbekannten Nummer kam.

Halt dich von Connor Dalton fern.

2

Es war so einfach, sich in Connor zu verlieben. Sein gutes Aussehen – markante Wangenknochen, sanfte Augen unter dunklen Brauen, sandbraunes Haar, lässiger Seitenscheitel – war dabei nicht hinderlich. Hätte er nicht schlauerweise Ohren, die im Verhältnis zum Gesicht etwas zu groß sind, wäre er alles in allem *zu* hübsch gewesen.

Angefangen hat es auf einer von Harpers Partys. Gleich von dem Moment an, in dem wir einander vorgestellt wurden, hatte ich das hartnäckige Gefühl, ihn schon immer gekannt zu haben. Wir tranken ein Glas Wein, dann noch eins und führten eine Unterhaltung auf dem Balkon, von der wir beide nicht wollten, dass sie aufhörte. Also beendeten wir sie auch nicht. Wir redeten bis zum Morgen weiter, holten uns Kaffee, spazierten durch den Park. Nach dem Abendessen brachte er mich bis zu meiner Haustür. Ich legte mich mit der Angst hin, dass der Schlaf den Zauber brechen würde, doch am Morgen kam er wieder, mit Frühstück, und überredete mich, mich krankzumelden.

Es war beängstigend, wie schnell er für mich so unerlässlich wurde wie Sauerstoff. Erschreckend, wie rasch wir uns ineinander verflochten. Nachts schmiegte ich mich eng an ihn, spürte das Gewicht seines Arms auf mir und fürchtete trotzdem, dass es enden würde. Es war, als würden Finger unter meine Rippen und bis tief in meine dunkle Brusthöhle greifen. Das konnte nicht real sein. Es war zu perfekt.

Connor lachte nur, als ich ihm das sagte. Lachte und schenkte mir einen Ring.

Manchmal weiß man es einfach, sagte er.

Dann fing das mit den Textnachrichten an.

Du machst einen Fehler.
Halt dich von Connor Dalton fern.

Sie waren anonym, nicht zurückzuverfolgen. Und sehr wahrscheinlich von jemandem, mit dem ich die nächsten zwei Wochen verbringen werde.

»Wir sind da«, sagt Connor. Ein angemessen rustikales Holztor versperrt die Straße, aber daneben ist ein Tastenfeld in die Mauer eingelassen, und Connor tippt einen Code ein. Das Tor schwingt mit einem leisen Motorsurren auf. »Willkommen auf Idlewood.«

Der Wald vor uns öffnet sich wie ein Vorhang, der feierlich zurückgezogen wird, um das Wunderwerk dahinter freizulegen. Im Zentrum der Anlage befindet sich ein großer Teich, der in der Mitte graublau und still daliegt und zum Rand hin mit einer zarten Eisschicht bedeckt ist. Ich sehe einen Anleger, eine Jolle, ein Bootshaus, das in demselben Blauton wie der Himmel gestrichen ist. Hinter dem Gewässer erhebt sich auf einem kurzen, mit Steinstufen versehenen Hang ein Haus aus Glas und dunklem Holz, eine eindrucksvolle Mischung aus natürlichen Materialien und ultramoderner Architektur.

»Ist das unsere Unterkunft?«, frage ich. Das Haus ist schön, aber ich kann mir nicht vorstellen, so zu wohnen, nicht einmal für zwei Wochen – die riesigen Glasfenster gewähren jedem, der vorbeigeht, einen freien Blick ins Innere. Aber ich vermute mal, genau das ist der Sinn dieses abgeschiedenen Orts: Es gibt hier niemanden, der einem ins Haus schaut. Wozu sich mit Mauern und Vorhängen abgeben, wenn man einen ganzen Berg für sich hat?

»Das ist die Grand Lodge«, sagt Connor. »Da wohnen nur meine Großeltern. Wir sind in der White Pine Cabin untergebracht.« Er parkt den Jeep neben zwei anderen Wagen, steigt aus und holt unser Gepäck aus dem Kofferraum. Außer den Autos deutet erst einmal nichts darauf hin, dass noch andere Menschen hier sind, aber als Connor wieder zu mir nach vorn kommt, taucht Alexis zwischen den Bäumen links von uns auf und hebt zur Begrüßung die Hand.

»Dachte ich mir doch, dass ich einen Wagen gehört habe«, sagt sie und zeigt ihre strahlend weißen Zähne. Connor stellt das Gepäck ab und macht ein paar Schritte vor, um seine Schwester in die Arme zu schließen. Sie ist eine in jeder Hinsicht schmale Frau, so dünn, dass man sie nur knochig nennen kann, und ihr glattes, dunkles Haar reicht ihr bis zur Mitte des Rückens. Darin hängen einige Schneeflocken. Sie zieht die Nase kraus, als sie sich mir zuwendet. »Theo! Ich freue mich, dass du mitkommen konntest.«

»Und ich freue mich, hier zu sein«, erwidere ich, in meiner Nervosität zu Floskeln greifend. Mein erstes Zusammentreffen mit Alexis war der Moment, in dem ich begriffen habe, was es bedeutet, mit Connor zusammen zu sein. Natürlich wusste ich, dass er reich war. Aber er war nerdig und ein wenig ungeschickt und vergaß immer, seine Hemden zu bügeln. Darum hatte ich mir eingeredet, er wäre ein ganz normaler Typ, nur eben mit Geld. Dann trat Alexis auf den Plan: teurer Haarschnitt, teure Handtasche, teure *Zähne* – sie strahlte mühelos Eleganz aus und bewegte sich durch die Welt, als wäre ihr noch nie in den Sinn gekommen, dass sie ihr einmal nicht Platz machen könnte. Sie ist fünfunddreißig, also acht Jahre älter als Connor, im Vorstand des Familienunternehmens – der Dalton Transport & Logistik – und nach allem, was man hört, hervorragend in dem, was sie macht.

Wir umarmen uns auf die zaghafte Art, wie man es bei unliebsamen Bekanntschaften macht, indem wir unsere Handflächen auf die Schultern der jeweils anderen drücken. Ein Teil von mir ist enttäuscht, nämlich der Teil, der sich seit jeher eine Schwester, eine Familie wünscht.

»Lass mal sehen ...«, fordert Alexis mit einer greifenden Handbewegung. Ich brauche einen Moment, um zu kapieren, was sie von mir will.

Gehorsam strecke ich ihr meine Hand hin, um ihr den Ring zu zeigen – ein Kunstwerk aus Weißgold mit einem geradezu riesigen, von Saphiren flankierten Diamanten in der Krone und weiteren glitzernden kleinen Diamanten im Ringband. Mit dem Juwel habe ich von Connor ausführliche Erläuterungen über Schliff und Reinheit und die Bedeutung der verschiedenen Abstufungen bekommen – nicht, dass ich Zweifel gehabt hätte, dass der Stein die höchstmögliche Qualitätsstufe besaß. Wenn ein Dalton »nur das Beste« sagt, meint er das durchaus wörtlich. Und Gott, ist der Ring schön! Ich würde ja gern behaupten, dass ich auch mit einem Ringlolli zufrieden wäre und all diese Details keine Rolle spielen, doch die Wintersonne lässt die Diamanten funkeln wie Sterne, und ich weiß, dass das gelogen wäre.

Alexis begutachtet den Ring mit Kennerblick und zieht eine Augenbraue hoch. »Sagenhaft. Hervorragende Wahl, Connor«, sagt sie dann.

Er zuckt mit den Schultern, als wäre er verlegen. »Ich habe einfach den genommen, den du vorgeschlagen hast.«

»Eben«, gibt sie grinsend zurück. Ich lächle reflexhaft, um mein Erstaunen zu verbergen – ich hatte keine Ahnung, dass er ihr von seiner Absicht, mir einen Antrag zu machen, erzählt hat. Dann legt sie ihren Arm um meine Schultern und drückt mich an sich. So gehen wir den Weg hinauf, über den sie gekommen ist. »Und? Bist du schon starr vor Angst?«

»Lex«, schaltet Connor sich tadelnd ein.

Sie wirft ihre Haare nach hinten. »Was? Wir haben eine einschüchternde Wirkung, daran führt kein Weg vorbei. Aber mach dir keine Sorgen. Da du mich auf deiner Seite hast, wirst du triumphieren.«

»Wenn ich dauernd höre, dass ich mir keine Sorgen machen soll, werde ich erst recht nervös«, erwidere ich, und sie lacht. »Ist deine Frau auch hier?«

»Paloma und Sebastian haben sich kurz hingelegt«, sagt sie und zeigt dabei auf eine Hütte, die zurückgesetzt zwischen den Bäumen steht und einen deutlich rustikaleren Eindruck macht als die Lodge.

Sebastian ist ihr dreijähriger Sohn, den ich schon mal auf einem Handydisplay gesehen habe. Damals habe ich Connor beim Telefonieren über die Schulter geguckt, während der Kleine ihm von seinen Abenteuern in der Kita erzählte und Connor ihm aufmerksam zuhörte. Von Paloma kenne ich noch weniger, von ihr habe ich nur eine Hand gesehen, als sie Sebastian wegführte, und die Stimme gehört, als sie ihn zum Essen rief.

»Ihr seid diesmal in der Red Fox? Ich hätte gedacht, dass sie euch die Wildflower geben«, sagt Connor. Das sind Namen von Hütten, kann ich nur vermuten.

Sie zieht ein Gesicht. »Trevor wohnt mit Mom zusammen«, sagt sie.

»Ah«, sagt Connor, und sie schauen sich bedeutungsvoll an. Dann wendet er seinen Blick mir zu. »Wildflower ist die einzige Hütte mit zwei Schlafzimmern«, erklärt er.

»Ach so«, sage ich, dann hängt das Gespräch, und ich habe das Gefühl, dass ich etwas Intelligenteres hätte beitragen sollen. »War das früher eure Hütte, als ihr alle noch jünger wart?«

Alexis stockt kurz, bevor sie »eigentlich nicht« sagt.

»Dad mochte die Hütte nie. Sie steht zu nah an der Lodge«, ergänzt Connor.

Das ist die Wunde, die ich zuerst übersehen habe, die Narbe, die sie beide mit sich herumtragen. Ihr Vater ist jung gestorben – mit Ende dreißig, als Connor noch ein kleiner Junge war. Auf Fotos erscheint Liam Dalton wie ein Doppelgänger seines Sohnes – er hat dasselbe Grinsen und die gleiche Art, einen anzuschauen, als wollte er einem ein Geheimnis anvertrauen. Manchmal brauche ich einen Moment, um festzustellen, welchen von beiden ich auf den Fotos sehe, die an Connors Wänden hängen.

»Ist Trevor schon da?«, fragt Connor angespannt.

Trevor ist der Jüngste in der Familie, was bedeutet, dass er in meinem Alter ist. Vierundzwanzig. Ich habe Connor noch nie mit ihm reden hören, nur über ihn. *Was hat Trevor jetzt wieder gemacht?*

Alexis' Lippen werden dünn. »Noch nicht. Aber er müsste bald hier sein. Mom schafft es allerdings erst morgen.«

»Ich dachte, sie kämen zusammen«, sagt Connor.

»Nein. Er fährt selbst«, erwidert sie in einem angespannten Ton. Ihr Blick fliegt zu mir, dann schaut sie Connor vielsagend an. »Aber ihr beide schlaft selbstverständlich in der White Pine.« An mich gerichtet fügt sie verschwörerisch hinzu: »Die White Pine Cabin geht immer an das Paar, das am wenigsten lange zusammen ist, weil sie ein bisschen abgelegener steht. Da ist man komplett ungestört.« Sie zwinkert, und Connor läuft rot an. »Sehen wir uns beim Abendessen?«

»Ja, wir sind dabei«, versichert Connor ihr.

Endlich lässt Alexis mich los. Sie bedenkt mich mit einem Blick, den ich nicht zu deuten weiß, analytisch, aber abgemildert durch ein Lächeln. Dann streicht sie mir die Haare hinters Ohr und wirkt, als wollte sie noch etwas sagen.

Irgendwer hat mir diese Nachricht geschickt. Könnte es Alexis gewesen sein? Sie war höflich zu mir, als wir uns das erste Mal getroffen haben. Damals habe ich ihre Lebhaftigkeit als Zerstreutheit gedeutet, aber ich vermute, dass sie immer alles aufmerksam beobachtet. Und ich habe keinen Zweifel, dass sie etwas unternehmen würde, wenn sie der Meinung wäre, dass ich die Falsche für ihren Bruder bin.

Alexis' Mund schließt sich. Was immer sie sagen wollte, kommt nun doch nicht über ihre Lippen. Sie lässt ihre Hand sinken und tritt zurück.

»Ich sollte euch jetzt erst mal einziehen lassen«, sagt sie und steckt ihre Hände in die Jackentaschen. Sie verlagert ihr Gewicht auf ihre Fersen und hebt die Fußspitzen. »Connor, wenn du mal einen Moment Zeit hast ... Ich muss was mit dir besprechen.«

Er zieht besorgt die Augenbrauen hoch. »Worum geht's denn?«

Sie lächelt breit und falsch. »Das kann warten. Es läuft ja niemand weg.« Damit schwingt sie herum und wendet uns den Rücken zu. »Bis später!«, ruft sie und marschiert mit derselben sorglosen Eleganz über den Schnee, mit der sie in der Stadt über einen Bürgersteig geht.

»Sie kann ganz schön anstrengend sein«, sagt Connor, als sie außer Hörweite ist.

»Macht mir nichts«, sage ich zu ihm, was zumindest zu einem kleinen Prozentsatz der Wahrheit entspricht.

»Sie glaubt immer, einen beschützen zu müssen. Das kommt daher, dass sie die Älteste ist«, sagt er noch immer in diesem entschuldigenden Ton.

»Das passt«, sage ich gedankenverloren. Er schaut mich neugierig an, und ich erröte ein wenig. »Alexis – das bedeutet ›Beschützerin‹, kommt aus dem Griechischen.«

»Es ist mir schleierhaft, wie du dir das alles merken kannst«, sagt er liebevoll.

»Das kommt davon, dass ich als Kind viel allein war. Funfacts waren das Beste, um mit anderen ins Gespräch zu kommen«, erwidere ich.

»Und was bedeutet Theodora?«, fragt er.

Meine Kehle schnürt sich zu. »Geschenk Gottes«, sage ich möglichst leichthin und unbekümmert. Ich sage ihm nicht, dass das nicht mein echter Name ist – nicht wirklich. Es gibt Dinge, die Connor Dalton nicht über mich weiß. Nicht wissen darf.

»Wollen wir?«, fragt Connor. Er hebt die Koffer wieder hoch. Ich biete ihm nicht an, meinen selbst zu tragen, denn ich weiß, dass es für ihn eine Frage des Stolzes ist, Dinge zu tragen. Das gibt ihm das Gefühl, bodenständig zu sein, was ich liebenswert finde. »Tut mir leid, dass meine Mom noch nicht hier ist. Ich hatte gehofft, dich ihr vorstellen zu können, bevor …«

»Bevor du das ganze Rudel auf mich loslassen musst?«, frage ich. »Das wäre schön gewesen.«

»Wir sind keine beutehungrigen Wölfe«, tadelt Connor mich. »Außerdem hast du selbst ganz schön spitze Zähne.«

Ich blecke sie, um ihm zu zeigen, dass er recht hat.

Connor trägt unser Gepäck den restlichen Weg bis zur Hütte hoch, und wir treten auf die Veranda. An der Tür hängt, dem Namen der Hütte entsprechend, die Silhouette einer Kiefer aus Messing.

Drinnen ist es warm und hell erleuchtet. Ich drehe mich langsam einmal um mich selbst. Die Scotts haben mich einmal mit in eine Hütte genommen, als ich neun war. Dort war es kalt und feucht, und das Dach war undicht; ich verbrannte mich an dem Holzofen und bekam eine Brandblase an der Hand. Diese Hütte hier hat einen Parkettboden und eine vollständig eingerichtete Küche. Durch die offene Schlafzimmertür erblicke ich ein Kingsize-Bett.

Connor beobachtet mich mit besorgter Miene – wie so häufig. Schwer zu sagen, ob das sein natürlicher Gesichtsausdruck ist oder ob ich ihm einfach Sorgen bereite.

»Mm«, sage ich und grinse ihn an. »Wie ich sehe, werden wir uns ganz schön bescheiden müssen.«

»Wenn du lieber draußen ein Zelt aufschlagen möchtest …«, beginnt er, und ich knuffe ihm scherzhaft in den Arm. Er hält meine Hand fest, dreht sie um, schiebt meinen Ärmel hoch und küsst mein entblößtes Handgelenk – und das Tattoo, das es ziert: ein Blackwork-Libellenmotiv mit drei Kreisen dahinter. Dann zieht er mich an sich und küsst mich auf den Mund, langsam und absichtsvoll. Ich gebe einen zufriedenen Brummton von mir, löse mich aber von ihm.

»Führ mich herum«, sage ich mit gespielter Strenge. Und er kommt meinem Wunsch nach.

Die Führung dauert nicht lange; es gibt ein Schlafzimmer,

ein geräumiges Wohnzimmer und eine voll ausgestattete Küche mit Arbeitsflächen aus Quarzstein und hochwertigen Geräten. Das Bad ist ebenso großzügig, die begehbare Dusche mit schimmernden blauen Fliesen ausgestattet.

»Urig«, sage ich, während wir durch die Räume spazieren, und meine Augenbrauen gehen bei jeder offenen Tür ein Stück weiter hoch. »Charmant. Reizend.«

»Die anderen Hütten sind teilweise schlichter gehalten«, sagt er in einem fast defensiven Ton, während ich testweise die Regendusche anstelle und meine Hand unter das Wasser halte.

»Ich beklage mich nicht«, versichere ich ihm lachend und drehe das Wasser wieder ab. »Du kannst mir nicht verübeln, dass ich ein bisschen ehrfürchtig bin. Deine Familie besitzt einen kompletten *Berg*, Connor.«

»Nicht den kompletten Berg«, protestiert er und grinst dann. »Nur die schönen Teile davon.«

»Haha.«

Connor legt eine Hand auf meine Schulter. »Wenn du auspacken und vielleicht unter die Dusche springen möchtest? Dann würde ich jetzt mal gehen, um rauszufinden, worüber Alexis mit mir reden wollte.«

»Oh.« Ich nicke krampfhaft. »Natürlich. Kein Problem.«

»Oder doch?«, hakt er nach.

»Sei nicht albern. Ich komme schon ein Weilchen allein klar«, sage ich, obwohl ich eigentlich nicht allein sein möchte, nicht jetzt, nicht hier. Es ist wichtig, dass ich nicht zu bedürftig erscheine. Zu schwach.

Er küsst mich erneut und tritt dann mit eingezogenem Kopf vor die Tür, ein Schwall kalter Luft weht herein. Ich stehe allein in dem stillen Haus, nur das Surren des Kühlschranks kann meinen Atem und meinen Puls übertönen.

Connor hat sein Handy auf dem Küchentisch liegen lassen.

Ich habe ein paar schlechte Angewohnheiten. Eine Tendenz, da hinzuschauen, wo ich nicht hinschauen sollte. Mir zu nehmen, was mir nicht gehört. Aber bei Connor bin ich bislang brav. Muss es sein.

Das ist nicht dasselbe, sage ich mir. Ich muss nur einen Kontakt überprüfen.

Ich nehme das Telefon und gehe dann zu der Stelle, wo ich meine Handtasche an der Tür abgestellt habe. Ich hole mein eigenes Handy heraus, entsperre es und rufe die Nachrichten auf. Es sind insgesamt fünf.

Ich weiß, wer du bist, steht in der ersten. Rasch gefolgt von der zweiten: *Ich weiß, was du getan hast.*

Und dann, ein paar Tage später, das:

Ich weiß, was du jetzt gerade machst.

Du machst einen Fehler.

Halt dich von Connor Dalton fern.

Jedes Mal, wenn eine der Nachrichten kam, hoffte ich, es wäre die letzte. Aber es ging immer weiter. Es könnte jemand sein, der mir in die Quere kommen will. Eine Konkurrentin um Connors Gunst. Jemand, der einen Groll gegen Connor hegt. Es gibt mindestens ein halbes Dutzend Erklärungen, die nicht das Worst-Case-Szenario sind.

Dass wirklich jemand über meine Vergangenheit Bescheid weiß. Über die Dinge, die ich Connor nicht erzählt habe – ihm nie werde erzählen können.

Ich entsperre Connors Handy, indem ich den Code eingebe, den ich ihn unzählige Male habe eintippen sehen. Ich gehe zu seinen Kontakten und scrolle zu Alexis' Nummer herunter. Sie passt nicht. Aber natürlich ist Alexis zu schlau, um mir etwas über eine Nummer zu schicken, die zu ihr zurückzuverfolgen ist.

Ich öffne die Nachrichten, die sie sich schreiben. Die letzte ist von Alexis.

Wenn du hier bist, müssen wir reden. Allein.
Ich muss dir was zeigen.

Sie wurde vor einigen Stunden gesendet. Und jetzt ist Connor bei ihr, um herauszufinden, was so dringend ist.

Ich lege Connors Handy dahin zurück, wo ich es gefunden habe, und schlucke mein schlechtes Gewissen herunter. Dann gehe ich ins Schlafzimmer und sinke mit meinem Telefon in der Hand auf das Fußende des Betts.

Ich sollte es ihm einfach erzählen – alles. Er wird es verstehen.

Aber was, wenn er es nicht versteht? Was, wenn er nichts mehr mit mir zu tun haben will, sobald er es weiß?

»Ich kann nicht«, flüstere ich. Mein Blick verschwimmt. Ich wende mich meinem Handy zu, um Harper zu schreiben, dass wir gut angekommen sind. Kein Empfang. Ich stoße ein hohles Lachen aus und werfe das Telefon aufs Bett.

Nun ja, wenigstens weiß ich jetzt, dass ich keine weiteren Nachrichten mehr bekommen werde.

Wir sind hier oben komplett von allem abgeschnitten.

3

Connor bleibt eine Stunde weg. Ich bürste mir die Haare, um die Knoten zu bändigen, die sich während der langen Autofahrt gebildet haben, trage eine geschmackvolle Menge Make-up auf und begutachte mich im Spiegel. Mein Haar liegt farblich zwischen Kupfer und Blond und reicht mir bis knapp unters Kinn. Ich habe eines dieser Gesichter, die gern als »apart« bezeichnet werden, was so viel heißen soll wie nicht allzu gefällig – breite Wangenknochen und weit auseinander liegende Augen, die je nach Licht grau oder blau aussehen. Connor findet mein Gesicht launenhaft: Ich habe einen kleinen Mund, aber ein Lächeln, das meine Wangen rund macht, und wenn ich sauer bin und meine Miene sich anspannt, wirkt es schnell streng und kantig.

Heute Abend muss ich versuchen, hübsch auszusehen, was bedeutet, dass ich ein Lächeln auf den Lippen tragen werde. Ich ziehe ein Outfit an, das ich für dieses Abendessen ausgewählt habe – einen Pulli mit Zopfmuster und eine Wollhose, die ich beide mit Connors Kreditkarte gekauft habe. Ich war überrascht, wie leicht es war, sie über den Kassentisch zu reichen, wie wenig ich mich dabei geschämt habe. Vielleicht wäre es anders gewesen, wenn er je den Eindruck vermittelt hätte, dass es ihm etwas ausmacht, wenn ich Klamotten aus dem Secondhandladen trage oder dass ich ursprünglich nur zwei Paar

Schuhe besaß. Oder wenn er, als er mir vorschlug, mir Kleider für die Reise zu kaufen, nicht so unbekümmert und gleichgültig geklungen hätte, als sollte ich ein Brot vom Bäcker mitbringen.

In diesen Klamotten sehe ich fast so aus, als gehörte ich hierhin.

Ich *fühle* mich auch fast so, als würde ich hierhingehören, obwohl ich es für unmöglich gehalten habe – dass ich irgendwo hin- oder zu jemandem gehören könnte. Mit Connor an meiner Seite durchs Leben zu gehen ist irgendwie anders. Die Welt scheint sich vor uns zu teilen und uns mit Bewunderung und Neid zu beobachten. Ich meine nicht wegen des Geldes oder der Kleider oder der schicken Menüs, obwohl es all das gibt: Speisen, die auf der Zunge zergehen, und geschmeidige Lederstiefel, die sich um meine Fesseln schmiegen, eine Träne aus Gold, besetzt mit einem Saphir, die an meinem Hals glitzert.

Ich meine, weil der Boden unter meinen Füßen plötzlich fest zu sein scheint. Weil ich Raum habe, um zu atmen, mich zu bewegen, meine Angst abzulegen. Geld ist nicht einfach nur Geld. Es ist Macht, Freiheit und Schutz.

Zumindest dachte ich das, bis diese Nachrichten kamen und sich plötzlich alles ganz und gar nicht mehr gewiss anfühlte. Ganz und gar nicht mehr sicher.

Ich schiebe diese Gedanken weg und lege ein scharlachrotes Tuch um meinen Hals. Dann betrachte ich mein Spiegelbild, überprüfe es auf Makel, auf Risse in der Illusion. Meine Fingerspitzen fahren über eine Falte in dem Stoff, und mich überkommt ein seltsam vertrautes Gefühl, das mich erschaudern lässt.

Ich habe nicht allzu viele Erinnerungen an meine frühe Kindheit. Vereinzelte Bilder, mehr nicht. Schnee; wie ich auf der Rückbank eines Autos sitze, während das Radio läuft; eine Frau mit einem roten Halstuch. Aber ich kann mich nie an ihr Gesicht erinnern.

Sah es aus wie meins?

»Theo?« Connor ist zurück. Ich eile aus dem Bad und fühle mich seltsam schuldig. Es muss wieder schneien, seine Haare sind mit Schnee bestäubt. Er tritt seine Schuhe auf der Fußmatte ab. Tiefe Falten kräuseln seine Augenwinkel.

»Hast du dich mit deiner Schwester austauschen können?«, frage ich, nicht neugierig, aber auch nicht nicht neugierig.

Er zögert kurz, bevor er antwortet. »Ja. Es ging nur um eine Familienangelegenheit. Tut mir leid«, sagt er, meinem Blick ausweichend. Das ängstliche Tier in mir zuckt zusammen. »Wir können bald zum Essen rübergehen.« Er bemerkt mein neues Outfit und das Make-up und blickt verdrossen drein. »Das heißt, sobald ich mich genügend frisch gemacht habe, um nicht total verlottert auszusehen neben meiner Freundin – *Verlobten.*«

»Gerade noch die Kurve gekriegt«, sage ich, und er zieht den Kopf ein. Es ist nicht so, dass ich irgendeinen Grund zur Klage hätte. Mein Ring liegt die meiste Zeit in meinem Nachttisch, und bei der Arbeit bleibt Connor »mein Freund«. Harper hat mich in ihrer zögerlichen »Ich mach mir ja nur Sorgen um dich«-Art mehr als einmal gefragt, ob ich die Dinge nicht ein wenig zu schnell vorantreibe. Natürlich tue ich das, möchte ich sagen. Schnell zu sein ist für mich die einzige Möglichkeit, am Leben zu bleiben.

Stattdessen erzähle ich ihr, dass alles gut ist, dass es diesmal anders ist. Dass Connor mich liebt und ich bei ihm sicher bin. Sie tut so, als würde sie mir glauben, und macht sich weiter Sorgen.

Zwanzig Minuten später treten Connor und ich vor die Tür.

Draußen ist es bereits dunkel, nur das goldene Licht aus der Hütte weist uns den Weg, bis Connor eine Taschenlampe einschaltet. Ich konnte schon immer gut im Dunkeln sehen, war schon immer geschickt darin, mich nach Gefühl zu orientieren, ohne einen Laut von mir zu geben. In meiner Kindheit war diese Fähigkeit essenziell. Jetzt ziehe ich die Dunkelheit beinahe vor. Das Licht blendet dich nur, und du erkennst nicht, was dahinterliegen könnte.

Außerdem brauchen wir kein Licht, um zu sehen, wo wir hinmüssen. Die prächtige Lodge hinter den Bäumen strahlt so hell wie ein Leuchtfeuer. Als wir an der Treppe ankommen, hebt zu unserem Empfang orchestrale Weihnachtsmusik an. Die Tür schwingt nach innen auf, und eine zierliche Frau kommt zum Vorschein. Ihr dunkles Haar glänzt wie Lack, es ist von grauen Strähnen durchzogen und zu einem strengen Nackenknoten gebunden. Einen Moment lang glaube ich, dass sie Connors Mutter sein muss, bis ich ihre Haltung und ihr freundliches, aber zurückhaltendes Lächeln bemerke.

Die Daltons sind natürlich nicht ohne Personal auf den Berg gekommen.

»Irina«, sagt Connor. »Schön, Sie zu sehen.« Er beugt sich vor und küsst die Luft neben ihrer Wange.

»Ah, Mr Connor. Wir haben uns ja lange nicht gesehen«, sagt sie mit einem osteuropäischen Akzent und tätschelt liebevoll seinen Arm. »Und das muss die mysteriöse junge Frau sein, von der wir schon so viel gehört haben.« Kühlt ihr Ton sich ab, als sie sich mir zuwendet? Sie faltet ihre Hände und legt den Kopf ein wenig schief, das Lächeln ist noch immer da.

»Ich bin Theo. Schön, Sie kennenzulernen«, sage ich, unsicher, ob ich ihr die Hand reichen soll, aber sie winkt uns bereits herein.

»Irina arbeitet schon länger für meine Familie, als ich auf der Welt bin«, sagt Connor, als wir eintreten. Wir legen unsere Jacken und Stiefel ab und schlüpfen in die eleganten Schuhe, die wir mitgebracht haben.

Irina tritt zur Seite und nimmt sich so zurück, dass sie praktisch gar keinen Raum einzunehmen scheint. »Die Daltons waren sehr gut zu mir«, sagt sie.

»Wie wunderbar«, erwidere ich in der Hoffnung, dass das die richtige Antwort ist.

Der Eingangsbereich der Lodge hat die Deckenhöhe einer Kathedrale, wodurch dort jede Menge Platz für den riesigen Baum ist, der die Mitte dominiert. Er ist mindestens vier Meter hoch und mit perfekt aufeinander abgestimmtem Schmuck in Gold- und Silbertönen behängt. Wir gehen um ihn herum und durch einen kurzen Flur, dann kommen wir in einen Raum, den ich in einem normalen Haus als das Wohnzimmer bezeichnen würde, aber Gesellschaftszimmer oder Salon wäre eine bessere Beschreibung. Die rustikalen Akzente bleiben erhalten: Naturholzbalken an der Decke, ein steinerner Kamin, ein Geweih an der Wand und ein Bärenfellteppich auf dem Boden, an dem der Kopf noch dran ist. Die bodentiefen Fenster und die Bar durchbrechen diese Illusion jedoch.

Alexis sitzt mit einem Martiniglas in der Hand an einem Ende eines langen weißen Sofas. Ihre Frau Paloma neben ihr nippt an einem Getränk, das wie Sodawasser aussieht. Sie trägt ein eng anliegendes kastanienbraunes Kleid, und ihr volles schwarzes Haar fällt ihr in kunstvollen Wellen über eine Schulter. Der Sohn der beiden, Sebastian, spielt vor ihnen auf dem Teppich mit einem Spielzeugauto. Er hat eine perfekte Schmachtlocke im dunklen Haar und trägt winzige Hosenträger über seinem Hemd.

»Da sind sie ja!«, sagt Alexis und erhebt sich. Wenige Sekunden später habe ich Küsse auf die Wange bekommen, Paloma die Hand geschüttelt und sowohl eine hinreißend förmliche Begrüßung von Sebastian als auch einen Drink erhalten.

»Ich hab dir ja gesagt, sie ist hübsch«, sagt Alexis an die Schulter ihrer Frau gelehnt, ohne sich die Mühe zu machen, die Stimme zu senken.

Paloma schnaubt leise. »Lex, bitte.«

»Ich weiß, ich bin schrecklich, du kannst mich nicht ausstehen«, sagt Alexis, und Paloma zieht die Nase kraus. »Hast du Grandma Louise denn schon kennengelernt, Theo?«, fragt sie mich dann.

»Noch nicht«, sage ich.

»Sie ist diejenige, bei der du Eindruck schinden musst«, informiert Alexis mich.

»Das hat Connor auch gesagt.« Ich stoße einen kleinen Lacher aus.

»Und er hat recht«, sagt jemand mit einer alten, aber stahlharten Stimme, und alle drehen sich zu der Frau um, die ins Zimmer kommt. Sie steht stocksteif da, die Hände hält sie vor dem Körper gefaltet. Sie muss in ihren Achtzigern sein, sieht aber jünger aus. Vielleicht kann man sich das mit lebenslangem Reichtum erkaufen – nicht Glück, aber glattere Haut und weniger Wehwehchen.

»Grandma«, sagt Connor, er klingt angespannt. Er möchte, dass alles perfekt läuft. Er möchte, dass *ich* perfekt bin, aber ich weiß nicht, wie ich das anstellen soll. Ich habe das Gefühl, einen Knicks machen oder mich verbeugen oder einen kleinen Tanz aufführen zu müssen. Stattdessen stehe ich wie erstarrt da.

»Theodora Scott«, sagt die alte Frau.

»Einfach Theo.« Ich versuche, nicht so zu klingen, als wollte ich sie korrigieren.

»Und ich bin Louise. Sie können mich Mrs Dalton nennen.« Die Förmlichkeit ist beinahe erleichternd.

»Haben Sie vielen herzlichen Dank für die Einladung, Mrs Dalton«, sage ich. »Connor spricht oft über all die Zeit, die er schon hier verbracht hat.«

»Das ist eine ehrwürdige Familientradition bei den Daltons«, sagt Mrs Dalton zustimmend. »Idlewood wurde vom Großvater meines Mannes erbaut. Damals bestand es natürlich nur aus ein paar Blockhütten. Es hat über die Jahre viele Veränderungen durchlaufen. Dieses Gebäude hier haben wir hinzugefügt, nachdem die alte Lodge bei einem Feuer beschädigt wurde.«

»Es ist sehr schön«, sage ich.

»Ja, das ist es«, pflichtet sie mir bei. »Warum nehmen Sie nicht Platz, damit ich Ihnen ordentlich auf den Zahn fühlen kann?«

Ich lache, was mir als die richtige Reaktion erscheint. Paloma und Alexis rücken auf dem Sofa zusammen, und ich setze mich dazu und verschränke die Hände nervös im Schoß.

Die alte Frau legt den Kopf schief und taxiert mich. »Sie stammen also ursprünglich aus Kalifornien, Theo?«

»Aufgewachsen bin ich im Bundesstaat Washington«, antworte ich ruhig. »Aber ich bin von da weggezogen, um aufs College zu gehen, und danach nicht mehr zurückgekehrt.«

Sie zieht eine Augenbraue hoch. »Und warum L. A.?«, fragt sie. »Ich hoffe, da waren keine Hollywood-Ambitionen im Spiel.«

Ich verziehe das Gesicht. »Nein, absolut nicht. Ich wollte immer irgendwo leben, wo es warm ist, und … keine Ahnung. Ich fühlte mich einfach dort hingezogen.«

»Und Ihre Familie?«, fragt sie. »Lebt sie noch in Washington?«

Mein Magen zieht sich zusammen. Das ist eine einfache Frage. Eine normale Frage, auf die normale Menschen eine einfache Antwort hätten. »Ich habe keine Familie.«

»Sie sind Waise?«, hakt sie nach, wieder mit einer hochgezogenen Braue. Ich nicke. Das ist nicht gelogen. Nicht wirklich. Aber vielleicht eine einfachere Version der Wahrheit, als ich erzählen könnte. »Mein Beileid. Das muss sehr schwierig sein.«

»Ist lange her.« Ich lächele – nur ein leichtes Hochziehen der Mundwinkel, hübsch, höflich. »Aber ich bin sehr dankbar, dass Sie mich in Ihrer Familie willkommen heißen.«

»Nun, das sehen wir noch«, sagt Mrs Dalton. Connor gibt einen erstickten Laut von sich. »Sie erwähnten das College. Haben Sie einen Abschluss?«

»Einen BA in Englisch«, sage ich.

»Und eine Anstellung?«

»Ich arbeite in einem Buchladen.« Das ist keine ideale Antwort, ihre Oberlippe kräuselt sich. »Ich spare Geld, damit ich mein Studium fortsetzen und meinen Master machen kann«, füge ich hinzu, und Connor schaut mich seltsam an. Ich weiche seinem Blick aus. Das sind keineswegs meine wahren Pläne, und ich weiß auch nicht genau, warum ich das gesagt habe. In die akademische Welt will ich wirklich als Letztes zurückkehren. Aber ich muss diese Menschen beeindrucken, und stellvertretende Leiterin einer Buchhandlung zu sein macht nicht viel her.

»In einem Fach, das praktischere Fähigkeiten vermittelt, hoffe ich«, sagt Mrs Dalton.

»Ich habe mich noch nicht entschieden«, stammele ich.

»Theo ist brillant. Sie war die Beste ihres Jahrgangs. Sie

könnte alles machen, was sie will«, sagt Connor, der so tut, als würde er nicht zum ersten Mal von meinen akademischen Ambitionen hören. Ich nippe an meinem Drink, um meinen Gesichtsausdruck zu verbergen. Nur wenn ich ein halbes Dutzend andere aus dem Weg geräumt hätte, hätte ich eine Chance gehabt, Jahrgangsbeste in meinem College zu werden. Ich musste damals Vollzeit arbeiten. Ich habe Nachtdienste in einem Warenlager geschoben und morgens in viel zu vielen Kursen geschlafen, um auf einen perfekten Notendurchschnitt hoffen zu können.

Alexis wedelt mit der Hand durch die Luft. »Wie alt bist du? Vierundzwanzig? Das ist ja noch blutjung. Da hast du noch jede Menge Zeit, rauszufinden, wo du hinwillst.«

Ich erröte. Vielleicht bilde ich mir nur ein, wie spitz diese Bemerkung erscheint, aber es stimmt – ich bin jung. Ich hätte nie gedacht, dass ich mal heiraten würde, bevor ich dreißig bin, geschweige denn fünfundzwanzig. Eigentlich hätte ich nie gedacht, dass ich überhaupt je heiraten würde.

»Ach, so jung ist das gar nicht«, sagt Mrs Dalton und schaut mich direkt an. »Wenn jemand früh erwachsen werden musste, merkt man ihm das an. Was anderes ist es, wenn jemand verhätschelt wurde und man ihm erlaubt hat, in einem Stadium der Verantwortungslosigkeit zu verharren.« Ihr scharfer Ton deutet an, dass sie jemand Speziellen im Sinn hat.

»Ich bin schon eine ganze Weile auf mich gestellt«, sage ich und wähle meine Worte, als würde ich versuchen, einer Fußangel auszuweichen. Jeder Satz fühlt sich wie eine Falle an, die jederzeit zuschnappen könnte. »Aber ich weiß nicht, ob mich das erwachsener macht oder einfach nur müder.« Ich versuche es mit Humor, doch sie lächelt nicht.

»Ja, ich kann mir vorstellen, dass Sie gelernt haben, für sich zu sorgen«, sagt sie. Ich öffne den Mund, um zu antworten, aber mir fällt nichts ein.

Dann kommt ein grauhaariger Mann ins Zimmer, und ich brauche mir nichts einfallen zu lassen. Connor steht auf. Magnus Dalton lässt den Blick über seine Familie gleiten. Er ist schmal – drahtig, nichts an ihm strahlt Schwäche aus. Er hat Connors markante Wangenknochen und dünne Lippen und die gleichen durchdringenden blauen Augen. Seine Haut ist wettergegerbt, und trotz des halb formellen Dresscodes trägt er ein Flanellhemd und Jeans.

»Nun«, sagt er, »wie ich sehe, hast du das arme Mädchen schon in Angst und Schrecken versetzt.«

»Wir unterhalten uns«, erwidert Mrs Dalton steif.

»Wir sollten jetzt essen«, sagt Magnus mit den Händen in den Taschen. »Irina sagt, dass alles bereit ist.«

»Aber es sind noch nicht alle da«, sagt Mrs Dalton.

Er schnaubt. »Ich bin zu alt, um auf die Jüngeren zu warten, bis ich etwas zu essen bekomme.«

Sie presst kurz die Lippen zusammen. »Dann lasst uns ins Esszimmer umziehen.« Sie steht auf. Ihre Bewegungen sind gerade bedächtig genug, um ihre Altersschwäche zu verraten.

Alle verlassen den Raum. Ich erhebe mich, setze mich aber noch nicht in Bewegung. Mir ist übel. Ich erhasche einen Blick von Connor, und er lässt sich zurückfallen.

»Du warst super«, sagt er.

»Ich hatte nicht erwartet, tatsächlich so auf den Prüfstand gestellt zu werden«, sage ich. »Ich kann nicht glauben, dass ich gesagt habe, dass ich noch mal zur Uni will.«

»Könntest du doch machen«, sagt er.

»Jetzt bleibt mir wohl nichts anderes übrig.« Ich schlage die

Hände vors Gesicht. »Ich kann das nicht. Ich bin nicht – ich sollte nicht …«

»Tief durchatmen«, sagt er. »Du gehörst hierher, weil du zu mir gehörst. Alles andere spielt keine Rolle.«

»Was, wenn doch?«, frage ich ihn. »Was, wenn ich es vermassele und sie dir sagen, dass ich nicht gut genug bin?«

»Ich brauche keine Genehmigung von ihnen«, versichert Connor mir. Er nimmt meine Hand und streicht mit dem Daumen über meine Fingerknöchel. Sein Blick sucht meinen. »Du bist gut genug. Ich liebe dich. Wenn sie das nicht sehen können, ist das ihr Problem.«

Ich sauge zitternd die Luft ein. Er hebt mein Kinn und küsst mich sanft.

»Alles wird gut«, murmelt er. »Du wirst schon sehen.«

In seinem Leben gab es so selten Fehltritte. Er weiß gar nicht, wie leicht Dinge schiefgehen können.

»Deine Wimperntusche ist verlaufen«, sagt er und streicht mit dem Fingerknöchel über meinen Augenwinkel. Mir stehen erneut Tränen in den Augen.

»Dann sollte ich mal kurz verschwinden, um mich wiederherzustellen.«

»Ich kann auf dich warten.«

»Nein, geh du schon mal vor.« Ich schicke ihn weg. Er erklärt mir, wie ich zur Toilette komme, und nachdem ich ihm noch einmal versichert habe, dass er nicht auf mich zu warten braucht, trennen sich unsere Wege.

Auf der Toilette wasche ich mir die Hände, einfach um das kalte Wasser zu spüren, und tupfe mit einem Stück Klopapier die verlaufene Wimperntusche weg. Meine Augen sind leicht gerötet, aber nicht zu schlimm, finde ich.

Ich bin noch nicht bereit, wieder da rauszugehen. Ich gehe

noch einmal alles durch, was ich gesagt habe, und hadere im Nachhinein mit mir.

Mrs Dalton möchte wissen, wo ich herkomme. Die Antwort ist, von nirgendwo. Die Antwort ist, ich habe keine Ahnung. Theodora Scott ist eine Fiktion, aber es ist die einzige Geschichte, die ich habe. Der Rest sind Fragmente. Weniger als das. Die Frau mit dem roten Tuch, das ferne Echo einer Stimme, deren Worte nicht mehr zu mir durchdringen.

Ein Traum von einem Winter und einem verzweigten Geweih und dem Bedürfnis, wegzulaufen.

An der Wand hinter mir hängt eine Karte – sie zeigt Idlewood. In der Ecke steht eine Jahreszahl: 1983. Höhenlinien zeigen die Form des Bergs. Der Großteil der Fläche auf der Karte ist von Wald bedeckt. Der Teich – der hier *Idlewood Lake* heißt, was eher optimistisch als korrekt ist – liegt genau in der Mitte, darüber die Grand Lodge und fünf Hütten hier und da verteilt, jede weit genug von der anderen entfernt, um genügend Privatsphäre zu gewährleisten. Eine Ecke der Karte ist versengt. Mir fällt ein, was Mrs Dalton gesagt hat – dass die Lodge bei einem Feuer beschädigt wurde.

Beschädigt, nicht zerstört. Das hier ist keine Familie, die etwas Heruntergekommenes wieder herrichtet. Nein. Wenn etwas kaputtgeht, muss man es loswerden, damit etwas Besseres an seine Stelle treten kann.

Also darf ich ihnen nicht zeigen, welchen Knacks ich habe.

4

Ich verlasse die Toilette mit gestrafften Schultern und wünschte, es würde sich weniger so anfühlen, wie in den Krieg zu ziehen. Im Foyer hängt ein Mann gerade einen dicken Wintermantel an die Garderobe. Ich werde langsamer, als ich näher komme. Er hat kurz geschorenes Haar und ein zerfurchtes Gesicht. Möglicherweise besaß es einmal dieselbe jungenhafte Ausstrahlung wie Connors, hat dann aber einen ernsteren Ausdruck angenommen. Das Klackern meiner Absätze macht ihn auf mich aufmerksam. Er dreht sich um – und erstarrt.

»Wer zum Teufel sind Sie?«, fragt er mich.

Ich blinzele kurz, trete dann aber ohne zu zögern vor, strecke meine Hand aus und lächele breit. »Sie müssen Connors Onkel Nick sein. Ich bin Theo. Schön, Sie kennenzulernen.«

Ich kenne meinen echten Namen nicht, weder den Vor- noch den Nachnamen, so sehr ich auch versucht habe, die Erinnerung daran wachzurufen. Manchmal glaube ich, ein Echo davon zu hören, und mein Kopf zuckt in die Richtung, aus der es kam, weil er etwas wiedererkannt hat, doch es ergibt sich kein Muster aus den Silben, die diesen Anflug von Vertrautheit hervorgerufen haben. Als ich klein war, habe ich verschiedene Namen manchmal ein oder zwei Tage lang ausprobiert in der Hoffnung, dass einer davon passen würde. Miranda, Abigail und Evelyn, Ann, Lia und Tara – aber keiner davon war ich.

Die Scotts nannten mich Dora. Theodora Hosanna Scott, ihr Geschenk von Gott, das Kind, das ihnen gesandt wurde, obwohl sie selbst keine Kinder bekommen konnten. Vielleicht wären sie zu einem anderen Mädchen freundlich gewesen, aber ich war von Anfang an zu verdorben. Es dauerte nicht lange, bis sie zu dem Schluss kamen, dass ich doch kein Wunder, sondern vom Teufel geschickt worden sei.

Wenigstens habe ich *Theo* für mich gerettet – die Scotts haben diesen Spitznamen immer gehasst, er war ihnen zu maskulin. Das reicht fast, um mir das Gefühl zu geben, dass ich die Wahrheit sage, wenn ich mich jemandem vorstelle.

Doch während Nick Dalton meine ausgestreckte Hand anstarrt wie ein Stück rohes Hähnchenfleisch, erscheint mir die Lüge offensichtlicher denn je.

Ich lächele weiter, auch wenn es allmählich absurd wird, und schließlich reicht auch er mir die Hand und schüttelt meine. Er drückt so fest zu, dass es wehtut, doch ich verziehe keine Miene.

»Theo«, wiederholt er.

»Richtig.« Ich bin erleichtert, als er meine Hand loslässt. »Tut mir leid, wenn ich Sie überrumpelt habe. Ich weiß nicht, ob Connor erwähnt hat, dass ich komme.«

»Sie sind die Freundin«, sagt er, und ich korrigiere ihn nicht. »Wo haben Sie beide sich noch mal kennengelernt?«

»In L.A. Wir haben gemeinsame Freunde an der Uni.« Eigentlich nur Harper, aber so stehe ich weniger als Einzelgängerin da.

»Verstehe.« Er zieht leicht die Augenbrauen zusammen. »Tut mir leid, ich hatte vergessen, dass Sie kommen. Darum war ich so überrascht.«

»Ist schon okay«, sage ich. Er wackelt mit dem Kopf und

murmelt leise etwas, was ich nicht verstehe, dann weist er auf den Flur.

»Klingt so, als würden schon alle auf uns warten«, sagt er, bleibt aber stehen, womit er mich zwingt, voranzugehen. Ich spüre seinen Blick auf mir, während ich auf das Esszimmer zusteuere, und meine Nackenhaare stellen sich auf.

Als wir dort ankommen, ist die Vorspeise bereits serviert worden, und Nick ist nicht der einzige Neuankömmling. Auch der aus der Art geschlagene Trevor ist da. Seine honigblonden Haare fallen ihm ins Gesicht, und er sitzt in einer gewollt lässigen Haltung krumm auf seinem Stuhl. Ich nehme meinen Platz neben Connor ein, während wir einander vorgestellt werden. Nicks Blick wandert über den Tisch hinweg immer wieder zu mir hin. Ich stochere in meinem Essen herum.

»Wie war denn deine Fahrt?«, fragt Alexis Trevor schließlich.

»Herrlich«, antwortet er mit zuckersüßem Lächeln.

»Dann hast du deinen Führerschein also wiederbekommen?«, fragt sie unverblümt.

»Yup. Es ist alles wieder in Ordnung«, erwidert er, ohne die Tonlage zu ändern. »Und wie war *deine* Anreise, liebe Schwester?« Er greift nach der Weinflasche, die auf dem Tisch steht.

»Bist du sicher, dass das eine gute Idee ist?«, fragt Nick.

Trevor hält mitten in der Bewegung inne. Einen Moment lang blitzt Wut in seinen Augen auf. Dann zuckt er mit den Schultern. »Ich wollte Theo etwas davon anbieten. Darf ich?«

Da mir nur zu bewusst ist, dass ich zwischen die Fronten geraten bin, neige ich mein Kinn gerade genug, um ein Nicken anzudeuten, und Trevor steht auf und schenkt mir mit übertriebener Sorgfalt ein. »Es ist so toll, eine Schwester zu haben, die auf einen aufpasst«, sagt er, während er an seinen Platz zurückkehrt. Seine Geschwister erstarren beide, und Connors

Kiefer ist dermaßen angespannt, dass ich einen Muskel zucken sehe.

Magnus räuspert sich. »Alexis, was ich dich fragen wollte: Wie gefällt Sebastian denn die neue Schule?«

Danach verläuft das Gespräch zum Glück ohne weitere Spannungen. Die Familie bringt sich in einem lockeren Plauderton gegenseitig auf den neuesten Stand, wozu ich nichts beizutragen habe. Die Unterhaltung springt in einem fast schwindelerregenden Tempo hin und her, wobei alte Gesprächsfäden aufgegriffen und wieder fallen gelassen werden, bevor ich den Kontext auch nur ansatzweise verstehen kann. Selbst Louise Dalton lächelt hin und wieder und erkundigt sich lachend nach Sebastians neuesten Streichen, aber ich verspüre dieses nagende Gefühl im Magen, eine Leere, gegen die Essen nichts ausrichten kann.

Ich sehe gesenkte Köpfe um einen Esstisch vor mir. Man hört das Klimpern von Geschirr und Besteck, ansonsten herrscht striktes Schweigen – *Kinder soll man sehen, aber nicht hören. Rede nur, wenn du gefragt wirst* –, und ein Kind sitzt vor einem Teller mit gedämpftem Gemüse, eine Stunde, zwei Stunden, während das Essen sich in kalten, erstarrten Schleim verwandelt.

Iss deinen Teller leer, Dora.

Ich habe ihn an die Wand geworfen. Ich war immer ein undankbares Kind.

Irina kehrt mit einer ernsten schwarzhaarigen jungen Frau zurück, die, den fast identischen Gesichtszügen nach zu urteilen, ihre Tochter sein muss. Sie räumen die Teller ab, wobei von meinem kaum etwas fehlt, und ersetzen sie durch den Hauptgang – Hirschsteak mit Brombeer-Weinsoße und gebratenem Gemüse als Beilage.

»Hast du schon mal Wild gegessen?«, fragt Alexis, als ich auf meinen Teller schaue. Bei dem Geruch läuft mir das Wasser im Mund zusammen, doch ich muss an das Tier auf der Straße denken, an die Resignation und Angst in seinem Blick.

»Ja«, sage ich. »Kommt dieses Tier hier aus der Gegend?«

»Ich habe es selbst erlegt«, sagt Mr Dalton. Er schneidet in sein Steak. Das Fleisch ist blutig gebraten, innen tiefrot. Der Bratensaft bildet eine Lache. »Sie ekeln sich doch nicht vor so etwas, oder?«

Ich schneide mein Fleisch an und presse die Lippen zu einem Lächeln zusammen. »Nein, gar nicht. Ich habe selbst schon mal ein bisschen gejagt.«

Der alte Mann wirkt überrascht. »Tatsächlich? Ich dachte, Sie wären eine von Connors Dichter-Freundinnen. Eine, die gern Müsli isst und Joyce zitiert«, sagt er mit einem humorvollen Funkeln in den Augen.

»Ja, das tue ich auch«, gebe ich zurück, und er lacht, bevor er den nächsten Bissen nimmt.

»In Los Angeles kann man aber schlecht auf die Jagd gehen, oder?«, fragt Nick.

Ich schiebe mir die Gabel in den Mund, um Zeit zu schinden. In Nicks Blick liegt etwas, was mich verunsichert. Seine Augen haben denselben Blauton wie Connors, doch sie sind kalt.

Connor kennt einige grobe Details aus meinem Leben. Ich habe ihn nicht belogen – jedenfalls kaum. Er ist schlau genug, um zu erahnen, dass es einen Grund dafür gibt, dass ich nicht über meine Familie spreche, und nett genug, nicht an den Nähten zu ziehen, die diese Wunden verschließen. »Ich bin in Washington aufgewachsen«, sage ich, wie schon zuvor. Die meisten, die das hören, denken an Orcas und die Space Needle in

Seattle, nicht an die Strauchsteppe und die Scablands nur einen Steinwurf von der Grenze zu Idaho entfernt.

»Da kommen Sie ursprünglich her?«

»Da habe ich gelebt, bis ich aufs College kam.«

»Ich war letzten Monat für eine Verhandlung in Seattle«, sagt Alexis. »Schöne Stadt.«

»Ja, das stimmt«, sage ich. Ich war nur einmal dort. Connor weiß sehr genau, auf welcher Seite der Berge ich aufgewachsen bin, doch er nippt an seinem Wein und sagt nichts.

»Aber ihr bleibt nicht in L. A., oder?«, fragt Alexis. »Ihr zieht doch sicher zurück nach New York.«

»Darüber haben wir noch nicht gesprochen.« Connor klingt unbehaglich.

»Ich kann mir vorstellen, dass es eine Menge Dinge gibt, über die zu sprechen ihr noch nicht die Zeit hattet«, sagt Alexis und macht dann ein betroffenes Gesicht. »Tut mir leid, ich wollte nicht ...«

»Natürlich wolltest du«, sagt Mrs Dalton. »Die beiden handeln übereilt. Aber das Mädchen trinkt Wein, also nehme ich an, dass *das* nicht der Grund ist.«

Ich brauche einen Moment, um zu verstehen, was sie da sagt, und verschlucke mich fast an einer Brombeere. »Nein«, sage ich schnell. »Ich bin nicht – wir sind nicht ...«

Connor legt seine Hand auf meine. »Wir sehen einfach keinen Sinn darin, Zeit zu verschwenden, wenn wir beide wissen, was wir wollen.«

»Was sie will, wissen wir, glaube ich, alle«, murmelt Trevor – leise, aber laut genug, dass alle es hören können, und es ist klar, was er meint. Ein reicher Mann, der in Liebesdingen übereilt handelt, ist ein Dummkopf. Mit der Frau, die auf der anderen Seite der Gleichung steht, verhält es sich vollkommen anders. Paloma rückt die Serviette zurecht, die in Sebastians Hemd steckt, während Alexis ganz darauf konzentriert ist, sich Wein nachzuschenken.

Nick Dalton starrt mich offen an.

»Ich habe deiner Großmutter nach zwei Wochen einen Antrag gemacht«, verkündet Magnus Dalton. »Und geheiratet haben wir vier Monate später. Ich stimme dir also zu. Es macht keinen Sinn, zu warten, wenn du dir sicher bist. Aber der Grund für die Eile war natürlich, dass sie nicht mit mir schlafen wollte, solange sie keinen Ring am Finger hatte. Ich bezweifle, dass ihr dieses Problem habt.«

»Magnus«, sagt Mrs Dalton in einem Ton, der einen Ozean gefrieren lassen könnte, doch er lacht nur und zieht ein Stück Hirschsteak durch die Soße auf seinem Teller.

»Nein, das spielt definitiv keine Rolle«, erwidere ich vergnügt. Alexis hustet. Trevor lacht wiehernd.

Magnus stößt sein Steakmesser in Richtung des rot anlaufenden Connor. »Ich mag Frauen, die für sich einstehen. Aber sei vorsichtig. Sie bestimmen dein Leben.« Als er den warnenden Blick seiner Frau bemerkt, fügt er hinzu: »Aber ich wollte es gar nicht anders haben.«

Danach driftet das Tischgespräch glücklicherweise in eine andere Richtung, von mir weg. Alexis erzählt von ihrer Dienstreise, was dazu führt, dass über das Familienunternehmen geredet wird – es geht um Zölle und einen großen Deal, den sie an Land ziehen wollen. Ich schnappe den Begriff *Östliche Märkte* auf, kann aber mit dem meisten anderen nichts anfangen.

Mir sitzt ein Kloß im Hals, und ich nehme einen zu großen Schluck von meinem Wein, um ihn zu vertreiben. Als ich das Glas wieder abstelle, berührt Connor mit seinem kleinen Finger meinen Arm. Er schaut mich an und legt den Kopf schief.

Und? Hältst du durch?, fragt sein Blick. Ich antworte, indem ich noch einen Schluck trinke und seinen Blick erwidere. Er unterdrückt ein Kichern. Alexis' Stimme lenkt meine Aufmerksamkeit wieder auf das Gespräch. »Wir werden eine neue Hütte bauen müssen«, sagt sie. »Ich nehme jedenfalls nicht an, dass Trevor sich für alle Zeit bei Mom einquartieren will.«

»Das macht es mir definitiv schwerer, all die Mädchen abzuschleppen, die ich hier so treffe«, gibt Trevor zurück, und Alexis schnaubt.

Ich zähle die Hütten im Kopf noch einmal durch. »Sind es denn nicht ohnehin fünf?«, frage ich. Dann sollte doch genug Platz für alle sein, ohne dass Trevor und seine Mutter sich eine Hütte teilen.

Es entsteht eine Pause, und in der eingetretenen Stille schwingt etwas mit, was ich nicht ergründen kann. Es herrscht eine angespannte Ruhe, die niemand zu durchbrechen wagt. Dann legt Mrs Dalton geräuschvoll ihr Besteck ab. »Im Prinzip schon«, sagt sie. »Es wurden ursprünglich fünf Hütten erbaut. Aber nur vier wurden in den zurückliegenden Jahren instand gehalten. Die fünfte ist in einem ziemlich desolaten Zustand.«

In diesem Moment fängt Sebastian an, zu weinen, er schluchzt so laut, dass alle am Tisch zusammenzucken.

»Oh, tut mir leid. Ich habe ihm gerade erklärt, was Wild ist«, sagt Alexis und streicht ihm verzweifelt über den Kopf. »Ich dachte, er wüsste es schon.«

Sebastians Tränen versiegen erst, als das Essen abgeräumt wurde – doch wenige Minuten später entgehen wir nur knapp einer Wiederholung, als Paloma dem Jungen glaubhaft versichern kann, dass die Mousse au Chocolat kein Tier ist.

Ich bin erleichtert, als der Dessert-Gang vorbei ist und meine Befragung auf einem minimalen Level geblieben ist.

»Wir bringen Bastian jetzt besser ins Bett«, sagt Paloma. Sie ist über weite Strecken des Essens still gewesen und hat sich um Sebastian gekümmert, während Alexis geredet hat.

»Geh du, ich bleibe noch ein bisschen«, sagt Alexis, und Paloma zieht einen Schmollmund, bevor sie nickt. Alexis schenkt sich noch ein Glas Wein ein. Ich habe den Überblick verloren, das wievielte es ist. Plötzlich wird mir mit Unbehagen klar, dass das Ende des Essens nicht zwangsläufig das Ende unseres Besuchs in diesem Haus ist.

»Ich glaube, wir gehen jetzt besser auch zurück in unsere Hütte«, sagt Connor und legt eine Hand auf meinen Arm. »Wir hatten eine lange Fahrt. Wir sehen uns dann alle morgen wieder.« Er erhebt sich bereits, damit niemand die Chance hat, uns zum Bleiben zu drängen.

Alle verabschieden sich schnell von uns, und ehe ich michs versehe, sind wir an der Tür. Ich ziehe meine Stiefel und die Jacke wieder an, und Connor rückt mein Tuch zurecht.

»Siehst du. Runde eins hast du schon mal überlebt«, sagt er leise.

»Und wie war ich?«, frage ich.

»Granddad mag dich«, sagt er.

»Auf den kam es aber nicht an«, erinnere ich ihn. Er wickelt das Ende meines Tuchs erst einmal, dann zweimal um seine Hand und zieht mich zu sich heran. Mein Körper passt an seinen, unsere Nasen berühren sich fast. Ich sauge seinen Duft ein. Er riecht nach teurer Wolle, Zedernholz und Winterluft.

»Ich bin der Einzige, den du beeindrucken musst, und das hast du bereits getan«, flüstert er.

»Connor.« Wir springen auseinander wie ertappte Teenager, als wir die Stimme seiner Schwester hören. Alexis kommt näher, sie geht etwas unsicher und hat einen Weinfleck im

Mundwinkel. »Kann ich dir deine Verlobte für einen kurzen Moment entführen?«

Connor schaut mich an, um meine Zustimmung einzuholen, dann macht er ein paar Schritte von uns weg, bleibt aber direkt außerhalb der bequemen Hörweite stehen. Alexis betrachtet mich. Ihr Daumen massiert den Ballen ihrer anderen Hand, eine Geste, aus der Nervosität spricht.

»Was ich vorhin beim Essen gesagt habe, tut mir leid«, beginnt sie.

»Ist schon okay«, sage ich. »Es ging ja auch wirklich alles sehr schnell. Ich würde mir Sorgen machen, wenn ihr euch keine Gedanken machen würdet, ehrlich.«

Sie zieht eine Grimasse. »Unser Beschützerinstinkt ist ziemlich ausgeprägt. Du hättest mal erleben sollen, wie Grandma Louise Paloma in die Mangel genommen hat, als wir uns verlobt haben«, sagt sie. »Du hast ja immerhin das richtige Geschlecht.« Sie relativiert die Bitterkeit in ihrem Ton, indem sie ihre Haare über die Schulter wirft. »Es ist bloß so – sie neigen dazu, die Leute nach ihren Familien zu beurteilen. Darum bist du für sie natürlich erst recht ein Rätsel, das es zu entschlüsseln gilt.« Ihr Ton ist offen mitfühlend, aber zugleich forschend.

Wenn andere hören, dass meine Eltern tot sind, wollen sie immer wissen, was passiert ist, doch sie stellen ungern Fragen. Diese Angst, plump oder aufdringlich zu erscheinen, ist einer der Hauptgründe dafür, dass ich schon so lange mit meinen Lügen durchkomme.

Ich ziehe kurz in Betracht, ihr etwas zu erzählen, was nicht einmal Connor weiß. Ich bin gar keine Waise. Ich bin ein Kind des Teufels; meine Eltern leben, sie wollen mich bloß nicht.

»Ich habe das Gefühl, dass niemand es offen aussprechen wird – außer Trevor, meine ich –, aber mir ist klar, dass ihr euch alle Sorgen macht deswegen, und ich versichere euch, dass ich nicht wegen seines Geldes mit Connor zusammen bin«, sage ich stattdessen.

Alexis' Augen weiten sich. »Oh, nein, nein, nein, wir würden nie ... okay, doch, würden wir«, sagt sie und schlägt dann die Hand vor den Mund, als wäre sie von ihren eigenen Worten schockiert.

»Es ist aber auch nicht so, dass ich mich über das Geld beschweren würde«, füge ich keck hinzu.

»Ha«, sagt sie, was eher eine Aussage als ein echtes Lachen ist. »Ich glaube, ich fange an, dich zu mögen. Aber Vorsicht! Wenn du meinem kleinen Bruder wehtust, gehe ich sofort auf dich los. Wir Daltons fackeln nicht lange.«

»Anders würde ich es auch nicht wollen.«

Ihre Miene wird ernst. »Ich möchte Connor einfach wieder glücklich sehen. Er ist es schon sehr lange nicht mehr.«

»Wirklich?«, frage ich, und als sie das ehrliche Erstaunen auf meinem Gesicht bemerkt, legt sie neugierig den Kopf schief. »Ich meine nur – ich habe ihn nie als unglücklich empfunden.«

»Was daran liegen könnte, dass er dich ja kennt, seitdem du ihn kennst«, sagt sie. Und ehe ich michs versehe, fällt sie mir um den Hals. In ihren Augen steht der Glanz unvergossener Tränen. »Oje, ich habe zu viel getrunken und werde total weinerlich. Ich bin froh, dass du gekommen bist, Theo. Ich kann es kaum erwarten, dass wir uns richtig kennenlernen.«

Sie überlässt mich wieder Connors Fürsorge. Ich stolpere ein wenig, als wir gehen, aber der Druck in meiner Brust lässt nach.

Das könnte funktionieren. Wenn ich Alexis auf meiner Seite habe, und Magnus, kann ich sie vielleicht alle überzeugen.

Vielleicht kann ich das hier haben. Ihn haben.

Connors Finger verschränken sich mit meinen. Ich werfe einen Blick über die Schulter zurück zur Lodge. Jemand steht mit einem Drink in der Hand an einem der großen Fenster und beobachtet uns. Trevor Dalton – Connors Bruder.

Unsere Blicke treffen sich. Er lächelt, langsam und träge. Und er schüttelt den Kopf.

Ich wende mich ruckartig wieder um und gehe schneller.

5

In dieser Nacht habe ich den Traum.

Ich nenne ihn den Traum, aber es ist nicht so, dass es einen festen Ablauf gäbe – er ist jedes Mal anders. Ich bin in meinem Kinderzimmer und versuche, meine Füße in eine Reihe von immer kleineren Schuhen zu zwängen, oder renne durch die Gänge eines Buchladens, die endlos immer weiterzugehen scheinen. Und dann taucht irgendein Teil aus dem Traum auf, obwohl es gar nicht dort hingehört. Der rote Stern leuchtet zwischen den Regalen hervor. Dichter Schnee bedeckt den alten beigefarbenen Teppich.

Das Surren von Libellenflügeln.

Heute Nacht bin ich in Harpers Wohnung, auf einer Party – aber nicht der Party, auf der ich Connor kennengelernt habe, obwohl er hier irgendwo ist, in einem anderen Zimmer. Der Traum schwenkt zwischen halb vollendeten Gesprächen hin und her und ist von einer unterschwelligen Angst durchzogen – ich habe etwas Wichtiges vergessen, doch Harper will mir nicht sagen, was es ist. Dann geht die Tür auf, weil neue Partygäste kommen sollen, aber statt eines Flurs und angetrunkener Studenten wartet dort ein schwarzer Schlund, und darin funkelt ein einzelner roter Stern. An meinem Handgelenk surrt etwas, und ich senke den Blick. Die Libelle sitzt auf meinem Unterarm. Ihre Flügel glänzen metallisch.

Ich höre knirschende Schritte hinter mir. Aber ich will mich nicht umdrehen, weil ich weiß, was ich dann sehen werde.

Er ist da. Er ist immer da. Der Rest ist nur das Vorspiel.

Ich will mich nicht umdrehen, aber ich muss. Es ist der Traum, und in dem Traum drehe ich mich um. In dem Traum stolpere ich nach hinten und falle, und er ragt über mir auf: Der Mann mit dem Geweih. Sein Gesicht wird halb von Schatten verdeckt. Geweihstangen brechen aus seinen Schläfen hervor und verzweigen sich zu rasiermesserscharfen Spitzen.

»Schrei!«, sagt er, und ich schreie.

Und dann schüttelt Connor mich sanft wach. »Theo«, sagt er, »du hast einen Albtraum, wach auf!«

Der Traum verblasst. Ich versuche, zu sprechen, kann aber nur nach Luft schnappen, und Connor drückt mich an sich. Ich schmiege mich an seinen warmen Körper und schließe die Augen, warte darauf, dass Connors Berührung das verängstigte Tier beruhigt, das in meiner Brust wohnt.

Ich weiß nicht, was der Traum bedeutet, nur, dass die Einzelteile immer dieselben sind: der Stern, die Kälte, die Libelle und der Mann mit dem Geweih.

Ich weiß, dass der Mann mir wehtun will. Dass er mir wehtun *wird.*

Und ich kann ihm nie entkommen.

Ich habe mich schon gefragt, ob der Traum auf einer Erinnerung fußt. Mein Leben, bevor ich zu den Scotts kam, ist eine Leerstelle – ich war damals natürlich noch klein, aber meine Therapeutin glaubt, dass das vollständige Fehlen von Erinnerungen die Folge eines Traumas ist. *Es war klar, dass dir irgendetwas zugestoßen war,* hat Joseph einmal gesagt, bei einem der seltenen Male, die er über meine Anfangszeit bei ihnen sprach oder darüber, dass ich überhaupt vorher woanders gewesen war.

Ich war vier Jahre alt, als die Scotts mich aufnahmen, aber ich weiß trotzdem nicht einmal, wie ich richtig heiße. Ich habe nur den Traum, die Fragmente. *Die Kälte, den Stern, das rote Tuch, das um ihren Hals gewickelt ist.*

Die Erinnerung an eine Angst, die so groß ist, dass sie dir den Atem verschlägt.

Ich liege mit dem Kopf auf Connors Brust und lausche seinem Herzschlag. Er ist langsam und gleichmäßig.

»Ich habe früher auch Albträume gehabt«, sagt er, während seine Finger über meinen Arm streichen. »Nachdem mein Vater gestorben war. Ich träumte, dass ich versuche, zu ihm aufzuschließen, er sich aber immer weiter und weiter von mir entfernt. Nicht besonders subtil, wie das bei Metaphern so ist.«

»Wie ist dein Vater denn gestorben?«, frage ich. »Das hast du mir nie erzählt.«

»Du hast mich nie gefragt«, sagt er. Seine Fingerspitzen verharren auf der Stelle.

»Ich rede nicht gern über meine Kindheit. Darum erscheint es mir nicht fair, andere über ihre auszufragen«, erwidere ich.

Er ist einen Moment lang still. »Es war ein Unfall«, sagt er schließlich. »Ein Sturz. Er ist von einem Dach abgerutscht, das ist alles. Es war ein Zufall und hatte keine tiefere Bedeutung. Ich war damals sieben. Wenigstens erinnere ich mich an ihn. Trevor war erst drei. Für Alexis war es am schwierigsten, glaube ich – sie war fünfzehn. Sie war danach eine Zeit lang richtig neben der Spur.«

Er nimmt meine Hand und streicht mit seinem Daumen über das Libellen-Tattoo, wie er es häufig tut. Als versuchte er, ihre Gestalt unter meiner Haut zu erspüren.

»Deine Schwester meinte, du wärst schon lange nicht mehr glücklich gewesen«, sage ich. Er schaut mich überrascht an und legt seine Finger wie ein Armband um mein Handgelenk. »Liegt das an der Sache mit deinem Vater?«

»Teilweise schon, glaube ich«, bestätigt Connor. »Er war mein Held. Und dann war er plötzlich nicht mehr da. Und meine Mutter ist fast daran zerbrochen. Sie hat nach ihm nie wieder eine Beziehung gehabt. Ich hatte immer das Gefühl, die Lücke ausfüllen zu müssen, die er hinterlassen hat. Und dass ich aussehe wie er, hat die Sache nicht leichter gemacht. Jeder, der meine Familie kennt, weiß auf den ersten Blick, wer ich bin. Es heißt immer: ›Sie müssen Liam Daltons Sohn sein.‹«

»Ich hatte keinen Schimmer, wer du bist, als wir uns kennenlernten«, sage ich. »Ich hielt dich einfach für einen von Harpers unerträglichen Dichterfreunden.«

»Unerträglich bin ich auf jeden Fall. Aber nicht annähernd talentiert genug, um ein Dichter zu sein«, erwidert Connor ernst.

»Und was ist mit mir? Dachtest du auch, ich wäre eine Müsliessende James-Joyce-Jüngerin?«, frage ich.

»Das Geheimnis liegt darin, dass Granddad James Joyce liebt«, sagt Connor.

»Dieser Schuft.«

»Sei vorsichtig. Er wird dich einladen, mit ihm auf die Jagd zu gehen.«

»Ist das schlecht? Das war kein Scherz. Ich war schon mal auf der Jagd. Nicht mit dem Bogen – aber mit einem Gewehr, mehrfach sogar«, sage ich. Diese Jagdausflüge gehören zu meinen wenigen positiven Erinnerungen, und es waren die einzigen Gelegenheiten, bei denen ich glaubte, begriffen zu haben, wie Joseph mich haben wollte.

Es entsteht eine kurze Pause. »Warum hast du Alexis in dem Glauben gelassen, dass du aus Seattle kommst?«, fragt er.

Weil ich dir bei unserer ersten Begegnung mehr von der Wahrheit erzählt habe, als ich sollte. Ich dachte, du würdest in der Morgendämmerung wieder aus meinem Leben verschwinden. »Ich wollte sie nicht vor allen korrigieren. Die ganze Situation war mir auch so schon unangenehm genug.«

»Ich würde eines Tages gern mal den Ort sehen, an dem du aufgewachsen bist«, sagt er.

»Da gibt es nichts, was es wert wäre, sich anzuschauen«, erwidere ich. Ich setze mich auf und löse mich von ihm.

»Komm, wir schlafen weiter«, drängt er, doch ich schüttele den Kopf.

»Ich möchte noch einen Moment aufbleiben. Schlaf du weiter.« Er ist zu müde, um lange zu widersprechen. Ich lege mir eine Decke über die Schultern, gehe in den Hauptraum und schließe die Tür hinter mir. Dann trete ich ans Fenster und schaue in den verschneiten Wald hinaus. Der Mond ist fast voll. Zunehmender Dreiviertelmond, so hätte ich ihn mit dreizehn genannt, weil mir der Klang und die Genauigkeit dieses Begriffs so gut gefielen. Der Schnee reflektiert das Mondlicht und macht die Nacht unheimlich hell. Eine dunkle Gestalt gleitet zwischen den Bäumen hindurch: eine Eule. Von hier aus wirkt die Szenerie friedlich, doch irgendwo zwischen den Wurzeln huscht eine Maus weichen Flügeln und scharfen Krallen entgegen.

Ich weiß nicht, ob ich den Winter wegen des Traums noch nie mochte oder ob der Winter den Traum ungünstig beeinflusst, weil ich ihn hasse. Es kommt nicht immer Schnee darin vor, doch immer ein Element dieser Jahreszeit – ein kalter Wind, Atemwolken, schleichender Frost.

Aber es ist nur ein Traum. Es gibt keine Männer, denen Geweihe aus den Schädeln wachsen und die mich durch diesen Wald jagen.

Ich will mich schon vom Fenster abwenden, als ich plötzlich stutze. Das Mondlicht fällt über den Schnee und verwandelt ihn in eine makellose Fläche aus flüssigem Silber – doch sie ist nicht *ganz* makellos. Von den Bäumen bis zur Hütte zieht sich eine schlingernde Linie von unauffälligen Schatten. Fußstapfen. Sie führen in die Richtung unseres Schlafzimmers. Des Fensters, von dem aus man in den Raum sehen kann, in dem Connor gerade schläft.

Sie können schon den ganzen Tag da gewesen sein, sage ich mir.

Aber ich denke an die knirschenden Schritte in dem Traum, und der Winter kriecht in meine Knochen.

Bevor ich Zeit habe, es mir anders zu überlegen, greife ich nach meiner Jacke und steige in meine Stiefel. Ich öffne die Tür und halte inne, schaue mich um und warte, um zu sehen, ob Connor herauskommt. Als nichts passiert, ziehe ich die Tür hinter mir zu.

Draußen herrscht beißende Kälte, doch ich ignoriere sie. Es hat heute tagsüber nicht sehr viel geschneit. Die Spuren, die wir auf dem Weg zum Abendessen hinterlassen haben, sind ebenso deutlich zu erkennen wie die von unserem Rückweg. Es gibt keinen Grund, anzunehmen, dass diese anderen Spuren nicht schon vorher da waren.

Ich folge ihnen.

Meine eigenen Spuren sind kleiner. Schätzungsweise war es ein Mann, der hier entlanggegangen ist. Wie ich befürchtet hatte, führen sie direkt zu unserem Schlafzimmerfenster. Der Vorhang ist zugezogen, doch durch einen kleinen Spalt kann man hindurchspähen. Es wäre leicht für jemanden, hineinzuschauen, ohne selbst gesehen zu werden.

Die Spuren führen zum Fenster, dann drehen sie ab. Ich folge ihnen weiter.

Das ist mein Problem. Ich kann nicht lockerlassen, wenn ich einmal mit etwas angefangen habe. Das gehört zu den Dingen, die die Scotts nie verstanden, die ihnen Angst gemacht haben. Dass ich, wenn ich mir einmal etwas in den Kopf gesetzt hatte, durch keine noch so massive Bestrafung davon abgebracht werden konnte, ihm weiter nachzugehen. Sie haben es mit Gebeten und mit Geduld versucht, mit Drohungen und Strafpredigten, doch ich ließ mich nicht beirren.

Es war klar, wie das enden musste. Schließlich weiß jeder, dass man seine Hand nicht in das Maul eines herrenlosen Hundes legen sollte. Das führt nur dazu, dass man gebissen wird.

Der Zuckerahorn und die Birken nahe der Hütte sind inzwischen Tannen und Kiefern gewichen. Die immergrünen Zweige schützen den Boden, sie lassen nur eine sehr dünne Schicht Schnee durch und hüllen ihn in Schatten. Rechts von mir, nicht weit von der Stelle entfernt, an der ich stehe, fällt der Boden steil ab. Ohne die spärliche Beleuchtung, die der Mondschein bietet, könnte man im Dunkeln leicht dort hinunterstürzen. Der Hang ist nicht so tief, dass man dabei sein Leben lassen würde, aber ein Fußgelenk könnte man sich schon brechen, und weil der Schnee Geräusche schluckt, müsste man dort in der Kälte laut schreien, um gehört zu werden.

Ohne Fußspuren, denen ich folgen kann, setze ich meinen Weg vorsichtig fort.

Hier gibt es nichts, und mir tun die Hände weh von der Kälte. Auch das Gesicht. Unter dem Dach der Bäume kann ich nichts mehr sehen.

Doch da: Ein Stück vor mir erkenne ich die dunklen Umrisse eines zweistöckigen Gebäudes. Ich rekonstruiere im Kopf die Karte, die auf der Toilette hing, und ziehe eine gestrichelte Linie von den Stufen der White Pine Cabin bis hierher. Wenn ich größtenteils geradeaus gegangen bin, müsste ich jetzt da sein, wo die fünfte Hütte steht.

Meine Fantasie spuckt sofort Bilder von versteckten Messerstechern oder Geflüchteten aus, die eine unbewohnte Hütte nutzen, um dort ihr Lager aufzuschlagen, aber ich sage mir, dass das albern ist. Obwohl der Berg sicherlich ein gutes Versteck wäre – zu jeder Zeit, außer über Weihnachten und einem Monat im Sommer.

Ich schleiche weiter und verlasse mich dabei eher auf mein Gefühl, als dass ich etwas sehen würde. Der Wald endet kurz vor der Hütte, und das Mondlicht lässt ihr Holz fahl und grau wirken. Über drei Stufen gelangt man auf eine kleine Veranda. Das Holz ist verkratzt, eine Stufe verbogen. Sie knarzt unter meinen Stiefeln.

An der Eingangstür der White Pine Cabin ist ein Baum aus Messing befestigt, und ich schaue nach, ob hier auch so etwas hängt, aber da ist nichts. Als ich mit den Fingerspitzen über das Holz streiche, spüre ich zwei Löcher, wo früher vielleicht einmal Schrauben gesessen haben, und es ist ganz schwach ein Umriss zu sehen, wo das Holz weniger verwittert ist. Aber die genaue Form kann ich in dem bleichen Mondschein nicht erkennen.

Plötzlich strahlt mich grelles Licht an. Ich wirbele mit einem Aufschrei herum und reiße eine Hand hoch, um mich vor dem blendenden Strahl einer Taschenlampe zu schützen. Er wird schnell nach unten gelenkt, doch ich kann die Gestalt, die die Lampe hält, nicht erkennen.

»Miss Scott, richtig?«, sagt jemand, und ich brauche einen Moment, um die Stimme wiederzuerkennen.

»Mr Vance. Sie haben mich erschreckt.«

»Was machen Sie im Dunkeln hier draußen?« Aus seinem Tonfall spricht Misstrauen – oder vielleicht auch einfach Verwirrung.

Er kommt näher, der Lichtstrahl ist weiter auf den Boden gerichtet, und als meine Augen sich an die Helligkeit gewöhnen, erkenne ich, dass Duchess bei ihm ist. Sie hält den Kopf gesenkt, ihre Aufmerksamkeit ist ganz auf mich gerichtet. Ich höre ein leises Knurren, bis Vance sie dazu anhält, ruhig zu sein.

Ich überlege, ob ich ihn anlügen soll, entscheide mich dann aber dagegen. »Ich habe draußen ein Geräusch gehört, und als ich aus der Hütte getreten bin, habe ich Fußspuren gefunden«, sage ich und beobachte seine Reaktion. Das intensive Starren von Duchess versuche ich, zu ignorieren.

Seine Augenbrauen gehen hoch. »Fußspuren?«, wiederholt er. »Und da haben Sie beschlossen, ihnen zu folgen.«

»Ja, war wahrscheinlich nicht so schlau«, gebe ich zu. Mir klappern die Zähne.

»Könnte man so sagen«, erwidert er. »Lassen Sie sich von dem Luxus nicht blenden, Miss. Die Kälte tötet einen hier genauso schnell wie andernorts, und man verliert in diesem Wald schnell die Orientierung. Selbst wenn man eine Lampe mitnimmt. Was Sie offenbar nicht getan haben.« Er seufzt. »Kommen Sie. Ich bringe Sie zurück zur Hütte. Dann können Sie mir diese Fußspuren zeigen.«

Ich sehe keine andere Wahl, als ihm zu folgen, zumal er bereits in die Richtung losgegangen ist, aus der ich gekommen bin. Erst jetzt fällt mir auf, dass ich sein Licht erst bemerkt habe, als er mich angeleuchtet hat – und dass er, ohne mich gefragt zu haben, weiß, auf welchem Weg ich hierhergelangt bin. Das heißt, dass er mich schon gesehen hat, bevor er sich mir genähert hat. Und es bedeutet, dass Mr Vance sich ebenso gut im Dunkeln orientieren kann wie ich.

Ich werfe noch einmal einen Blick zurück. Aber da meine Augen sich jetzt an das helle Licht der Taschenlampe gewöhnt haben, erkenne ich nur noch den groben Umriss der Tür.

Irgendetwas löst dieser Anblick in mir aus – aber was genau das ist, kann ich nicht benennen. Ich fühle mich an den Moment erinnert, wenn ein Flugzeug aufsteigt, an dieses seltsame Gefühl, als ob der Boden sich unter einem anhebt.

»Wo sind denn die Spuren?«, fragt Mr Vance und lenkt meine Aufmerksamkeit damit wieder auf ihn. Ich beeile mich, um zu ihm aufzuschließen, und achte darauf, dass er zwischen mir und Duchess geht, die mich die ganze Zeit nicht aus den Augen lässt. Sie bewegt sich lautlos. Irgendwie kommt mir das merkwürdig vor, bis mir klar wird, dass sie keine Erkennungsmarken trägt, denn sonst würden sie klimpern.

Meine Kehle ist trocken, als ich auf die Stelle am Boden zeige, wo der Schnee höher liegt als unter den Bäumen und die Fußspuren – neben meinen eigenen – zu sehen sind. Vance grummelt etwas und geht darauf zu.

Er trägt eine Waffe an der Hüfte.

Mr Vance tritt gegen eine der Fußspuren und bohrt seine Ferse hinein. »Die könnte frisch sein. Kann aber auch von heute Morgen sein«, sagt er. »Sie sagten, dass sie an Ihrer Hütte vorbeiführt?«

»Bis zum Schlafzimmerfenster«, sage ich.

»Glauben Sie, dass jemand reingeschaut hat?«, fragt er.

Meine Wangen werden heiß, während mir Bilder durch den

Kopf gehen – Connors Hände, die sich unter mein Shirt schieben, Connors Zähne an meinem Hals, Connor, wie er mich grob an sich zieht.

»Haben Sie denn gesehen, wo die Spuren herkommen?«, fragt Vance; ich habe zu viel Zeit für die Antwort gebraucht.

»Ich habe nur nachgesehen, wo sie hinführen. Aber ich glaube, sie kommen von dem Hauptweg da hinten«, sage ich.

»Dann kann man sie wahrscheinlich nicht von allen anderen Spuren unterscheiden«, sagt er. »Wahrscheinlich sind sie ja schon von tagsüber. Von irgendwem, der hier spazieren gegangen ist, und weiter nichts.« Er verlagert sein Gewicht, und ich schaue nach, welche Spur er im Schnee hinterlässt. Ich glaube, seine ist größer als die anderen, ganz sicher bin ich mir aber nicht.

»Und Sie halten es nicht für möglich, dass sich jemand anderes hier draußen aufhält?«

»Es kommt niemand auf den Berg, ohne dass ich es merke«, sagt Vance, zwischen Verärgerung und Stolz schwankend. »Hier oben ist nur die Familie. Und Sie.«

»Dann verstecken sich keine Kannibalen in der alten Hütte?«, frage ich ein wenig krampfhaft bemüht, einen Witz zu machen.

»Da hat seit Jahren keiner mehr drin gewohnt«, sagt Vance. »Nicht, seit Liam gestorben ist.«

»Der Unfall«, sage ich, und er grummelt. »Connor hat erzählt ... er wäre von einem Dach gefallen?«

Vance nimmt sich einen Moment Zeit, bevor er antwortet. »An dem Tag war es stürmisch. Und es gab einen Schaden an dem Dach. Weil ich so kurzfristig nicht wegkonnte, ist Liam hier hochgefahren. Allein. Ich hätte bei ihm sein sollen, aber so war es nun mal.« Er geht weiter und stapft durch den Schnee.

Duchess wirft mir einen Blick zu, als wollte sie fragen: *Kommst du?*

Liam ist hochgefahren, hat er gesagt. *Hier hochgefahren.* Also ist Connors Vater auf Idlewood gestorben. Ich blicke zurück zu der Hütte mit der kaputten Dachrinne und den kaputten Fensterläden. Sie ist heruntergekommen, während alle anderen in frischem Glanz erstrahlen. Kein Wunder, wenn Liam Dalton dort gestorben ist. Ich vergrabe mich tiefer in meiner Jacke und unterdrücke ein Frösteln, das wenig mit der Kälte zu tun hat.

Der Rückweg dauert nicht annähernd so lange wie der Hinweg. Vance folgt den Spuren bis zu unserer Hütte und leuchtet dann zu der Stelle, wo sie vor dem Fenster enden. Er schaut finster drein, aber das scheint sein natürlicher Gesichtsausdruck zu sein.

»Na«, sagt er dann, »hat wahrscheinlich nichts zu bedeuten.«

»Ja, wahrscheinlich nicht«, pflichte ich ihm bei. In Gedanken bin ich immer noch bei der anderen Hütte, ihrer ungeschmückten Tür, ihren leeren Fenstern. Und ihrer Geschichte. Warum hat Connor nicht erwähnt, dass sein Vater *hier* gestorben ist, auf Idlewood?

Wenigstens weiß ich jetzt, warum es bei Tisch so still geworden ist, als ich nach der fünften Hütte gefragt habe.

»Aber Sie sollten trotzdem vorsichtiger sein«, fügt Vance, weiter die Fußspuren anstarrend, noch hinzu. »Wenn Sie nach Einbruch der Dunkelheit hier herumspazieren, aber auch tagsüber. Es ist gerade Jagdsaison.«

»Gibt es hier denn viele Jäger?«, frage ich.

»Um diese Jahreszeit dürfen hier nur die Daltons und ich jagen. Aber hin und wieder schleichen sich auch Leute ein, die keine Erlaubnis dazu haben.« Er verfällt so lange in Schweigen, dass ich mich frage, ob er erwartet, dass ich gehe. Dann ergreift er erneut das Wort. »Darf ich Sie mal was fragen, Miss Scott? Waren Sie schon mal hier?«

»Nein. Ich war noch nie hier«, antworte ich. »Warum?«

»Einfach so«, sagt er und schaut mich dabei durchdringend an. »Gute Nacht, Miss Scott.«

Er zeigt auf die Hüttentür und wartet, bis ich hineingegangen bin. Ich beobachte ihn durchs Fenster, während er weggeht; der Lichtkegel der Taschenlampe zeigt an, wo er gerade ist. Er hat gesagt, dass die Spuren wahrscheinlich nichts zu bedeuten haben – aber mir fällt auf, dass er die Fußspuren zurückverfolgt, bis zu dem Punkt, an dem sie sich mit den vielen anderen Spuren auf dem Hauptweg vermischen.

Dort bleibt er lange stehen. Dann krault er Duchess die Ohren und geht weiter.

Warum hat er mich gefragt, ob ich schon mal hier war?, frage ich mich.

Und warum habe ich das Gefühl, die falsche Antwort gegeben zu haben?

6

Als ich aufwache, hat Connor seinen Arm um mich gelegt und sein Gesicht an meine Schulter geschmiegt. Er schläft oft so, wobei er mich weniger im Arm hält, als dass er sich halb über mich wirft, so, als fürchtete er, ich könnte mich in der Nacht heimlich davonmachen. Als könnte das Bett leer sein, wenn er wach wird, ohne irgendeine Spur, die darauf hinweist, dass ich je da war; das hat er mir mal gestanden.

Du warst wie aus dem Nichts plötzlich da. Wie durch einen Zaubertrick, hat er gesagt. Er meinte eine Illusion. Etwas, das nicht real ist.

Ich winde mich unter seinem Arm durch. Im Bad drücke ich zwei Finger gegen meinen Wangenknochen und starre mein Spiegelbild an. Ich bin real genug.

Bis Connor aufsteht, bin ich schon angezogen, und der Kaffee ist fertig. Ich wache immer früher auf als er – das ist ein alter Überlebensinstinkt, den ich nie abgelegt habe. Faulheit ist eine Todsünde, und du willst es nicht darauf ankommen lassen, dass Beth dich nach der vereinbarten Uhrzeit noch im Bett findet.

Ich sitze alleine da, nippe an meinem Kaffee und lasse das Bewusstsein von Theo Scott sich langsam in mir entfalten. Wenn ich die Augen aufschlage, ist sie noch nicht da. Ohne sie bin ich ein leeres Gehäuse. Rastlos, stumpf. Und dann tritt sie ein: Aber sie ist nichts, was ich konstruiert habe, keine bis ins kleinste geplante Illusion. Eher wie eine Besucherin – jemand, der jeden Tag kommt und doch in mancher Hinsicht eine Fremde bleibt.

Connor taumelt unter die Dusche, kommt dann wieder raus, um mir einen Kuss ins Haar zu drücken und mich für den Kaffee zu preisen. Morgens bewegt er sich wie ein Bär, schwerfällig und langsam. Er lässt sich auf einen Stuhl fallen, als wöge er fünfzig Pfund mehr, und schlürft seinen ersten Schluck. Er hat sich in einen flauschigen Bademantel gehüllt, von denen zwei für uns im Bad hingen. Irgendetwas ist heute anders an ihm, denke ich. Er strahlt eine körperliche Schlaffheit aus, die ich nicht auf Schlafmangel zurückführen kann.

»Habe ich irgendwas im Gesicht?«, fragt er.

Ich murmele ausweichend: »Und was macht man jetzt zwei Wochen lang an so einem Ort?«

Er kratzt sich am Hals und unterdrückt ein Gähnen. »Trinken«, sagt er. »Ins Feuer starren. Die Männer gehen auf die Jagd, die Frauen backen immer irgendwas. Man geht im Wald spazieren, macht Schneeschuhwanderungen und Skilanglauf, und erwähnte ich das Trinken bereits? Oder man kann lesen. Mom bringt immer einen Stapel Bücher mit«, sagt er. Seine Augen funkeln. »Und wir können uns natürlich auch zu zweit die Zeit vertreiben.«

Er ist auf einen Lacher aus, aber ich hebe nur mein Kinn an. Ich überlege, ihm von den Fußspuren zu erzählen, von der Möglichkeit, dass jemand draußen vor unserem Fenster gestanden hat. Aber ich würde nur paranoid klingen. Ängstlich. Vielleicht sogar, als hätte ich Wahnvorstellungen. Und nichts davon sind akzeptable Beschreibungen für eine Eheaspirantin. Ich bin nicht blöd. Ich weiß, dass Connor Dalton außerhalb meiner Liga ist. Ein falscher Schritt, und er wird es merken – oder sich daran erinnern.

Als Connor den Arm nach mir ausstreckt, lasse ich mich also von meinem Platz auf seinen Schoß ziehen. Er neigt sein Gesicht nach oben, und ich drücke meine Lippen auf seine. Er lässt seinen Becher los, um mit beiden Händen unter meinen Pulli zu greifen. Ich spüre warme Handflächen auf meinen Hüften.

»Gott, bist du schön«, sagt er. Er wird nicht müde, mich zu bewundern. Aber ich kann es nicht ausstehen, wenn er mich so intensiv anstarrt. So, als würde er jede Sommersprosse analysieren, jede Pore. Als würde er durch meine Haut hindurchsehen und meine Sehnen taxieren, meine Adern, mir bis auf die Knochen schauen. Bis ins Mark.

Als er mit dem Kopf auf das Schlafzimmer zeigt, gleite ich stattdessen von seinem Schoß und knie mich auf den warmen Holzboden. Er ist schon hart, als ich ihn in den Mund nehme. Er umfasst meinen Hinterkopf mit seinen Händen, ich bohre die Fingernägel in seinen Oberschenkel, und als er leise aufstöhnt, jagen Funken der Lust durch jeden Teil meines Körpers.

Danach sitzt er mit zurückgelegtem Kopf da, und seine Mundwinkel umspielt dieses halb benommene Lächeln. Ich streiche mit den Fingerspitzen sanft über seine Augenlider und über seine Wagen, dann schlüpfe ich weg, bevor er die Augen wieder aufschlagen kann.

Ich liebe Connor Dalton. Ich brauche Connor Dalton.

Deshalb kann ich ihn nie hinter die Fassade blicken lassen.

Wir lümmeln den ganzen Morgen in der Hütte herum, doch gegen Mittag kommt Alexis uns holen. »Mom ist da«, sagt sie ohne lange Vorrede. Ihr Blick fliegt zu mir, und sie sagt halb entschuldigend: »Und es ist Backtag.«

»Backtag?«, wiederhole ich.

»Weißt du noch, was ich über das Backen gesagt habe?«, fragt Connor.

Richtig. Ein Nachmittag mit »den Frauen«, die die Rituale der Häuslichkeit pflegen – ungeachtet der Tatsache, dass die Daltons diese offensichtlich outsourcen, sobald sie den Ruch wirklicher Arbeit annehmen. Die Scotts huldigten der Arbeit, verherrlichten den Fleiß und das Sich-nützlich-Machen. *Müßiggang, Dummheit, Nachgiebigkeit, Genusssucht*, denke ich jedes Mal, wenn ich abends mit einem Glas Wein und einem Buch auf dem Sofa sitze.

»Am ersten Tag backen wir immer einen Kuchen«, sagt Alexis, als wir aus der Hütte treten. Sie hat diese Art zu reden, als würde alles, was sie sagt, auf eine Pointe zusteuern, die aber nie kommt, als stünden wir alle kurz davor, in Gelächter auszubrechen. Im Gehen dreht sie sich immer wieder zu uns um. Mir ist schleierhaft, warum sie noch nicht über irgendetwas gestolpert ist. »Grandma Louises *berühmtes* Rezept. Wir haben alle ein Rezept, das ›unseres‹ ist, musst du wissen. Wenn das dran ist, kann man die Ansagen machen und darf alle herumkommandieren. Ich weiß noch, wie irre aufgeregt ich war, als ich zum ersten Mal beim Backen das Sagen hatte. Da war ich dreizehn. Zitronenschnitten – das ist mein Rezept. Du wirst dir auch eins aussuchen müssen. Aber Grandma Louise entscheidet, ob es wirklich in den Pool aufgenommen wird. Kann sein, dass du es mehrmals probieren musst. Ich habe sieben Varianten gebacken, bevor sie entschieden hat, dass es ›ansatzweise akzeptabel‹ war.«

»Hör auf, Lex. Du verschreckst sie noch«, sagt Connor.

Sie zieht ein Gesicht – eher Teenie als leitende Angestellte in ihren Dreißigern. Das ist der Unterschied, der mir heute

Morgen an Connor aufgefallen ist. Er ist anders, seit er *hier* ist. Seine Kontur verschwimmt, so, als schichteten sich vergangene Ichs und halbjährliche Momentaufnahmen aus siebenundzwanzig Jahren über ihm auf.

So ist das mit solchen Orten, habe ich gehört. Elternhäusern. Angestammten Treffpunkten. Das Du, das du zurückgelassen hast, zieht wieder in deinen Körper ein wie ein Geist. Mir fehlt so eine Erfahrung. Mein Leben führte immer in einer gerade Linie nach vorn, ein Zurückkehren gab es nie.

Wir laufen um den Teich herum – das Eis hat sich nach innen vorgearbeitet, den Kreis des offenen Wassers kleiner gemacht. Neben Connors Wagen steht jetzt ein neuer, und frische Fußspuren führen daran vorbei durch den Schnee. Alexis springt die Stufen zur Lodge hoch. Anders als gestern Abend gehen wir ohne anzuklopfen hinein und trampeln den Schnee von unseren Stiefeln, bevor wir sie an der Türschwelle stehen lassen.

Am anderen Ende des Foyers öffnen sich die Türen. Eine Frau tritt heraus, die man sofort als Alexis' Mutter erkennt, so wie Connor eine identische Kopie seines Vaters ist – dasselbe glatte dunkle Haar, die markante Nase, die durchdringenden Augen. Das muss Rose Dalton sein.

»Connor«, sagt sie herzlich. Es folgen Ausrufe – Umarmungen –, sie legt ihre Hand auf seinen Kopf, als wollte sie überprüfen, ob er gewachsen ist. Dann eine Fülle von Fragen über die Fahrt und die Witterungsverhältnisse bei ihrer Ankunft. Ich halte mich im Hintergrund, bin unbeteiligt an dem Ganzen.

Bis Connor sich halb umdreht und seine Hand ausstreckt, um mich heranzuwinken. »Und das ist ...«

»Theo«, sagt seine Mutter. Ich trete vor, in den schützenden Halbkreis von Connors Arm, den er um meine Schultern legt.

Sie umfasst meine Hand mit beiden Händen. Sie lächelt, aber es ist nicht das Lächeln, das sie ihrem Sohn geschenkt hat. Es presst ihre Lippen zusammen und zeichnet ihr Falten in die Augenwinkel.

»Es ist so gut, dass wir uns endlich treffen«, sagt sie, und über ihren neutralen Tonfall legt sich eine dünne Schicht Herzlichkeit. »Ich freue mich sehr darauf, Sie persönlich kennenzulernen.«

»Ganz meinerseits«, sage ich, und damit lässt sie meine Hand los und wendet ihre Aufmerksamkeit wieder Connor zu.

Fünf Minuten später werden wir in eine Küche geführt, in der Louise Dalton bereits neben einer Reihe von kunstvoll arrangierten Zutaten steht – Behältern mit Mehl, Zucker und Backfett, grünen und roten Äpfeln, Zimt und ganzen Muskatnüssen. Als ich das letzte Mal ernsthaft gebacken habe, habe ich Mehl und Zucker aus gelben und orangefarbenen Plastikbehältern gelöffelt, die älter waren als ich. Hier steckt jede Zutat in einem ordentlich von Hand beschrifteten Glas mit einem polierten Holzdeckel. Die Eier liegen in einem Weidenkörbchen.

Paloma fehlt – sie passt wieder auf Sebastian auf, wie Alexis vergnügt erklärt, aber ich komme nicht umhin, mich zu fragen, ob das nicht bloß eine Ausrede ist. Louise beauftragt Alexis und mich damit, die Äpfel zu schälen. Ich setze mich zwei Plätze von Alexis entfernt auf einen Barhocker und mache mich an die Arbeit, wobei ich schnell lange Apfelschalenstreifen produziere.

Wenn du die ganze Schale in einem Stück abschälst, bekommst du eine Belohnung, hat Beth mir einmal in einem seltenen Moment guter Laune gesagt, der aber nicht lange währte – was mein Fehler war. Wie immer.

Böses Mädchen.

Damals habe ich natürlich ein Küchenmesser benutzt und den Apfel gedreht. Die Klinge glitt, in Richtung des Daumens, unter der glänzenden Schale hindurch. Ich versuchte es, zunehmend frustriert, immer wieder. Jedes Mal zerbrach der Streifen, bis ich den Dreh endlich raushatte, das Messer sich mit gleichmäßigem Druck bewegte und die letzten Zentimeter Schale an einem Stück blieben. Ich schaute zu Beth hoch und fragte: *Und was kriege ich?* Doch sie machte ein finsteres Gesicht und beschimpfte mich als gierig, und ehe ich michs versah, hatte ich nach der Schüssel gegriffen. Die Äpfel kullerten über den Fußboden, hüpften und rollten in alle Richtungen weg, und meiner Kehle entrang sich ein Schrei, der wie der Schrei eines Tiers klang.

Jetzt drehe ich Apfel und Sparschäler in den Händen, arbeite effektiv und versuche, nicht daran zurückzudenken, wie angewidert Beth ihr Gesicht verzogen hat.

Connors Mutter beobachtet mich mit einer leicht hochgezogenen Augenbraue, ihr Mundwinkel zuckt. Alexis hat ihr Lächeln von ihr – vor allem dieses Zucken, nur dass sie es nie so versteckt.

»Kein Stress. Wir haben den ganzen Tag Zeit«, sagt Rose. Meine Wangen werden heiß. Ich habe drei Äpfel Vorsprung und bin die Einzige, die sich beeilt. Alexis beachtet die Äpfel schon gar nicht mehr und reicht ihrer Mutter ein Glas Weißwein. Rose legt ihre Hand um das Glas und drückt es an ihre Brust.

Ein Weinglas wird klirrend vor mir auf die Granitarbeitsplatte gestellt. Ich zucke zusammen. Olena, das schmale Mädchen mit den Bambiaugen, steht neben mir. Sie murmelt etwas Unverständliches und eilt dann weg.

Ich habe den Sinn dieser Übung offensichtlich missverstanden, wird mir mit leichter Verärgerung über mich selbst klar, als Alexis sich mit der Hüfte an die Arbeitsplatte lehnt. Hier geht es überhaupt nicht ums Backen.

Rose nippt an ihrem Wein und schaut mich unverwandt an. »Also, Theo. Sie und Connor haben sich auf einer Party kennengelernt, richtig?«, fragt sie.

Ich nicke. Alexis stützt ihre Ellenbogen auf die Arbeitsfläche und beugt sich vor. Ich kann in ihre Bluse schauen – sehe die sich deutlich abzeichnenden Erhöhungen ihres Brustbeins und ihrer Rippen, über die sich die Haut straff spannt. Sie ist so dünn, dass ihre Brust fast eingesunken aussieht. »Sie hat gestern Abend schon ein Verhör durchstehen müssen, Mom. Gönn ihr mal eine Pause«, sagt sie und zwinkert mir zu. Ich frage mich, ob man Zwinkern üben muss, damit es natürlich aussieht.

»Schon gut, das macht mir nichts«, sage ich. »Ich bin wie ein offenes Buch.« Ich weiß auch nicht, warum ich solche Sachen sage.

»Wirklich? Connor findet Sie ziemlich geheimnisvoll«, erwidert Rose. Meine Zähne fühlen sich an, als würden sie zusammenkleben. Sie gluckst. »Jetzt schauen Sie nicht so bekümmert. Ich glaube, es gefällt ihm, er findet es faszinierend. Ich muss zugeben, dass ich auch fasziniert bin. Connor hat mir noch nie eine seiner Freundinnen vorgestellt – nicht einmal Darcy, dabei waren die beiden wie lange zusammen? Zwei Jahre?«

»Achtzehn Monate«, korrigiert Alexis.

Rose gibt einen leisen Ton von sich, eine Art verbales Schulterzucken. »Jedenfalls sind Sie jetzt hier auf dem Berg. Das ist außergewöhnlich.«

»Ist das so?«, frage ich.

»Normalerweise sind Partner, mit denen man eher flüchtig verbunden ist, hier oben auf Idlewood nicht erlaubt«, sagt Louise. Auch sie hat ein Glas Wein, aber sie hat es noch nicht angerührt, jedenfalls soweit ich sehen kann. »Rose, du und Liam wart drei Jahre zusammen, bevor er dich mitgebracht hat, oder?«

»Das ist für sich genommen noch mal ein bisschen wie ein Heiratsantrag«, sagt Rose. »Man verlobt sich, und dann bekommt man seine Einladung für den Berg.«

»Wir sind ja auch verlobt«, merke ich an. Sie presst ihre Lippen so kurz zusammen, dass ich fast vorgeben könnte, es wäre nicht geschehen. Mein Puls geht so schnell, als würde ich in die Fänge eines Wolfs blicken und nicht einfach nur, umgeben von Backzutaten, freundlich plaudern.

Einer dieser Menschen könnte mir die Nachrichten geschickt haben. Louise? Sicher nicht. Aber könnte sie sie bei jemandem in Auftrag gegeben haben, einem ihrer Angestellten gesagt haben, dass er sich darum kümmern soll? Rose? Sie sieht mich heute zum ersten Mal und ist offenkundig skeptisch, aber offen feindselig? Könnte es am Ende doch Alexis gewesen sein? Dann würde sie sich hinter ihrer Freundlichkeit verstecken.

Ich bin paranoid. Aber ich kann nicht anders. Was, wenn eine von ihnen Bescheid weiß?

Meine Hände sind schon zu lange nicht in Bewegung gewesen. Ich greife nach meinem Wein. Er ist zuckersüß, mir dreht sich der Magen um.

»Ich habe Paloma mitgebracht, als wir gerade mal ein paar Wochen zusammen waren«, sagt Alexis. Ich weiß, dass sie versucht, mir zu helfen, aber alles Argumentieren führt nur dazu, dass das unangenehme Gesprächsthema sich noch weiter in die Länge zieht.

Louise schnaubt spöttisch. »Weil ihr als Jugendliche alle die Erlaubnis hattet, eine Freundin oder einen Freund über den Sommer einzuladen. Wir haben einfach nicht damit gerechnet, dass ihr mit ihnen schlafen würdet.«

Über Alexis' Gesicht huscht Verärgerung – oder gar Wut –, aber sie geht nicht weiter darauf ein. »Wir sollten den Teig kalt stellen, oder?«, fragt sie.

»Wirf zuerst mal die Schalen weg«, weist Louise sie an. Alexis nimmt die Metallschüssel, in der wir die Apfelschalen gesammelt haben, und trägt sie zu dem Ausziehschrank, in dem der Mülleimer untergebracht ist. »Der Mülleimer ist voll«, bemerkt sie, als sie die Schalen in den Biomüll kippt.

»Ich sage Olena, sie soll ihn rausbringen. Wo ist das Mädchen überhaupt?«, fragt Louise.

»Ich bringe ihn raus«, sage ich sofort, um wenigstens ein, zwei Minuten von dort zu entkommen.

»Das ist nicht nötig«, sagt Louise.

Ich zucke mit den Schultern. »Aber es macht mir nichts aus.«

»Die Mülltonnen stehen ganz geradeaus, hinter der Mauer aus Betonstein«, sagt Alexis und zeigt in die ungefähre Richtung. Bevor Mrs Dalton erneut Einwände erheben kann, eile ich los, um mir den Beutel zu schnappen. Meine Ärmel sind noch vom Händewaschen hochgeschoben, und als ich den Beutel oben zubinde, beugt Rose sich vor und begutachtet stirnrunzelnd mein Tattoo. Mein erster Impuls ist, den Ärmel nach unten zu ziehen, aber stattdessen drehe ich mein Handgelenk, damit sie es besser sehen kann. Sie berührt ganz leicht meinen Unterarm, als wollte sie meinen Arm zur weiteren Begutachtung festhalten.

»Eine Libelle«, sagt sie mit einem fragenden Unterton.

»Ja, das ist eine Art persönliches Symboltier von mir«, sage ich, obwohl ich gar nicht erklären könnte, wofür das Symbol steht. Ich war mir nie sicher, ob die Libelle in meinen Träumen eine Beschützerin oder eine Warnung ist – oder ein schlechtes Omen.

»Verstehe«, erwidert sie mit einem fast angeekelten Gesichtsausdruck. Sie lässt ihre Hand sinken und wendet sich abrupt ab. »Louise, lass mich dir helfen«, sagt sie und tritt schnell ein paar Schritte zur Seite. Ich runzele die Stirn. Vielleicht ist sie kein Fan von Tattoos. Oder von Libellen.

Ich muss nach vorn zur Haustür gehen, um meine Stiefel zu holen. Als ich auf halbem Weg bin, dringt Gelächter durch den Flur. Ich drehe den Kopf und erblicke Olena. Ihr gesamter Körper ist nach hinten gebeugt, und jemand, den ich nicht sehen kann, hat seinen Arm um ihre Taille gelegt und hält sie fest. Sie biegt sich von ihm weg, lacht aber dabei, und bietet ihm so ihren Hals an, dann beugt Trevor sich vor, um ihn zu küssen. Ich bleibe wie erstarrt stehen. Er blickt hoch. Sieht mich. Grinst.

Ich setze meinen Weg hastig fort.

In meiner Eile trete ich ohne meinen warmen Pulli nach draußen in die Kälte. Und statt umzukehren und wieder durchs Haus zu gehen, laufe ich seitlich um die Lodge herum. Eine gedrungene Wand aus Betonsteinen verbirgt die Mülltonnen, damit man sie vom Inneren des Hauses aus nicht sieht. Ich werfe den Müllbeutel hinein und schließe den Deckel langsam wieder, um die Stille des Waldes nicht durch einen Knall zu zerreißen.

Ich muss wieder hineingehen. Aber ich kann nicht. Von meinen Lippen steigen Atemwolken auf. Hier draußen kann ich atmen, aber die kalte Luft ist wie ein Rasiermesser, das mir in den Hals schneidet. Drinnen gibt es Wärme, Zimtduft, Lächeln und Gelächter, warum fühle ich mich dann hier draußen sicherer, wo mir die Kälte bis in die Knochen dringt?

»Gibt es irgendetwas Interessantes bei den Mülltonnen?«, fragt jemand, und ich zucke zusammen. Magnus Dalton steht hinter mir, vielleicht fünf, sechs Meter entfernt. Er trägt eine graue Jacke, deren Ärmelbündchen durch Alter und Gebrauch einen stumpfen Braunton angenommen haben. Ich versuche, mir den Mann in einem Business-Anzug vorzustellen – ich weiß zwar, dass er mehrere Firmen besitzt und seine Tage in Vorstandsetagen verbringt, aber die Furchen in seinem Gesicht gehören ganz klar an diesen Ort hier.

»Ach, ich war nur in Gedanken«, sage ich und zeige auf das Haus. »Wir backen gerade.«

»Ah, Backtag.« Seine Augen funkeln, und er zeigt mit dem Daumen über seine Schulter. »Ich könnte Hilfe gebrauchen. Meinen Sie, die Ladys können Sie einen Moment entbehren?«

Ich nicke stumm, gleichermaßen erleichtert wie nervös. Magnus geht ohne ein weiteres Wort weg, und ich beeile mich, ihm zu folgen. Zahlreiche Fußabdrücke haben einen Pfad geschaffen, der zu einem kleinen Holzschuppen führt. Auf der Hälfte des Weges treffen die Fußspuren auf breite Reifenspuren, gefolgt von Schleifspuren. Hier und da sehe ich Blutstropfen im Schnee. Mein Magen zieht sich zusammen, als ich eins und eins zusammenzähle.

Die Tür des Schuppens steht offen. Draußen parkt ein grünes Quad mit zwei Sitzen, an dem hinten ein Schlitten hängt. Direkt hinter dem Eingang liegt auf einer Plane der Hirsch, der vor Kurzem auf dem Schlitten hierhergebracht worden sein muss. Seine Augen sind glasig, der Kopf grotesk zur Seite geneigt, wo das Geweih ihn abstützt. In seiner Flanke prangt auf Höhe der Rippen ein blutiges Loch.

»Guter Schuss«, sage ich und achte darauf, das Gesicht nicht angeekelt zu verziehen. Ich weiß, woher mein Essen kommt. Doch das macht es nicht appetitlicher, den Tod anzustarren. »Jagdgewehr?«

Er schüttelt den Kopf. »Falsche Jahreszeit dafür. Wenn man das Tier gut mit einer Breitkopfspitze trifft, geht sie genauso glatt durch wie eine Gewehrkugel. Ein sauberer Tod.« Er hält inne. »Mr Vance erzählte, dass er Connor und Ihnen beinahe vors Auto gelaufen wäre?« Er geht weiter, und während er spricht, holt er ein dünnes Seil von einem nahe gelegenen Tisch und schlingt es mit einem geübten Knoten um das Geweih.

»Ich schätze, Mr Vance ist kein ganz so guter Schütze wie Sie.« Ich halte den Blick auf Magnus gerichtet, um die toten Augen des Hirschs nicht sehen zu müssen.

Er lacht schnaubend. »Nein, ist er nicht. Sie hätten dabei umkommen können. Nähern Sie sich einem Hirsch niemals, bevor Sie ganz sicher sind, dass er tot ist. Es sei denn, Sie möchten sich aufspießen lassen.«

Ich erinnere mich, dass Joseph mir dasselbe gesagt hat. Und dass ich mich zu ihm hinuntergebeugt habe, als er vor mir hockte und mir die einzelnen Bestandteile seines Jagdgewehrs und seines Messers gezeigt hat. Er ließ mich jedes Teil so lange in der Hand halten, bis es sich natürlich anfühlte. Die Scotts haben mir ständig Messer in die Hand gelegt. Sie hätten nicht so überrascht sein sollen, als ich irgendwann selbst zu einem griff.

»Sie erzählten, Sie wären schon mal auf die Jagd gegangen«, sagt er. »Wer hat Sie denn mitgenommen? Ihr Vater?«

So sollte ich ihn zumindest nennen. Zuerst hat mir das auch

nichts ausgemacht. Ich habe ihn bewundert. Er hatte nicht Beths Naturell – oder das seines Vaters. Joseph hat mir mal erzählt, sein Vater sei ein sympathischer Mann gewesen, der gern lachte und das laute Klatschen eines Gürtels liebte. Das Geräusch gefiel ihm offenbar noch mehr als die Angst, die es einflößte. Joseph hat die Lieblingsdisziplinierungsmethode seines Vaters nur einmal an mir ausprobiert. Er ließ mich häufig davonkommen. Er hat mir Süßigkeiten zugesteckt und nur den Finger an die Lippen gehalten, wenn er sah, wie ich ein Stück Brot stibitzte, nachdem Beth mich ohne Abendessen hoch auf mein Zimmer geschickt hatte. Eine kurze Zeit lang habe ich gedacht, dass ich tatsächlich jemand sein könnte, den er liebte.

»Ja«, antworte ich, als mir auffällt, dass ich zu lange geschwiegen habe. »Mein Adoptivvater.«

An dem Balken, der sich mitten durch den Schuppen erstreckt, ist ein Flaschenzug angebracht. Durch ihn läuft ein Strick, der in einem Haken endet. Magnus zieht ihn herunter, um das Seil einzuhaken, mit dem er den Hirsch gesichert hat. »Helfen Sie mir, ihn aufzuhängen«, weist er mich an, und ich mache einen Schritt vor. Ein Bedürfnis, zu gefallen, das ich schon Jahre nicht mehr verspürt habe, steuert meine Bewegungen, als wäre ich eine Marionette, an deren Fäden gezogen wird. Ich zerre mit ihm an dem Strick und kämpfe mit dem Gewicht des Tiers. Beobachte, wie sein Hals sich dehnt, wie sich sein Körper vom Boden hebt, erst hin- und herschwingt und dann schließlich zur Ruhe kommt.

»Gut«, sagt Magnus. Er zurrt den Strick fest. Ich trete zurück, meine Handflächen brennen. »Haben Sie auch gelernt, einen Hirsch auszunehmen, nachdem Sie auf der Jagd waren?«

»Das ist Jahre her«, sage ich zu ihm.

Er nimmt ein Klappmesser vom Tisch. Der Griff ist aus einem Geweih geschnitzt, die Klinge handgeschmiedet. Joseph hatte auch so eins. Es war nicht sein bestes, aber sein Lieblingsmesser, weil er genau wusste, wo es herkam. Magnus hält es mir hin, seine Finger liegen locker um den Griff. »Würden Sie es gern lernen?«, fragt er.

Statt einer Antwort nehme ich das Messer entgegen.

»Hing das Tier mit dem Kopf nach oben oder nach unten, als Sie es schon mal gemacht haben?«, fragt er.

»Nach unten«, sage ich, und er nickt, als hätte er das erwartet.

»Es gibt für beides Argumente, und ich könnte Ihnen alle Gründe dafür aufzählen, warum meine Art besser ist, aber die Wahrheit ist, dass mein Vater es so gemacht hat. Also mache ich es auch so«, sagt er. »Wir sind letzten Endes das, wozu unsere Eltern uns machen.«

Er nimmt meine Hand, die das Messer hält, und geht mit mir halb vergessene Schritte durch. Er zeigt mir, wie tief genau das Messer eindringen muss, um die Haut und die Membran darunter aufzuschlitzen, ohne die Organe zu verletzen. Dann fordert er mich auf, zurückzutreten, während er eine schwappende Masse an Gedärm und Magen herauszieht und in eine Metallwanne fallen lässt, die er zu diesem Zweck unter das Tier geschoben hat. Ich verspüre einen Brechreiz, wende den Blick aber nicht ab – er will, dass ich hinschaue, und ich möchte ihm gefallen. Nicht nur wegen Connor. Ich habe diese beschämende Sehnsucht in mir, ein Ding, das sich in mir windet wie ein Wurm.

Ich möchte so sein, wie du mich haben willst, sagt es. *Diesmal schaffe ich es.*

»Sie verziehen keine Miene«, bemerkt er. Er sagt das nicht

anerkennend, sondern sehr sachlich, doch ich habe das Gefühl, dass das schon an ein Lob grenzt.

Leber, Herz und Lunge entnimmt er behutsamer und mit einem zweiten Messer. Nun ist der Körper nur noch eine leere Hülle. Es ist schockierend, wie schnell ein Lebewesen zum Kadaver wird und wie schnell so ein Kadaver zerlegt ist.

»Mein Großvater hat die Familie reich gemacht. Er hatte Angst, dass uns das weich macht, darum hat er dafür gesorgt, dass das nicht passiert. Und mein Vater hat es genauso gehalten. Ich selbst habe mir auch alle Mühe gegeben, die Sache aber irgendwann aus dem Blick verloren, mich auf die falschen Dinge konzentriert. Liam – Connors Vater – war weich. Nicht wie ich. Aber ich wusste nicht, was ich dagegen tun sollte.«

Meine Finger schließen sich um den polierten Geweihgriff. »Weich zu sein ist nichts Schlechtes«, sage ich und denke an Connor, der nachts seine Arme um mich legt. »Weich ist nicht gleichbedeutend mit schwach.«

»Nein, das stimmt«, bestätigt er zu meinem Erstaunen. »Weich zu sein ist nicht das Problem. Weich *und* schwach zu sein dagegen schon. Nur wenn man schwach ist, muss man lernen, hart zu sein. Dann braucht man diese Art von Widerstandskraft. Sie sind nicht schwach.«

»Das möchte ich gern glauben«, sage ich. Meine Gedanken rasen dahin, streifen schändliche Taten, Geheimnisse und Fehler und verharren auf den rhythmisch blinkenden Lichtern eines Streifenwagens, die sich in der glänzenden Oberfläche einer nassen Straße spiegeln. Nein, Schwäche ist nicht mein Vergehen.

»Und weich sind Sie auch nicht«, stellt er fest.

Nein, stimmt, denke ich. »Aber ich arbeite in einem Buchladen, und ich zitiere Joyce«, erinnere ich ihn.

Er fixiert mich mit scharfem Blick. Seine Augen sind blau, wie die von Connor, aber sie haben einen höheren Grauanteil. »Ja, auf den ersten Blick könnten Sie weich wirken, aber darunter, tief innen drin, liegt etwas völlig anderes, stimmt's?«, fragt er. Er wartet nicht auf eine Antwort. »Ihre Eltern«, sagt er. »Waren das gute Menschen? Gottesfürchtige Menschen?«

»Gottesfürchtig auf jeden Fall. Gut weiß ich nicht«, sage ich, ein wenig erstaunt, dass mir so eine Frage gestellt wird. Connor ist, soweit ich weiß, kein bisschen religiös, obwohl er erwähnt hat, dass er als Kind in die Kirche gegangen ist. Aber Magnus ist eine andere Generation.

Er grunzt, so, als würde ihn diese Antwort nicht schockieren. »Sie müssen verstehen – eine Familie wie die unsere muss wissen, wen sie willkommen heißt. Aus welchem Holz jemand geschnitzt ist. Man kann dem, was einem im Blut liegt, nicht entkommen.«

»Sie waren nicht blutsverwandt mit mir«, erinnere ich ihn. »Ich wurde adoptiert.«

Er hält inne. Hantiert mit seinem Messer herum. Spritzer verschmutzen die Holzbohlen, die bereits jahrealte Flecken aufweisen. »Und Ihre richtigen Eltern?«

»Keine Ahnung. Es war eine geschlossene Adoption«, sage ich.

Er schaut mich durchdringend an, und ich fühle mich unbehaglich unter seinem prüfenden Blick. »Sie sollten wieder reingehen«, sagt er schließlich und streckt die Hand aus. Ich lege ihm das Messer hinein. Mir ist klar, dass hier eine Art Test läuft, aber ich weiß nicht, wie ich dabei abgeschlossen habe. Ich bin schon an der Tür des Schuppens, als er noch etwas sagt.

»Sie kommen mit mir auf die Jagd. Am Donnerstag. Das ist

der letztmögliche Tag, danach geht es erst nach Weihnachten wieder«, sagt er.

Ich nicke und spüre zum ersten Mal, seit ich den Schuppen betreten habe, die Kälte, die meine Fingerspitzen, meine Ohren und meine Nasenspitze gefühllos macht. Meine Augen tränen davon und von dem Geruch in diesem geschlossenen Raum. Magnus ist erst einmal fertig mit mir.

Ich trete wieder in den Schnee hinaus.

7

Im Haus taue ich langsam wieder auf, und meine Haut fängt an, zu brennen und zu jucken. Irgendwie sind diese ersten paar Minuten, wenn man wieder ins Warme kommt, immer schlimmer als die Kälte. In meinen dicken Wollsocken sind meine Schritte fast lautlos. Ich bin schon fast in der Küche, als ich plötzlich höre, was dort geredet wird.

»Was denkt ihr denn?«, fragt Louise, und ich erstarre instinktiv, selbst mein Atem stockt.

»Sie wirkt sehr nett.« Alexis.

»Das hat nichts zu bedeuten«, erwidert Rose, und mein Mut sinkt.

Louise, pragmatisch klingend: »Was glaubt ihr, was er ihr gesagt hat?«

»Nichts«, sagt Rose, und meine Gedanken überschlagen sich. »Er würde ihr nie etwas sagen.«

Ein skeptisches Geräusch von Louise. »Alexis?«

Der Moment der Stille, der jetzt folgt, ist von Widerwillen erfüllt. »Ich glaube nicht«, beginnt Alexis, aber dann schlägt am anderen Ende des Flurs eine Tür zu. Das Gespräch in der Küche verstummt sofort.

»Wir können später weiterreden«, verkündet Louise. »Alexis, gib deiner Mutter die Muskatnuss, statt einfach nur da herumzustehen.«

Alexis geht um den Küchentresen herum und tritt damit in mein Blickfeld. Sie schaut mich erschrocken an – und schreit auf.

Louise und Rose kommen schnell angerannt, um nachzusehen, was Alexis anstarrt. »Du meine Güte«, sagt Louise, und Rose steuert ein weniger verhaltenes »Ach, du lieber Himmel!« bei. Ich schaue auf meine Hände herab; sie sind mit verkrustetem Blut bedeckt, auch in die Falten hat sich Blut gesetzt. Obwohl ich abseits gestanden habe, als die Eingeweide herausgeflutscht sind, muss ich Spritzer abbekommen haben, denn mein Zopfmusterpulli, der einen zarten Creme-Ton hat, ist buchstäblich damit übersät. Rose kommt zu mir und fährt mit dem Daumen über meine Wange. Als sie ihn wegzieht, klebt Blut daran.

»Oh, Mist, tut mir leid. Ich war draußen, und Magnus …«, beginne ich.

»Ist er verletzt?«, fragt Alexis erschrocken.

»Sie meint, dass er draußen den Hirsch zerlegt«, sagt Louise mit einem verächtlichen Unterton in der Stimme.

»Ich gehe mich waschen«, sage ich schnell. Ich muss aussehen, als käme ich direkt vom Drehort eines Horrorfilms.

»Nicht hier«, sagt Louise. »Mit ein bisschen abwaschen in der Spüle ist es nicht getan. Gehen Sie zurück in Ihre Hütte. Lassen Sie die Kleider an der Tür liegen, ich sorge dafür, dass Irina sie holt. *Vielleicht* können wir sie retten.«

Ich murmele etwas – ich bin mir nicht mal selbst sicher, was – und fliehe. Hinter mir höre ich wieder Alexis – *Ach du heilige Scheiße* – und weitere Gesprächsfetzen, die zu leise sind, um sie zu verstehen.

Meine Haut fühlt sich an, als stünde sie in Flammen, als ich zurück um den Teich gehe. Das Blut auf meinem Pulli ist wie eine scharlachrote Fahne, und ich schwöre, dass ich selbst hier im Wald spüren kann, wie ich von Blicken verfolgt werde.

In der Hütte angekommen, ziehe ich den Pulli aus und lasse in der Spüle kaltes Wasser über die Flecken laufen, bevor sie trocknen können. Das Wasser färbt sich rot und läuft dann ab.

Ich weiß, wie man Blut aus Kleidern wäscht.

An meinem Shirt klebte Blut, als ich sieben war und Beth Joseph anschrie, er solle mich unter Kontrolle bringen. Damals hat er seinen Gürtel aus der Hose gezogen, wie sein Vater es immer gemacht hatte. Aber es war das erste und das einzige Mal, denn sein Griff an dem Gürtel verrutschte, während er auf mich einschlug, sodass die Schnalle meinen Rücken traf und meine Haut aufriss. Joseph drückte mich sofort mit Tränen in den Augen an sich und versprach mir, dass er das nie wieder tun werde, und ich hielt sein Bedauern für Liebe.

Als ich elf war, hatte ich Blut in meiner Unterwäsche und bekam Panik, weil mich niemand genügend aufgeklärt hatte. Ich hielt es für ein Zeichen, dass ich sterben musste, hatte aber zu große Angst, um zu Beth zu gehen. Ich fand erst heraus, was los war, als eine der Nachbarstöchter den sich ausbreitenden Fleck an meinem Rock sah, mir wortlos einen Tampon reichte und lachte, als ich fragte, was ich damit sollte. Ihre Mutter erzählte es dann Beth. Beth erzählte es Joseph. *Das ist früh, oder?*, fragte er.

Ich habe meine mit vierzehn bekommen, sagte sie.

Sie ist weit entwickelt für ihr Alter. Wir sollten ein Auge auf sie haben.

Blut sickerte durch meinen Rock, es war zu viel, und es hörte nicht auf. Meine Hände waren voller Blut, und Beth hat es völlig entsetzt angestarrt.

Überall Blut. An meinen Händen, an meinen Armen. Tropfen und vereinzelte Striche, ein Kunstwerk aus mattem Purpurrot, das sich quer über meinen Oberkörper zog, und die Lichter des Streifenwagens, die sich auf der nassen Straße spiegelten.

Mir hat Blut nie etwas ausgemacht. Es ist eine Spur, die sich durch meine Erinnerungen zieht und der ich folgen kann. Ich habe immer das Gefühl, dass da noch etwas ist, ein letzter Schritt, der verloren gegangen ist – aus der Zeit vor den Scotts vor allem. Blut trägt das Versprechen in sich, dass ich mich vielleicht eines Tages erinnern kann, was es ist.

Ich schrubbe meine Hände am Badezimmerwaschbecken unter heißem Wasser. Auch mein Gesicht wasche ich gründlich, da es mit winzigen roten Tröpfchen übersät ist, die wie Sommersprossen aussehen. Dann ziehe ich mich komplett neu an. Der Pulli ist kein Verlust. Es gibt so viele andere.

Die Scotts holten noch den letzten Rest an Wert aus dem heraus, was sie besaßen. Sie warfen selten etwas weg – nicht, wenn man es noch für irgendetwas gebrauchen konnte, nicht, wenn es in der Zukunft vielleicht noch irgendeinen Nutzen haben konnte. Die Daltons können haben, was immer sie wollen. Ein Ding muss schon sehr wertvoll sein, damit sie ihm Aufmerksamkeit schenken. Und wenn es nur den kleinsten Makel hat, kommt es einfach in den Müll.

Ich ziehe mich wieder an und überprüfe jeden Zentimeter meiner Haut auf Blutspritzer, die mir entgangen sein könnten. Erst als ich mir einen frischen Pulli über den Kopf ziehe, sehe ich die kleine Schachtel draußen auf der Fensterbank, eingerahmt von dem Spalt zwischen den Vorhängen.

Auf der anderen Seite der Fensterscheibe steht ein Geschenk in der Größe meiner Handfläche, in grünes Glanzpapier eingeschlagen und mit einer roten Schleife umwickelt.

Ich schaue hinaus. Der Wald ist liegt ruhig da. Keine Spur von meinem Besucher.

Ich entriegele das Fenster und öffne es vorsichtig, damit die Schachtel nicht in den Schnee fällt. Stattdessen fällt sie nach innen, in meine wartende Hand. Sie ist leicht, scheinbar leer. Auf dem Anhänger steht in Schreibmaschinenschrift ein einziges Wort: DORA.

Mein Mund ist trocken wie Papier, mein Blut gefriert. So hat mich seit Jahren niemand mehr genannt.

Ich ziehe an einem Ende der Schleife. Sie geht auf, und das Band fällt zu Boden. Ich hebe den Deckel von der Schachtel.

Darin liegt lediglich ein Zettel. Fünf Wörter, sonst nichts.

Du hättest nicht herkommen sollen.

8

Connor bringt mir das Abendessen in die Hütte. Hähnchenschenkel mit knusprig gebratener Haut, die mit Kräutern eingerieben wurde, Bratkartoffeln und Möhren, dazu ein mit Ziegenkäse verfeinerter Salat, der mit einer hellen Vinaigrette angemacht ist, ein Glas Rotwein und dann noch eins. Ich lächle und bedanke mich artig und erzähle ihm nichts von der Schachtel, die ich auf dem oberen Regalbrett im Schrank versteckt habe.

Die Nachrichten sind nicht von einer Rivalin um Connors Gunst oder von jemandem, der mich von meinem alten Zuhause kennt. Sie sind von jemandem, der hier auf dem Berg ist.

Jemandem, der mich hier nicht haben will.

Wir essen zusammen und strecken uns dann auf dem Sofa aus. Connors Hand liegt auf meinem Bein, seine Wange an meinem Bauch. Ich fahre mit den Fingerspitzen durch seine Haare. Niemand sollte herausfinden können, was ich getan habe. Es sollte begraben sein. Vergessen.

»Ich höre dich verdauen«, sagt Connor.

»Sexy«, erwidere ich abgelenkt.

»Glucker, gurgel. Dein Magen schäkert mit mir«, sagt er, und ich lächle gezwungen. Ich gehöre hierher, zu ihm. Und sollte nicht an die Person denken, die mich anscheinend stalkt. Erpressen will?

Er dreht sein Gesicht und küsst mich auf die Stelle an meinem Hüftknochen, wo mich jede Berührung nach Luft schnappen lässt. Ich beiße mir auf die Lippe, da ich ihm die Befriedigung nicht gönne. Er arbeitet sich an meiner Seite hoch, schiebt dabei mein T-Shirt hoch, bis er an meinen Brüsten ankommt, dann geht es weiter aufwärts, zu meinem Hals, meinem Kiefer, meinem Mund. Ich lege einen Finger auf seine Lippen.

»Was ist los?«, fragt er, weil er es mir am Gesicht ablesen kann.

»Ich glaube, das hier war ein Fehler«, sage ich.

Er setzt sich auf, und ich schiebe mich ebenfalls in eine aufrechte Position und ziehe mein Shirt wieder über meine Hüften. »Welcher Teil?«, fragt er vorsichtig.

»Dass ich hier bin. Es ist zu früh.«

»Für dich? Oder für meine Familie?«, fragt er.

Ich werfe ihm einen Blick zu. Er war ja bei dem Abendessen dabei. Muss er das wirklich fragen? »Vielleicht sollten wir uns eine Ausrede ausdenken. Ich kann abreisen, und dann versuchen wir es im Sommer noch mal. Wenn sie Zeit hatten, sich an die Vorstellung zu gewöhnen.«

»Du kannst nicht abreisen«, sagt Connor, und für den Bruchteil einer Sekunde durchzuckt mich Panik. Er nimmt meine Hand, küsst den Punkt unterhalb meines Daumengelenks, wo mein Puls pocht. »Mach dir keine Sorgen, Theo. Es wird alles gut.«

Er zieht mich an sich und legt seine Arme um mich, und zum ersten Mal fühlt sich das nicht tröstlich an, sondern wie ein Käfig.

* * *

In dieser Nacht träume ich von einem Messer in meiner Hand und einem Körper vor mir. Ich schlitze ihn in der Mitte auf. Die Eingeweide quellen heraus. Ich schaue hoch in die glasigen Augen des Hirschs, doch es ist gar kein Hirsch, es ist Connor, aus seinen Schläfen wachsen Geweihstangen. Er packt mein Handgelenk. Ich renne weg. Ich renne immer weg.

Ich bin in einer Hütte – sie ist nicht wie unsere, sondern rustikaler, älter. Die Entfernung zur Tür ist unfassbar groß, und ich spüre den Atem des Manns mit dem Geweih an meinem Hals.

Ich fliehe nach draußen und knalle die Tür hinter mir zu, obwohl ich weiß, dass das nicht helfen wird. In diesem Moment sehe ich schließlich die Libelle und höre ihr Surren, sie sitzt auf der hölzernen Tür.

Ich entwinde mich dem Traum mit einem Schrei, der noch in der Kehle feststeckt, ich zittere unter der Decke, Connors Arm ruht auf mir, und ich zwinge mich, still liegen zu bleiben, obwohl mein Instinkt mir befiehlt, zu fliehen.

Ich warte, bis mein Herzschlag sich verlangsamt hat und die Balken der Hütte über mir realer wirken als das Geweih des Mannes in meinem Traum. Dann löse ich mich von Connor und tapse ins Wohnzimmer. Unterwegs berühre ich Dinge – den Türrahmen, eine Tischplatte. Sie sind real. Alles ist real, und der Traum ist es nicht.

Wenn ich als Kind schreiend aufgewacht bin, haben die Scotts sich zu mir gesetzt und gebetet. Als ich zum Teenager herangereift war, wurde von mir erwartet, dass ich das Problem in den Griff bekam. Sie brachten mich zu unserem Pastor, der behauptete, der Traum suche mich deshalb heim, weil ich irgendetwas gestatte, meine Beziehung zu Jesus zu beeinträchtigen, er sei ein Zeichen dafür, dass ich Ihn noch nicht mit ganzem Herzen akzeptiert habe.

Es ist Jahre her, dass ich den Traum zwei Nächte hintereinander hatte. Doch er wirkt hier unfassbar präsent – so, als wäre er in unmittelbarer Reichweite und als könnte ich, wenn ich um eine Ecke biege, in ihn hineinstolpern.

Für gewöhnlich eignet mein Albtraum sich vertraute Dinge an. Den Buchladen, meine Wohnung, selbst den Lebensmittelladen. Die Hütte war neu. Die Tür sah genauso aus wie die Tür der fünften Hütte, die verwahrlost im Wald steht.

Was nichts zu bedeuten hat. Mein Hirn hat sich einfach eine Handvoll von allem um mich herum genommen und dem Durcheinander in meinem Kopf hinzugefügt.

Der Traum kreist noch durch meinen Kopf, als ich am nächsten Tag meinen Kaffee trinke, mein Frühstück esse und mit Connor zu einer Unterrichtsstunde in Skilanglauf aufbreche.

Der Unterricht findet ein Stück von der Lodge entfernt statt, hinter den Hütten. Die einzigen Spuren hier sind die ganz feinen von Vögeln, die über den Schnee gehüpft sind, die trippelnden Schritte von Eichhörnchen oder hin und wieder auch eine breitere Spur, die ein Hirsch hinterlassen hat. In der Nacht hat es so viel geschneit, dass die Oberfläche unberührt ist und die Pfade derer, die hier in den frühen Morgenstunden unterwegs waren, unübersehbar sind.

»Du machst das super«, sagt Alexis. Was offensichtlich gelogen ist. »Wie geht's dir denn?«

»Fantastisch«, lüge ich zurück und klammere mich an die Stöcke, die sie mir gegeben haben, als hinge mein Leben davon ab.

Connor lacht. »Ich wusste gar nicht, dass man sich derart verkrampfen kann«, sagt er.

»Das ist praktisch Totenstarre«, witzelt Alexis.

Während der letzten Stunde habe ich den »unbeholfenen

Babyelefanten« gegeben. Connor ist ein geduldiger Lehrer. Alexis weniger. Aber beide wollen langsam mal los. Während Connor mich drängt, mich zu entspannen, gleitet Paloma vorbei und kommt dann mit einer schwungvollen Drehung zum Stehen, die mühelos und natürlich aussieht. Sie lächelt freundlich, ihre Augen sind hinter einer verspiegelten Sonnenbrille verborgen.

»Und? Wie läuft's?«, fragt sie.

»Ganz gut«, antwortet Alexis in einem Ton, der deutlich *Sie stellt sich total blöd an, aber ich versuche, nett zu sein* besagt.

Ich schnaube. »Ich bin absolut unbegabt.«

»Na ja, vielleicht bist du nicht gerade ein Naturtalent«, gibt Alexis zu.

»Sich Bretter unter die Füße zu schnallen und durch den Schnee zu rasen ist auch, weiß Gott, nicht natürlich«, verteidige ich mich.

»Na ja, *rasen* wirst du eh nicht. Ich würde eher sagen, du ... tastest dich vorwärts.« Alexis beugt sich über ihre Stöcke und grinst mich selbstgefällig an. Paloma schlägt ihr auf den Arm, aber ich lache.

»Du kriegst den Dreh schon noch raus«, versichert Connor mir und bedenkt seine Schwester mit tödlichen Blicken. Dann schaut er mich an. »Bist du startklar?«

»Ich glaube, startklarer werde ich heute nicht mehr.« Das ist eher eine Kapitulationserklärung als Optimismus. Wir fahren los und treffen Rose auf dem Weg. Die anderen machen langsam, um sich an mein Schneckentempo anzupassen, und nach und nach gewöhne ich mich an den Rhythmus und den Bewegungsablauf. Zumindest bewege ich mich beständig vorwärts.

Trotzdem dauert es nicht lange, bis Paloma, Connor und

Alexis vorausfahren. Rose bleibt bei mir. Zuerst glaube ich, dass es aus Mitleid geschieht, doch dann ertappe ich Alexis dabei, wie sie zurückblickt, und danach werden sie und die anderen schneller und entfernen sich noch ein Stück weiter von uns – so weit, dass wir genug Raum für eine private Unterhaltung haben.

»Ich hatte noch keine Gelegenheit, mit Ihnen allein zu sprechen«, sagt Rose, meinen Verdacht bestätigend. »Ich wollte Sie mir ja eigentlich gestern schon ausborgen, aber …«

»Aber Ihnen war nicht nach einem Kennenlerngespräch mit jemandem, der in Hirschblut gebadet hatte?«, frage ich, und Rose' Augenwinkel kräuseln sich amüsiert.

»Wissen Sie, ich hätte nicht gedacht, dass die Reisen hierher noch Überraschungen bereithalten könnten.«

»Das ist typisch für mich. Ich bin immer für Überraschungen gut«, sage ich in dem Versuch, meine Verlegenheit hinter Aufgeräumtheit zu verbergen. Wenigstens liefert dieses ganze Schnauben und Stöhnen eine gute Erklärung für mein rotes Gesicht.

»Ich nehme an, Sie haben langsam keine Lust mehr, über sich selbst zu reden«, sagt Rose, und ich gebe einen Laut von mir, der signalisieren soll, dass ich dem im Großen und Ganzen zustimme. »Wie sieht's denn mit der Hochzeit aus? Wollen Sie darüber auch nicht mehr sprechen?«

»Über die habe ich, ehrlich gesagt, noch gar nicht nachgedacht.« Oder vielmehr: Jedes Mal, wenn ich darüber nachdenke, bekomme ich Panik. Eine Hochzeit zu planen ist das eine. Eine Dalton-Hochzeit zu planen etwas anderes. Es wird mindestens ein Senator auf der Gästeliste stehen.

»Also gehören Sie nicht zu den Frauen, die schon mit acht angefangen haben, ihre Hochzeit zu planen?«

»Ich wollte eigentlich nie heiraten«, gestehe ich. In meiner Kindheit stand eine Ehe nicht für Liebe. Vielmehr stand sie für Partnerschaft, Zweckmäßigkeit und gemeinsame Ziele. Mein Ehemann sollte jemand werden, den meine Eltern geprüft und für gut befunden hatten, also fast so etwas wie eine arrangierte Ehe. Kinder sollten dann ganz natürlich und zügig folgen.

»Und was hat Sie umgestimmt?«, fragt sie.

»Connor«, sage ich. Sie schaut mich an, als überlegte sie, ob das eine zurechtgelegte Antwort ist. Ich laufe rot an. »Nicht, dass er ... Ich meine nur, dass ich, glaube ich, vorher noch nie verliebt war. Nicht so. Nicht ... so richtig. Aber plötzlich habe ich begriffen, was das heißt.«

»Haben Sie denn schon über einen Ehevertrag gesprochen?«, fragt sie.

Mir bleibt die Spucke weg. »Nein! Aber, ich meine, ich denke mal, dass es einen geben wird.«

»Wird es«, bestätigt sie. Connor und die anderen verschwinden hinter einer Kurve. »Ist das ein Problem für Sie?«

Vor uns sitzt ein Kleiber auf der Loipe, beobachtet unser Näherkommen skeptisch und flattert dann plötzlich davon. »Nein, natürlich nicht.« Ich bin froh, dass ich den Blick auf meine Skier gerichtet halten muss. Das ist nicht das Gespräch, das ich erwartet hatte. »Ich unterschreibe alles.«

»Tun Sie das nicht«, sagt sie, und ich blicke überrascht auf. »Ich meine, Sie werden das Ganze an Ihren Anwalt übergeben wollen, der für Sie verhandelt. Wir bezahlen ihn natürlich, aber seine Aufgabe wird es sein, Ihre Interessen zu schützen. Das ist der Sinn der Sache – Sie sollen beide abgesichert sein. Ich hätte das auch tun sollen, aber ich war viel zu verknallt und hatte Angst, dass ich alles verliere, wenn ich auch nur ansatzweise widerspreche. Was zur Folge hatte, dass ich laut Ehevertrag so ziemlich vor dem Nichts gestanden hätte, als ...« Sie unterbricht sich. Und wählt ihre Worte behutsam. »Es wäre besser gewesen, ein wenig abgesichert zu sein.«

Sie hat *als* gesagt, nicht *falls.* »Das ist ... sehr praktisch gedacht«, sage ich.

Sie gibt einen amüsierten Laut von sich. »Eines werden Sie sehr schnell herausfinden, nämlich, dass Sie die praktisch Denkende sein müssen. Connor ist wie Liam – zu optimistisch, um gesunden Menschenverstand walten zu lassen. Er vertraut immer darauf, dass schon alles gut werden wird. Verschwendet nie einen Gedanken an die Konsequenzen.«

»Alle sagen dauernd, wie sehr Connor seinem Vater ähnelt.« Ich formuliere es nicht als Frage, nicht als Aufforderung, mich mit mehr Informationen zu versorgen. Mehrere Sekunden lang hört man nur das rhythmische Gleiten unserer Skier im Schnee.

»Liam hatte seine Fehler«, sagt Rose schließlich, und ich spüre in diesen Worten eine tiefe, komplizierte Trauer. Was das für Fehler waren, führt sie nicht weiter aus. »Als Kind kennt man die beste Version seiner Eltern. Das ist auch die Version, die Connor kannte. Und der er schon sein Leben lang nacheifert.«

Ich denke an Beth Scott auf der anderen Seite der Schranktür, wie sie sie mit ihrem ganzen Körpergewicht zuhielt, während ich mich laut schreiend dagegenwarf. Von Beth gab es nie eine Version, an der ich mir ein Beispiel nehmen wollte.

Obwohl ich nicht garantieren kann, dass ich es mit einer Tochter wie mir besser gemacht hätte.

»Es muss schwer für Sie ein, hierher zurückzukommen«, sage ich.

Sie signalisiert mir mit einem Laut, dass das noch untertrieben ist. »In jenem ersten Sommer hätte ich es fast nicht getan. Mir ging nicht in den Kopf, dass wir alle hier sein würden, als wäre es nicht passiert. Aber ich bin froh, dass ich doch gekommen bin. Wir konnten nicht zulassen, dass … all das uns diesen Ort verleidet.« Sie strafft ihre Schultern und blinzelt ihre Tränen weg.

Warum habe ich plötzlich das Gefühl, dass sie drauf und dran war, zu sagen: … *dass* er *uns diesen Ort verleidet?*

Ich sage mir, dass ich mir das nur einbilde. Doch ich verspüre einen altbekannten Drang. *Kleine Diebin* hat Beth mich früher genannt, aber ich habe nie Dinge gestohlen, um sie für mich zu haben. Ich habe sie genommen, um sie zu verstehen. Ich muss die Namen von Dingen kennen. Ihre Ursachen.

Wenn man bedenkt, wie die Scotts auf Neugier reagierten, sollte man meinen, sie sei eine der sieben Todsünden. Fragen waren für sie ein Zeichen von Renitenz. Ein Kind sollte die Wahrheit zur Kenntnis nehmen und sie als wahr akzeptieren, weil sie von der Autoritätsperson kam, und Autorität *ist* Wahrheit.

»Es tut mir so leid«, sage ich.

»Ist sehr lange her«, erwidert sie und saugt die Luft ein. »Wertschätzen Sie die, die Sie lieben, Theo. Und sorgen Sie dafür, dass sie sich vom Dach der Lodge fernhalten.« Ihre Lippen verziehen sich zu einem traurigen Lächeln. »Aber jetzt genug der ernsten Themen.«

»Tut mir leid, dass ich Sie darauf gebracht habe«, sage ich.

»Nein, nein, kein Problem. Wir sollten über solche Dinge reden, anstatt so zu tun, als wären sie nicht passiert«, erwidert sie, und wieder habe ich das Gefühl, in eine Auseinandersetzung geraten zu sein, die sie mit jemand ganz anderem geführt hat.

Ich weiß nicht, was ich mit dieser Unterhaltung anfangen soll – diesem Gerede über Eheverträge und Liams Fehler. Jedes Thema ist auf seine Weise ein seltsamer Test. Ich habe keine Ahnung, wie Rose mich gern hätte und ob es ihr lieber ist, dass ich mich als würdig erweise, oder ob sie möchte, dass ich einen Fehler begehe, der meinen Rauswurf rechtfertigt.

Von vorn dringt Gelächter zu uns. Meine Waden und Oberschenkel brennen, und wir hinken den anderen hoffnungslos hinterher. Über Rose' Gesicht huscht ein Ausdruck, der mir sagt, dass sie gern da vorn wäre und mitlachen würde.

Ich beschließe, den Moment zu nutzen: »Ich glaube, ich mache mich mal auf den Rückweg«, sage ich.

»Sind Sie sicher?«, fragt sie. Das ist eher Höflichkeit als ein echter Einwand.

»Wenn ich weiterlaufe, wird mich einer von den anderen zurücktragen müssen«, antworte ich freiheraus und winke bereits. »Schließen Sie ruhig zu den anderen auf. Ich mache mir einen Kakao, während Sie sich alle freiwillig auspowern und erkälten.«

»Ich sage Connor Bescheid, dass Sie kehrtgemacht haben«, informiert sie mich, und bis ich die Richtung gewechselt habe – ein mühsamer Vorgang –, ist sie schon in einem Tempo davongebraust, das auf beschämende Weise offensichtlich werden lässt, wie sehr sie sich an meine Langsamkeit angepasst hat.

Der Rückweg ist an unseren Spuren im Schnee deutlich zu erkennen. Ich lege eine kurze Strecke auf den Skiern zurück, bevor ich sie abschnalle und mit ihnen unterm Arm in meinen Stiefeln weiterstapfe. Dabei gehe ich unsere Unterhaltung im Kopf noch einmal durch.

Connor redet mit so etwas wie Ehrfurcht über seinen Vater.

Doch die Art, wie Rose über den Ehevertrag gesprochen hat, klang deutlich weniger freudvoll.

Und sorgen Sie dafür, dass sie sich vom Dach der Lodge fernhalten, hat sie gesagt. Aber hat Mr Vance mir nicht erzählt, der Unfall wäre an der verlassenen Hütte passiert?

Wahrscheinlich hat er das gar nicht ausdrücklich gesagt, sondern ich bin einfach davon ausgegangen. Und er hat mich nicht korrigiert.

Aber wenn Liam Dalton vom Dach der Lodge gefallen ist, warum sollte man dann diese Hütte aufgeben?

Das geht mich nichts an, ermahne ich mich.

Ich bleibe stehen. Der Weg schlängelt sich vor mir durch den Schnee. Die Furchen, die unsere Skier gezogen haben, führen weiter geradeaus. Wenn ich ihnen folge, werde ich zuverlässig an der White Pine Cabin landen, dem Ort, an dem ich sein soll.

Weiter hinten, zwischen den Bäumen, steht die fünfte Hütte. Ihre graubraune Seitenwand kann ich von hier aus sehen. Von der Dachtraufe hängen Eiszapfen. Ich frage mich, ob der Schnee die Fußspuren, die zu ihrer Tür führen, inzwischen zugedeckt hat. Meine, die von Mr Vance und die von einer dritten Person.

Es gibt einen Grund dafür, dass die Hütte aufgegeben wurde. Aber es ist nicht der, den ich angenommen hatte.

Und da ist dieses Gefühl, das mich vorwärtstreibt. Nicht direkt ein Gefühl der Vertrautheit, aber eines, das dem am nächsten kommt. Als betrachtete man ein Foto von einem Familienurlaub, bei dem man noch zu klein war, um sich erinnern zu können, aber immer das Gefühl hat, man sollte es.

Nicht, dass ich die Hütte kennen würde, natürlich nicht. Abgesehen vom Jagen mit Joseph und Ausflügen zu Verwandten in Idaho sind wir nie irgendwo hingefahren. Ich wusste nicht mal, was ich verpasse; ich dachte damals, Reisen wären etwas, was für Bücher erfunden worden wäre, um sie interessanter zu machen. Es war auch nicht so, als hätte ich Freunde in der Schule gehabt, mit denen ich mich hätte austauschen können. Mein Klassenzimmer waren der Küchentisch und Beth, die mich beaufsichtigte, während sie kochte.

Beth hatte kein Talent als Lehrerin, doch sie hat sich bemüht. Mathe fiel mir leicht, und alles, was mit Literatur oder Geschichte zu tun hatte, habe ich verschlungen. Natürlich fand ich erst viel später heraus, wie fragwürdig das Geschichtsbild war, das mir vermittelt wurde, und dass meine Altersgenossen am College keine Kapitel über »Die Menschen zur Zeit der Dinosaurier« in ihren Lehrbüchern gehabt hatten oder Randleisten, in denen erklärt wurde, warum Buddhisten in die Hölle kommen.

Der Unterricht war die einzige Zeit, in der Beth je mit mir zufrieden war. *Du bist ganz schön clever,* sagte sie zu mir und wackelte dabei mit dem Kopf. Aber als ich älter wurde, bereitete auch das ihr Sorgen. *Du stellst so viele Fragen,* sagte sie, und das bedeutete mit fünfzehn etwas ganz anderes als mit fünf.

Ich begriff, dass ich Antworten selbst finden musste, wenn ich welche haben wollte.

Die Hütte steht nur wenige Schritte von meinem Weg entfernt. Der Schnee ist hier, wo die Bäume den Weg geschützt haben, knöcheltief. Es kann ja nicht schaden, sie sich mal anzusehen. Also wende ich mich dorthin und lege die Entfernung schnell zurück. Die Skier lehne ich an die Stufen zur Hütte.

Im Tageslicht kann ich den blassen Umriss an der Tür, wo das Ornament früher gehangen haben muss, besser erkennen.

Ich fahre mit dem Finger darüber. Fast ein Kreuz, aber nicht ganz. Der horizontale Balken spaltet sich an den Enden auf.

Plötzlich geht ein Ruck durch mich hindurch. Ich weiß, wofür diese Silhouette steht. Oder ich wusste es, einen so kurzen Moment lang, dass ich nur noch den Nachhall in der Luft spüre, nachdem der Gedanke wieder verschwunden ist. Ich erkenne sie auf dieselbe Weise wieder, wie ich Connor an jenem Abend auf Harpers Party von irgendwoher zu kennen meinte.

Wir haben uns schon mal irgendwo gesehen, oder?, habe ich ihn gefragt.

Daran würde ich mich erinnern, hat er geantwortet.

Meine Hand legt sich auf die Tür, und ich bin sicher, dass sie abgeschlossen ist, doch als hätte sie mich erwartet, lässt sich der Türknauf drehen. Ich drücke die Tür auf. Sie ist schwergängig, hat sich verzogen, aber dann springt sie auf. Sie schwingt nach innen, und ich versuche, mich zu erinnern, wie man atmet.

Trockenes Laub und Kiefernnadeln bedecken die Bodendielen. Die innen liegende Fußmatte ist vom Schmutz der Jahre grau geworden. An der Wand steht ein Holzofen, und hinten im Hauptraum sehe ich einen Kühlschrank, der nicht mehr in Betrieb ist. Ich betätige mehrfach den Schalter, doch das Licht geht nicht an – kein Strom.

Einen Moment lang versuche ich, diese Hütte mit der aus meinem Traum abzugleichen, aber so funktionieren Träume natürlich nicht. Mein Traum vermittelte eher einen groben Raumeindruck und lieferte keine präzisen Details oder identifizierbaren Bestandteile. Außerdem war ich ja noch nie hier. Ich war überhaupt noch nicht an der Ostküste, und selbst wenn, was hätte ich auf Idlewood verloren gehabt?

Es ist nur eine lange verblasste Erinnerung, die an diesem Ort einen Widerhall findet.

Es kann sein, dass die Erinnerung niemals zurückkehrt, hat meine Therapeutin gesagt. *Oder aber dass sie nur dann und wann zurückkommt. Die seltsamsten kleinen Details können Erinnerungen auslösen. Ein Geruch, ein Geräusch.*

Ich schließe die Augen, und das Bild der Frau mit dem roten Tuch stellt sich wieder ein. Ich kann mich nie erinnern, wie sie aussah – nicht mal daran, welche Haarfarbe sie hatte oder ob sie alt oder jung war. Aber ich weiß noch, dass ich neben ihr lag und unsere Gesichter sich fast berührt haben. Hat sie gelächelt? Hat sie meinen Namen gesagt und mir eine Haarsträhne hinters Ohr geschoben?

Diese Fragen bleiben immer ohne Antworten.

Ich betrete die Hütte, bewege mich instinktiv leise. Ich sollte eigentlich nicht hier sein – nicht, dass irgendjemand merken wird, dass ich hier eingedrungen bin.

Mein Blick fällt auf helle kreisförmige Flecken auf den Bodendielen. Kerzenwachs. Ich drehe mich langsam um mich selbst und schaue nach, wo das Wachs überall hingetropft und getrocknet ist. Ein Dutzend Kerzen oder mehr, in einem Halbkreis aufgestellt. Ich kratze mit dem Daumen über das Wachs, und es ist nicht so verstaubt wie der Rest des Fußbodens. Irgendjemand ist kürzlich hier gewesen.

Ich erschaudere. Richte mich wieder auf. Vor mir ist die Treppe, die nach oben führt.

Als ich den Zedernholzgeruch einsauge, wirbeln in meinem Hinterkopf Erinnerungen auf.

Wo komme ich denn her?, fragte ich Beth und Joseph manchmal.

Gott hat dich zu uns gebracht, sagte Beth dann, und der praktisch veranlagte Joseph erklärte gelegentlich: *Du bist durch die Kirche zu uns gekommen. Durch Leute, die wussten, dass wir dafür beteten, ein Kind zu bekommen, und dass du eine Familie brauchtest.*

Jahre der Unfruchtbarkeit. Drei Schwangerschaften, drei Fehlgeburten. Danach nichts, nicht einmal der Hauch eines positiven Ergebnisses bei einem Schwangerschaftstest. Doch dann wurden die Gebete aus heiterem Himmel erhört.

Natürlich war das, bevor sie ihre Meinung änderten und mich nicht mehr für eine Antwort auf ihre Gebete hielten, sondern zu der Einschätzung kamen, ich sei ihnen von der anderen Seite untergejubelt worden. Vielleicht hätten sie irgendwann angefangen, mich zu lieben, aber es wurde schnell klar, dass ich ihren Maßstäben von liebenswert nicht genügte.

Armes Lamm, nannten sie mich. Herrenlos. Ohne Stimme.

Geschädigt. Verblödet.

Während ich auf die Treppe zugehe, sehe ich diese andere Hütte fast vor mir, die durch mein Gedächtnis huscht wie eine Gestalt am Ende eines Ganges und immer außer Reichweite bleibt. »Zwei Zimmer oben. Eines ist kleiner. Blumen auf dem Bett«, gieße ich eine aufflackernde Erinnerung flüsternd in Worte, ohne es selbst richtig zu merken. Ich versuche, mir dieses Bild einzuprägen, bevor ich oben ankomme und der Anblick der echten Hütte es wieder aus meinem Kopf vertreibt.

Die Blumen. Sie waren weiß, glaube ich. Ich habe versucht, sie zu zählen, doch es waren zu viele. Ich verlor immer den Überblick.

Oben gehen zwei Türen vom Flur ab. Die vor mir ist geschlossen. Ich drehe den Kopf. Die andere Tür steht offen. Der Raum ist winzig klein – nicht viel größer als ein Schrank. Gerade groß genug für das schmale Kinderbett mit dem Metallrahmen, das darin steht, und einen Nachttisch. Die Tagesdecke ist ausgebleicht und schmutzig, doch ich kann das Muster gerade noch erkennen.

Die vielen über den Stoff verteilten weißen Gänseblümchen mit den ineinander verflochtenen Stängeln.

9

Ich ziehe scharf die Luft ein, und es fühlt sich an wie ein Schlag in die Magengrube – der Geruch von Zeder, Kiefer, Staub und etwas, das so schwach ist, dass ich nicht sicher bin, ob es wirklich da ist oder ob mein Hirn es von ganz allein hinzufügt: Lavendel.

Gänseblümchen. Die Blumen auf dem Bett waren Gänseblümchen, glaube ich, aber das ist unmöglich. Das hier kann nicht dieselbe Hütte sein. Das kann nicht dasselbe Bett sein.

Ich gehe zu der anderen Tür. Ich lege meine Hand an das Türblatt und will eigentlich noch gar nicht hineingehen, aber das Schloss funktioniert offenbar nicht richtig, denn die Tür schwingt einfach auf. Ich wappne mich für ein erneutes plötzliches Wiedererkennen – doch das passiert nicht.

Ein Doppelbett ohne Matratze nimmt den größten Teil des Raums ein. Das Gestell ist aus massivem Holz, handgemacht, Astlöcher verleihen ihm eine besondere Note. In der Ecke steht ein Schrank, zu meiner Rechten ein Schminktisch. Der Spiegel reflektiert ein undeutliches Bild, Schmutzflecken machen mein Gesicht unsichtbar.

Ich atme auf, da das Gefühl großer Vertrautheit allmählich nachlässt. Meine Schultern entspannen sich, und mir wird erst jetzt bewusst, wie stark ich meine Kiefer aufeinandergepresst habe.

Vielleicht war ich schon mal an einem ähnlichen Ort. Einem Ort mit geblümter Bettdecke, einem Holzofen und Zederduft. Das sind keine ungewöhnlichen Dinge – und sie sind alle recht typisch für eine Hütteneinrichtung, also nichts, was es nur hier gäbe.

Mein Blick fällt von meinem undeutlichen Spiegelbild auf die Oberfläche des Schminktischs, und der vernünftige, rationale, tröstliche Gedanke verflüchtigt sich wieder. Denn da ist sie.

Die Libelle. Sie ist matt und aus Messing gegossen.

Ich brauche drei Schritte und eine Ewigkeit, um zu dem Schminktisch zu gelangen. Ich berühre sie so vorsichtig, als könnte ich mich daran verbrennen. Ein Ornament für eine Tür, zwei Löcher für die Schrauben, eins vorn am Kopf, eins am Schwanz. Sie hat dieselbe Größe wie die Kontur an der Tür: ein Kreuz mit einem verzweigten Querbalken, wo die Flügel auseinandergehen.

Red Fox – Rotfuchs. White Pine – Weißkiefer. Wildflower – Wildblume.

Dragonfly – Libelle.

Ich nehme das Ornament in die Hand und puste den Staub davon ab. Die Struktur der Flügel wird sichtbar. Hinter der Libelle befinden sich Kreise aus Messing, eine zusätzliche Verzierung. Ich halte sie neben das Tattoo auf meinem Unterarm. Sie sehen nicht gleich aus, nicht exakt gleich. Die Größe und die Lage der Kreise hinter dem Körper sind unterschiedlich.

Als wäre dies das Bild, was ich zu erhaschen versuchte, als ich dem Tattookünstler eine Skizze dessen angefertigt habe, was mir vorschwebte. Wie ein undeutliches Spiegelbild, durch eine lange in der Versenkung verschwundene Erinnerung hindurch betrachtet.

Ich sinke auf einen Hocker. Mein Mund ist trocken.

Warum ist das hier?

Absurd. Es gehört hierher. Ich bin diejenige, die nicht hierhergehört.

Zwischen der Rückwand des Schminktischs und der Wand entdecke ich ein weißes Dreieck, nicht größer als ein abgeschnittener Fingernagel. Es glänzt wie Fotopapier, und jetzt sehe ich auch die verräterischen quadratischen Umrisse auf dem Spiegel, wo vielleicht noch andere Fotos angeklebt waren. Wer auch immer hier aufgeräumt hat, muss dieses eine Foto übersehen haben.

Mein Blick fixiert es. Meine Hände zittern, ein Beben, das in meinem kleinsten Finger beginnt und sich ausdehnt, bis ich beide Hände fest an meinen Körper drücken muss, um sie still zu halten.

Ich sollte gehen. Umdrehen, die Hütte verlassen und all das, all diese seltsamen Zufälle aus meinem Kopf verbannen. Sie haben nichts zu bedeuten.

Und trotzdem wende ich mich nicht ab, sondern strecke die Hand nach diesem kleinen weißen Zipfel aus und ziehe daran. Es ist ein Foto. Abgesehen von einem Knick an der Stelle, wo es hinter dem Tisch eingeklemmt war, ist es intakt.

Das Foto zeigt einen Mann, den man fast mit Connor verwechseln könnte. Derselbe Mund, dieselben leicht abstehenden Ohren. Er trägt eine dicke Jacke mit offenem Reißverschluss und darunter einen grauen Pullover. Er hält ein sehr kleines Mädchen an der Hand, das Handschuhe trägt. Sie ist in eine hellrosa Winterjacke eingemummelt. Ihre Wangen sind gerötet. Trotz der Kälte trägt sie keine Mütze, ihr braunes Haar fällt ihr locker über die Schultern. Mit ihrer freien Hand hält sie einen Teddybär umklammert. Er sieht brandneu aus, mit einem hellroten Band um den Hals. Der Mann lächelt. Sie nicht.

Ich kenne dieses Mädchen. Natürlich. Ich habe nicht viel aus der Zeit, als ich kleiner war, aber die Fotos von mir, die auf dem Kaminsims standen, habe ich mir oft genug angesehen. Ich am Esstisch, neben einem Weihnachtsbaum, in meinem besten Sonntagskleid, die Haare zu französischen Zöpfen geflochten, die Augen noch rot verweint, weil Beth heftig daran gezogen hatte, damit die Zöpfe flach und gleichmäßig wurden.

Ich habe das Gefühl, überhaupt nicht mehr in meinem Körper zu sein. Er hat sich um mich herum aufgelöst und mich ohne Halt zurückgelassen. Ich weiß nicht, wie lange ich dort sitze und das Foto anstarre, während sich in meinem Kopf alles dreht.

Der Mann ist offensichtlich Connors Vater – Liam Dalton.

Und das Mädchen auf dem Foto bin ich.

10

Zurück in der White Pine Cabin, schenke ich mir ein Glas Wein ein, um meine Nerven zu beruhigen. Das Foto liegt vor mir auf dem Küchentresen.

Es ergibt keinen Sinn – so wenig Sinn, dass es schwerfällt, zu glauben, dass es wirklich existiert. Und nicht verschwunden sein wird, sobald ich den Blick abwende.

Ich kann unmöglich schon einmal hier gewesen sein. Ich kann unmöglich Liam Daltons Hand gehalten haben, weil ich noch nie von ihm gehört hatte, bevor ich Connor kennenlernte, und auch von diesem Ort nicht. Und für einen Zufall ist das zu seltsam, zu verrückt. Wenn ich schon einmal hier gewesen wäre, würde ich mich daran erinnern.

Es sei denn, mir ist etwas Schreckliches zugestoßen, und es gibt einen Grund dafür, dass heute niemand mehr in der Dragonfly Cabin wohnt, an deren Eingangstür früher eine Libelle hing.

Der Wein hat einen fleischigen, metallischen Geschmack. Ich verziehe das Gesicht, stelle mein Glas weg und nehme das Foto wieder zur Hand. Ich versuche, mir einzureden, dass das nicht ich bin. Oder eine Erklärung dafür zu finden, dass ich zufällig wieder an diesen Ort zurückgefunden habe, falls ich es doch bin.

Im Schnee ist der Schatten des Fotografierenden zu erkennen. Der Wind weht lange Haare von den Schultern dieser Person – eine Frau? Das herauszufinden, ist nicht mehr möglich.

Trägt sie ein rotes Tuch?

Fast hätte ich die Schritte auf der Veranda überhört. Als die Tür aufgeht, nehme ich das Buch, das ich am Morgen auf dem Tisch zurückgelassen habe, und stecke das Foto zwischen die Seiten. Connor kommt herein und tritt den Schnee von seinen Stiefeln ab, seine Wangen sind stark gerötet von der Kälte.

»Du bist zurück«, sage ich und klinge schuldbewusst. Connor scheint es nicht zu bemerken.

»Ich konnte dich doch nicht zu lange ganz allein lassen«, sagt er. »Wer weiß, welchen Ärger du dir einhandelst?« Da ist ein seltsamer Unterton in seiner Stimme, eine Lustlosigkeit, fast wie Ärger, die seine Antwort eher vorwurfsvoll klingen lässt und weniger wie einen Scherz.

Erzähl's ihm.

Wenn das auf dem Foto tatsächlich ich bin, dann wurde es aufgenommen, als Connor noch ein Kind war. Wenn ich – wenn *das Mädchen* ungefähr vier war, wird er sieben gewesen sein. Sicherlich alt genug, um sich zu erinnern, wenn ein anderes Kind in den Winterferien hier gewesen ist.

Er wird mir sagen können, wer sie war, und mir beweisen, dass ich mir alles nur einbilde.

»Ich gehe schnell unter die Dusche«, sagt er. Er wirft seine Mütze und seine Handschuhe auf die Bank am Eingang und wartet meine Antwort nicht ab. Ich sitze da, die Lippen geöffnet, die Worte nicht gebildet. Ich könnte sprechen. Ihn aufhalten. Doch ich sage mir, dass ich nur umsichtig bin. Ich warte, das ist alles, ein paar Minuten, auf eine Gelegenheit, wenn es besser passt.

Ich habe ihm keine Details aus meiner Vergangenheit erzählt. Er weiß, dass ich adoptiert wurde. Er weiß, dass ich die Scotts nicht als meine Familie betrachte. Warum das so ist, haben wir nie besprochen, doch er muss sich seinen Teil gedacht haben. Die Geschichte ist nicht weiter ungewöhnlich. Kontrolle. »Disziplin.« Die Befolgung eines Kodex, in dem Gehorsam wichtiger war als Liebe.

Er weiß nicht, dass ich über vier Jahre meines Lebens keinerlei Belege habe.

Wenn ich vier war, war es dasselbe Jahr – derselbe Winter –, in dem sein Vater starb.

Ich weiß, wer du wirklich bist, hat Beth bei unserem letzten Gespräch zu mir gesagt. In einem gehässigen Ton. Wenn die Leute herausfänden, wer ich sei, wer ich wirklich sei, wollten sie nicht mehr in meiner Nähe sein, nichts mit mir zu tun haben. Ich habe Jahre damit verbracht, mir einzureden, dass die Scotts unrecht hatten. Dass ich nicht so gestört bin, wie sie behauptet haben. Dass ich einen Wert habe.

Aber sie haben mich auch gelehrt, dass ich eine Lügnerin sei, der man nicht glauben könne. Und das ist eine Lektion, die man nicht so leicht wieder verlernt.

Ich muss es ihm sagen.

Die Dusche wird ausgestellt. Ich sitze mit gefalteten Händen am Tisch. Eine Ecke des Fotos ragt aus den Buchseiten hervor. Vorerst werde ich es dort stecken lassen. Und mich langsam vorarbeiten.

Connor kommt mit nassen Haaren ins Zimmer, er trägt eine Jeans, aber kein Shirt. »Hey«, sage ich in einem sanften Ton.

»Hey«, wiederholt er knapp. »Was hast du denn in der Zwischenzeit gemacht?«

Sag's ihm. »Nur gelesen«, sage ich, und schon habe ich gelogen. *Ich war in der Dragonfly Cabin.* Die Worte formen sich in meinem Kopf, gelangen aber nicht auf meine Zunge.

»Echt?« Er klingt, als würde er mir nicht glauben – nein, das ergibt keinen Sinn. Er klingt nur verärgert. Er geht zum Kühlschrank, reißt ihn auf und nimmt sich ein Bier. Das ist normalerweise nicht das, was er um die Uhrzeit trinkt; hin und wieder gönnt er sich mal eins an einem heißen Nachmittag – aber heiß ist es heute definitiv nicht – oder wenn er eine bestimmte Art von Stress hat, einen, den er noch anheizen statt abbauen will.

»Ist alles in Ordnung?«, frage ich. Ist er sauer? Ist er auf *mich* sauer? Ich wüsste nicht, warum. Er kann nicht wissen, dass ich in der Hütte war.

»Ja, alles gut«, sagt er. Connor hat seine Wut noch nie an mir ausgelassen, aber das heißt nicht, dass ich weniger Angst davor habe. Vor der Wut von egal wem. Man muss sie besänftigen, beruhigen, bevor sie sich weiter aufstaut. Beth hat ihren eigenen Zorn gern genährt. Er staute sich den ganzen Tag immer weiter auf, bis er sich dann entlud. Jetzt, als Erwachsene, verstehe ich, dass die Hälfte von Josephs Bestrafungen in Wirklichkeit eher Schutzmaßnahmen waren – geh auf dein Zimmer. Du darfst heute nicht zum Abendessen herunterkommen. *Geh ihr aus dem Weg, bis sie sich beruhigt hat.*

Ich stehe auf, gehe um den Tisch herum und stelle mich neben ihn. Meine Fingerspitzen berühren die Innenseite seines Handgelenks. Er streicht mit seiner anderen Hand über meine Seite und lässt sie auf meiner Hüfte liegen.

»Du bist verärgert«, sage ich.

Er trinkt einen großen Schluck von seinem Bier und lässt ihn kurz in seinem Mund, bevor er ihn herunterschluckt. »Das ist ein komischer Tag.« Ich muss beinahe lachen. Stattdessen lasse ich mich auf dem Stuhl neben ihm nieder, beuge mich vor und stütze die Ellenbogen auf meine Knie. Schaffe eine intime Gesprächssituation.

»Inwiefern?«, frage ich. Er rollt den Rand der Bierflasche auf dem Tisch hin und her, antwortet aber nicht. »Ist irgendwas passiert, während ihr unterwegs wart?«

»Wir haben uns unterhalten«, sagt er, weicht meinem Blick aber aus.

»Aha?« Ich gehe im Kopf verschiedene Möglichkeiten durch, doch mir fällt kein naheliegendes Thema ein, das ihn verärgern könnte, außer ... »Ah, verstehe. Über mich.«

Sein Mund geht auf – er will etwas sagen, aber dann klappt er ihn wieder zu. Er seufzt. »Sie finden, dass ich übereilt handele. Dass ich dich gar nicht kenne.«

Ich erhebe mich gerade so weit, dass ich auf seinen Schoß rutschen kann. Er schaut zu mir hoch, ich lege meine Stirn an seine und meine Arme um seinen Nacken. Er drückt eine Hand auf meinen Rücken und schließt die Augen. Ich behalte meine offen und beobachte ihn.

Ich muss ihn stets im Blick behalten. Muss jede Wendung in seinem Denken mitbekommen. Muss wissen, was er sieht. Ich kann nicht riskieren, dass er etwas sieht, was ich in mir vergraben habe. Ich muss perfekt sein.

»Du kennst mich«, sage ich und wünsche mir mit aller Macht, dass das wahr genug ist, um all die Dinge zu eliminieren, die er *nicht* weiß. Die ich nicht weiß. Es gibt ein Foto von mir mit seinem Vater, und ich verstehe nicht, warum, und das macht mir Angst.

Er will etwas sagen, aber ich küsse ihn. Nichts, was wir sagen könnten, würde helfen. Es sind nicht die Worte, die ihn daran erinnern werden, wer ich bin – für ihn und *mit* ihm, was das Einzige ist, was zählt. All die anderen Mädchen – das, welches sich vor Beths Zorn versteckt; das, welches Fotos von seinen blauen Flecken macht; das, welches ein Messer in der Hand hält, und das, welches im Schnee an der Hand eines Fremden geht – sollen vergraben bleiben.

»Du kennst mich«, wiederhole ich und löse mich von ihm, um ihn anzuschauen. Er starrt zu mir hoch. Ich stehe auf und strecke ihm einladend die Hand hin. Er zögert kurz, nimmt sie dann aber. Ich drehe mich um, zwei Finger um seine gehakt, und führe ihn in Richtung Schlafzimmer.

Es gibt zwei Versionen von Connor. Die eine, die mich langsam und ehrfurchtsvoll küsst. Sanft und zärtlich, jede Berührung ein Akt der Verehrung; so, als wäre ich etwas Zartes oder Wildes, was wegfliegt, wenn er es erschreckt. Doch jede sanfte Berührung gibt mir das Gefühl, erstickt zu werden. Seine Liebe ist beengend, und manchmal kann ich sie nicht länger ertragen.

Wenn er eine Spur von zarten Küssen auf die Rundung meiner Hüfte drückt, möchte ich manchmal schreien, meine Fingernägel in seine Haut graben, ihn beißen, bis er zurückbeißt. Aber Connor will ein guter Mann sein, ein Gentleman. Und so gestehe ich ihm all diese zarten Berührungen zu, bis ich es nicht mehr aushalte.

Gelegentlich begegne ich auch der anderen Version von Connor. Wenn ich ihm in die Lippe beiße, wenn ich ihn wegschiebe. Wenn er mich grob auf seinen Schoß zieht und meine Hände hinter meinen Rücken schiebt und dort festhält. Wenn er mir sagt, dass er nur loslässt, wenn ich ihn brav darum bitte – aber ich brauche dann nur einmal *bitte* zu flüstern, bevor er mich aufs Bett drückt.

Doch so habe ich ihn noch nie erlebt. Er packt meine Hüfte, drückt mich nach unten, seine Hand auf meiner Brust, die Finger gespreizt an meinem Hals. Ich lege meine Beine um seine Taille und ziehe ihn tiefer hinein, halt ihn dort fest und beiße mir auf die Lippe, um meine Schreie zu unterdrücken, bis mir einfällt, dass niemand in der Nähe ist, der mich hören könnte. Er wird langsamer – die Sanftheit kehrt zurück, er schaut mich unverwandt an, in seinem Blick liegt eine stumme Frage. *Bitte,* sage ich wieder, und das lässt er sich nicht zweimal sagen.

Danach liegt er lang hingestreckt da, mit gespreizten Gliedern, den Handrücken an die Stirn gelegt, seltsam verletzlich. Er schaut an die Decke, zwischen seinen Brauen gräbt sich eine feine Linie ein, als seine Sorgen langsam zurückkehren. Ich öffne den Mund, um seinen Namen zu sagen, bremse mich jedoch.

Er löst seine Hand von der Stirn und legt sie stattdessen auf meinen Oberschenkel, beiläufig, aber besitzergreifend. Er wendet mir den Kopf zu und schaut mich lange an. »Lass uns heute Abend hierbleiben«, sagt er. »Ich koche für dich.«

Bevor ich begriffen hatte, dass Connor reich ist, habe ich ihm vorgeschlagen, dass wir zusammen kochen, wenn wir uns treffen, um Geld zu sparen. Dann stand er mit Wachteleiern und Fünfzig-Dollar-Steaks vor meiner Tür. Doch er liebte das. Er schenkte mir ein Glas Wein ein und forderte mich auf, sitzen zu bleiben, während er sich gekonnt durch Rezepte mit fünfzig verschiedenen Einzelschritten arbeitete. Er zauberte elegant angerichtete Leckereien auf mein zusammengewürfeltes Flohmarktgeschirr und wartete dann mit nervös hochgezogenen Augenbrauen auf mein Urteil, wenn ich probierte.

»Deine Familie wird uns in der Lodge erwarten«, sagte ich.

»Wir sind ja noch wochenlang hier. Da können wir noch reichlich Zeit mit den anderen verbringen.« Sein Daumen zeichnet Kreise auf meine nackte Haut.

»In Ordnung«, sage ich. Wir werden hierbleiben. Und reden. Ich werde den richtigen Moment abpassen und ihm von dem Foto erzählen, von der Hütte. Ich werde ihm alles erzählen.

Aber jetzt noch nicht.

11

Connor verschwindet gegen fünf und kommt beladen mit Lebensmitteln wieder zurück. Er hat keine Ahnung, wie man für zwei Personen kocht, von den Resten unserer gemeinsamen Abende kann ich zu Hause immer eine Woche lang leben.

»Schritt eins: Gieße Wein in den Koch«, sagt er, wie jedes Mal, und wartet auf mein obligatorisches Kichern. Er holt langstielige Gläser aus dem Schrank. Der Wein wird von einer Geschichtsstunde in der Küche begleitet. »In dem Jahr wurde nur eine geringe Anzahl von Flaschen von diesem Wein abgefüllt, weil Hagelschlag während der Lese die Hälfte der Ernte vernichtet hatte«, informiert er mich. »Du wirst merken, dass er leicht pfeffrig schmeckt, mit Cassisnoten.«

»Ich stelle fest, dass es sich um einen Rotwein handelt. Das erkennt man an der Farbe, musst du wissen«, fahre ich, seinen Ton imitierend, fort, und er kneift in gespielter Verärgerung die Augen zusammen. Dann trägt er seinen Syrah zum Schneidebrett, wo er das Glas gegen ein Kochmesser eintauscht und schnell zwei Zwiebeln klein hackt. Ein oder zwei Minuten lang ist nur das rhythmische Klacken des Messers auf dem Holzbrett zu hören. Manchmal sind unsere gemeinsamen Abendessen so – keiner von uns weiß so genau, worüber er reden soll, und plötzlich machen wir uns Sorgen, dass uns unsere Fähigkeit, ein Gespräch zu führen, komplett abhandengekommen und der Reiz des Neuen bereits verflogen ist. Doch zwischen dem dritten und dem zehnten Schluck löst sich die Blockade.

»Gefällt dir der Miller?«, fragt er und weist mit dem Kinn auf das Buch, das auf dem Tisch liegt. Ich zucke innerlich zusammen, als ich die Ecke des Fotos zwischen den Seiten herausragen sehe, widerstehe aber dem Bedürfnis, es tiefer hineinzuschieben.

»Ja, und wie!«, antworte ich. »Das Buch ist toll.«

Natürlich waren Bücher das Erste, worüber wir uns ausgetauscht haben. Nachdem wir einander vorgestellt worden waren, folgte eine verlegene Stille, dann fragte Connor – ohne jede Vorrede –, ob ich Vonnegut gelesen hätte. Nur *Schlachthof 5*, musste ich gestehen, aber Connor kannte alles von ihm und besaß sogar einige handsignierte Erstausgaben. Er wollte darüber reden. Nicht darüber, was in den Büchern passierte, sondern *über* sie, über Vonnegut, über Geschichten und darüber, was er aus ihnen zu machen verstand. Von Vonnegut kamen wir auf George Saunders und von Saunders auf Virginia Woolf und Jennifer Egan. Ich gestand ihm, dass ich seit meinem Abschluss vor allem Unterhaltungsliteratur gelesen hätte, Bücher, die entweder vom Küssen oder vom Tod handelten, worauf er meinte, davon würden doch im Grunde alle Bücher handeln, und ich zurückgab, das sei die Art von Sätzen, die zwar tiefgründig klängen, es aber nicht wirklich seien, wenn man länger als zwei Sekunden über sie nachdächte, was er mit der Ankündigung konterte, dass er mich später fragen werde, ob er mich küssen dürfe, dann setzten wir, ohne Luft zu holen, unsere Diskussion darüber fort, welches Buch von Cormac McCarthy wir am liebsten mochten.

Wir sprechen auch immer noch über Bücher. Er macht sich

über meinen schlechten Geschmack lustig, und ich reiße Witze über Jonathan Franzen, bei denen er so tut, als würde er sie persönlich nehmen.

Jetzt lächelt er. »Wenn du mich bittest, einen Ring auszusuchen, bin ich aufgeschmissen, aber wenn du mich bittest, ein Buch auszusuchen ...« Er wirft mir einen selbstzufriedenen Blick zu. »Siehst du? Ich kenne dich.«

Die Ecke des Fotos lugt zwischen den Seiten hervor, doch ich sage nichts.

Connor reibt frische Kräuter zwischen den Fingern, um die Blätter von den Stielen zu trennen. Er löst das Fleisch mit dem Messer vom Knochen, zieht ein Schälmesser über die Schale einer Zitrone, um Zesten abzuhobeln, und halbiert sie dann mit einem sauberen Schnitt. Der Wein hat ein dunkleres Rot als Blut und verfärbt seine Unterlippe, als er trinkt und uns dann nachschenkt. Mein Spiegelbild in dem Glas ist unscharf, nur der Hauch von einer Silhouette. Ich neige es, und das Bild verzerrt sich noch mehr.

»Habt ihr euch hier über Weihnachten immer nur im Familienkreis getroffen?«, frage ich ihn.

Das Fleisch ist im Ofen. Connor stützt seine Handflächen auf die Arbeitsplatte und lehnt sich leicht in meine Richtung. »Da kann man schon mal klaustrophobische Anwandlungen bekommen«, sagt er anstelle einer Antwort. »Im Sommer werden normalerweise auch Freunde eingeladen. Das fühlt sich dann schon lockerer an. Eher wie Ferien und weniger wie ein Gipfeltreffen.«

»Im Winter kommen also nie Gäste.«

»Nur Familie. Und die, die sehr bald zur Familie dazugehören werden«, bestätigt er mir.

Ich befeuchte meine Lippen. »Dann gab es hier im Winter

also auch nie … Freunde der Familie? Keine anderen Kinder, mit denen du spielen konntest? Keine großen Schneeballschlachten am Teich?«, frage ich in einem fröhlichen, neugierigen Ton, der keine Hintergedanken verrät.

Er runzelt die Stirn. »Nein, definitiv nicht. Obwohl …« Er bremst sich.

»Obwohl was?«, hake ich nach. Ich spüre, dass mein Puls am Hals flattert. Schnell wie Insektenflügel.

»Nichts«, sagt er. »Wir haben über Weihnachten nie Gäste.« Der Backofenwecker klingelt, und er wendet sich abrupt ab. »Warum fragst du?«

Erzähl's ihm, denke ich. Er schließt die Backofentür wieder und dreht sich mir zu. Sein Blick ist freundlich. Mir stockt kurz der Atem. Ich möchte, dass er mich wirklich kennt. Ich möchte das hier – nur wir zwei in dieser Hütte, wo seine Familie und meine Vergangenheit einen Moment lang keine Rolle spielen.

»Einfach so«, sage ich.

Ich streiche mit dem Finger über den Rand des Fotos und schiebe es tiefer zwischen die Seiten, bis man es nicht mehr sieht.

12

In dieser Nacht schlafe ich unruhig, doch wenn mich Träume quälen, sind sie am Morgen schon wieder verblasst. Connor bringt mir einen Kaffee ans Bett, küsst mich auf die Stirn und erzählt mir, er habe seinen weiblichen Verwandten bereits mitgeteilt, dass ich nicht mit ihnen zum Skifahren käme.

»Du bist der Beste«, sage ich zu ihm.

»Ja, ich bin ziemlich toll«, stimmt er mir zu. »Ich habe heute Männertag mit Trevor, Nick und Grandpa. Kommst du hier klar?«

Ich nicke und scheuche ihn weg. Bis ich mich aus dem warmen Deckenkokon geschält habe, ist er schon fast aus der Tür. Ich ziehe den Vorhang zurück, um ihm nachzuschauen. Das durch die Zweige fallende Licht lässt den Schnee glitzern. Ich blicke Connor nach, bis er verschwunden ist.

Ich versuche, nicht an das Foto zu denken. Stattdessen räume ich auf, was wir gestern Abend stehen gelassen haben, frühstücke, schenke mir noch einen Kaffee ein und mache weiter Ordnung. Anschließend gucke ich auf meinem Handy nach, ob vielleicht doch ein Hauch von Empfang E-Mails oder Nachrichten durchgelassen hat, aber es ist nichts angekommen.

»Das ist doch albern«, sage ich zu mir selbst, als ich zum vierten Mal um den Tisch herumgehe und dabei das Buch mit dem verbotenen Lesezeichen demonstrativ übersehe.

Der gestrige Tag war seltsam, weil ich in meine Gefühle verstrickt war und nicht klar denken konnte. Ich habe ein Foto von irgendeinem kleinen Mädchen entdeckt und mir dann merkwürdige Dinge eingebildet. Ich sage mir, dass mir die ganze Sache lächerlich vorkommen wird, sobald ich das Foto heraushole und es mir noch einmal anschaue. Wahrscheinlich sieht das Mädchen mir überhaupt nicht ähnlich.

Schnell gehe ich zum Tisch hinüber, schlage das Buch auf, ziehe das Bild heraus und lege es auf die Tischplatte.

Da ist sie. Das kleine Mädchen schaut zu mir hoch. Braunes Haar. Zöpfe. Ein scharf geschnittenes kleines Kinn. So sehen viele Kinder aus.

Meine Fingerspitzen zeichnen die Kontur ihres Gesichts nach und gleiten dann ihren Hals hinab. An ihrer Kehle, direkt oberhalb des Schlüsselbeins, befinden sich zwei kleine Punkte. Muttermale. Die waren mir vorher entgangen. Meine Finger wandern zu den identischen Muttermalen an meinem Hals.

Ich erschaudere und setze mich.

Es sollte nur ein Traum sein, der bei Sonnenaufgang wieder verschwunden ist.

»Wer bist du?«, flüstere ich und durchforste mein Gedächtnis nach einer Antwort, aber da ist nichts.

Ein lautes Wehklagen reißt mich aus dem Morast meiner Gedanken. Vor Schreck stoße ich beinahe meinen Kaffeebecher um. Draußen weint ein Kind – und hier gibt es nur ein Kind. Ich eile mit dem Foto in der Hand zum Fenster. Draußen steht Sebastian, er trägt nur eine Jogginghose und ein dünnes Baumwollshirt. Er weint und reibt sich mit seinen kleinen Fäusten durchs Gesicht.

»Was zum Teufel ist denn da los?«, sage ich und bleibe erstarrt stehen. Dann setzt mein gesunder Menschenverstand ein, und ich schlüpfe in meine Stiefel. Ich werfe meine Jacke über, ziehe eine Decke von der Rückenlehne des Sessels und stürme hinaus. Ich besitze noch die Geistesgegenwart, das Foto in meine Jackentasche zu stecken, während ich mit großen Schritten zu dem Weg eile, auf dem er steht.

Zuerst sieht er mich nicht einmal. Er starrt in die Ferne und schluchzt so heftig, dass er Schluckauf bekommt.

»Hey, kleiner Mann«, sage ich in dem Versuch, ihn zu beruhigen.

Er dreht sich um. Aus seiner Nase fließt Rotz. Seine Augenlider sind ganz verklebt von Tränen. Ich verspüre einen Anflug von Panik. Wie lange läuft er schon so herum?

»Es ist eiskalt hier draußen!« Ich lege die Decke um ihn. Wenigstens trägt er Schuhe – keine Stiefel, aber kleine Tennisschuhe mit Dinosauriern vorn an der Kappe. »Wo kommst du denn her? Warum bist du allein?«, frage ich ihn, doch er weint zu heftig, um antworten zu können.

Olena sollte auf ihn aufpassen, oder? Ich schaue mich um, während ich seine Arme warm reibe. Keine Spur von ihr zu sehen.

»Wir müssen zurück zu eurer Hütte«, sage ich. Wenn jemand nach ihm sucht, wird er sicherlich dort hingehen. »Es ist alles gut, kleiner Mann, wir bringen dich jetzt zurück zu deinen Mamis.«

Dieses Versprechen scheint ihn endlich zu beruhigen. Das Weinen hört auf, und er schaut mit seinen herzzerreißend perfekten braunen Augen zu mir hoch. Ich schenke ihm ein Lächeln, von dem ich hoffe, dass es beruhigend ist.

Ich reiche ihm meine Hand, doch er hebt beide Arme in einer sehr klaren Forderung. Ich seufze. »Gut, dann trage ich dich.« Ächzend hebe ich ihn hoch. Er schmiegt sich an mich und wischt sein nasses Gesicht an meinem Hals ab, als er dort eine gemütliche Stelle findet. Ich schlucke meinen Widerwillen herunter und achte darauf, dass die Decke ihn vollständig umhüllt.

Ich lausche auf Stimmen, die ihn rufen. Nichts. Und ich sehe auch Olena nicht auf der Suche nach ihm hektisch herumlaufen. Meinem Gedächtnis folgend, schlage ich den direkten Weg zur Red Fox Cabin ein, bereue es aber, als ich durch eine Schneewehe stapfen muss, in der ich bis zu den Waden versinke. Jetzt wird jeder Schritt mit dem stillen Dreijährigen auf dem Arm noch mühsamer.

»Was machst du denn hier draußen?«, frage ich ihn.

»Hab gespielt«, sagt er. »Hab Füchse gesucht.« Er spricht das so kindlich aus, dass selbst ich zugeben muss, dass es niedlich ist.

»Ab jetzt gehst du Füchse aber vielleicht besser nicht mehr ohne Erwachsene suchen, okay?«, sage ich.

»Otay.«

Gott, ist der süß. Von mir wurde schon früh erwartet, dass ich Kinder liebe. Beth hatte sich nichts sehnlicher gewünscht als eine dieser riesigen Familien, die so zahlreich sind, dass die älteren Töchter sich um die Babys kümmern. Stattdessen hatte sie nur mich. Aber natürlich hatte ich Cousins. Dutzende. Die meisten von ihnen lebten jedoch in Idaho, und die, die mehr in unserer Nähe wohnten, waren alle älter als ich. Was Beth aber nie davon abhielt, mich auf alle Babys hinzuweisen, mich anderen als Babysitterin anzubieten und mir zu erzählen, was für ein Wunder es sein werde, wenn ich einmal eigene Kinder hätte. Mit einer irritierenden Menge von Details schwärmte sie mir davon vor, wie es sein werde, wenn ein Baby in mir heranwüchse, so, wie es bei ihr selbst nie passiert war. *Das ist ein göttliches Wunder,* sagte sie dann.

Wir erreichen die Red Fox Cabin, und ich klopfe an die Tür, während ich Sebastian auf meiner Hüfte balanciere. Doch es macht niemand auf. Ich versuche, die Tür zu öffnen, doch sie ist verschlossen.

»Was machen Sie da?«

Die Stimme lässt mich so schnell herumfahren, dass Sebastian aufschreit und seine Arme um meinen Hals legt. Es ist Nick, Connors Onkel. Er steht, die Händen in den Taschen einer schwarzen Wolljacke, da, um den Hals trägt er einen Schal. Er hat einen helleren Teint als sein Bruder und sein Neffe, sein Haar ist grau meliert, und er hat dieselben markanten Wangenknochen, aber ohne die weichen Wangen, die sie sanfter erscheinen lassen. Er sieht aus wie sein Vater.

»Ich ... ich ...«, stammele ich. Ich habe nichts falsch gemacht, trotzdem gehe ich in Gedanken die letzten fünf Minuten durch und suche nach Dingen, die man mir vorwerfen könnte.

»Was machen Sie hier mit dem Kind?«, fragt er mit unterdrücktem Misstrauen in der Stimme. Noch ohne Vorwurf.

»Er muss allein auf Wanderschaft gegangen sein. Ich weiß nicht, wer auf ihn aufpassen sollte, darum bin ich zur Hütte gegangen, um nachzusehen, aber ...« Ich drehe mich leicht in Richtung der Tür.

Er schaut mich eine Weile an, als überlegte er, ob ich lüge.

»Mir ist kalt«, sagt Sebastian schwach, und Nicks Miene wird härter.

»Er muss ins Warme. Kommen Sie, meine Hütte ist die nächste«, sagt er und nimmt eine Hand aus der Tasche, um mir ein Zeichen zu geben. Ich steige so schnell ich kann die Stufen hinab und folge ihm. Mir tun langsam die Arme weh, aber Nick bietet mir nicht an, mir den Jungen abzunehmen, und ich bitte ihn auch nicht darum. Er blickt die ganze Zeit starr geradeaus, seine Miene ist finster.

»Haben Sie eine Idee, wo seine Mütter sind?«, fragt er.

»Skifahren. Ich glaube, Olena sollte auf ihn aufpassen«, antworte ich. Dann füge ich hastig hinzu. »Ich bin aber nicht sicher.« Ich möchte sie nicht in Schwierigkeiten bringen, wenn ich falschliege.

Er schnaubt. »Hier entlang.«

Seine Hütte ist kleiner als unsere. Das Ornament an der Tür ist eine Hummel, und ich finde es amüsant, dass dieser finster dreinschauende Mann in einer Hütte mit so einem niedlichen Namen untergebracht ist. Er führt uns hinein.

»Legen Sie ihn aufs Sofa«, sagt er und verschwindet wieder nach draußen.

Ich setze Sebastian auf dem Sofa ab. Ich muss seine Hände mit Nachdruck von meinem Hals lösen, aber dann kuschelt er sich zitternd an die Kissen. Ich ziehe ihm die vollkommen durchnässten Schuhe und Socken aus, reibe seine bläulich verfärbten Füße zwischen meinen Händen und lächle ihn aufmunternd an.

»Jetzt bist du im Warmen und in Sicherheit«, sage ich zu ihm.

»Hab keine Füchse gefunden«, jammert er.

»Ich helfe dir später dabei«, verspreche ich ihm, was vielleicht unklug ist. Ich eile ins Schlafzimmer, um die Bettdecke zu holen. Auf dem Bett steht ein aufgeklappter, unausgepackter Koffer. Die Kleider darin sind ordentlich gefaltet. Hemden, von denen ich inzwischen genug verstehe, um zu wissen, dass sie teuer sind, ein Paar gute Lederschuhe, ein brauner Pulli, den man wahrscheinlich nur richtig waschen kann, wenn man eine fünfjährige Ausbildung hat. Obenauf liegt ein Paar einfacher silberner Manschettenknöpfe, so, als wären sie geistesabwesend dort hingeworfen worden.

Früher hätte ich vielleicht einen davon mitgehen lassen. Nur einen. Wenn man beide nimmt, ist offensichtlich, dass sie geklaut wurden. Wenn man einen nimmt, wird der Besitzer annehmen, er wäre ihm irgendwo abhandengekommen, in die Sofaritze oder sonst einen Schlitz gerutscht.

Ich schaue zur Tür, bevor ich den Koffer zuklappe und auf den Boden lege. Dann ziehe ich die Decke vom Bett und tue so, als wäre ich nicht in Versuchung.

Ein oder zwei Minuten nachdem ich Sebastian ordentlich eingewickelt habe, kehrt Nick mit einer Ladung Brennholz zurück. Er streift uns allenfalls mit seinem Blick, bevor er sich vor den Holzofen kniet und sorgfältig ein Feuer aufzuschichten beginnt.

Ich erinnere mich, dass Joseph auf unserem Zeltplatz mit derselben Konzentration ein Feuer gemacht und mir dabei alles Mögliche über Luftströmung und Hitzespeicherung und natürliche Zundermaterialien erzählt hat. Er hat mir immer alles erklärt. Und mir die richtigen Namen von Dingen beigebracht. »Man kann Moos dafür verwenden«, hat er mir gesagt. »Ich verwende am liebsten Louisianamoos, aber das wächst hier oben nicht. Aber eigentlich ist *Tillandsia usneoides* auch gar kein richtiges Moos; es ist mit der Ananas verwandt, ob's man glaubt oder nicht.«

Joseph hatte einen Abschluss in Biologie mit Schwerpunkt Botanik. Er verdiente sein Geld damit, dass er für Beths Onkel Klimaanlagen installierte, doch es machte ihm Spaß, sein Wissen mit mir zu teilen. Ich glaubte fälschlicherweise, dieser Spaß hätte etwas mit mir zu tun, doch er war einfach froh, jemanden zu haben, der ihm zuhörte.

Nick Dalton benutzt Anzündsticks aus gepressten Naturmaterialien, die schnell und zuverlässig Feuer fangen. Er entzündet ein langes Streichholz, und – *schwupps* – lodern Flammen. Dann schließt er die Ofentür. »Jetzt sollte es schnell warm werden«, sagt er. »Wie geht es ihm?«

Ich schaue nach unten, Sebastian ist zur Seite gekippt und hat sich an mich gekuschelt. Seine Augen sind geschlossen, seine langen Wimpern berühren seine Wangen. »Ich glaube, er schläft«, sage ich.

»Die ganze Aufregung scheint ihn geschafft zu haben«, sagt Nick. Er erhebt sich und steckt die Hände wieder in die Taschen. »Haben Sie ihn einfach so draußen gefunden?«

»Er hat eher mich gefunden«, erwidere ich. »Ich habe ihn rufen gehört.«

»Dann hat er Glück gehabt. Er hätte erfrieren können«, stellt er nüchtern fest. »Und Olena sollte auf ihn aufpassen?«

»Sie muss schon vollkommen verzweifelt sein.«

»Wir können warten, bis er sich aufgewärmt hat, und ihn anschließend zur Lodge bringen. Dann sehen wir ja, ob wir sie unterwegs irgendwo treffen«, entscheidet Nick. Ich nicke, froh darüber, dass jemand einen Plan hat.

»Hoffentlich bevor Alexis und Paloma zurückkommen«, sage ich. »Mir wäre es lieber, sie hören, dass er in Sicherheit ist, bevor sie herausfinden, dass er überhaupt verschwunden war.«

Ein zustimmendes Grummeln. Er steht immer noch da und betrachtet Sebastian so, als würde er in Wahrheit uns beide anschauen, versucht aber, das nicht zu offensichtlich zu tun. »Ich weiß noch, dass eines der Kinder mal verschwunden ist. Connor, oder vielleicht auch Trevor. Rose war außer sich vor

Sorge. Allerdings war das wenigstens im Sommer. Damals hat uns der Teich am meisten Sorgen bereitet.« Er seufzt. »Kinder zu haben macht einen echt wahnsinnig. Zuerst, weil man die Aufgabe hat, sie vor jeder Kleinigkeit zu beschützen, da sie selbst komplett wehrlos sind, und dann, weil man genau das nicht mehr tun und sie in die Welt entlassen soll.«

»Haben Sie Kinder?«, frage ich und versuche, mich an den Stammbaum zu erinnern, den Connor mir erklärt hat.

»Zwei Töchter. Madison und Page«, antwortet er. »Sie sind über Weihnachten bei ihrer Mutter.« Er schaut noch immer Sebastian an statt mich, aber jetzt fliegt sein Blick kurz zu mir. Er verharrt auf meinem Gesicht, so wie in der Situation, in der ich mich ihm vorgestellt habe. »Wie ist es mit Ihnen? Wollen Sie und Connor Kinder haben?«, fragt er. Die Frage wirkt wie ein Lückenfüller, so, als sollte sie einen anderen Gedanken unterdrücken, den zu äußern er nicht bereit ist.

»Darüber haben wir noch nicht gesprochen«, sage ich. Wieder etwas, wozu wir noch keine Zeit hatten. »Ich weiß es nicht. Ich dachte eigentlich immer, dass ich eher keine will.«

»Aus einem speziellen Grund?«, fragt er. Eigentlich müsste sich das übergriffig anfühlen, aber er klingt nur neugierig.

»Ich hatte nicht gerade die glücklichste Kindheit«, erwidere ich. »Ich kenne viele Leute mit tollen Eltern, aber für mich fühlt es sich nicht real an, dass Kinder zu haben etwas Schönes sein kann.«

»Ich wollte immer Kinder«, sagt er. »Mein Vater lag mir ständig in den Ohren, dass ich Söhne bekommen sollte, die ›den Familiennamen weitertragen‹, diese ganze altmodische Geschichte. Aber ich habe immer gehofft, dass wir Mädchen bekommen. Natürlich hatte ich dabei nicht bedacht, was es heißt, Mädchen durch die Pubertät zu begleiten.« Er klingt wehmütig, und ich bin ziemlich sicher, dass ich weiß, wie alt seine Töchter gerade sind.

»Klingt, als wären Sie gerade mittendrin«, sage ich.

»Ja, und dass ihre Mutter und ich uns vor Kurzem getrennt haben, ist dabei nicht gerade hilfreich«, sagt er. »Sie sind immer noch ziemlich sauer deswegen.«

»Das tut mir leid«, sage ich betreten.

Er winkt ab. »Es ist, wie es ist. Diese Dinge müssen sich von selbst regeln.«

Sebastian rührt sich neben mir. Er wischt sich die Nase an seinem Ärmel ab und blinzelt zu uns hoch. »Können wir jetzt nach Hause gehen?«, fragt er. »Ich hab Hunger.«

»Komm. Wir gehen hoch in die Lodge und besorgen dir was zu essen«, sagt Nick mit einem Schnauben. Ich stehe auf und wische mir nervös die Hände an meiner Jeans ab. Nick war damals auch hier, natürlich. Er muss wissen, wer dieses Mädchen war.

Wer ich bin.

Sebastians Schuhe sind noch nass. Nick lässt sie neben dem Ofen stehen, und wir sorgen dafür, dass Sebastians Füße gut in die Decke eingewickelt sind, während ich ihn trage. Diesmal bietet Nick an, das zu übernehmen, doch Sebastian hält sich an mir fest.

Als wir uns der Lodge nähern, werden mehrere Fragen auf einmal beantwortet. Olenas Stimme hören wir zuerst, sie klingt verzweifelt.

»Was, wenn er sich verlaufen hat? Es friert draußen! Es friert buchstäblich! Ich kann nicht fassen ...«

Jemand antwortet, eine männliche Stimme, aber zu leise, als dass wir sie verstehen könnten; es klingt, als versuchte jemand, sie zu beruhigen. Oder sie zumindest zum Schweigen zu bringen. Ich kann mir ziemlich gut vorstellen, wer das ist, und mein Verdacht bestätigt sich, sobald wir aus dem Wald treten. Olena steht mit derangierter Frisur und verweintem Gesicht da, während Trevor gestresst und genervt wirkt; er hat seine Hände beruhigend auf ihre Arme gelegt. Olena erblickt uns – und Sebastian – zuerst, schreit laut auf und kommt auf uns zugerannt.

»Sebastian! Du bist in Sicherheit!«, ruft sie.

Trevor verlagert sein Gewicht auf seine Fersen, sein Blick gleitet träge zu uns herüber. Seine zusammengepressten Kiefer verraten eine innere Anspannung, die seine gleichgültige Miene Lügen straft. »Ich hab dir ja gesagt, ihm passiert nichts«, sagt er.

Olena tastet Sebastians Körper ab, so als müsste sie ihn überall berühren, um zu beweisen, dass sie sich Sorgen gemacht hat, und das Gefühl zu haben, irgendetwas zu tun.

»Ich hab mich nur einen Moment abgewendet, da muss er weggelaufen sein. Ich hab ihn schon überall gesucht«, beginnt sie.

»Er ist jetzt wie lange bei uns? Eine Viertelstunde?«, fragt Nick mich. Ich nicke stumm. »Aber wenn man bedenkt, wie durchgefroren er war, muss er länger draußen rumgelaufen sein.«

Olena ringt die Hände und umfasst ihren Zeigefinger. Dunkle Haarsträhnen kleben in ihrem verweinten Gesicht. »Ich war abgelenkt.«

Trevor hat die Hände in den Taschen. Er schaut mich an und zuckt langsam mit den Schultern. Nick macht ein verächtliches Geräusch, und Olena beißt sich auf die Lippen.

»Bitte sagen Sie nichts ... Mrs Dalton feuert mich«, fleht sie. »Ihm geht's gut, da müssen Sie es ihr doch nicht ... wir müssen es ihr nicht erzählen ...«

»Warum haben Sie keine Hilfe geholt?«, frage ich, ohne den Blick von Trevor abzuwenden. »Warum sind Sie nur zu zweit hier draußen, um ihn zu suchen?«

»Ich wollte ja ... Ich ...« Sie bricht ab und schaut Trevor an.

»Wir dachten, dass wir ihn schon selbst finden würden. Es ist ja nicht so, als könnte er weit weglaufen«, sagt Trevor scheinbar unbesorgt. »Wozu dann alle in Aufregung versetzen?«

»Der Junge hätte sterben können«, knurrt Nick.

»Aber es geht ihm gut«, erwidert Trevor. »Oder?« Das leichte Zittern in seiner Stimme verrät seine Unsicherheit.

»Was er aber nicht dir verdankt«, sagt Nick.

»Hey, es war auch nicht meine Aufgabe, auf ihn aufzupassen.« Trevor schaut über die Schulter zurück zur Lodge. »Wenn wir jetzt hier fertig sind ...«

»Haben Sie den Schlüssel zur Red Fox Cabin?«, fragt Nick Olena. Sie wühlt in einer Tasche und überreicht ihn ihm. »Waschen Sie sich mal das Gesicht. Wir bringen den Jungen zurück und sorgen dafür, dass er diesmal da bleibt, wo er hingehört.«

»Werden Sie es den anderen erzählen ...?«

»Gehen Sie«, sagt er, weder zum Widerspruch einladend noch Trost spendend.

Sie wankt, still weinend, zurück zur Lodge. Trevor wartet noch einen Moment, dann stößt er einen Laut aus, der fast wie ein Lachen klingt, und geht in dieselbe Richtung davon.

Nick schüttelt den Kopf, seine Miene ist verächtlich. »Ich hoffe, es macht Ihnen nichts aus, noch ein bisschen länger auf ihn aufzupassen.«

»Ach was.« Ich versuche, fröhlich zu klingen. Sebastian spielt jetzt mit meinen Haaren, er betatscht sie mit seinen Fingern und macht plötzliche Bewegungen, die ich nur im Augenwinkel sehe.

»Dieser Junge«, sagt Nick plötzlich und erschreckt mich damit. Ich brauche einen Moment, um zu begreifen, dass er Trevor meint. »Ich weiß, dass es schwer für sie war, ohne Vater aufzuwachsen, aber trotzdem. Ich habe mein Bestes gegeben und versucht, mich hier und da einzuschalten, aber dann war ich zu abgelenkt. Ich hatte mein eigenes Leben und dann meine eigenen Kinder. Ich hätte mich stärker engagieren sollen.«

»Connor und Alexis haben sich doch gut entwickelt«, wage ich mich vorsichtig vor. Die eigene Familie zu kritisieren ist das eine, wenn jemand anders sich der Kritik anschließt, ist das etwas anderes. Aber Nick seufzt nur.

»Es ist schon komisch. Ich denke immer, dass Trevor so geworden ist, weil Liam nicht da war, um ihm den Kopf zurechtzurücken, aber in mancherlei Hinsicht ist er genau wie sein Vater. Liam konnten einen anschauen, als wäre man für ihn das Wichtigste auf der ganzen Welt. Es gab niemanden, den er nicht um den Finger wickeln konnte. Und das wusste er auch. Er hat es genossen, angebetet zu werden. Vergöttert geradezu. Das haben genügend Leute getan.«

Er ist tief in seinen Erinnerungen versunken, doch es sind keine allzu positiven Erinnerungen. Rose hat denselben Ton angeschlagen, nur war sie zurückhaltender.

Nick schüttelt sich. Dann lächelt er und setzt eine weichere Miene auf. »Connor ist offenbar auch ganz schön charmant, was? Er hat jedenfalls nicht lange gebraucht, um Sie dazu zu überreden, ihn zu heiraten.«

Das ist das erste Mal, dass unsere Hochzeitspläne nicht zu einem Seitenhieb gegen mich verwendet werden. »Ich weiß, dass alle finden, wir handeln übereilt.«

»Manchmal muss man die Chancen ergreifen, die sich einem bieten«, sagt er. »Nichts auf dieser Welt dauert ewig. Man weiß nie vorher, ob etwas gelingen oder schiefgehen wird. Aber wenn man nur dasteht und auf den richtigen Zeitpunkt wartet, verliert man am Ende vielleicht alles.«

»Ja, das trifft es ganz gut«, sage ich. Wir sind an der Hütte angekommen. Er schließt auf und drückt die Tür ein Stück auf, tritt aber nicht ein.

»Wenn das okay ist, überlasse ich Ihnen jetzt die Aufsicht über den kleinen Racker. Ich habe Mom versprochen, noch in der Lodge vorbeizusehen«, sagt er. »War nett, mit Ihnen zu plaudern, Theo.«

Ich lache kurz auf. »Könnten Sie das bitte Ihrer Mutter erzählen?«

Er lächelt ironisch. »Ich schau mal, was ich machen kann.« Er reicht mir die Schlüssel und geht von der Veranda. Aber dann dreht er sich noch mal um. »*Theo.* Sie nennen sich nicht auch manchmal Teddy, oder?«, fragt er.

Meine Lippen öffnen sich. Ich stoße die Luft aus. *Teddy.* Die Scotts haben meinen Namen ausgesucht, aber diesen speziellen Spitznamen haben sie mir kein einziges Mal gegeben. Trotzdem kann ich es beinahe hören: *Komm, Teddy, lass uns gehen.* »Nein«, krächze ich. »Wieso?«

Er steckt beide Hände in die Taschen. »Nur so. Vergessen Sie es einfach.« Und damit ist er weg. Ich starre ihm nach, bis Sebastian sich in meinen Armen windet, und schließlich drehe ich mich um und gehe in die Hütte.

Teddy, denke ich wieder, und es fühlt sich fast so an, als würde eine andere Stimme es flüstern. Eine Stimme, die, wie alles andere an diesem Ort, an etwas rührt, das tief in meinem Gedächtnis begraben liegt.

Ich erschaudere und schließe die Tür.

13

»Ferdi«, beharrt Sebastian jetzt bereits zum dritten Mal.

»Ich verstehe nicht, was du meinst. Du musst mir helfen, Kleiner«, erwidere ich. Er zeigt auf das Schlafzimmer.

»Ferdi.«

Ich seufze. »Ist das ein Stofftier?«

»Ferdi!« Er stampft mit dem Fuß auf. »Ferdi lesen.«

Ah, Gott sei Dank. Ein Hinweis. Ferdi muss also ein Buch sein. Seit über einer Stunde versuche ich jetzt schon, mit einem nörgeligen Kleinkind zu verhandeln. Zuerst ging es um Essen – und ich bin mir ziemlich sicher, dass ich ihm deutlich mehr Gummibärchen gegeben habe, als er sonst bekommt, aber er hat meine Unsicherheit gespürt, und ich hatte keine Wahl. Dann gab es ein kurzes Missverständnis darüber, ob die von meiner Hand gespielte Figur seine Hand auffressen darf (die Antwort war ein entschiedenes und erschrockenes Nein). Einen Dreijährigen zu unterhalten ist weitaus schwieriger, als ich es in Erinnerung habe. Aber dieser Dreijährige bekommt wahrscheinlich auch nicht jedes Mal den Hintern versohlt, wenn er mal nicht niedlich, still oder folgsam ist.

Wenigstens lässt er mir keine Sekunde Zeit, über meine jüngste Entdeckung nachzudenken. Ich habe keine Energie für Geister aus meiner Vergangenheit, wenn ein tyrannischer Zwerg mich zu erklimmen versucht wie eine Kletterwand.

»Warte hier. Und geh nicht wieder auf Wanderschaft!« Ich versuche, streng zu klingen, aber das liegt mir einfach nicht. Ich möchte ihm sagen, dass er mit dem Fuß aufstampfen und kreischend und johlend durchs Zimmer rasen soll, wenn er möchte. Denn ich werde später nicht diejenige sein, die das aufgedrehte Kind ins Bett bringen muss.

Ich zögere lediglich einen kurzen Moment, bevor ich die Tür zum Schlafzimmer öffne. Ich bin nur hier, um ein Buch für ein Kleinkind zu holen, und nicht, um in den privaten Sachen von anderen herumzuschnüffeln. Darum kann mir sicherlich verziehen werden.

Drinnen steht an einer Wand ein Beistellbett, offenkundig für Sebastian. Daneben liegt ein kleiner Stapel mit Büchern, doch ein schneller Blick offenbart zwar *Ja, wo is' er denn?* von Eric Hill und ein buntes Sammelsurium von Sandra Boynton, aber nichts, was irgendwie mit dem Namen Ferdi zu tun haben könnte. Ich verharre kurz vor den Pappbilderbüchern und stelle mir vor, wie Alexis und Paloma bei Sebastian sitzen und ihm daraus vorlesen. Sie werden dabei ihre Stimmen verstellen und zischen wie die Schlange, die sich in der Uhr versteckt, und nicht eher lockerlassen, bis Sebastian sich vor Lachen kringelt.

Ich erinnere mich, warm und schläfrig in eine Armbeuge geschmiegt dagelegen und meine Hände auf die Seiten gedrückt zu haben, damit man sie nicht umblättern konnte. Es ist eine der wenigen Erinnerungen, von denen ich sicher bin, dass sie aus der Zeit vor den Scotts stammen, und manchmal wünsche ich mir mit aller Macht, dass ich den Kopf drehen und sehen könnte, wer mich im Arm hält.

Die Frau mit dem roten Tuch?

Liam Dalton?

Ich schüttele die Erinnerung und meine Fragen ab. Immer

noch kein Ferdi. Es gibt keine Stellen mehr, an denen ich suchen könnte, ohne ihre Sachen zu durchwühlen, und das kann ich nicht tun. Sebastian wird also ohne Ferdi auskommen müssen.

»Ferdi, *bütte*«, schreit er in diesem Moment, und was soll ich tun, Nein sagen? Ich bin ziemlich sicher, dass das nicht zulässig ist.

Ich werde mich nur rasch umsehen. In der Ecke steht ein Kofferset. Keiner davon sieht besonders kindgerecht aus, aber ich tippe mal auf den kleinsten und öffne ihn, bevor ich es mir anders überlegen kann. Und tatsächlich ist er voller Kindersachen – doch von Büchern ist nichts zu sehen.

Ich mache den Koffer wieder zu und greife zum nächsten. Was soll's, ich suche ja nur ein Bilderbuch, sage ich mir und öffne auch ihn.

Es erleichtert mich, darin ordentlich zusammengefaltete Kleider zu finden und ganz zuoberst, als wäre es im letzten Moment hinzugefügt worden, ein Buch über einen Bär namens Ferdi.

»Ich hab's gefunden!«, rufe ich und werde mit einem begeisterten »Hurra!« belohnt. Doch als ich nach dem Buch greife, bleiben meine Finger an etwas hängen, was darunter liegt: einem unbeschrifteten braunen Umschlag. Ich starre ihn an.

Das ist Alexis' Koffer – das erkenne ich an den Size-Zero-Klamotten.

Alexis, die so freundlich ist.

Alexis, die Connor dauernd mit sich wegzieht, um etwas *Wichtiges* mit ihm zu besprechen.

Die Textnachrichten warten noch in meinem Handy, mein kleines verstecktes Geschenk. Wahrscheinlich hat der Umschlag nichts damit zu tun – aber was, wenn doch …?

Ich hebe vorsichtig die Lasche an und stecke meine Finger hinein. Sie ertasten die glatte Oberfläche von Fotopapier – mehrere Lagen davon.

Ich lasse die Fotos herausgleiten. Das erste zeigt eine junge Frau von hinten. Sie ist schlank, ihr Haar honigbraun. Sie sitzt auf einer Bettkante, ein Laken bedeckt ihren Unterleib, ihr Oberkörper ist nackt. Sie schaut über ihre Schulter in die Kamera, doch ihre Miene ist keineswegs verführerisch. Das Foto dreht sich nicht um den nackten Körper der Frau, sondern um die Verletzungen darauf. Blutergüsse an Hüfte und Schulter.

Ich habe schon mal solche Fotos gesehen. Weil solche Fotos schon mal von mir gemacht wurden. Eine Dokumentation von Verletzungen. Sie ist nicht ich, aber sie könnte ich sein – ich erkenne diesen leeren Blick, die zugleich angespannte und willenlose Haltung. Es kann nur einen Grund geben, warum solche Fotos gemacht werden. Als Beweis.

Als Waffe.

Noch ein Foto. Dieselbe Frau, diesmal von vorn. Sie hat das Kinn leicht angehoben und bedeckt ihre zierlichen Brüste mit einem Arm. An der Schulter sieht man einen dicken Bluterguss. Ihre Lippe ist aufgeplatzt, was man auf dem ersten Foto nicht sah. Sie ist jung. Nicht so jung, wie ich war – vielleicht Anfang zwanzig. Sie sieht verloren aus, wie ich damals. Als hätte sie sich in sich selbst verkrochen.

Ein drittes Foto. Die Frau von der Seite, ein tief violetter Bluterguss zieht sich über fast ihre gesamte Hüfte. Weitere blaue Flecken – zu viele, um sie zu zählen. Irgendwer ist über diese junge Frau hergefallen. Irgendwer hat versucht, sie zu zerstören.

Ich schiebe die Fotos zurück in den Umschlag. Mir ist übel. Wer zum Teufel ist das? Und warum hat Alexis diese Bilder?

Als die Fotos damals von mir gemacht wurden, geschah das zu meinem Schutz. Sie waren ein Beweis. Ein Druckmittel.

Erpressung, wenn man es so nennen will.

Ich mache den Koffer wieder zu und stehe auf. Warum auch immer es diese Fotos gibt, sie sind für irgendjemanden gefährlich. Ich könnte mich in Schwierigkeiten bringen, wenn ich mich in Dinge einmische, die mich nicht betreffen.

Das Sicherste wäre, die Dinge, die ich gesehen habe, wieder zu vergessen.

Irgendwer hat mir geschrieben, ich solle mich von hier fernhalten. Ich hielt das für eine Drohung. Doch jetzt, wo ich diese Fotos gesehen habe – von dieser verletzten, versehrten Frau –, frage ich mich besorgt, ob sie nicht vielleicht als Warnung gemeint waren.

14

Ich lese Sebastian so lange aus dem Buch vor, bis die Wörter keinen Sinn mehr ergeben. Dann lese ich ihm auch all die anderen vor. Bis Paloma und Alexis kommen, habe ich mir hundert Erklärungen für die Fotos zurechtgelegt und sie alle wieder verworfen. Ich habe versucht, sie in einen Zusammenhang mit dem Foto aus der Hütte zu bringen, und eine Geschichte konstruiert, die beides miteinander verbindet, aber letztlich habe ich nichts als Fragen und verspüre ein wachsendes Unbehagen.

»Theo!«, sagt Alexis überrascht, als sie hereinkommen und ihre Ausrüstung an der Tür ablegen. Sebastian stürmt auf Paloma zu und wickelt sich um ihr Bein wie eine Qualle. »Wo ist Olena?«

Ich lege ein Buch von Sandra Boynton auf das Kissen neben mir und erhebe mich vom Sofa. »Sebastian hat sich offenbar rausgeschlichen und ist draußen auf Wanderschaft gegangen, als sie ihm mal den Rücken zugedreht hatte. Ihm ist nichts passiert, aber sie war ziemlich fertig. Da habe ich ihr angeboten, auf ihn aufzupassen.«

Ich sage das alles leichthin, um sie nicht zu beunruhigen. Palomas Augen weiten sich. Alexis' Blick fliegt zu Sebastian, der, nach seinem erschrockenen Gesichtsausdruck zu urteilen, plötzlich realisiert, dass er sich Ärger eingehandelt haben könnte.

»Ihm geht's gut«, sagt Paloma sanft und berührt Alexis am Ellenbogen. »Es ist niemandem was passiert, dafür sollten wir dankbar sein.«

»Ich dachte, er wäre aus der Phase raus«, sagt Alexis mit leicht bebender Stimme und fährt sich mit der Hand durchs Haar. »Sobald er laufen konnte, hat er angefangen, auszubüxen.«

»Danke, dass du auf ihn aufgepasst hast«, sagt Paloma und wirft ihrer Frau einen Blick zu, der so viel besagt wie: *Lass uns später darüber reden.*

»Kein Problem«, sage ich. Sie stehen immer noch zwischen mir und der Tür. Alexis zuckt ein wenig zusammen und tritt beiseite. Ihr Blick fällt auf das Sofa. Auf das hellgelbe Cover von *Finde Ferdi!*. Sie runzelt kurz die Stirn. »Sehen wir uns beim Abendessen?«, frage ich gut gelaunt. Vielleicht weiß sie nicht mehr, wo das Buch war.

»Ja, dann bis später. Danke noch mal«, sagt Paloma, hebt Sebastian in ihre Arme und tritt aus dem Weg. Ich steige hastig in meine Stiefel und atme erst wieder normal, als ich draußen in der Kälte bin und zurück zur White Pine Cabin stürme.

Ich finde Connors Stiefel an der Tür, seine Jacke liegt auf der Bank am Eingang. Unter den Stiefeln sammelt sich Schmelzwasser.

Ich gehe ins Schlafzimmer. Connors Handy liegt an seinem üblichen Platz auf dem Nachttisch. Er ist ein Mensch mit festen Gewohnheiten. Da ich höre, dass er unter der Dusche steht, entsperre ich es und öffne seine Dateien. Er hat ein penibles Ordnungssystem, was seine Fotos angeht, und ich brauche nicht lange, um ein Album mit alten Familienbildern zu finden. Viele sind aus den letzten Jahren, aber es gibt auch ältere – Fotos von Connor als Kind. Und von Liam Dalton.

Ich vergrößere sie eines nach dem anderen und schaue mir vor allem sein Gesicht an. Kommt er mir bekannt vor, weil er Connor so ähnlich sieht? Oder weil ich ihn schon mal gesehen habe?

Ich weiß es nicht. Meine Gedächtnislücken sind zu groß, zu unzugänglich.

Das Wasser wird ausgestellt. Ich schließe die App genau in dem Moment, als Connor mit einem Handtuch um die Hüfte hereinkommt. Er hat seine noch tropfnassen Haare zurückgestrichen.

»Na, spionierst du mir nach?«, fragt er, und mein Magen zieht sich zusammen, bis ich merke, dass er das im Scherz gesagt hat.

»Ich habe nur nachgesehen, ob du Empfang hast«, lüge ich.

»Nein. Für Notfälle gibt es ein Festnetztelefon in der Lodge, aber mehr auch nicht«, sagt Connor. »Granddad weigert sich, irgendetwas dafür zu tun, dass wir hier oben einen besseren Empfang haben. Er findet, die Isolation sei doch gerade der Sinn der Sache.«

»Verstehe«, sage ich.

Er legt eine Hand an seinen Mund, so, als würde er mir mit dem, was jetzt kommt, ein Geheimnis verraten: »Aber unten am Tor gibt es eine Stelle, wo man meistens ein paar Balken zusammenkriegt«, flüstert er. Dann runzelt er die Stirn. »Ist alles in Ordnung? Du siehst ... gestresst aus. Und wo warst du überhaupt?«

Mir kommen sofort die Messingflügel einer Libelle in den Sinn. »Ich ... ähm ... Ich war nur bei Sebastian. Er war abgehauen, glaube ich, und hat sich ein bisschen verlaufen. Ich habe mich um ihn gekümmert, bis Alexis und Paloma wieder da waren.«

»Ist ihm was passiert?« Er klingt besorgt.

»Nein, er hat keine Schramme abbekommen«, versichere ich ihm. »Wirklich, das Anstrengendste war, ihn die ganze Zeit zu unterhalten. Er ist ziemlich … hartnäckig.«

»Du meinst, du hast dich von einem Dreijährigen herumkommandieren lassen«, sagt er.

»Hattest du schon mal mit Dreijährigen zu tun? Sie sind ziemlich einschüchternd«, verteidige ich mich, und er lacht. Dann geht er zur Kommode und legt das Handtuch ab. Er ertappt mich dabei, dass ich ihn im Spiegel über der Kommode betrachte, und beobachtet mich dabei, wie ich ihn beobachtete. Seine nassen Haare kräuseln sich um seine Ohren.

Wir haben uns schon mal irgendwo gesehen, oder?

Ein Teil von mir hat ihn vom ersten Moment an wiedererkannt. Aber nicht, weil ich Connor schon mal getroffen hatte. Sondern weil ich seinen Vater kannte.

Liam Dalton und ich waren zusammen hier, und zwar kurz vor seinem Tod.

Kurz bevor ich bei den Scotts vor der Tür stand, ein Mädchen ohne Namen, aber mit Albträumen, das nachts schreiend wach wurde.

»Bist du sicher, dass alles in Ordnung ist?«, fragt Connor, während er sein Hemd zuknöpft.

Ich antworte nicht.

* * *

Wie am ersten Abend versammeln wir uns schon einige Zeit vor dem Essen auf einen Drink. Als wir ankommen, sind Alexis und ihre kleine Familie schon da, Nick ebenfalls. Olena bringt ein Tablett mit Manhattans herein. Ihre Tränen sind lange getrocknet, doch sie hält den Kopf gesenkt, und ihre Schultern sind angespannt; sie wirkt insgesamt zurückgenommen. Als sie an mir vorbeikommt, wirft sie mir einen ängstlichen Blick zu, bevor sie davonhuscht. Mein Blick und Nicks treffen sich. Er ist der Einzige, der nichts trinkt. Er hat sich stattdessen ein Glas Wasser genommen, das mit einer Zitronenscheibe garniert ist. Er prostet mir beiläufig zu, und ich erwidere die Geste unsicher. Nach der unbesorgten Art zu urteilen, in der Alexis ihren Drink entgegennimmt, bezweifle ich, dass er ihr genau erzählt hat, was passiert ist. Vielleicht ist das auch besser so.

Trevor ist das Gegenteil von zerknirscht, als er den Raum betritt. Sein Haar ist zerzaust, und sein lässiger Gang bringt seine Scheißegal-Haltung ebenso deutlich zum Ausdruck wie sein leicht spöttisches Grinsen. Er lässt sich neben Alexis nieder. Sie rückt von ihm ab, aber entweder bemerkt er es nicht, oder es kümmert ihn nicht, denn er legt seine Arme auf die Rückenlehne des Sofas, schlägt die Beine übereinander und lässt seinen Blick durch den Raum schweifen.

»Was für eine gesellige Runde«, verkündet er dann. Paloma verdreht die Augen. Sebastian spaziert durch den Raum und bewirft Trevor mit einem Plastik-T-Rex, und Trevor fängt ihn auf. »Rrrroooooaaaarrr«, ruft er, den Brontosaurus in Sebastians Hand bedrohend. »Ich fress dich gleich!«

»Die beiden sind Freunde«, informiert Sebastian ihn ernst.

»Klar sind sie das«, sagt Trevor und fährt Sebastian durch die Haare. »Hast du dich denn von deinem kleinen Abenteuer erholt?«

Olena, die schon fast an der Tür ist, gerät beinahe ins Stolpern. Die leeren Gläser auf ihrem Tablett klirren, doch sie sorgt dafür, dass sie nicht umfallen, während Alexis sich ihrem Bruder zuwendet und ihn mit einem kühlen Blick bedenkt.

»Ach, du hast davon gehört?«, fragt sie.

»Bastian, der Schneemensch«, sagt Trevor. »Hat doch was, oder? Ist ja nichts Schlimmes passiert. Und ich wette, du hast dich blendend mit deiner neuen Tante amüsiert.« Er spricht fast in einem Singsang, und obwohl seine Worte an sich harmlos sind, klingen sie spöttisch. Connor legt seine Hand auf mein Knie.

»Was ist denn los?«, fragt Rose, die gerade in den Raum kommt. Sie sieht toll aus – sie trägt ein Oberteil aus grauer Wolle, durch das sich Fäden ziehen, die in dem Licht schimmern, und dazu ein Paar in Weißgold eingefasste Perlenohrringe. Die wenigen grauen Strähnen in ihrem Haar unterstreichen ihre Anmut noch, die andernfalls vielleicht zu unecht oder künstlich erscheinen würde.

»Ach, Sebastian hat heute beschlossen, sich allein auf eine kleine Wanderung zu begeben«, schaltet Nick sich ein. »Damit hat er Olena einen Riesenschreck eingejagt, aber Theo hat ihn abgefangen, bevor ihm zu kalt werden konnte.«

»Ach herrje«, murmelt Rose, und ihr Blick wandert zu mir. »Vielen Dank.«

»Ach, eigentlich habe ich gar nichts gemacht«, sage ich schnell. Ich möchte kein Lob einheimsen, wenn ich nicht mal erwähnt habe, *warum* Sebastian unbemerkt auf Wanderschaft gehen konnte.

»Zu neunzig Prozent der Zeit ist er zuckersüß, aber dann verwandelt er sich in den anderen zehn Prozent in einen Tasmanischen Teufel«, sagt Alexis. Sie beschlagnahmt den T-Rex und lässt ihn auf Sebastians Kopf herumstampfen. Der quietscht erfreut und dreht sich weg, und Alexis verzieht spielerisch das Gesicht.

»Wo habe ich das bloß schon mal gehört?«, sagt Nick.

Er und Rose schauen sich an, und Rose lacht leise auf.

»Ihr wart alle drei kleine Teufel«, sagt sie.

»Nein! Ich habe mich immer tadellos benommen«, behauptet Alexis. Ich muss lachen, und sie schaut mich an. »Glaubst du mir nicht?«

Ich schlage die Hand vor den Mund. »Entschuldige, ich wollte nicht …«

»Oh, sie war die Schlimmste von allen«, erzählt Nick mit einem schelmischen Funkeln in den Augen. »Wir hätten einfach eine Leiter unter dein Fenster stellen sollen, als du im Teenageralter warst. Es war schließlich nicht so, als hätten wir nicht gewusst, dass du dich jede Nacht rausgeschlichen hast.«

»Ich habe mich rausgeschlichen, um Mathe-Hausaufgaben zu machen«, sagt Alexis, ohne eine Miene zu verziehen. »Und um Klarinette zu üben.«

»Ach, *das* sollte das sein?«, fragt Paloma in gespielter Verwirrung. »Und ich dachte immer, wir hätten rumgeknutscht.«

»Das waren Übungen für einen besseren Ansatz«, pariert Alexis mit hochgezogenen Augenbrauen, und Paloma lacht. Trevor verdreht die Augen.

»Und wie warst du so als Teenie? Ich kann mir gar nicht vorstellen, dass du mal aufsässig warst«, sage ich zu Connor. Ich spreche leise, aber Nick bekommt es mit und prostet Connor zu.

»Als Teenager war er eher sanft. Aber als Kind? Ich glaube, er ist ungefähr fünf-, sechsmal abgehauen, oder? Er ist nie viel weiter gekommen als bis zum Park, aber einmal haben wir ihn dabei erwischt, wie er sich ein Baumhaus gebaut hat, in das er einziehen wollte. Er hatte sich schon ein Stück Land ausgesucht, auf dem er seine Feldfrüchte anbauen wollte. Es war zwar nur ein paar Meter von der Schaukel entfernt, aber immerhin.« Er kichert, Connor jedoch nicht; sein Bein neben meinem spannt sich an.

»Habt ihr früher zusammengewohnt?«, frage ich und lege den Kopf ein wenig schief. Connor hat Nick selten erwähnt. Darum hatte ich eher den Eindruck, dass sie sich wenig gesehen haben.

»Das kann man so nicht sagen«, meint Rose und streicht ihren Rock glatt. »Nachdem Connors Vater gestorben war, kam Nick hin und wieder vorbei, um uns zu unterstützen. Er war ein Geschenk des Himmels.« Nick wirkt etwas verlegen.

»Ihr konntet Unterstützung gebrauchen, und ich habe getan, was ich konnte, das ist alles«, sagt er. »Das hätte jeder getan.«

»Du weißt, dass das nicht stimmt«, sagt Rose herzlich. »Du warst wie ein Vater für die Kinder.«

»Dad war unser Vater«, sagt Connor abrupt.

Rose verzieht leicht den Mund. »Natürlich war er das. Ich sage ja bloß, dass euer Onkel uns unterstützt hat, als wir es am dringendsten brauchten.«

»Ich habe mich gefreut, ein Teil eures Lebens zu sein«, sagt Nick. Ich beobachte Connor aus dem Augenwinkel. Die Hand auf meinem Knie hat sich gerade so weit angespannt, dass sich die Muskeln unter der Haut abzeichnen. Ich lege meine Hand über seine, und seine Finger entspannen sich.

Er lächelt, doch seine Freundlichkeit wirkt aufgesetzt. »Ja, du warst uns eine große Hilfe«, sagt er höflich. »Tut mir leid. Auch nach all der Zeit fällt es mir manchmal noch schwer, darüber zu sprechen.«

»Natürlich«, sagt Nick, seine Stimme klingt rau.

Danach geht das Gespräch zu weniger konfliktbeladenen

Thema über, und als Louise und Magnus sich zu uns gesellen, ist die Anspannung verflogen. Connor hat nie erwähnt, dass er ein Problem mit seinem Onkel hat. Tatsächlich hat er gar nicht über ihn gesprochen, außer dass er erwähnt hat, dass es ihn gibt. Was könnten das für Probleme sein? Ist es nur das, was Connor gesagt hat – dass Nick wie ein Ersatz für seinen Vater aufgetreten ist, es aber nicht sein konnte?

Schließlich ist es an der Zeit, zum Abendessen zu gehen. Connor legt seine Hand auf meinen Rücken, als wir aus dem Raum schlendern. Im Foyer hat sich unter dem Baum ein kleiner Berg von Geschenken angesammelt. Ich halte nach grünem Papier und einer roten Schleife Ausschau.

Bei uns gab es zu Weihnachten jedes Jahr nur ein Geschenk. Die Feiertage waren bei den Scotts ein Anlass zum Beten, nicht dazu, dem Konsum zu frönen. Auch wenn ich nicht unbedingt an diesen religiösen Lehren festgehalten habe, ist das Weihnachtsfest doch eine der wenigen Phasen, an die ich mit nostalgischen Gefühlen zurückdenke – an die friedliche Stimmung in dieser Zeit und an dieses eine, sorgfältig ausgesuchte Geschenk. Joseph war derjenige, der jedes Jahr etwas für mich auswählte. Sie haben es mir nie erzählt, aber es war offensichtlich. Nur Joseph hätte mir ein Set zum Blumenpressen gekauft, das handgemachte Karten mit Zeichnungen und den botanischen Namen jeder Blume in unserem Garten enthielt, oder eine Sammlung von polierten Steinen und ein Buch, mit dem ich sie bestimmen konnte – Zitrin, Jaspis, Karneol, Quarz. Ich habe sie auf meiner Fensterbank aufgereiht und ihre Namen auswendig gelernt.

Ein Teddybär unter dem Baum. Er trägt eine Schleife um den Hals. Weiches Fell, das in der Nase kitzelt.

»Theo?«, sagt Connor. Er hat sich von mir gelöst und ist weitergegangen, während ich wie angewurzelt stehen geblieben bin. Ich antworte nicht, rühre mich nicht von der Stelle.

Ich erinnere mich ...

***

Das Mädchen greift gierig nach dem Geschenk, das ihr überreicht wird, und reißt das Papier ab.

»Bitte schön. Nur für dich. Frohe Weihnachten. Zugegebenermaßen etwas verspätet«, sagt der Mann mit einem Grinsen, während sie auspackt. Sie kreischt vor Freude und stürzt sich auf ihn, eigentlich soll es eine Umarmung werden, doch es wird eher ein Kopfstoß; ihren neuen Schatz drückt sie an sich. Der Mann lacht und verstrubbelt ihre Haare.

»Mama, hast du gesehen?«, fragt das Mädchen. Sie hält ihr den Bären hin. »Ein Teddy, nur für mich.«

»Das ist zu viel«, sagt die Mutter des Mädchens. Neben ihr steht eine rote Geschenketasche auf dem Boden, auf ihrem Schoß liegt ein blaues Halstuch. Ihre Finger knüllen es erst zusammen und streichen es dann wieder glatt.

»Ach was, das ist gar nichts«, sagt er. Er klingt seltsam. Keiner von ihnen klingt richtiggehend glücklich, doch sie klingen auch nicht verärgert oder traurig.

»Für dich vielleicht. Aber für uns ist das viel«, sagt sie.

***

Das stimmt nicht, denke ich. *Das Halstuch war rot.* Das ist ein unsinniger Gedanke – als könnte ein Mensch nur ein Halstuch in einer Farbe besitzen –, doch irgendetwas daran lässt mich erschaudern. Ich kehre noch einmal zu der Erinnerung zurück –

zu Liam und meiner Mutter und dem Geruch von Pinien und Zedern –, dann kracht plötzlich ein kleiner Körper gegen meine Beine: Sebastian in vollem Tempo. Er stürzt nicht hin, aber seine Dinos fallen zu Boden.

»Hoppla!«, sagt Connor lachend. Noch halb in meiner Erinnerung gefangen, schiebe ich ein Lächeln für den ängstlich dreinschauenden Sebastian auf mein Gesicht und gehe in die Hocke, um seine Schätze aufzuheben.

»Hier, bitte schön«, sage ich zu ihm und drücke ihm seinen Tyrannosaurus in die Hand.

»Was sagt man?«, schaltet sich Paloma ein, die von hinten kommt, um ihren Sohn zu holen.

»Danke. Und Entschuldigung«, sagt er, dann rennt er wieder weg, mit Paloma im Schlepptau. Ich bleibe noch einen Moment in der Hocke, den Ellenbogen auf ein Knie gestützt, und schaue ihnen nach, während ich weitergrübele …

Rotes Halstuch. Blaues Halstuch. Das Bild flackert vor meinem inneren Auge.

»Kommst du?«, fragt Connor. Ich wende ihm den Kopf zu – und erstarre. Von meiner Position am Boden aus gesehen, steht er genau unter einer der Jagdtrophäen, die an der Wand hängen. Dass das Licht von schräg hinten kommt, verstärkt die Sinnestäuschung.

Einen Moment lang wirkt es so, als würden Geweihstangen aus seinen Schläfen wachsen. Nach oben gebogene, scharfe Sprossen von der Länge meiner Handflächen, die sich zur Decke strecken. Ein Wesen aus der Mythologie, aus dem Herzen des Waldes, aus einem Traum von einem kalten Winter.

Wie ein Bild, das plötzlich scharf gestellt wird, sehe ich ihn deutlich vor mir – den Mann aus meinem Traum. Sein Gesicht war immer im Schatten verborgen, aber ich kenne es. Habe es schon immer gekannt.

Connor hat große Ähnlichkeit mit seinem Vater. Einem Mann, den ich kannte, vor langer Zeit.

Einem Mann, der seitdem durch meine Träume geistert.

15

Mein Traum fühlte sich schon immer an wie aus einem Märchen – aus der Sorte Märchen, in denen Müllerstöchter ihre Hände abgeschnitten bekommen und böse Stiefmütter gezwungen werden, in glühenden Eisenpantoffeln zu tanzen. Der Mann mit dem Geweih, der mich durch den dunklen Wald jagt, die Libelle, der einzelne rote Stern, der leuchtet wie ein böses Omen. Sie waren Teile einer Geschichte, nicht real.

Doch in diesem Moment, in dem ich zu Connor hochblicke, wird mir bewusst, dass ich mich die ganze Zeit geirrt habe. Sie ist doch real. Zumindest in Teilen. Liam Dalton ist der Mann mit dem Geweih in meinem Traum, und ich hatte panische Angst vor ihm.

Es steht außer Frage, dass ich heute Nacht einen Ausflug machen werde.

Ich stehe das Abendessen und alles danach durch, fühle mich dabei aber so, als wäre ich nur körperlich anwesend. Ich beantworte Fragen, ohne zu wissen, was ich sage, esse, ohne etwas zu schmecken.

Als wir in dieser Nacht im Bett liegen, warte ich darauf, dass Connors Atem ruhig und gleichmäßig wird. Ich beneide ihn um dieses Gefühl von Sicherheit, das ihn so tief schlafen lässt. Er liegt mit zurückgelegtem Kopf da, seine Kehle ist entblößt. Die Pose eines Lebewesens, das das Gefühl, Beute zu sein, nicht kennt. Ich fahre mit den Fingerspitzen über seine Halsschlagader und schlüpfe dann hinaus.

Diesmal denke ich an die Taschenlampe. Da sich Wolken vor die Sterne geschoben haben, komme ich nicht weit, ohne sie anzuschalten. Ich hasse es, dass das notwendig ist – da meine Welt so auf den Kreis eines Lichtkegels zusammenschnurrt und ich aus dem Dunkel der Welt um mich herum hervorgehoben werde.

Die Eingangstür ist erneut unverschlossen. Ich trete über die Wachsflecken auf dem Fußboden hinweg, heute gehe ich sofort nach oben. Vor der Schlafzimmertür bleibe ich erneut stehen und warte auf Erinnerungen, die sich aber nicht einstellen. Ich unterdrücke meine Enttäuschung und gehe zu dem Schminktisch. Sie ist noch da: die Libelle.

Ich fahre mit dem Finger über ihre unebene Oberfläche. Sie ist zu groß, um sie in meine Tasche gleiten zu lassen. Anders als die kleinen Schätze, die ich früher gesammelt habe. Sie waren an sich alle belanglos: ein einzelner Knopf, der darauf wartete, wieder an Josephs Hemd genäht zu werden, ein Feuerzeug, eine kleine rosafarbene Muschel.

Ich war so brav. *Meistens.* Gut, da waren die Fotos in Alexis' Koffer, aber die wollte ich ja nicht finden, oder? Ich habe nur nach einem Buch gesucht. Und dann ist da dieser Ort hier. Aber zählt der überhaupt? Er hat mich angelockt. Ich bin nur seinem Ruf gefolgt.

Ich gehe zu dem Bettgestell und versuche, es mir mit einer Matratze vorzustellen, einem Überwurf, einer nach dem Schlafen verknitterten Bettdecke. Ich schließe die Augen und denke an Finger, die mir durch die Haare fahren und die Knoten darin lösen.

Ruhig, meine Kleine. Nur gute Träume sind erlaubt.

Meine Augen gehen schlagartig auf. Ich habe die Stimme so klar und deutlich gehört, als hätte sie mir ins Ohr geflüstert.

Rotes Halstuch, denke ich und versuche, es mir vorzustellen, doch ich sehe nur blauen Stoff. Und dann ploppt ein anderes Bild auf; das, dem ich nicht entkommen kann – ein Gesicht, das mir jetzt vertraut ist, halb im Schatten, Geweihstangen ragen aus seiner Stirn hervor. Mit ihm steigt ein Schrei in meiner Kehle auf, und mein Herz rast ...

Nein, ich kann mich dem nicht stellen. Noch nicht.

Rotes Halstuch, denke ich. Und ein Geist flüstert mir ins Ohr.

* * *

»Jetzt haben wir die Bescherung!«, sagt die Mutter. Das Mädchen weiß nicht, warum seine Mutter so aufgebracht klingt. Es versteckt sich nicht. Es liegt auf dem Fußboden, und um es herum sind seine Buntstifte verteilt. Auf seinem Blatt umstehen dünne, windschiefe Bäume aufgeschossene Figuren in dreieckigen Kleidern, auf deren Köpfen gelbe Kleckse zu sehen sind. Die Prinzessinnen. Es arbeitet gerade an deren Schloss und malt vorsichtig das umgedrehte V für das Dach.

»Schau mal, was ich gemalt habe«, sagt das Mädchen, doch Mama schaut nicht mal hin. Sie nimmt den Rucksack des Mädchens und fängt an, Kleider hineinzustopfen. »Mama?«

»Wir müssen weg«, sagt Mama. Ihre Stimme klingt angestrengt und wütend. Nein – ängstlich. »Wir müssen weg sein, bevor er kommt.«

»Aber ...«

»Jetzt sofort«, sagt Mama. Sie zieht den Reißverschluss des Rucksacks zu. Er klemmt. Sie flucht und zerrt daran, dann schiebt sie die Träger über die Arme des Mädchens und nimmt ihre Hand. Sie gehen die Treppe hinunter. An der Tür steht bereits ein Koffer. Mama nimmt ihn in die andere Hand und stöhnt, weil er so schwer ist.

Das Mädchen trägt keine Jacke. Der Schnee sickert sofort in ihre Turnschuhe – ihre Stiefel sind noch im Haus, neben der Tür, aber sie sagt nichts, hat zu viel Angst, um zu widersprechen. Ihre Mutter zerrt sie den Weg entlang, und das Mädchen hat Mühe, mit ihr Schritt zu halten. Das Auto parkt ein Stück weiter vorn, die Tür steht schon offen, im Kofferraum liegen Koffer. Mama wird schneller.

»Warte!«, schreit das Mädchen. »Wir haben Teddy zwei vergessen.«

»Wir haben keine Zeit mehr«, sagte Mama. In ihren Augen steht Bedauern. »Tut mir leid, Schätzchen. Ich kaufe dir einen neuen. Hier, gib mir deinen Rucksack.« Sie nimmt ihn von den Schultern des Mädchens. Schon halb im Wagen, sortiert sie die Taschen um, schiebt sie zurecht.

Sie guckt nicht. Und es ist nicht allzu weit bis zur Hütte. Das Mädchen weicht vorsichtig zurück, Schritt für Schritt. Dann dreht es sich um und rennt. Sie wird so schnell sein, dass ihre Mutter gar nichts merkt. Und so ist es auch. Sie hört keinen Schrei, ihr Arm wird nicht gepackt, nur die Bäume um sie herum rauschen im Wind. Sie hört ein lautes Krachen – sie hat das Geräusch schon mal gehört. Bäume knacken manchmal laut, wenn es kalt wird. Der Pflanzensaft *dehnt sich aus.* Das hat Mr Liam ihr beigebracht. Sie wird es ihrer Mutter erzählen, wenn sie gleich wieder am Auto ist.

Sie wird so schnell sein, schneller denn je. Sie wird Teddy zwei holen und zurück sein, bevor ihre Mutter überhaupt gemerkt hat, dass sie weg ist. Da sitzt er, auf dem Bett, über das die Gänseblümchen kriechen. Sie schließt ihn in die Arme und rennt im Nu die Treppe wieder hinunter.

An dem Haken an der Wand hängt das blaue Halstuch ihrer Mutter, das schöne, das Mr Liam ihr an dem Tag geschenkt hat, als er dem Mädchen Teddy zwei mitgebracht hat. Ihre Mutter sagt, es sei zu teuer, aber sie trägt es jeden Tag, und das Mädchen weiß, dass sie sehr traurig sein wird, wenn sie es nicht mehr hat, und vielleicht wird Mama auch nicht ganz so sauer sein, dass das Mädchen zurückgelaufen ist (auch wenn sie superschnell war), wenn sie an das Tuch denkt.

Mit dem Tuch in der einen Hand und dem Bär in der anderen rennt sie zurück, grinsend. Sie hält das Tuch hoch. Ihre Mutter wird es sehen, und sie wird erkennen, dass es eine gute Idee war, zurückzulaufen, die beste Idee, und es wird kein Geschrei geben.

Aber ihre Mutter ist nicht da. Das Auto steht noch an der gleichen Stelle wie vorher, und die hintere Tür ist noch offen, doch sie sieht ihre Mutter nicht. Und dann sieht sie ...

Die Füße ihrer Mutter. Sie sitzt auf dem Boden, ihre Beine sind lang vor ihr ausgestreckt. Den Rest kann Teddy nicht sehen. Sie ist hinter der Tür versteckt.

»Mama?«, sagt Teddy. Sie geht um die Tür herum, damit sie sie sehen kann.

Ihr Griff lockert sich. Der Wind weht, die Bäume rauschen. Das blaue Halstuch löst sich aus ihrer Hand, und einen Moment lang fliegt es.

* * *

Meine Erinnerung ist nichts Zusammenhängendes. Sie besteht aus Momenten, Bildern, Überzeugungen, einem Bauchgefühl.

Etwas Blaues ergießt sich über den Schnee, es wird rot. Sonne scheint zwischen den Bäumen hindurch, doch im nächsten Moment erinnere ich mich, dass es Nacht war, und an einen einzelnen roten Stern. Die Stimme meiner Mutter ist klar und deutlich zu hören, aber dann ist sie weg, Wind zwischen meinen ausgestreckten Fingern.

Wir waren hier, und dann mussten wir abreisen. Aber irgendetwas ist passiert.

Etwas Schreckliches.

Das Halstuch war blau, denke ich, und das ist richtig – aber auch irgendwie falsch. Irgendetwas entgeht mir. Aber ich bekomme es nicht zu fassen. Ich will es nicht.

Von unten erklingt ein dumpfes Geräusch. Dann noch eins. Dann ein Quietschen. Die Haustür geht auf.

Es ist jemand gekommen.

16

Ein Geräusch perlt nach oben. Ein Lachen, ein Kichern. Ich erstarre.

Auf der Veranda sind dumpfe Schritte zu hören. Ich erhebe mich, verspüre den Impuls, zu fliehen, bleibe aber stehen. Es gibt nur einen Weg nach draußen, und der führt, von der Haustür aus gut sichtbar, diese Treppe hinunter.

Die Tür geht quietschend weiter auf. Das Kichern wird zu einer Stimme …

»Gib mir fünf Minuten.« Das ist Trevor.

Olena antwortet: »Ich hoffe doch, dass es länger dauern wird«, sagt sie. Von dem schlechten Gewissen, das sie so gequält hat, als ich sie zuletzt gesehen habe, ist nichts mehr übrig, sie klingt aufgedreht. Ich bleibe reglos da stehen, wo ich bin, wage es nicht, mich zu bewegen, aber meine Angst lässt nach. Niemand weiß, dass ich hier bin – sie sind nicht wegen mir gekommen.

Es ertönt ein dumpfer Knall, dann Bewegungsgeräusche, Gegenstände werden auf den Boden gestellt. Dann das Kratzen und Fauchen eines Streichholzes, das angezündet wird. Ich denke an die Wachsflecken auf dem Fußboden. Natürlich, sie stammen nicht von einem geheimnisvollen Ritual, sondern von einem romantischen Abend bei Kerzenschein.

»Viel besser«, sagt Trevor. »Komm her.«

Klar – Trevor wohnt ja bei seiner Mutter. Er könnte Olena dort unmöglich heimlich einschleusen. Und in der Lodge können sie sich nur kurz in irgendwelche Zimmer verdrücken, ohne dass es auffällt. Sie brauchen einen Ort, an dem sie sich treffen können, und was wäre da besser geeignet als die Hütte, die niemand mehr nutzt und über die niemand aus der Familie jemals spricht?

Ihre Stimmen werden leiser. Meine Beine verkrampfen sich allmählich. Ich bewege mich vorsichtig wieder zurück zum Bett. Langsam setze ich mich hin und erstarre, als das Bettgestell quietscht. Dann stößt Olena einen lustvollen Laut aus, und ich entspanne mich wieder.

Es ist beinahe lustig. Aber nur beinahe. Ich habe immer noch Herzklopfen, und meine Hände zittern, aber der Sog der Erinnerung kann mich nicht in die Tiefe ziehen, während ich verzweifelt versuche, die Geräusche unter mir auszublenden. Während andere Menschen ihr Leben weiterleben, meinem gegenüber vollkommen gleichgültig.

»Das ist gut, geh auf die Knie«, raunt Trevor. Ich versuche, nicht hinzuhören, als das metallische Klimpern einer Gürtelschnalle und Olenas leise Einwilligung an meine Ohren dringen.

Als mich zum ersten Mal ein Junge gebeten hat, seinen Schwanz in den Mund zu nehmen, war ich total irritiert. Und dann fasziniert davon, wie schnell ihn das vollkommen entwaffnete, wie er dasaß, den Kopf zurückgelehnt und keiner Worte mehr fähig, sondern nur noch lustvoller Laute. Ich habe ihn die ganze Zeit beobachtet, und als es vorbei war, hat er mich mit einer Art Verwunderung angeschaut und meinen Namen gesagt, und ich hätte alles für ihn getan.

Trevor sagt Olena, was sie tun soll. Wo sie sein soll. Wo sie ihn berühren soll, wo er sie berühren wird, während sie stöhnend ihre Gefügigkeit und Lust signalisiert. Ich beiße mir auf die Lippen und versuche, mich auf etwas anderes zu konzentrieren, als sie lauter wird. Meine Wangen sind heiß. Ich halte mir die Ohren zu und tue so, als würde ich nichts hören, fühle mich wie ein ungebetener Gast der schlimmsten Sorte.

Zieh deine Bluse aus, hatte jener Junge mir mit leuchtenden Augen zugeflüstert. Sein Name war Peter Frey. Da war ich mir bereits sicher, in ihn verliebt zu sein. Ich trug einen Silberdollar, den sein Vater ihm geschenkt hatte, versteckt im Absatz meiner Schuhe, überall mit mir herum. Immer wenn Beth mich zu Besuchen bei seiner Mutter mitnahm, schlich ich mich in sein Zimmer, fuhr mit den Händen über den Schild seiner Baseballkappe, zog seinen Fanghandschuh an und stellte mir vor, darin noch die Wärme seiner Hände zu spüren.

Also tat ich, worum er mich bat. Auch das Nächste tat ich, und das danach, solange er mich so anschaute. Ich prägte mir die Bücher auf seinem Regal und den Geruch seiner Kleider ein. Wirklich geliebt habe ich ihn nie, glaubte jedoch, ihn zu lieben. Darum machte ich all die Fehler, die man begeht, wenn man zu sehr in jemanden verliebt ist, der genau das nicht ist.

Die Stille, die ich mit meinen auf die Ohren gepressten Händen geschaffen habe, verwandelt sich in echte Stille, und als ich nur noch das Rauschen des Bluts in meinen Ohren höre, nehme ich die Hände wieder herunter. Die Atemgeräusche und das Gemurmel haben nun eine andere Qualität. Olena lacht hell auf.

»Wir könnten noch bleiben«, sagt sie. *Geht!,* wünsche ich mir mit aller Macht, aber das ist gar nicht nötig. Trevor hat schließlich bereits bekommen, was er sich von diesem Treffen versprochen hat.

»Ich fürchte, wenn ich zu lange wegbleibe, fällt auf, dass ich nicht da bin«, sagt er mit einem tiefen Seufzer, der wenig überzeugend klingt. Ich sehe Olenas Schmollmund nicht, höre ihn aber in Trevors nächsten Worten: »Oh, mach das nicht. Du weißt, dass ich die ganze Nacht hierbleiben würde, wenn ich könnte.«

Verschwindet jetzt und kommt nicht wieder, diese Hütte gehört euch nicht, denke ich.

Ich höre Rascheln und Schritte. Sie ziehen sich wieder an. Ich erhebe mich vorsichtig, gehe zur Tür und dann die ersten drei Stufen herunter. Das ist riskant, aber hier oben ist es dunkel, und welchen Grund sollten sie haben, nach oben zu schauen? Ich sehe sie gehen. Trevor hält Olena die Tür auf. Sie trägt eine weiße Wollmütze und eine leuchtend rote Jacke. Die Jacke hat dieselbe Farbe wie meine, und einen idiotischen Moment lang bin ich davon überzeugt, dass sie sie mir gestohlen hat, so wie sie mir mein Alleinsein geraubt hat, indem sie hier eingedrungen ist. Dann verschwindet sie, und Trevor gleich nach ihr. Er schließt die Tür, und ich höre knirschende Schritte im Schnee.

Ein schwacher Rauchgeruch dringt in meine Nase: die ausgeblasenen Kerzen. Ich warte volle fünf Minuten, indem ich die Sekunden zähle, dann gehe ich nach unten. Bei dem Lärm, den meine Schritte auf der Treppe machen, zucke ich zusammen. Ich durchquere, weiter in absoluter Dunkelheit, den Raum und trete auf die Veranda hinaus. Den hellen Punkt links von mir sehe ich erst, als Trevor sich rührt. Er hat an der Wand gelehnt und richtet sich jetzt auf.

Ich erstarre, wie ein Reh, das noch nicht sicher ist, ob es gesehen wurde. Die Zigarette in seiner Hand ist der einzige Lichtpunkt, ein orangefarbenes Glühen.

»Hat dir die Vorstellung gefallen?«, fragt er mit rauer Stimme. Ich höre ihn ausatmen, schmecke den Zigarettenrauch, der sich um mich herumlegt. Ich sage nichts. »Spionierst du mir nach, Theo?«

Einen Moment lang verstehe ich nicht einmal den Namen. Er kommt mir gar nicht vor wie mein Name. »Ich war schon hier«, sage ich. »Also nein. Ich habe dir nicht nachspioniert.«

Er macht ein Geräusch, das wie *Hm* klingt, skeptisch, kehlig. »Und was machst du dann hier?«, fragt er. »Herumschnüffeln? Ich bezweifle, dass hier viel zu finden ist. Die Hütte steht seit Jahren leer.«

»Und warum?«, frage ich. Meine Stimme klingt angestrengt, meine Verzweiflung ist deutlich spüren. Das überrascht ihn; er macht einen Schritt nach hinten, um mich besser anschauen zu können. »Warum lasst ihr sie verkommen?«, fahre ich fort. »Ich dachte, euer Vater wäre hier gestorben, aber eure Mutter hat mir erzählt, er wäre an der Lodge gewesen, als er gestürzt ist.«

»Stimmt«, sagt er leise. Er nimmt noch einen Zug und hält mir dann die Zigarette hin. Ich bin mir nicht sicher, warum ich sie nehme. Aber ich habe schon immer gern Dinge berührt, die andere vor mir berührt hatten, geschmeckt, was sie geschmeckt hatten. Das ist wie ein Bedürfnis.

Ich habe schon Jahre nicht mehr geraucht, nicht seit meinem Freund im ersten Collegejahr, einem Jungen mit schmachtendem Blick und einem ungleichmäßigen Bartwuchs. Aber gleich beim ersten Zug werden Erinnerungen wach – ich bin wieder neunzehn und schaue zu Brandon hoch, während er mit seinen Bandkollegen spricht. Er hat seinen Arm um meine Schultern gelegt, doch seine Aufmerksamkeit gilt allem Möglichen, nur nicht mir. Zigaretten und schlechter Folk-Rock:

Dinge, die ich liebte, weil ich dachte, sie wären dasselbe, wie ihn zu lieben.

»Mein Dad war auch oft *hier.* Aber gestorben ist er woanders«, erklärt Trevor mir. Ich reiche ihm die Zigarette zurück. Er inhaliert, und das orangefarbene Glühen erhellt kaum mehr als eine Sekunde lang seine harten Gesichtskonturen. »Connor hat es dir wohl nicht erzählt.«

»Was erzählt?«

»Er hat eine verklärte Sicht auf unseren Vater. Er war damals im idealen Alter: alt genug, um den Mann zu verehren, aber nicht alt genug, um zu erkennen, wie er wirklich war. Ich dagegen erinnere mich nicht mal mehr an den Wichser, also klebe ich auch nicht an irgendeinem Idealbild von ihm«, sagt Trevor. »Er hat eine Frau hier wohnen lassen. Eine Fickfreundin, die er hier versteckt hielt, weil er sie hier besuchen konnte, ohne dass jemand es mitbekam.« Ich werde wütend – wie kann er es wagen, so über sie reden? –, aber ich schlucke meine Verärgerung herunter.

»Er hat – hier hat also eine Frau gewohnt«, sage ich.

Eine Frau mit einem roten Halstuch – *einem blauen Halstuch* –, ihr Gesicht ist nur wenige Zentimeter von meinem entfernt. *Ruhig.*

»Ja, und ein Kind. Sie waren monatelang hier oben.« Er versucht, so zu klingen, als wäre es ihm egal.

»Ein Kind.«

»Ja, aber es war nicht *sein* Kind«, erklärt Trevor, und ich bin froh, dass die Dunkelheit meine Erleichterung verbirgt. »Sie waren auch noch hier, als er starb. Mom musste also gleichzeitig damit klarkommen, dass ihr Mann sie nach Strich und Faden betrogen hat *und* dass er tot war. Mistkerl.«

Das ist eine Bestätigung. Ein Beweis dafür, dass ich mir nicht alles nur einbilde, Erinnerungsfetzen und Fantasie zusammenwebe. Ich war hier. *Wir* waren hier.

»Wie hieß sie denn?«, frage ich. Meine Stimme bricht.

Trevor neigt den Kopf, Schatten gegen Schatten, in seinem Schweigen schwingt Neugier mit. »Keine Ahnung«, sagt er. »Spielt das eine Rolle?«

»Weißt du, was mit ihr passiert ist?«, frage ich.

»Warum sollte ich? Sie ist wahrscheinlich weitergezogen und hat einen anderen reichen Typen gefunden, den sie ausnehmen konnte«, sagt Trevor. »Versteh mich nicht falsch. Ich mach ihr keine Vorwürfe. Man muss das Beste aus seinem Leben machen, es wird einem nichts geschenkt.«

Sagt der junge Mann mit dem Treuhandfonds. Er bietet mir wieder seine Zigarette an, doch ich nehme sie nicht. Er zuckt mit den Schultern. »Wie du willst.«

»Deine Mutter wird dich vermissen«, erinnere ich ihn.

»Ach was. Sie nimmt Tabletten. Sie würde sogar eine Lawine verschlafen«, sagt er. »Connor hat auch einen tiefen Schlaf, oder? Wir brauchen uns also nicht zu beeilen. Wir könnten wieder reingehen und ...« Sein Tonfall lässt keinen Zweifel daran, was er vorschlägt.

»Ich hör wohl nicht richtig«, sage ich.

Er lacht. »War nur Spaß. Oder vielmehr ein Test. Wollte nur sichergehen, dass du nicht *die* Sorte Frau bist.«

»Sicher.« Das ist die Art von Witz, die nur so lange ein Witz ist, bis er keiner mehr ist. »Ach, und darum hast du uns auch nachspioniert? Ich habe deine Fußspuren unter dem Fenster gefunden.«

»Keine Sorge. Ich habe nichts gesehen, was nicht jugendfrei wäre«, witzelt er. Er legt den Kopf in den Nacken und bläst eine dünne Rauchfahne in die Luft hoch. »Er ist echt verrückt nach dir«, sagt er, als wäre das bedauernswert. »Er hat alles darangesetzt, dich zu finden. So was hat er vorher noch nie gemacht. Du musst was Besonderes sein.«

»Wir haben uns auf einer Party kennengelernt«, sage ich.

»Ja, aber davor«, sagt er. Ich starre ihn an. Er macht eine frustrierte Geste. »Das Foto? Die Ausstellung? Alexis hat es mir erzählt. Dass er dein Porträt gesehen hat und dich unbedingt kennenlernen wollte, bla, bla, bla.«

Das hatte ich fast vergessen. Harper hat eine Fotoausstellung gemacht und, um die Schau abzurunden, auch ein Foto gezeigt, das sie mal von mir gemacht hatte. Um sicherzugehen, dass ich nichts dagegen habe, hat sie vorher erwähnt, dass das Bild dabei sein würde, und es war mir egal. Alle, die mich großgezogen haben, wären natürlich entsetzt gewesen. Ich war obenrum nackt auf dem Bild und saß mit an die Brust gezogenen Knien auf einem Holzstuhl. Mein Rücken beschrieb eine perfekte Linie, und ich schaute direkt in die Kamera. Ich hatte einen Arm angewinkelt und die Hand in meine Haare geschoben, wodurch mein Libellen-Tattoo gut zur Geltung kam.

Das Foto war nicht sonderlich bemerkenswert, aber trotzdem schön, und Harper beharrte darauf, dass sie wenigstens eine »halb nackte heiße Braut« bräuchte, um die Sammlung aufzupeppen. Ich habe die Ausstellung nie gesehen und die ganze Sache auch sofort vergessen, nachdem ich ihr die Erlaubnis erteilt hatte.

»Richtig«, sage ich. »Harpers Ausstellung.«

Er legt seine Hände an meine Hüfte und zieht mich zu sich hin, und ich mache überrascht einen Schritt auf ihn zu. »Du bist nicht allzu hübsch, oder?«, sagt er.

»Ist das deine Art, zu flirten?«, frage ich. Sein Blick sucht meinen, der kleine Lichtpunkt spiegelt sich in seinen Augen.

»Es gibt Millionen hübsche Mädchen. Du bist was anderes«, sagt er. »Die Leute sagen hübsch, weil sie kein Wort dafür haben. Aus Mangel an Fantasie. Erst fand ich das albern. Sich wegen eines Fotos in dich zu verlieben. Aber jetzt verstehe ich es.«

Es gab mal eine Zeit, in der ich mir nichts, dir nichts in das gähnende Loch gestürzt wäre, das Trevor Dalton darstellt. Dazu brauchte es nicht weiter als diesen Blick – diesen Blick, der mir das Gefühl gab, gesehen zu werden. Was hat Nick gesagt? Dass Liam wollte, dass andere ihn anhimmelten. Falls er annähernd so war wie ich, dann stimmt das nicht ganz. Es ist die unwiderstehliche Anziehungskraft, sich gesehen zu fühlen.

Früher hätte ich Trevor Dalton regelrecht studiert, jeden Zentimeter seines Inneren erkundet und ihm zurückgespiegelt. Weil Jungs auf so was stehen; nichts lieben sie so sehr, wie in einen Spiegel zu schauen.

»Trevor«, sage ich leise. Er verlagert sein Gewicht, beugt sich andeutungsweise vor, und ich gehe so weit auf die Zehenspitzen, dass mein Gesicht ganz nah an seinem ist. »Verpiss dich!«, sage ich dann.

Er lacht. Und bevor ich reagieren kann, packt er meine Hand und presst die brennende Zigarette in meine Handfläche. Ich stoße einen erstickten Schmerzensschrei aus, aber er hat bereits losgelassen und ist einen Schritt zurückgetreten. Er schnickt die Zigarette in den Schnee und zieht sich in die Dunkelheit der Veranda zurück.

»Angenehme Nacht noch, Theo«, presst er hervor.

Meine Hand tut höllisch weh, aber ich beiße die Zähne zusammen. Ich gönne ihm die Genugtuung nicht, mich wimmern oder schreien zu hören, stolpere von der Veranda und hole dabei die Taschenlampe aus der Tasche. Hinter mir höre ich ein

Feuerzeug, als er sich eine neue Zigarette anzündet, aber ich weigere mich, mich umzudrehen, selbst als mir Tränen in die Augen steigen.

Ich werde erst langsamer, als ich an der White Pine Cabin ankomme.

17

Ich schleiche, mich an Stille und Dunkelheit klammernd, zurück in die Hütte und komme mir dabei vor wie eine Kriminelle. Ohne Licht zu machen, lege ich eine Kleidungsschicht nach der anderen ab. Die Brandwunde in meiner Handfläche verursacht einen schleichenden Schmerz, mal ist er stärker, mal schwächer, aber er verschwindet nie ganz. Ich ignoriere ihn aber fürs Erste und tapse ins Schlafzimmer. Connor schläft auf dem Rücken, einen Arm über dem Kopf, den anderen quer über seinem Körper. Selbst im Schlaf ist seine Stirn gekräuselt, sein Gesicht ein Bild der Traurigkeit.

Ich gehe zu seinem Koffer. Ich weiß gar nicht, wonach genau ich suche. Wahrscheinlich nach gar nichts. Aber ich muss irgendwo anfangen. Er hat seine Sachen endlich ausgepackt und in die Kommode gelegt, doch ich taste langsam alle kleinen Reißverschlussfächer ab und schaue dabei alle paar Sekunden nach, ob er sich bewegt hat. Das Einzige, was ich finde, ist eine verknitterte Bordkarte, die sechs Monate alt ist – das war kurz vor unserem ersten Zusammentreffen. Von Los Angeles nach Seattle. First Class, natürlich.

Ich stecke sie behutsam wieder dahin, wo ich sie gefunden habe, und vergewissere mich, dass alle Reißverschlüsse offen oder geschlossen sind, je nachdem, wie ich sie vorgefunden habe. Man muss auf die kleinen Details achten. In welcher

Richtung jemand seinen Koffer zumacht, ob er die Schublade ganz zuschiebt oder ein wenig offen stehen lässt, ob ein Buch gerade oder schief auf dem Nachttisch lag. Es ist wichtig, die Regeln der Wildnis zu befolgen, wenn man sich einen Weg durch das Leben eines anderen bahnt. Hinterlasse keine Spuren.

Als Nächstes suche ich in seinen Schubladen, lasse meine Hände zwischen all seine Hemden gleiten und taste die Falten ab für den Fall, dass etwas hineingesteckt wurde. Nichts.

Sein Telefon. Es liegt in der Schublade, vollständig geladen, obwohl es hier keinen Empfang gibt – er ist also zumindest gewissenhaft. Ich gebe den Code ein und gehe seine Nachrichten durch. Dieselben Nachrichten von Alexis, die ich schon gesehen habe. Und ein paar an seine Mutter und von seiner Mutter, einfache Höflichkeiten, kurze Nachfragen, wie es ihr geht.

Bist du sicher, dass du sie mitbringen willst?, hat sie vor Wochen gefragt. Er hat ihr geantwortet, dass er sich sicher sei.

Ich scrolle weiter zurück. Namen, die ich kenne, und solche, die ich nicht kenne. Er ist kein großer Nachrichtenschreiber. Er zieht Telefonate vor, will die Stimme des anderen hören. Bei einem der Namen halte ich inne. Harper. Die letzte Textnachricht ist acht Monate alt. Ich klicke durch.

Hey, hier noch mal Connor. Hat Spaß gemacht,
mit dir zu plaudern auf deiner Ausstellung.

> Klar, gern!
> Ich bin sehr froh, dass du mit meinen Sachen
> was anfangen kannst. Hoffe, die Bilder machen
> dir Freude.

Werden sie ganz sicher.
Ich wollte dich was fragen wegen dieses Schwarz-Weiß-Porträts.

Das steht, wie gesagt, nicht zum Verkauf.

Du hast gesagt, sie ist eine Freundin von dir?

Ja, wir haben zusammengewohnt, als wir am College waren. Sie ist eine interessante Frau.

Meinst du, du könntest uns mal vorstellen?

Mehrere Stunden später antwortet Harper:

Ja, schätze schon. Aber ich warne dich vor: Theo kann ein bisschen anstrengend sein.

Ein bisschen anstrengend kann ich ab.

Soll ich ihr deine Nummer geben?

Lieber wär's mir, wenn du uns persönlich vorstellen könntest.

Okay. Ich gebe nächste Woche eine Party, zu der sie kommen will. Vielleicht kommst du ja dazu. Ich meine, du hast so viele Bilder von mir gekauft, dass es wahrscheinlich für drei Monate Miete reicht. Da ist es doch das Mindeste, wenn ich dich zu billigem Alk und hochtrabenden Gesprächen mit gescheiterten Dichtern einlade.

Perfekt.

Aber keine krummen Touren, sonst schneide ich dich in kleine Stücke und verscharre dich im Park.

Du hast mein Wort.

Ich starre auf das Display, bis es ausgeht.

Trevor hat die Wahrheit gesagt. Connor und ich haben uns nicht zufällig kennengelernt. Er hat ein Foto von mir gesehen und mich ausfindig gemacht.

Warum?

Kam ich ihm bekannt vor? Ich taste nach meinem Handgelenk. Nach der Libelle, die geradezu perfekt zu dem Ornament passt, das früher an der Hüttentür hing – und die auf dem Porträt sehr gut zu sehen war.

Er hat mich aufgespürt.

Und mich hierhergebracht.

Ich hielt das alles für einen Zufall, für zu verrückt, um wahr zu sein. Aber was, wenn es anders ist? Was, wenn ich gar nicht zufällig hier gelandet bin?

Was, wenn ich gezielt hierhergeführt wurde?

18

Ich lege das Telefon zurück in die Schublade und rücke es wieder in die richtige Position.

Ich verliebe mich so leicht. Das war schon immer eine meiner schlechtesten Eigenschaften. Weil ich gar nicht weiß, wie lieben geht. Und auch nicht, wie geliebt *werden* geht. Ich dachte immer, das läge an meinen Wurzeln. Daran, dass meine ersten Eltern mich nicht wollten und die zweiten dann auch nicht.

Aber das kann nicht wahr sein. Es kann gar nicht sein. Meine Mutter hat mich geliebt, daran erinnere ich mich jetzt, doch es ist etwas Schreckliches passiert. Also liegt es vielleicht daran; vielleicht habe ich ein verzweifeltes Verlangen danach, diese Liebe zurückzubekommen.

Sie wurde mir gestohlen, und darum versuche ich auch, sie zu stehlen.

Als ich klein war, bestahl ich den Mann, der sich selbst als mein Vater bezeichnete und den ich liebte, wie ein Kind jemanden liebt, von dem es glaubt, dass er es retten wird. Ich stahl ihm ein ziemlich zerlesenes Buch über die heimische Pflanzenwelt und eine in Bernstein eingeschlossene Spinne. *(Er hat mich nicht gerettet. Er hat gar nichts gemacht.)*

Mit dreizehn verliebte ich mich in ein Mädchen namens Sarah Baker, wie ein Kind jemanden liebt, von dem es sich wünscht, es könnte so sein wie diese Person. Ich stahl eine hübsche rosa Muschel und ein auf Kordel aufgezogenes Perlenarmband aus ihrem Schmuckkästchen. *(Sie küsste mich in der alten Scheune; sie sagte mir, meine richtigen Eltern hätten mich loswerden wollen, weil ich hässlich sei; sie redete nie wieder mit mir.)*

Mit sechzehn verliebte ich mich in einen Jungen namens Peter Frey, wie man jemanden liebt, weil er einen mit Verlangen im Blick anschaut, und ich nahm seinen Silberdollar, eine Bronzemedaille vom Leichtathletik-Wettbewerb und vierhundert Dollar von ihm, um mich um alles zu kümmern. *(Er sagte ihnen, ich sei die Aktive gewesen; er sagte ihnen, es sei meine Schuld; er sagte ihnen, sagte ihnen, sagte ihnen.)*

Mit neunzehn verliebte ich mich in Brandon, der nach abgestandenem Zigarettenrauch schmeckte und mir sagte, ich sei seltsam, schräg und kaputt, aber er würde mich trotzdem mögen, sonst würde es ja niemand tun. Ich stahl ihm sein Plektron und einen Brief von dem Mädchen, das ihm das Herz gebrochen hatte. *(Er sagte mir, ich sei verrückt. Er hielt meinen Arm so fest, dass ich blaue Flecken bekam. Ich blieb noch einen Monat bei ihm.)*

Connor sollte anders sein. An ihn brauchte ich mich nicht heranzumachen. Ich musste nicht erst dahinterkommen, wie er tickt, und alles genau richtig machen, damit er mich liebt, mich aushält, irgendeine Verwendung für mich findet. Er liebte mich. Von Anfang an. Er liebte mich, und es war Glück. Es war Schicksal.

Es war eine Lüge.

Ich schaue auf meine Hand herab. Der Schmerz in meiner Handfläche hält Schritt mit meinem Herzen, mit jedem Schlag wächst er an und flaut wieder ab. Connor wird mich fragen, woher ich das habe. Es ist offensichtlich, was es ist – rund, aber nicht glatt am Rand, und es sickert eine klare Flüssigkeit heraus.

Ich gehe wieder ins Wohnzimmer. Die Flammen im Holzofen sind schon lange ausgegangen, doch ich weiß aus Erfahrung, wie heiß er trotzdem noch ist, solange Glut darin glimmt. Als ich klein war, hatte ich mal tagelang Brandblasen an der Hand, obwohl ich den Ofen kaum berührt hatte. Ich krümme meine Finger. Ich denke an Trevors Miene in dem Moment, in dem er die Zigarette in meine Handfläche gedrückt hat.

Ich denke an ihre Spitze, an die orangefarbene Glut in der Nacht.

Ein einzelner Lichtpunkt. Wie ein Stern. Kein roter Stern, aber ein bernsteingelber. Ich schließe die Augen. Ich kann ihn sehen. Den Stern in der Dunkelheit, zwischen den Bäumen. Kälte sickert in meine Knochen, und ich muss die Frau mit dem roten Halstuch finden, weil hier etwas Schlimmes geschehen ist.

Und es geschieht noch immer Schlimmes.

Ich öffne die Augen und drücke meine Handfläche an die Ofenkante.

19

Connor ist schockiert von meiner Brandwunde. Ich habe mir die Hand in der Nacht noch selbst verbunden, aber er besteht darauf, den Verband abzunehmen, um den Schaden zu begutachten und sich Sorgen deswegen zu machen. Die Hitze des Ofens hat den kleinen Kreis in der Mitte meiner Handfläche unkenntlich gemacht, jetzt zieht sich eine fette Quaddel quer über die gesamte Fläche. Ich beobachte Connor mit einem Gefühl von Distanz.

Er hat mich von Anfang an belogen. Er hat mich zwar nie über meine Vergangenheit ausgehorcht, aber war das vielleicht nur so, weil er wusste, dass ich dann Reißaus nehmen würde?

Als ich ihm zum ersten Mal von dem Traum erzählte, hat er mich gefragt, ob ich es für möglich halten würde, dass er auf eine Erinnerung zurückgeht. *Vielleicht teilweise,* habe ich ihm damals geantwortet.

Er lässt mich in der Hütte allein und besteht darauf, zur Lodge zu gehen und uns was zum Frühstücken zu holen. Ich laufe unbehaglich auf und ab. Ich muss mit Harper sprechen.

Ich muss hier raus.

Ich muss wissen, was vor all den Jahren an diesem Ort passiert ist.

Was ich definitiv nicht kann, ist hier herumsitzen. Ich schnappe mir meine Jacke, schlüpfe hinein und trete nach draußen. Vor lauter Eile sehe ich Nick zu spät, der auf den Stufen steht. Ich schreie auf und gerate ins Stolpern. Er streckt einen Arm aus und fängt mich ab, als ich die Treppe hinuntersegle. Dann zieht er mich hoch und balanciert dabei ein Holztablett auf der anderen Hand. Darauf stapeln sich Waffeln, die für fünf reichen würden.

»Hoppla!«, ruft er. Er sieht amüsiert aus.

»Entschuldigung«, stammele ich.

»Kein Problem«, versichert er mir und weist mit dem Kinn auf die Waffeln.

»Connor wurde in der Lodge aufgehalten, darum habe ich den Auftrag bekommen, Ihnen das Frühstück zu bringen und mir Ihre Hand anzusehen«, sagt er nach einer kurzen Stille. Wir scheinen unseren Rhythmus nicht zu finden, verbringen immer wieder Augenblicke damit, uns einfach nur anzustarren.

»Meine Hand?«, wiederhole ich. Wenigstens klinge ich ruhig.

»Ich bin Arzt«, sagt er, und ich erröte. Das hätte ich wissen können.

»Ach, der Hand geht's gut«, sage ich ihm. Doch wie um mir zu widersprechen, schießt in diesem Moment ein starker Schmerz durch sie hindurch. Meine Finger zucken.

»Connor wirkte ziemlich besorgt. Lassen Sie mich einfach mal einen Blick darauf werden, damit ich ihn beruhigen kann«, sagt er.

»Und was, wenn ich mich weigere?«, frage ich.

»Dann bekommen Sie keine Waffeln, würde ich sagen«, erwidert er ernst, und ich lache auf, weil das von mir erwartet wird.

»Okay«, sage ich und gehe die Stufen zur Hütte wieder hoch.

»Warten Sie, Sie haben was verloren«, sagt Nick. Ich drehe

mich rechtzeitig um, um zu sehen, dass er sich, das provisorische Tablett vorsichtig in der Balance halten, nach dem weißen Rechteck bückt, das in den Schnee gefallen ist.

Das Foto. Es war noch in meiner Tasche und muss sich irgendwie daraus gelöst haben, und jetzt hebt er es auf und dreht es um. Seine Miene wird ausdruckslos. Er starrt das Foto einen langen Moment an. Dann reicht er es mir.

Ich nehme es mit zitternden Fingern entgegen. »Danke«, sage ich.

Er sagt nichts. Nickt nur. Ich drehe mich um, gehe rasch ins Haus und lausche auf seine Schritte und das Klicken der sich schließenden Tür. Ich lege das Foto mit der Vorderseite nach unten auf die Arbeitsplatte. Er stellt die Waffeln ab und zieht einen Stuhl heraus.

»Setzen Sie sich«, sagt er.

Ich tue, wie mir geheißen. Er lässt sich auf dem Stuhl gegenüber nieder. Ich halte ihm meine Hand hin, und er untersucht sie, ohne mich anzuschauen.

»Ziemlich guter Verband dafür, dass Sie ihn mit einer Hand angebracht haben«, bemerkt er. Er wickelt ihn ab und zieht eine Grimasse. »Ach, du lieber Himmel. Und das ist an dem Ofen passiert?«

»Ich war einfach ungeschickt.« Am Rand der Brandwunde haben sich üble Blasen gebildet.

»Sie haben erst mal alles richtig gemacht«, sagt er. »Bestnoten für das Erste-Hilfe-Wissen.«

»Meine Familie hatte es nicht so mit Ärzten«, sage ich. Endlich schaut er mich an, neugierig. Ich ziehe eine Augenbraue hoch. »Das sind doch alles Gauner und Quacksalber, die einem nur das Geld aus der Tasche ziehen und einen mit Pillen vollstopfen wollen.«

»Allerdings«, sagt er und nickt.

»In Wahrheit glaube ich, dass wir kein Geld hatten und die Vorbehalte nur vorgeschoben waren«, sage ich. »Mir wurde beigebracht, mich selbst zu versorgen – wenn ich nicht gerade auf einen Eisenpfahl aufgespießt werde oder Ähnliches.« Ich rede zu schnell. Die Aufregung macht mich geschwätzig.

»Das ist der Grund, warum ich Sie mit Waffeln bestochen habe«, sagt Nick. »Mein Vater ist genauso. Vor allem jetzt, wo er älter wird.«

»Es fällt schwer, diese Gewohnheit abzulegen«, gebe ich zu. Man bittet nicht um Hilfe. Man macht es einfach und lässt sich nicht anmerken, dass man angeschlagen ist.

»Sie machen das schon ganz richtig. Schmieren Sie weiter die Wundsalbe oder Vaseline darauf und wechseln und waschen Sie zweimal täglich den Verband«, sagt er. »Das ist eine blöde Stelle, aber es sollte doch einigermaßen schnell abheilen. Versuchen Sie, die Hand zu schonen.«

»Ich glaube nicht, dass ich eine Wahl habe«, sage ich zerknirscht.

»In diesem Sinne lassen Sie mich Ihnen mit dem Frühstück behilflich sein«, sagt er. Ich will aufstehen, doch er macht mir ein Zeichen, mich wieder zu setzen. »Nein, nein, das übernehme ich. Als Ihr Arzt verbiete ich Ihnen, es selbst zu machen. Erdbeeren? Blaubeeren? Sahne?«, fragt er.

Meine Antworten sorgen dafür, dass ich bald vor Waffeln sitze, auf denen sich alle drei Dinge türmen. Ich versuche vergeblich, die Waffel mit der Kante der Gabel zu zerteilen. Er beugt sich vor, nimmt sie mir ab und greift zu dem Messer. Ich lehne mich zurück und komme mir vor wie ein Kind. Joseph hat mir immer mein Fleisch geschnitten, weil ich keine scharfen Gegenstände benutzen durfte.

»Dieses Foto«, sagt er.

»Habe ich gefunden.« Ich gebe mir Mühe, nicht defensiv zu klingen.

»Hier in der Hütte?«, fragt er. Ich antworte nicht. »In der Dragonfly Cabin.« Er lehnt sich zurück, legt das Besteck ab und schaut mich unter dunklen Brauen hervor an. Ich fühle mich unter diesem Blick seziert. Vorsichtig zerteilt und eingehend betrachtet. Die Freundlichkeit ist verschwunden und Misstrauen an ihre Stelle getreten. »Mr Vance hat erzählt, dass Sie nachts dort hingehen.«

»Nicht jede Nacht«, erwidere ich. Also hat Vance mich beobachtet und die Bewegung meiner Taschenlampe in der Dunkelheit verfolgt. Ich stelle mir vor, dass Duchess ihn begleitet hat und er sie am Halsband festhalten musste.

»Und warum tun Sie das?«, fragt er. Sein Ton ist undefinierbar.

»Neugier, würde ich sagen«, gebe ich zurück.

»Sie haben herumspioniert.«

»Das ist nur eine leere Hütte.« Ich sage ihm nicht, wie sehr ich verschlossene Türen und Schränke hasse, überhaupt Dinge, die mir vorenthalten werden. Dass ich schon immer ein großes Bedürfnis hatte, zu verstehen, zu haben, in Besitz zu nehmen. »Ich habe das Foto gefunden und dachte, dass ich es Connor oder irgendwem geben sollte, aber dann habe ich komplett vergessen, dass ich es hatte.« Meine Stimme klingt hell und unschuldig, so als hätte ich keine Ahnung, was das Foto zu bedeuten haben könnte.

»Wissen Sie, wer das ist?«, fragt Nick.

»Ich weiß, dass der Mann Connors Vater ist«, sage ich und nehme mir etwas von dem Essen, schmecke aber nichts, als ich es herunterschlucke. »Wer ist denn das kleine Mädchen?« Fällt ihm auf, wie ähnlich sie mir sieht? Mein Gesicht hat sich verändert. Die Wangen des Mädchens sind runder, ihre Züge weicher.

Nicks Fingerspitzen tippen einen langsamen Rhythmus auf die Tischplatte, so, als würde er nachdenken. Er erinnert mich an einen Herzschlag, aber meiner ist schneller, er trappelt in meiner Brust vor sich hin. »Sie hieß Teddy«, sagt er. »Das war aber nicht ihr richtiger Name. Ein Spitzname – oder Kosename vielmehr. Ihre Mutter war … eine Freundin. Von Liam.« Er ist sehr vorsichtig in dem, was er preisgibt. Unsicher, wie viel er sagen soll. Sein Blick verrät ihn – die Wut darin.

Ich denke daran, wie Rose und er sich angeschaut haben, wie er sich eingeschaltet hat. Er hat das, was sein Bruder getan hat, persönlich genommen.

»Sie haben mich gefragt, ob ich auch Teddy genannt werde«, sage ich.

Er neigt den Kopf. »Das war albern von mir. Es war ja nicht mal ihr richtiger Name«, sagt er. »Sie wurde nur so genannt, weil sie eine Vorliebe für Teddybären hatte.«

Wie dem auf dem Foto. Und in meiner Erinnerung. *Teddy zwei,* habe ich ihn genannt, weil wir denselben Namen hatten.

»Sie sehen ihr ein bisschen ähnlich. Mallory, meine ich – und ich schätze, ihrer Tochter auch, obwohl man das bei so kleinen Kindern nur schwer sagen kann.«

Ich bin froh, dass ich den hochgeschlossenen Pulli anhabe und er die zwei kleinen Muttermale an meinem Hals nicht sehen kann, die auch das Mädchen auf dem Foto hat. »Mallory. So hieß ihre Mutter?« In mir regt sich nichts, wenn ich den Namen höre. Aber eigentlich ist das ja klar – kleine Mädchen brauchen keinen anderen Namen als *Mama.*

»Ja. Eine schöne Frau«, sagt er.

»Sie kannten sie.«

»Nicht gut.« Er schüttelt den Kopf. »Ich würde Connor oder Rose gegenüber auch eher nichts davon erwähnen. Das ruft nur schmerzhafte Erinnerungen wach.«

»Weil Liam mit ihr geschlafen hat«, sage ich unumwunden.

»Wer hat Ihnen das erzählt?«, will er wissen.

Ich spieße eine Erdbeere auf. »Das liegt doch irgendwie auf der Hand.« Von Trevor braucht er nichts zu wissen. »Aber nach der Art, wie Connor über seinen Vater spricht, hätte ich das nicht erwartet.«

»Wir wollten nicht, dass irgendeins von den Kindern das mit Mallory herausfindet. Und ich wollte eigentlich auch nicht, dass Rose es erfährt. Sie hatte schon genug zu kämpfen, aber es führte kein Weg daran vorbei. Mallory und das Kind waren hier, als der Unfall passierte.«

Ich setze einen angemessen überraschten, besorgten und betretenen Gesichtsausdruck auf.

»Alexis hat es herausgefunden, und sie hat es ihrem Bruder erzählt. Alexis ... hat das alles sehr mitgenommen. Sie kam monatelang kaum aus ihrem Zimmer, und essen wollte sie auch nichts. Sie hat sich selbst verletzt.« Er geht nicht näher darauf ein. Ich stelle mir eine Rasierklinge auf bleicher Haut vor und Alexis' konzentrierte, entschlossene Miene. »Connor hat einfach so getan, als hätte er es nicht gehört, und weiter an seinem Superhelden-Bild gebastelt, weil er seinen Vater so in Erinnerung behalten wollte. Ich kann es ihm nicht verübeln. Jedenfalls verstehen Sie hoffentlich, warum niemand über die Sache redet.«

Manche Geheimnisse bleiben Geheimnisse wegen des Ärgers, den sie hervorrufen könnten. Andere, weil der Schmerz des Stillschweigens etwas erträglicher ist.

»Was ist denn nach dem Unfall aus ihnen geworden? Aus Mallory und Teddy, meine ich?« Es fühlt sich seltsam an, den Namen auszusprechen, ohne ihn für mich in Anspruch zu nehmen. Teddy. Ein Bär mit einer roten Schleife und weichem Fell, der seine Arme um mich legt. *Es wird alles gut, Teddy. Du wirst schon sehen.*

Mir stockt der Atem, doch Nick scheint nichts davon mitzubekommen. »Sie ist abgereist. Keine Ahnung, wohin. Damals war es mir auch ziemlich egal«, sagt er. »Wir waren nicht sehr nett zu ihr. Vielleicht hatte sie das auch verdient, ich weiß es nicht. Wir waren nur alle so schockiert und in Trauer, und als wir dann rausfanden, was Liam hier oben gemacht hat ...« Er reibt sich mit der Hand durchs Gesicht.

Was Liam hier oben gemacht hat. Der Satz bleibt mir im Gedächtnis haften, und ich erschaudere unwillkürlich.

»Sie sehen Ihr unglaublich ähnlich«, sagt er erneut. Sein Blick gleitet über die Konturen meines Gesichts. Ich würde mich am liebsten verstecken, mein Gesicht abwenden, doch ich zwinge mich, stillzuhalten. »Ich habe mich schon gefragt, ob es möglich ist, dass Sie sie sind. Der Name, wissen Sie.«

»Aber sie hieß doch nicht Theodora«, sage ich.

»Nein, nein, das nicht«, sagt er. Ich warte. Ich möchte, dass er es sagt. Ich brauche es. Aber er seufzt nur und richtet sich auf. »Ich sollte Sie jetzt in Ruhe essen lassen, bevor die Waffeln total durchgeweicht sind.«

Ich schaue auf mein Essen. Vorhin war ich wie ausgehungert, doch jetzt dreht sich mir bei dem Anblick der Magen um.

»Danke, dass Sie vorbeigekommen sind«, sage ich.

Er nickt. »Kein Problem. Nein, bleiben Sie sitzen, ich finde selbst hinaus.« Ich verzichte darauf, aufzustehen, und er geht zur Tür und zieht seine Stiefel wieder an.

»Nick«, sage ich plötzlich. Er hat die Hand schon auf dem Türknauf und hält inne. »Hat Liam geraucht?«

Zwischen seinen Augenbrauen bildet sich eine Falte. »Hin und wieder«, sagt er und lacht dann auf. »Wir haben hier oben damit angefangen. Haben uns mit Dads Zigaretten in den Wald geschlichen. Wenn ich an dem Tor zu dem Gelände hier ankomme, bekomme ich jedes Mal gleich wieder Lust darauf. Aber ich habe es mir schon vor langer Zeit abgewöhnt. Patienten mögen es nicht, wenn ihr Arzt raucht. Warum fragen Sie?«

»Einfach so«, sage ich. Er schaut mich verwundert an, gibt sich aber mit meiner Antwort zufrieden. Er hebt zum Abschied die Hand und öffnet die Tür, bleibt dann aber doch noch einmal stehen.

»Neugier ist eine Sache, Theo. Aber auf diese Art in der Vergangenheit zu wühlen … ist für keinen gut«, sagt er. »Das öffnet nur alte Wunden. Sie sollten das Foto wegwerfen. Sorgen Sie dafür, dass Connor es nicht sieht. Und wenn ich Sie wäre, würde ich mich auch von der Dragonfly Cabin fernhalten. Es gibt dort nichts als ungute Erinnerungen.«

»Verstehe«, erwidere ich. Er fasst das als Einverständnis auf und geht. Ich sage ihm nicht, dass ich das schon wusste.

Dass die unguten Erinnerungen aber genau das sind, was ich zu finden versuche.

20

Es ist kalt in der Hütte. Das Feuer im Ofen ist ausgegangen, und niemand hat es wieder angefacht. Ich trage mehrere Pullover übereinander, sitze in der Küche und warte.

Irgendwann kommt Connor schließlich zurück, mit roten Wangen von der Kälte und einem Muffin als Entschuldigung für die Verspätung. Er war mehr als eine Stunde weg. Obwohl ich immer noch satt bin von den Waffeln, akzeptiere ich den Muffin als das, was er sein soll, und er küsst mich sanft, so, als könnte er nicht sicher sein, welche Art von Berührung mir nicht wehtut.

»Was hat Nick gesagt?«, fragt er. Und da ich erschrocken schweige, fügt er hinzu: »Wegen der Hand.«

Ach ja. »Dass ich unfassbar tollpatschig bin. Nur nicht mit so vielen Worten«, sage ich, damit es leicht und lustig klingt, und lasse meine Augenbrauen tanzen. *Warum hast du mich angelogen, Connor?*

Er hat mich aufgespürt und es dann vertuscht. Weder er noch Harper haben je ein Wort über die Ausstellung verloren. Es muss eine harmlose Erklärung dafür geben, denn schließlich handelt es sich doch um Connor, den jungen Mann ohne Narben auf der Haut, dessen einzige Wunde die Trauer ist. Er würde mir nie wehtun. Er würde nicht monatelang etwas vor mir verbergen, um mich zu unbekannten Zwecken hierherzulocken.

Er macht sich daran, einen neuen Kaffee aufzusetzen. »Findet er, dass du damit zum Arzt musst?«

»Nein, das heilt von selbst wieder. Ich habe Ibuprofen gegen die Schmerzen genommen. In ein paar Tagen wird es schon deutlich besser sein, aber bis dahin total eklig aussehen.«

Connor stellt die Kaffeemaschine an und setzt sich dann auf denselben Platz, auf dem Nick gesessen hat. »Ich habe nachgedacht«, sagt er.

»Das sieht dir gar nicht ähnlich«, necke ich ihn, und er schnaubt.

»Meine Familie – okay, vor allem meine Großeltern – machen sich Sorgen, weil ich dich heiraten will. Sie finden, dass wir nicht genug über dich wissen«, sagt er und kratzt sich über die Wange. »Ich weiß, dass du nicht gern über deine Kindheit sprichst. Aber wenn du alles auf den Tisch legen würdest, könnten sie vielleicht sehen, dass es da nichts Schlimmes gibt.«

»Nichts Schlimmes?«, wiederhole ich. Er zieht die Schultern hoch und lässt sie wieder fallen. Mein Rücken spannt sich an. »Meine Vergangenheit geht sie nichts an.«

»Aber mich auch nicht?«, fragt er. »Ich kenne nicht mal die Namen deiner Eltern. Ich weiß nicht, wie sie gestorben sind, ob du noch andere Familie hast, ob du gern in die Schule gegangen bist oder ob du gute Noten hattest oder …« Er spreizt seine Hände.

Ich wende den Blick ab, starre die Wand an, das Fenster, ins Nichts. »Elizabeth und Joseph Scott«, sage ich. »Und ich wurde zu Hause unterrichtet. Sie waren keine guten Eltern, Connor, und ich rede nicht gern darüber.«

»Vielleicht könnten wir ja deine leiblichen Eltern finden«, sagt Connor. »Ich weiß, dass du das schon mal vergeblich versucht hast, aber du hattest damals nicht dieselben Möglichkeiten, wie wir sie haben. Ich wette, Granddad kennt jemanden, der …«

»Warum machst du so einen Druck?«, frage ich. »Wegen mir? Oder um deine Großeltern glücklich zu machen?«

Er trommelt mit den Fingerspitzen auf die Tischplatte und wägt seine nächsten Worte lange ab. »Meine Familie ist sehr reich, Theo. Wenn wir nicht genauer hinschauen, was deine Geschichte angeht, tut es vielleicht jemand anders. Und meine Großeltern müssen wissen, dass es da nichts gibt, was der Familie schaden könnte. Ich weiß, dass das übergriffig ist. Aber versuch mal, es aus ihrer Warte zu betrachten.«

Er legt seine Hand auf meinen Oberschenkel. Er sitzt vorn auf der Stuhlkante, damit er sich zu mir hin beugen kann.

»Du musst mir helfen«, sagt er. »Du musst anfangen, mir Sachen zu erzählen.«

»Die wichtigen Dinge erzähle ich dir ja«, sage ich.

Er schüttelt den Kopf. »Du bist so schwer zu durchschauen. Du bist ein unbeschriebenes Blatt, zum Teufel noch mal.«

Ich zucke zurück. Er legt seinen Finger in eine Wunde, eine Angst, um die ich mich stets schützend herumwinde. Wer bin ich? Vielleicht bin ich niemand, und in mir ist nichts außer all den kleinen Dingen, die ich von den Menschen gesammelt habe, die ich lieben wollte. Vielleicht bin ich nur ein Silberdollar, der in einem Schuh versteckt ist, eine rosafarbene Muschel, ein poliertes Tigerauge, ein Messer.

»Was ist so schrecklich, dass du es mir nicht erzählen kannst?«, fragt er. »Was musst du so dringend geheim halten?«

Blut zwischen meinen Zähnen. Auf meinem Shirt. Blut, das nicht aufhört, zu fließen. Die blinkenden Lichter des Streifenwagens.

Ja, es gibt Dinge, die ich dir verheimliche, Connor. Aber damit bin ich nicht allein.

»Der Abend, an dem wir uns kennengelernt haben. Warum bist du da zu mir hingekommen und hast mich angesprochen?«, frage ich. Sein Kopf geht ruckartig nach oben. Es ist nur ein Zucken. Es könnte alles bedeuten. Und nichts.

Dann lächelt er. »Brauche ich einen Grund, um eine hübsche junge Frau anzusprechen?«, fragt er. Er steht auf und tritt an den Tisch. Dann lehnt er sich mit Blickrichtung zu mir dagegen, sodass ich mir den Hals verrenken muss, um zu ihm hochzublicken.

»Ich bin nicht hübsch«, sage ich, und Trevors Worte hallen in meiner Brust wider.

»Natürlich bist du das. Du bist schön«, sagt er. Das ist nicht dasselbe, aber ich sage nichts. »Du sahst interessant aus. Ich wollte wissen, wer du bist. Aber wie sich zeigt, ist das schwieriger, als ich erwartet hatte.« Er sagt das so, als wollte er mich necken, aber auch, als wäre es die Wahrheit.

»Du kamst mir bekannt vor. Dabei hatten wir uns noch nie vorher gesehen«, sage ich. Ich öffne ihm die Tür, er hat die Wahl. Wenn er es mir sagt, dann erzähle ich ihm, glaube ich, alles. Aber wenn er seine Geheimnisse für sich behält, dann tue ich es auch.

»Vielleicht war das einfach ein Zeichen, dass wir zwei füreinander bestimmt sind«, sagt er.

»Aber du kanntest mich nicht irgendwoher?« Ich versuche, nicht so zu klingen, als wollte ich ihn bedrängen. Und es einen guten Grund gäbe, das zu tun.

»Ich glaube nicht, dass wir uns vorher schon mal begegnet waren«, sagt er. »Sonst hätte ich dich da schon angesprochen.« Er legt seine Hand um mein Kinn und streicht mit dem Daumen über meine Unterlippe. Dann seufzt er. »Ich liebe dich, Theo.«

An jedem anderen Tag, an jedem anderen Punkt meines Lebens hätte das gereicht, um mich zum Reden zu bringen.

Heute drehe ich nur den Kopf, küsse die Innenseite seines Handgelenks und sage kein Wort.

21

Connor hat mich belogen, was den Abend unserer ersten Begegnung betrifft, aber er ist nicht der Einzige. Harper hat dieses Zusammentreffen arrangiert und es mir nie erzählt. Ich will wissen, warum.

Wegen meiner verletzten Hand brauche ich nicht mit zum geselligen Beisammensein mit der Familie zu gehen. Ich lade mein Handy ein paar Minuten auf, lange genug, um einige Anrufe tätigen zu können, und ziehe mich warm an. Connor hat gesagt, unten am Eingangstor hätte man Empfang, also gehe ich dorthin.

Auf dem gesamten Weg warte ich darauf, dass mich jemand aufhält. In der hell erleuchteten Lodge sehe ich Leute herumlaufen und an den Fenstern vorbeigehen, offenbar sind alle mit wichtigeren Dingen beschäftigt als mit mir.

Am Tor angekommen, hole ich mein Handy heraus. Nichts. Ich muss auf die andere Seite klettern und noch zehn, zwanzig Meter die Straße hinuntergehen, bis mein Telefon sich endlich mit dem Netzwerk verbindet. Es trudeln allerlei Nachrichten ein. E-Mails und Textnachrichten, nichts Dringendes. Ich wähle Harpers Nummer, und sie hebt sofort ab.

»Theo«, sagt sie. »Gott sei Dank. Ich hatte schon Angst, die Wölfe hätten dich gefressen. Wie läuft's denn? Hast du sie schon alle um den Finger gewickelt?«

Harper spricht schnell, und sie klingt fröhlich. So ist sie immer, sie quillt förmlich über von Energie. Sie ist meine älteste Freundin – die erste Frau, die ich an der UCLA kennengelernt habe, als ich dort mit einem einzigen alten Koffer und vierzig Dollar in der Tasche ankam. Damals hat sie innerhalb von drei Sekunden beschlossen, mich zu ihrem Projekt zu machen. Dass ich ein Adoptivkind war, faszinierte sie. Und sie versuchte, mich zu beschützen. Sie warnte mich, dass Brandon mir nur Kummer bereiten würde, und tröstete mich, als es vorbei war, ohne auch nur ein einziges Mal zu sagen: *Ich hatte dich ja gewarnt.*

Es ergibt keinen Sinn, dass Harper mich belügt.

»Harper. Tut mir leid, wenn ich störe«, sage ich und klinge angestrengt. Mir fiel es noch nie schwer, mit Harper zu reden, doch jetzt bringe ich meine Worte nur mit Mühe heraus.

»Du störst mich nie«, sagt sie. »Was ist los, Baby? Du klingst furchtbar. Sag nicht, dass du dem reichsten einen Prozent jetzt schon entsetzt den Rücken kehren willst.«

Mir entweicht ein Laut – eine Art ängstliches Winseln, wie von einem verwundeten Hund.

»Theo?«, sagt sie erschrocken. »Was ist los? Hat Connor irgendwas gemacht? Soll ich ihn für dich umbringen? Du weißt, dass ich das tun würde.«

Ich beiße die Zähne zusammen. Ja, Connor hat was gemacht. Aber sie auch. »Harper, Connor hat dich über mich ausgefragt, oder? Vor der Party. Er hat dich gebeten, mich einzuladen und uns miteinander bekannt zu machen.«

»Worauf willst du hinaus?«, fragt Harper vorsichtig.

»Darauf, dass du mich angelogen hast«, erwidere ich giftig. »Es stimmt, oder? Er wollte, dass du uns miteinander bekannt machst. Und aus irgendeinem Grund hast du mir das nie erzählt.«

»Weil er mich darum gebeten hat«, sagt Harper mit einem nervösen Lachen. »Er hat gesagt, es wäre ... ihm ging's darum, dass er ein Dalton ist. Er wollte nicht, dass du ihn googelst, bevor er persönlich einen ersten Eindruck hinterlassen konnte. Offenbar gab es über die Jahre eine Menge Frauen, die sich merkwürdig verhalten haben, sobald sie wussten, wie viel Kohle er hat. Auch Männer, selbst die, die nicht mit ihm schlafen wollten. Er ist empfindlich, was das Thema angeht. Und danach ... Ich weiß auch nicht, es kam mir seltsam vor, das anzusprechen. Ich habe dich nicht – das war ja nicht wirklich eine *Lüge*. Ich habe dir nichts verheimlicht. Du mochtest ihn. Und ich dachte ...«

Ich ziehe scharf die Luft ein und bin wütend, aber zugleich auch erleichtert, weil das total nach Harper klingt. Sie war noch nie dafür bekannt, dass sie Dinge zu Ende denkt, und möchte unbedingt immer, dass alle glücklich sind. Garantiert hat sie sich eingeredet, dass das eine harmlose Unterlassung war.

Aber das entschuldigt Connors Verhalten noch lange nicht.

»Die Sache ist die, Harper: Ich glaube, er wusste, wer ich bin«, sage ich.

»Ja. Weil ich's ihm gesagt habe. Er hatte das Foto von dir gesehen. Das, auf dem du total granatenmäßig aussiehst. Und er war nicht der Einzige, der mich nach deiner Nummer gefragt hat, das kannst du mir glauben. Aber er war der Einzige, den ich für wert befunden habe, dass du ihn dir mal anschaust.«

Ich schüttele den Kopf, obwohl sie mich gar nicht sehen kann. »Nein, ich meine davor. Lange davor. Ich weiß, das klingt verrückt, aber als ich hier ankam, erschien mir alles vage vertraut. Und es gibt hier eine Hütte, die niemand mehr nutzt. Ich habe mich dort umgesehen, und weißt du, was ich gefunden ...«

Ich bremse mich, denn ich rede so schnell, dass meine Worte für sie wahrscheinlich gar keinen Sinn mehr ergeben.

»In der Hütte war ein Foto von mir«, sage ich langsam. »Von mir als Kind. Aus der Zeit vor den Scotts. Das Foto zeigt mich mit Connors Vater.«

»Das ergibt keinen Sinn«, sagt Harper verwirrt.

»Doch. Ich war nämlich wirklich schon mal hier«, sage ich. »Ich habe angefangen, mich zu erinnern. Und Sachen herauszufinden. Meine Mutter – sie hieß Mallory, und sie hatte eine Affäre mit Connors Vater.«

»Was? Igitt, heißt das …?«

»Nein«, sage ich schnell. »Nein, mich gab's damals schon. Aber er hat sie offenbar hier oben versteckt. Und dann ist er gestorben, und sie verschwand einfach von der Bildfläche, und niemand kann erklären, wo sie und ihre Tochter danach geblieben sind. Ich. Wo ich geblieben bin.«

»Theo«, sagt sie. Sie klingt beunruhigt. »Das ist eine ganz schön wilde Geschichte.«

»Ich weiß, aber ich schwöre dir, sie stimmt«, sage ich.

»Okay.« Sie ist skeptisch, versucht aber, es nicht zu zeigen. Was ihr miserabel gelingt.

»Irgendwas ist hier oben passiert – irgendwas, was sie nach außen hin nicht zugeben. Meine Mutter hätte mich doch nicht einfach allein gelassen. Ich glaube – ich glaube, ihr ist was zugestoßen.«

Ich sehe wieder das Bild vor mir – ihre Füße, die hinter der Autotür hervorschauen. Das Halstuch, das mir aus der Hand flattert.

Ich hatte solche Angst.

Liam Dalton ist hier gestorben. Sein Tod war ein Unfall, sagt Connor, aber langsam kommen mir Zweifel. Liam Dalton ist das Monster aus meinem Traum. Er hat ihr irgendetwas angetan. Uns.

Oder hat sie ihm etwas angetan?

»Und worauf stützt du diese Vermutung? Auf ein Foto?«, fragt Harper.

»Es ist mehr als ein Foto. Wie gesagt: Ich fange an, mich an manches von früher zu erinnern.«

»Und du bist dir sicher.«

Ein Zweifel kriecht durch mich hindurch wie ein krabbelndes Insekt.

»Ich ... weiß es nicht«, sage ich, und es fühlt sich wie Verrat an. An mir selbst, an meiner Mutter. Als würde ich ihre Existenz verleugnen. »Ich weiß nicht, was ich machen soll, Harper.«

»Wir reden hier über sehr reiche und sehr mächtige Leute, Theo«, sagt Harper. »Wenn du dich von ihm trennst oder so – dann ist ihnen das egal. Aber wenn du anfängst, Anschuldigungen zu erheben, sie schlecht aussehen zu lassen ...« Ihre Stimme verklingt.

»Was glaubst du denn, was sie mit mir machen würden? Die Daltons sind doch gute Menschen, oder?«, frage ich mit einem Hauch von Ironie. »Es sind respektable Leute.«

»Ich habe da so Sachen gehört«, sagt Harper. »Sie mögen es nicht, wenn man sich ihnen entgegenstellt. Und reiche Leute können ziemlich skrupellos sein.«

»Und was willst du damit sagen? Was soll ich jetzt tun?«

Harper holt Luft und stößt sie rasch wieder aus. »Ich weiß nicht, was los ist, aber was auch immer es ist: Du bist offensichtlich in Schwierigkeiten, und du bist da nicht sicher. Du musst nach Hause kommen.«

»Das kann ich nicht.«

»Theo ...«

»Wie gut kennst du Connor, Harper?«, frage ich sie. »Sag mir, dass er nicht so ist. Sag mir, dass ich ihm hundertprozentig vertrauen kann, dann lasse ich die Sache auf sich beruhen.«

Sie ist zu lange still. »Theo«, sagt sie sanft. »Baby … ich habe Connor bei meiner Ausstellung kennengelernt. Als er diese Abzüge gekauft hat.«

»Du hast gesagt, ihr wärt befreundet.«

»Du kennst mich doch. Ich bezeichne die Frau neben mir im Bus als meine Freundin, weil sie mir ein Kaugummi geschenkt hat«, erwidert Harper mit einem kurzen Lachen. »Als Connor zu meiner Party kam, hatte ich ihn vorher nur dieses eine Mal getroffen.« Es entsteht noch eine Pause, weil ich keine Ahnung habe, was ich jetzt sagen soll. »Du solltest nach Hause kommen.«

»Danke, Harper. Wir reden später weiter«, sage ich mechanisch, beende das Gespräch und unterbreche damit, was immer sie als Nächstes sagen wollte.

Ich starre die Straße entlang. Radspuren ziehen Furchen durch den Schnee. Krähen streiten in der Ferne. Fast könnte ich mir einbilden, ganz allein hier oben zu sein.

Mein Handy vibriert. In der Erwartung, dass es Harper ist, schaue ich auf das Display. Doch es ist eine Nachricht von einer unbekannten Nummer.

Dora, ich bin's, Joseph. Wir müssen reden.

Ich blinzele auf das Display herab und warte darauf, dass die Worte sich neu ordnen, zu einem Satz, der mehr Sinn ergibt. Joseph darf mich gar nicht kontaktieren, genauso wenig wie ich ihn. Das ist der Deal. Das ist die Vereinbarung, die wir nach der

Sache mit Peter getroffen haben, nach meinem sehr speziellen Abgang.

Mir fällt nur ein Grund ein, warum er gegen diese Vereinbarung verstoßen sollte.

Die anonymen Textnachrichten, die ich bekommen habe, waren kein Bluff und keine reinen Mutmaßungen.

Irgendjemand weiß Bescheid.

22

Ich war sechzehn Jahre alt, als ich Peter Frey kennenlernte. Er war nicht viel älter – siebzehn und ein paar Zerquetschte. Sein Vater war unser neuer Pfarrer, und Beth war immer gut darin, die Mächtigen zu hofieren. In unserem kleinen Winkel der Welt war Peters Dad so etwas wie ein König. Wir waren also häufiger dort, und Beth gab sich alle Mühe, eine Freundschaft mit Beths Mom zu pflegen, obwohl die sie immer auf Armeslänge von sich fernhielt. Beths großer Fehler war, dass sie zu früh nach dem Familienrezept für eine bestimmte Sorte Kekse fragte. Diese Art von Intimität muss man sich erst einmal verdienen. Niemals werde ich die dezente und gleichwohl scharfe Zurückweisung der Pfarrersfrau vergessen, die darin bestand, dass sie die Karteikarte mit dem Rezept wieder in den dafür vorgesehenen hölzernen Kasten steckte und den Deckel zuklappte.

Sie hatten fünf Kinder, eine ansehnliche Zahl. Peter war das drittgeborene und der älteste Junge. Mir war der Umgang mit Jungs außerhalb der Sonntagsschule nicht erlaubt, aber er übte mit seinen braunen Locken, seinen Sommersprossen und seinen weichen Wangen eine gewisse Faszination auf mich aus.

Ich war in seinem Zimmer, als er mich dort ertappte.

»Was machst du da?«, fragte er.

»Ich schau mich nur ein bisschen um«, sagte ich.

»Du hast geklaut.«

Ich konnte es nicht leugnen. In meiner Hand lag eine Anstecknadel, die er für irgendeine Leistung in einer kirchlichen Jungengruppe bekommen hatte. Ich hielt sie ihm hin. »Ich wollte sie mir nur anschauen.« Sie hatte vergessen hinten in einer Schublade gelegen und wäre nicht vermisst worden. Aber ich hätte sie in Ehren gehalten. Das waren die Regeln, nach denen ich vorging.

Er kam auf mich zu, nahm mir die Nadel aber nicht ab. Ich trug weite Bauernblusen und altmodische Röcke, doch es war unübersehbar, dass ich eine junge Frau war, was auch seinem Blick nicht verborgen blieb, als er ihn an mir auf und ab wandern ließ.

»Ich könnte dich in Schwierigkeiten bringen«, sagte er.

»Bitte nicht«, flüsterte ich. Es war Monate her, dass ich zuletzt erwischt worden war. Seit ich die Beherrschung verloren hatte oder abgelenkt gewesen war und eine unpassende Frage gestellt hatte. Sie fingen gerade an, sich in meiner Gegenwart wieder zu entspannen.

»Ich habe schon von dir gehört«, sagte er und schien nachzudenken. »Ich sag nichts«, entschied er schließlich. »Wenn du deine Bluse für mich anhebst.«

Ich dachte ebenfalls nach. Das war natürlich gegen die Regeln, und ich war bestens mit der Notwendigkeit von Sittsamkeit in allen Lebenslagen vertraut, doch wie die meisten Regeln schien auch diese nur dann wichtig zu sein, wenn jemand mitbekam, dass man gegen sie verstieß. Und außerdem: Würde er nicht genauso viel Ärger bekommen wie ich, weil es ja sein Wunsch war?

Also trafen wir eine Vereinbarung. Ich zwang ihn, mir die Hand darauf zu geben, dann zog ich die Bluse aus dem Rock und hob sie hoch, eine Geste ohne die geringste Sinnlichkeit, doch ihn befriedigte sie, und das trotz des sehr matronenhaften BHs, den ich darunter trug. Als ich die Bluse wieder herunterließ, schaute er mich an, als wäre ich das staunenswerteste Geschöpf, das er je gesehen hatte.

Nach diesem Tag eskalierten die Dinge in Peters Zimmer ziemlich schnell. Es wurden Geschäfte gemacht, Gefälligkeiten erwiesen und Geheimnisse bewahrt. Meine Bluse wurde vollständig abgelegt und dann auch mein BH. Er bekam die Erlaubnis, zu berühren, und dann berührt zu werden. Ich konnte so tun, als wäre ich unschuldig und von dem weltgewandteren älteren Jungen (auch wenn er kaum älter war) manipuliert worden – doch auch wenn meine Erziehung einiges zu wünschen übrig ließ, gab es keinen Moment, in dem ich nicht verstanden hätte, welche Grenzen ich überschritt und welche Bedeutung unser Tun hatte. Ich wollte ihn genauso wie er mich. Vielleicht sogar mehr.

Also ließ ich ihn, als Beth und Joseph übers Wochenende verreist waren, durch die Hintertür herein und führte ihn in mein Schlafzimmer. Und während seine Eltern glaubten, er wäre mit seinen Freunden zusammen, probierten wir die nächsten zwölf Stunden lang so viele verbotene Dinge aus, wie uns nur einfielen. Unserer Fantasie waren Grenzen gesetzt, doch unser Enthusiasmus glich das aus. Und jedes Mal, wenn er mich im Arm hielt, mich staunend ansah und *O Gott, Theodora, o Gott* sagte, wusste ich, dass er nur zu mir betete.

Das meiste fanden wir heraus. Wo Babys herkamen und wie man sie fernhielt, gehörte nicht dazu.

Pech für uns.

Ich mochte ja nicht genau wissen, wie ich schwanger geworden war, aber ich hatte genug von Beths Versuchen mitbekommen, schwanger zu werden, die nach meinem Eintreffen nicht aufgehört hatten, und ich erinnerte mich, wie aufgeregt sie und ihr Mann getuschelt hatten, nachdem ihre Periode einmal ausgeblieben war. Meine war regelmäßig wie ein Uhrwerk. Als sie also ausblieb, ging ich in die Bibliothek und bat um Bücher über Babys. *Du meinst mit Bildern von Babys?,* fragte die Bibliothekarin, und ich sagte, nein, Bücher darüber, wie man schwanger wird.

Am nächsten Tag erzählte ich es Peter. Ich war ruhig, er geriet in Panik. »Wir können kein Baby bekommen. Ich kann kein Baby bekommen. Mein Dad bringt uns um«, sagte er die ganze Zeit, und ich informierte ihn darüber, dass es noch einen anderen Ausweg gäbe, ich dafür jedoch Geld bräuchte, das weder ich noch die Scotts hätten.

Peter hatte sein ganzes Geld für ein neues Fahrrad gespart, ein paar Hundert Dollar waren zusammengekommen. Ich überzeugte ihn davon, dass er es entweder mir geben oder es dafür nutzen konnte, für das Gitterbettchen und den Kinderwagen zu bezahlen, die er bald brauchen würde.

Ich tüftelte alles alleine aus. Das Timing. Welche Busfahrkarte ich brauchte. Die »Grippe«, die ich mir bestimmt bei den Kindern von den Russells am Ende der Straße eingefangen hatte und die mir einen perfekten Vorwand lieferte, die ganze Woche im Bett zu verbringen.

Es hätte vielleicht sogar funktionieren können. Aber die Chance, das herauszufinden, blieb mir verwehrt.

Peters Vater hatte mitbekommen, wie fleißig Peter jeden Cent gespart hatte, und wollte ihn für seine plötzliche Anwandlung in puncto Impulskontrolle und langfristiges Denken belohnen, indem er ihm die noch fehlenden fünfzig Dollar schenkte. Er wollte mit ihm in die Stadt fahren, um dieses Fahrrad zu kaufen.

Peter konnte schlecht sagen, dass er mir das Geld gegeben hatte. Das hätte zu viele Fragen nach den Gründen provoziert. Darum behauptete er, ich hätte es gestohlen. Sein Vater wusste, dass das nicht alles sein konnte. Und er setzte seinen Sohn unter Druck. Und Peter erzählte ihm, was wir gemacht hatten.

Was *ich* gemacht hätte. Und was ich jetzt vorhätte.

Er erzählte ihnen, es sei meine Idee gewesen. Und meine Schuld, und zwar jeder einzelne Schritt. Und sie glaubten ihm, weil Peter ein braver Junge war, und ich …

Ich war schon immer ein böses Mädchen gewesen.

Peters Eltern sprachen mit meinen. Und zusammen kamen sie zu dem Schluss, dass das Maß voll war.

Es musste etwas passieren.

23

Jede Familie hat ihre eigenen Gesetze, und die meisten davon sind ungeschrieben. Die Daltons haben mehr als die meisten anderen.

Ich kann es mir nicht leisten, gegen sie zu verstoßen. Schon gar nicht, wo mich dieses allzu vertraute Gefühl beschleicht – das Gefühl, dass ich hier nicht sicher bin. Dass ich nicht in die Grenzen passe, die gezogen wurden, und total aufpassen muss, sie nicht zu überschreiten.

Als wir zum Abendessen in die Lodge gerufen werden, benutze ich meine verletzte Hand also nicht als Ausrede, um nicht mitgehen zu müssen. Ich ziehe meine rote Jacke und das passende Tuch an und folge Connor nach draußen. Mein Körper fühlt sich weich an unter dem Druck seiner Berührungen. Wir haben nicht wieder über meine Vergangenheit gesprochen. Und ich habe ihn nicht gefragt, warum er mich über die Umstände unseres Kennenlernens belügt.

Während wir uns um den Tisch versammeln, betrachte ich alle Daltons nacheinander. Einer von ihnen hat mir sicherlich die Nachrichten auf mein Handy geschickt, um mich abzuschrecken – es muss jemand gewesen sein, der hier auf dem Berg ist. Das kleine Geschenk auf der Fensterbank ist Beweis genug.

Einer dieser Menschen weiß darüber Bescheid, was in Washington passiert ist. Über Peter Frey und darüber, was danach geschah.

Connor schenkt sich Wein ein. Er trinkt hier mehr. Als wäre er entspannter – oder als versuchte er, seine Gefühle zu betäuben. Alexis schnalzt wegen Sebastians Weigerung, etwas anderes als Brot zu essen, abschätzig mit der Zunge und versucht, ihm Karottensticks aufzuzwingen. Mein Blick wandert über den Tisch zu Trevor.

Trevor würde mir solche Nachrichten nur schicken, um mir eins auszuwischen, glaube ich. Oder, genauer gesagt, Connor. Diese Möglichkeit kann ich nicht außer Acht lassen.

Trevor fängt meinen Blick auf und hebt süffisant grinsend sein halb volles Rotweinglas. Alexis bemerkt die Geste, ihr Kopf schwenkt in seine Richtung.

»Trevor«, sagt sie.

Er hebt das Glas an die Lippen. Seine Augenbrauen sind hochgezogen. »Ja, liebe Schwester?«

»Du sollst doch nicht trinken.«

»Sagt wer?«, fragt er und nimmt einen Schluck. Am Tisch ist es still geworden.

»Bist du sicher, dass das eine gute Idee ist?«, fragt seine Mutter leise.

»Natürlich ist das keine gute Idee. Sei kein Dummkopf, Trevor. Du hast dir schon genug Ärger eingehandelt«, sagt Nick knurrend.

»Erstverstoß. Und nur *knapp* über der Promillegrenze. Ich habe Müll aufgesammelt und Obdachlosen ihre Suppe serviert. Ich bin rehabilitiert«, erwidert Trevor.

Alexis' gesamter Körper ist angespannt. Connor blickt wütend drein.

»Der Junge kann für sich selbst entscheiden«, sagt Magnus.

»Auch wenn er *völlig bescheuerte* Entscheidungen trifft?«, fragt Alexis.

»Lex«, zischt Paloma und weist mit dem Kinn auf Sebastian, der von dem Drama glücklicherweise gar nichts mitzubekommen scheint, weil er zwei von seinen Karottensticks erbittert gegeneinander kämpfen lässt. Ich kann nicht umhin, ihn zu beneiden. Ich balle meine Hände im Schoß zu Fäusten, was dazu führt, dass ein Schmerz durch meine verbundene Hand schießt.

»Du kannst nicht ernsthaft hier sitzen und so tun, als wäre nichts dabei«, sagt Alexis. »Das war nicht einfach nur ein …«

»Alexis«, sagt Louise mit einem warnenden Unterton in der Stimme.

»Sie hat ja nicht unrecht«, sagt Magnus, sein Besteck klimpert, während er weiterisst. »Weißt du, was so ein schlechtes Benehmen ist? Schwach. Und es ist sogar noch schwächer, wenn man es nicht zugibt. Mag ja sein, dass du dich nicht schämst, Trevor, aber wir anderen schämen uns, da kannst du Gift drauf nehmen.«

Das Lächeln auf Trevors Gesicht gefriert. Er stellt sein Glas langsam wieder ab, ohne einen weiteren Schluck zu trinken. »Tut mir leid, dass ich für euch alle so eine Enttäuschung bin«, sagt er. »Dann will ich euch von der Bürde meiner Gesellschaft befreien.« Er steht auf.

»Trevor«, sagt Rose, doch selbst sie scheint sich nicht sicher zu sein, ob sie will, dass er bleibt. Er bedenkt sie mit einem angewiderten Blick und schüttelt den Kopf, bevor er hinausstürmt.

»Er sollte …«, beginnt Alexis.

»Das reicht jetzt für dieses Essen mit dem Thema«, sagt Louise, und ich spüre, wie die Aufmerksamkeit in meine Richtung kippt. Soll heißen: Was auch immer sie noch dazu zu sagen haben, ist nicht für meine Ohren bestimmt. Offenbar geht es hier um mehr als nur um Trunkenheit am Steuer, aber ich werde nichts weiter darüber erfahren. Ich schaue Connor an, doch er blickt starr auf seinen Teller.

Louises Besteck klirrt. Als Magnus sich mehr Wein eingießt, macht sie einen Schmollmund. »Er ist nicht der Einzige, der nicht so viel trinken sollte«, murmelt sie.

Magnus verzieht das Gesicht. »Du brauchst dir keine Gedanken über meine Gesundheit zu machen. Dafür habe ich die Ärzte.«

»Auf die du aber auch nicht hörst.«

Er zuckt mit den Schultern. »Aber die werden wenigstens dafür bezahlt.«

Die Stimmung bleibt den ganzen Rest des Essens über angespannt. Als Sebastian quengelig wird, nutzt Alexis die Gelegenheit, um zu gehen. »Wir versuchen jetzt besser, ihn ins Bett zu bringen«, sagt sie. »Vielleicht schläft er diesmal sogar.«

»Das bezweifle ich«, wirft Paloma ein. Sie hat dunkle Ringe unter den Augen. Die beiden erheben sich und nehmen Sebastian mit. Connor drückt unter dem Tisch meine Hand, eine schnelle Versicherung, dass wir dem Ganzen auch bald entfliehen können.

Ich höre Sebastians Schritte im Flur und das Gemurmel ihrer Stimmen, dann …

»Was ist denn das?«, ruft Alexis plötzlich aus. Einen Augenblick lang rührt sich niemand. Dann sagt sie noch einmal laut: »Was ist das zum Teufel?«

Connor ist als Erster auf den Beinen. Ich erhebe mich mit ihm und folge ihm durch den Flur. Hinter uns schrammen Stuhlbeine über den Boden. Als wir im Foyer ankommen, steht

Alexis vor dem Weihnachtsbaum und starrt eins der daran hängenden Deko-Elemente an. Einen Kranz aus Kunstharz mit einer Aussparung in der Mitte für ein Foto; er ist billig gemacht und steht in auffälligem Kontrast zu den fein aufeinander abgestimmten silbernen und goldenen Weihnachtskugeln am Rest des Baums.

»Was ist los?«, fragt Connor, näher herangehend. Alexis nimmt den Gegenstand ab und betrachtet ihn finster. Das Foto in der Mitte zeigt ein Auto mit eingedrückter Motorhaube, das mehrere Meter von der Fahrbahn entfernt auf der Seite liegt.

Es ist nicht das einzige neu hinzugekommene Deko-Element. Das nächste Foto zeigt Magnus bei einem offiziellen Anlass, wie er einem Mann mit grau meliertem Haar und mächtigem Brustkorb die Hand schüttelt; daneben hängt ein juristisches Dokument, das zu einer Papierschneeflocke zurechtgeschnitten wurde.

Connor geht langsam um den Baum herum. Paloma steht auf der anderen Seite; sie ist aschfahl, ihr Blick fixiert etwas an dem Baum. Die anderen gesellen sich mit verunsicherten und erschrockenen Mienen zu uns.

»Was …?«, beginnt Rose. Sie geht auf ein anderes neu hinzugekommenes Baumornament zu – eine weitere fröhlich aussehende Schneeflocke. Die ausgeschnittenen Teile des Schreibens machen es schwer, die Details zu lesen. Aber das Wort *Scheidung* ist klar erkennbar – ebenso wie der Name Rose Dalton.

Hatte Rose die Scheidung eingereicht? Oder wollte sie es eigentlich tun, konnte es dann aber nicht mehr? Connor hat nie erwähnt, dass es Probleme zwischen seinen Eltern gab, aber er war damals ja auch noch ein Kind. Vielleicht wusste er es bloß nicht.

Paloma schüttelt sich plötzlich. Sie hebt Sebastian hoch und setzt ihn auf ihren Hüftknochen. »Ich bin in der Hütte«, sagt sie kurz angebunden und entfernt sich mit schnellen Schritten, ohne ihre Jacke mitzunehmen.

»Was *ist* das hier?«, fragt Alexis.

Lauter Geheimnisse, denke ich. Die privaten Dinge, von denen wir unser Leben lang vorgeben, niemand wüsste von ihnen.

Magnus nimmt ihr das Foto ab. Er betrachtet es einen Moment lang und sagt dann: »Das ist nichts.«

»Nichts? Aber jemand muss es doch aufgehängt haben«, erwidert Alexis besorgt.

Louise durchbohrt mich mit Blicken. Ich schaudere zurück, mein Puls wird schneller. Plötzlich kommt mir in den Sinn, dass auch meine Geheimnisse irgendwo an diesem Baum hängen könnten, doch ich unterdrücke den Impuls, zu suchen. Ich darf ihnen keinen Grund geben, mich zu verdächtigen.

»Ruf Irina. Sie soll das abhängen«, sagt Magnus zu seiner Frau.

»Ich denke, es ist klar, was hier los ist«, sagt Louise, ihn ignorierend.

»Ist das so?«, sagt Rose mit einem unterdrückten Lachen. »Mir ist es nämlich nicht klar.«

»Sie war das«, sagt Louise und zeigt mit dem Finger auf mich. »Sie hat das gemacht.«

Ich stoße einen ungläubigen Laut aus. »Ich? Ich weiß doch noch nicht mal …«, beginne ich.

»Sie hat nichts damit zu tun«, sagt Connor, um den Baum herumkommend. »Und wenn du nicht einen Beweis für das Gegenteil hast …«

»Louise«, sagt Magnus nur. Er weist mit dem Kinn auf die

Tür, die zum Wohnzimmer führt. Dort steht Trevor, die Hände in den Hosentaschen. Ausnahmsweise grinst er einmal nicht selbstgefällig. Sein Blick ist stumpf, und dahinter liegt eine Leere, die gefährlicher ist als Wut.

»Ich weiß, was ich getan habe«, sagt er. »Aber ihr tut so, als wäre ich der Einzige, der je irgendwas falsch gemacht hat. Fickt euch. Ihr alle, aber vor allem du, Alexis. Der Schaden, den ich jemandem zugefügt habe, war wenigstens unbeabsichtigt.«

Alexis starrt ihn an. Dann weiten sich ihre Augen, und sie läuft um den Baum herum auf die andere Seite. »Scheiße!«, ruft sie aus. »Du …« In ihrem Blick steht Zorn, und sie geht auf ihren Bruder zu – dann stößt sie jedoch einen frustrierten Laut aus und läuft in die andere Richtung davon, hinter Paloma her.

Nun reden alle gleichzeitig, größtenteils schreien sie Trevor an. Ich gehe um den Baum herum, um nachzuschauen, was Alexis gesehen hat. Und Paloma vor ihr.

Es ist ein Foto, das in einem dunklen Raum aufgenommen wurde – einer Bar oder einem Club. Der Blitz lässt die Gesichter der beiden Frauen darauf verblassen. Alexis blinzelt, sie trägt ein tief ausgeschnittenes Shirt und sitzt bei einer anderen Frau auf dem Schoß. Es wirkt so, als wäre die Aufnahme erst kürzlich entstanden. Die darauf festgehaltene Situation liegt zu kurz zurück, um unschuldig sein zu können.

Das Gezeter der anderen ignorierend, nehme ich das Ornament vom Baum, drehe es um und löse die Halterung der Rahmenrückwand. Dann ziehe ich das Foto heraus und zerreiße es in kleine Stücke, bevor ich sie in meine Hosentasche stecke.

Das muss sonst niemand sehen. Trevor hat schon genug Schaden angerichtet.

Ich lasse meinen Blick über den Baum gleiten, suche nach

meinem eigenen Namen, meinem eigenen Gesicht. Falls es da ist …

»Theo?« Das ist Connor, er berührt mich am Ellenbogen. »Du solltest zurück zur Hütte gehen.«

Ich schaue zu den anderen hinüber. Trevor lehnt, den Blick starr zu Boden gerichtet, am Türrahmen, seine Miene wirkt gleichermaßen wütend wie störrisch. Auf Rose' Wangen glänzen Tränen.

Das hier hat nichts mit mir zu tun.

»Kommst du bald nach?«, frage ich, doch er schafft es kaum, zu nicken, so abgelenkt ist er. Ich gehe zügig hinaus. Einerseits bin ich froh, dem, was jetzt noch kommt, zu entgehen. Andererseits wüsste ich aber natürlich gern, welche Geheimnisse noch zwischen diesen Zweigen verborgen sind, die ich aber nicht entschlüsseln kann.

Rose' Scheidungsantrag. Ein Autounfall. Ein Treffen. Es gab noch andere Ornamente, die ich nicht gesehen habe. Trevor muss diese Aktion von langer Hand geplant haben.

Auf halbem Weg zu unserer Hütte entdecke ich Alexis. Sie lehnt mit verschränkten Armen an einem Baum und starrt ins Leere. Als ich näher komme, blickt sie auf. Ihre Augen sind rot und stehen voller Tränen.

»Hallo«, sage ich leise, wie man mit einem verängstigten Tier sprechen würde. »Ist alles okay?«

»Paloma hat mich gebeten, zu gehen«, sagt sie.

»Gehen im Sinne von …«

»Im Sinne von die Hütte verlassen«, sagt sie. »Fürs Erste. Hast du es gesehen?«

»Ich habe es beseitigt.« Ich zögere. »Möchtest du mit in die White Pine kommen? Um dich aufzuwärmen? Es dauert bestimmt noch, bis Connor sich loseisen kann.«

»Ich bin sicher, sie haben eine Familienkonferenz einberufen. Das ist ihre gängige Reaktion auf alles. Alle zusammentrommeln und alle ins Boot holen«, sagt sie mit tränenerstickter Stimme. »Habt ihr was zu trinken da?«

»Jede Menge«, verspreche ich ihr, und sie nickt. Sie folgt mir und schnieft hin und wieder, während wir in betretenem Schweigen zur Hütte laufen.

Als wir da sind, schenke ich ihr einen Drink ein. Sie setzt sich aufs Sofa und zieht die Füße unter sich. Sie ist klein und schmal, und diese Haltung hat beinahe etwas Kindliches.

»Du musst uns ganz furchtbar finden«, sagt sie, als ich mich mit meinem Drink auf der Armlehne der anderen Sofaseite niederlasse.

Ich trinke einen Schluck. Ich habe uns ein bisschen von Connors gutem Scotch eingeschenkt. Nicht, dass ich die guten von den schlechten Sorten unterscheiden könnte, die harten Sachen, die ich trinke, sind normalerweise mit Obstsaft oder Cola vermischt. »Ehrlich gesagt, habe ich das meiste, was ich gesehen habe, gar nicht verstanden.« Ich drehe das Glas langsam in meinen Händen. Sie nimmt einen großzügigen Schluck von ihrem Drink. »Was genau hat Trevor denn gemacht?«

Sie verzieht das Gesicht. »Wir sollen nicht darüber reden.«

»Ja, habe ich gemerkt«, erwidere ich so neutral wie möglich. »Er ist betrunken am Steuer erwischt worden, aber das war nicht alles, stimmt's?«

»Er ist betrunken am Steuer erwischt worden und musste seinen Führerschein abgeben. Sozialdienst ableisten. Granddad hat geglaubt, dass ihm das eine Lehre wäre«, sagt sie, was so klingt, als wäre Trevor sonst selbstverständlich ungeschoren davongekommen. »Aber dann hat Trevor sich vor drei Monaten wieder betrunken hinters Steuer gesetzt. Und ist voll gegen eine Straßenlaterne gefahren.«

»Wurde jemand verletzt?«, frage ich.

Sie schwenkt ihr Glas hin und her und beobachtet die Flüssigkeit darin. »Ein Mädchen. Eine junge Frau. Sie saß auf dem Beifahrersitz. Sie heißt Kayla. Glücklicherweise wurde sie nicht allzu schwer verletzt. Aber wir stecken gerade mitten in diesen Verhandlungen mit – die Namen werden dir nichts sagen, aber es ist eine japanische Firma, und der Besitzer ist ziemlich konservativ, ein sehr traditionell denkender Typ. Er war von Anfang an unschlüssig, was uns angeht, und wir können uns im Augenblick echt keinen Skandal leisten, wo …« Sie unterbricht sich. »Granddad hat Kayla Schweigegeld gezahlt. Und ich sollte dir das wirklich alles gar nicht erzählen.«

Sie trinkt. Ich beobachte sie. Sie ist aufgewühlt. Sie möchte reden. Und ich bin geneigt, sie reden zu lassen.

»Du scheinst nicht gerade glücklich zu sein mit diesem Arrangement.«

»Er hätte sie umbringen können. Er hätte *sich selbst* umbringen können. Und es war nicht das erste Mal, nicht das zweite und nicht das dritte. Er glaubt, er kann einfach Granddad anrufen und mit allem davonkommen, was er sich eingebrockt hat.«

»Das war das, worüber du mit Connor reden wolltest, als wir herkamen.«

Sie befeuchtet ihre Lippen. »Ja«, sagt sie. »Ich finde einfach, dass er nicht so leicht davonkommen sollte.« Sie nimmt noch einen Schluck. Ihr Glas ist fast leer. Ich stehe auf und hole die Flasche. Eigentlich sollte ich sie wohl besser nicht noch ermutigen, doch ich werde mir die Gelegenheit, ihr die Zunge zu lockern, nicht entgehen lassen.

Ich gieße ihr Scotch nach. Sie hält mich nicht auf. Ihre Hand zittert, als sie das Glas zum Mund führt.

»Das war eine einmalige Sache, musst du wissen.«

Jetzt spricht sie nicht mehr von Trevor. »Du brauchst mir nichts zu erklären«, sage ich, sinke aber neben ihr aufs Sofa. Mein eigenes Glas, von dem ich kaum etwas getrunken habe, halte ich zwischen den Händen.

»Ich war auf einer Geschäftsreise. Und ich habe nicht – wir haben nicht«, sagt sie entschieden und schaut mich an, als könnte sie mir die Wahrheit beweisen, wenn sie mich nur starr genug anblickt. »Ich wusste nicht, dass wir fotografiert worden waren, bis Paloma per E-Mail dieses Bild geschickt bekam. Ich habe keine Ahnung, wie Trevor da rangekommen ist. Er muss unsere Handys durchgegangen sein oder so was.«

»Sie wusste es also schon?«, frage ich überrascht.

»Ja, das war vor ein paar Wochen. Wir ... arbeiten das zusammen auf«, antwortet sie. »Mein Gott, das ist so bescheuert. Ich war betrunken und gestresst, und es war Dads Geburtstag, was immer schwierig für mich ist. Ich weiß auch nicht, was ich mir dabei gedacht habe. So bin ich eigentlich nicht. Und ich will auch nicht so sein. Ich habe mir selbst geschworen, so was niemals jemandem anzutun, nicht wie ...« Sie bricht ab.

»Wie euer Vater.«

»Du weißt davon?«, fragt sie erstaunt.

»Trevor hat es mir erzählt.«

Sie schnaubt. »Na klar. Wahrscheinlich will er, dass du Angst hast, dass Connor dasselbe macht«, sagt sie. »Aber Connor ist nicht so.«

»Ich mache mir keine Sorgen, dass Connor mich betrügt«, versichere ich ihr. Es gibt andere Dinge, über die ich mir Sorgen machen kann.

Sie ist langsamer geworden. Ihr Blick ist unfokussiert; der Alkohol zeigt langsam Wirkung. »Ich habe immer geglaubt, meine Eltern würden eine perfekte Ehe führen«, sagt sie. »Ich weiß, dass viele Kinder das denken, und dann lassen sich ihre Eltern plötzlich scheiden. Aber es wirkte wirklich so, als wäre alles perfekt. Und ich sage mir andauernd, dass ich nicht dieselben Fehler machen werde. Dass ich eine bessere Ehepartnerin sein werde und ein besseres Elternteil und dass alles gut werden wird. Aber wie soll ich wissen, wie das geht, wenn ich keine Ahnung habe, was bei den beiden falsch gelaufen ist? Ich kann ihn nicht mehr fragen. Ich kann ihn nie mehr fragen, warum er Mom das angetan hat. Uns. Wie er uns auf diese Weise verlassen konnte.«

Sie verstummt. Ihre Hände umklammern das Glas so fest, dass ich fast fürchte, es könnte zerbrechen. Sie schaut ängstlich drein wie jemand, der etwas gesagt hat, was er nicht hätte sagen sollen, und ich hasse das Gefühl der Befriedigung, das sich in mir breitmacht. Alexis braucht eine Freundin. Aber ich kann mir nicht erlauben, ihr eine zu sein.

»Dein Vater wollte euch verlassen?«, taste ich mich langsam, vorsichtig vor. Sie befeuchtet erneut ihre Lippen, eine zwanghafte Geste. Ich liege nicht ganz richtig. Aber was könnte sie dann gemeint haben?«

»Mein Vater«, sagt sie. Und unterbricht sich. Dann: »Du darfst Connor nicht erzählen, dass ich das gesagt habe. Oder Mom. Sie wissen es nicht.«

»Sie wissen von der Affäre«, sage ich. »Aber das meintest du nicht.«

Mein Herz schlägt vollkommen gleichmäßig. Mein Tonfall ist leise, sanft. *Mir kannst du es doch sagen. Du kannst mir vertrauen.*

Aber sie macht dicht. »Das ist lange her«, sagt sie. »Was auch immer er getan hat, spielt jetzt keine Rolle mehr.«

Sie hat Schatten unter den Augen; sie sind fast so dunkel wie blaue Flecken. Ihre körperliche Verfassung spricht Bände – es mangelt ihr an Essen, an Schlaf, daran, mal einen Moment zur Ruhe zu kommen.

Diese Art von Kontrolle schreit nach einem Ventil.

»Ich kann mir gar nicht vorstellen, wie schwer das gewesen sein muss. Vor allem, wo du die Älteste warst«, sage ich. »Du warst alt genug, um zu verstehen, was vor sich ging.«

»Um es zu verstehen? Nein, ich habe es nicht verstanden. Ich habe nie verstanden, wie er das tun konnte«, sagt sie. »Aber wir konnten auch nicht darüber reden. Keiner von uns. Wir mussten es verschweigen. Wir wollten die Familie nicht in Verlegenheit bringen. Oder Mom demütigen. Also musste man es einfach mit sich herumtragen und für sich behalten und mit der Tatsache leben, dass ...« Ihr Gesicht verzieht sich zu einer Grimasse.

»Alexis?«, sage ich leise und so sanft, dass ich mich dafür hasse. Ich gebe ihr mit meinen Worten und mit der Art, wie ich mich vorbeuge und mit der Hand ganz leicht ihr Knie berühre, zu verstehen, dass sie bei mir in Sicherheit ist.

»Er ist nicht gestürzt«, flüstert sie. Aber dann macht sie plötzlich einen Rückzieher – sie strafft die Schultern, ihr Kopf schnellt hoch, und ihre Zähne schlagen aufeinander.

Ich öffne den Mund, um eine Frage zu formulieren.

Doch in diesem Moment geht die Tür auf, und sie zuckt zusammen. Über ihr Gesicht huscht ein Ausdruck von schlechtem Gewissen, als Connor eintritt.

»Alexis«, sagt er überrascht.

Was meint sie mit: Er ist nicht gestürzt?

»Hallo, Connor.« Sie steht auf, stellt ihren Drink auf dem Tisch ab und streicht ihre Kleider glatt. »Ist die Familienkonferenz schon zu Ende?«

»Ich bin nur so lange geblieben, bis ich sicher war, dass Mom klarkommt«, sagt Connor. Ich beobachte Alexis.

Meint sie, dass er gestoßen wurde?

Mallory, denke ich. Sie hat ihm etwas angetan. Sie musste fliehen. Das ergibt Sinn.

Nur hat Alexis ja davon gesprochen, dass *Liam* etwas getan habe. Dass er sie verlassen habe.

Meine Mutter wurde verletzt. Und was passierte dann? Ich habe mich versteckt, Liam Dalton hat mich gefunden, er starb. Ich landete ganz woanders. Aber was passierte mit meiner Mutter?

Er ist nicht gestürzt.

Das heißt, dass sein Tod kein Unfall war.

Also, Mallory wird verletzt, aber sie steht auf und ...

Wie er uns auf diese Weise verlassen konnte.

Ich habe mich bislang gescheut, die Einzelteile zusammenzufügen, sie in einen logischen Zusammenhang zu bringen. Meine Mutter hatte Angst. Wir haben versucht, zu fliehen, doch es war zu spät. Sie wurde verletzt. *Getötet,* zwinge ich mich, zu denken, denn nichts anderes ergibt Sinn. Und ich habe mich versteckt, wurde aber gefunden. Von Liam Dalton, einem Mann, dessen Gesicht mich noch immer bis in meine Albträume verfolgt.

Was auch immer passiert ist, es war skandalös genug, um den Daltons Anlass zu geben, es zu vertuschen. Eine Geschichte von einem Unwetter und einem Dach und einem Sturz und einem guten, viel zu früh aus dem Leben gerissenen Mann zu erzählen. Eine Geschichte, in der weder eine Affäre noch ein verschwundenes Mädchen noch eine Frau Erwähnung fanden, die für die Welt allesamt einfach nicht mehr zu existieren schienen.

»Was zum Teufel hat Trevor sich dabei gedacht?«, fragt Connor. Ich blinzele, erstaunt darüber, wie wenige Sekunden vergangen sind.

»Er hatte doch schon immer eine dramatische Ader«, sagt Alexis und richtet ihre Frisur. Sie hat sich wieder unter Kontrolle. Ich erhebe mich langsam.

Liam Dalton ist nicht gestürzt.

Und Mallory – wenn sie ihn umgebracht hätte, würde Alexis das nicht geheim halten, oder?

Er hat sich umgebracht. Das ist die einzige Erklärung, die einen Sinn ergibt. Das ist die Art von Geheimnis, die Alexis für sich behalten und weder ihrem Bruder noch ihrer Mutter erzählen würde. Und die ihr nachhaltig zusetzen würde. Die ihr schließlich einer anderen Person gegenüber herausrutschen würde. Einer nahezu fremden Person gegenüber. Einer Person, die es nicht schwer treffen würde.

Aber wie hat sie das herausgefunden?

»Brauchst du heute Nacht einen Schlafplatz?«, frage ich.

»Nein, nein, ich glaube nicht«, sagt sie, meinem Blick ausweichend. »Paloma brauchte nur ein bisschen Zeit, um … du weißt schon. Ich gehe zurück in die Red Fox. Danke, Theo. Ich sollte jetzt los.« Sie schaut mich an, jetzt mit wachen Augen, während ihre Hände ihre Oberarme so fest umklammern, dass sie blaue Flecken bekommen könnte. *Sag's ihm nicht,* scheint sie mich zu bitten. Ich nicke andeutungsweise, und auf ihrem Gesicht erscheint ein Ausdruck von Erleichterung. Connor geleitet sie zur Tür.

Nachdem er sie hinausgebracht hat, nimmt er die Scotchflasche vom Tisch und überprüft, wie viel daraus fehlt. »Geht es ihr gut?«, fragt er.

»Ich kenne sie nicht gut genug, um das sicher beurteilen zu können. Aber ich denke, das wird schon wieder«, sage ich, während ihre Worte in meinem Kopf nachhallen.

»Weißt du denn, was los war?«, fragt er.

Einen Moment lang herrscht nur Leere in meinem Kopf. Ich lecke über meine Lippen. »Sie sollte es dir selbst sagen, wenn sie das will«, sage ich. »Nichts davon geht mich irgendwas an. Sie hat mir von Trevor erzählt. Und von Kayla.«

Connor seufzt und lässt die Schultern sinken. »Was für ein Desaster. Nicht gerade unsere Sternstunde.«

Ich zögere. »Ich habe zwischen Alexis' Sachen einige Fotos gesehen«, sage ich und füge, als er mich scharf anschaut, hinzu: »Ich bin zufällig darüber gestolpert, als ich nach einem Bilderbuch für Sebastian gesucht habe. Auf den Bildern war eine Frau zu sehen, die mit Blutergüssen übersät war. War das Kayla?« Die Blutergüsse, die ich für Spuren einer Misshandlung gehalten hatte, könnten auch von einem Unfall stammen, die Hämatome an der Schulter könnten der Abdruck eines Sicherheitsgurts sein.

Er ist einen Moment lang still. Denn reibt er sich mit beiden Händen durchs Gesicht. »Ja. Ich glaube, sie hat sie für den Fall gemacht, dass sie ihre Meinung ändert. Oder dass sie, keine Ahnung, mehr Geld will.« Er schaut an mir vorbei ins Leere und klingt matt, als er das sagt.

Alexis' Wut ist weitaus nachvollziehbarer, wenn sie den direkten Beweis dafür gesehen hat, welchen Schaden Trevor mit seinem Verhalten verursacht hat. Und ich verstehe jetzt auch, warum sie unter vier Augen mit Connor sprechen wollte. Auch das Gespräch zwischen den Frauen, das ich in der Küche mitbekommen habe, erschließt sich mir jetzt. Als Louise die anderen gefragt hat, ob sie glauben, dass Connor mir was erzählt hat, muss es um diese Geschichte gegangen sein. Darum, einen Skandal zu vermeiden. Schließlich müssen sie den Japan-Deal unter Dach und Fach bekommen. Außerdem war Alexis drauf und dran, mir noch etwas zu erzählen. Es hat Gründe, warum dieser Deal so wichtig ist.

»Seid ihr – ist die Familie in finanziellen Schwierigkeiten?«, frage ich. Das ist schwer vorstellbar.

Connor seufzt. »Nein. Nicht direkt. Granddad verkauft die Firma.«

»Oh«, sage ich überrascht und unsicher, wie ich reagieren soll. »Ist das ... gut?«

Connor zuckt mit den Schultern. »Alexis ist die Einzige, die noch dort arbeitet, und sie möchte schon lange was anderes machen. Granddad hätte schon vor Jahren richtig in den Ruhestand gehen sollen. Wenn die Verhandlungen erfolgreich zum Abschluss gebracht werden, wird das den Wert der Firma erheblich steigern, und er hat einen Käufer, der nur darauf wartet, zuzuschlagen, sobald alles Gestalt annimmt. Aber wenn das nichts wird ...«

»Verliert die Familie Millionen«, sage ich.

»Mach Milliarden draus«, erwidert Connor.

»Über solche Riesensummen denke ich gar nicht erst nach, sonst fängt mein kleines Bauernhirn an, zu qualmen«, sage ich trocken, und er lächelt müde. »Ich soll wahrscheinlich eh nichts davon wissen.«

»Noch nicht« bestätigt er.

»Keine Sorge. Ich kann schweigen wie ein Grab«, sage ich.

»Ja, das ist mir schon aufgefallen«, gibt er finster zurück. Er greift in seine Tasche, holt eines der Deko-Elemente von dem

Baum heraus, das genauso aussieht wie die anderen, legt es auf den Tisch und schaut mich an.

Es ist ein Foto von mir. Mit sechzehn. Meine Haare sehen wild und ungepflegt aus. Selbst auf dieses Format geschrumpft sieht man die dunklen Blutergüsse auf meinen Rippen und meinem Bauch noch gut. Ebenso die braunen Flecken auf meiner Wange, meinem Hals und meinen Händen – dort, wo das Blut getrocknet ist und noch nicht abgewaschen wurde.

»Was ist das?«, fragt er.

Ich nehme den Rahmen zur Hand, und eine seltsame Mischung von Gefühlen ergreift mich – das Bedürfnis, dieses Mädchen zu beschützen und ihm zu sagen, dass es nicht seine Schuld ist, und zugleich ein Anflug von Verachtung. *Hättest eben schlauer sein sollen. Hättest eben vorsichtiger sein sollen.*

Dann war es also Trevor. Er ist derjenige, der es herausgefunden hat. Der mir die Nachrichten geschickt und das Geschenk auf dem Fensterbrett hinterlassen hat.

»Theo«, sagt Connor in einem ruhigen Ton, der nichts Gutes ahnen lässt. »Trevor hat uns erzählt, dass er Nachforschungen über dich angestellt hat. Und er sagt, dass du uns angelogen hast. Dass deine Eltern noch leben. Und dass du vorbestraft bist. Und dass du in einer Anstalt warst.«

»In einer Anstalt?«, wiederhole ich verwirrt.

»Dass du zu deinem eigenen Besten weggesperrt wurdest, hat er gesagt«, erläutert Connor, und ich schnaube belustigt.

»So kann man es auch ausdrücken.«

»Ich habe Granddad und Grandma Louise gesagt, dass ich mit dir rede«, sagt er. »Ich habe ihnen versichert, dass es eine Erklärung dafür gibt. Und ich hoffe wirklich, dass es so ist.«

»Trevor hat recht«, sage ich, immer noch auf das Foto starrend, auf dieses dumme, kaputte Mädchen. »Meine Adoptiveltern leben noch. Und in der Zeit, als ich bei ihnen war, habe ich gelogen und gestohlen. Und sie haben mich eingesperrt, Connor, aber es war nicht so, wie du denkst.«

Es war schlimmer.

24

Peters Eltern kamen ohne ihn. Seine Leistung in diesem Drama war schließlich erbracht, und seine Sünde sehr viel kleiner als meine. Sie kamen an die Tür. Mit verkniffenen Mienen und leisen Stimmen. Ich schaute vom oberen Treppenabsatz aus zu. Emily Frey wandte mir ihr bleiches Mondgesicht zu, und ich schwöre, sie sah aus, als hätte sie Angst vor mir.

Die Kirche, der die Scotts angehörten, hatte keinen Namen. Sie bezeichnete sich zumeist lieber als Gemeinschaft oder als Gruppe denn als Kirche. Ihre Mitglieder stammten aus einem Sammelsurium fundamentalistischer Gruppen, die stark und vielleicht unvermeidlich von einer starken Antihaltung in Bezug auf die Regierung und das Establishment durchsetzt waren. Sie regelten alles auf ihre eigene Art, weshalb es auch keine offizielle Bezeichnung für das gab, was mir als Nächstes zuteilwurde: Gebete für die Erlösung – von dem Bösen, von bösen Mächten. Ich war bereits unzählige Male für solche Gebete vor die Glaubensgemeinschaft gezerrt worden, aber diesmal war es anders. Diesmal sollte es nicht öffentlich sein und von bleibender Wirkung, weil offensichtlich böse Mächte in meiner Seele wohnten und jemand eingreifen musste.

Joseph hatte den Dachboden vor Jahren zu einer Spielfläche für mich ausgebaut. Da ich dafür längst zu alt war, stapelten sich nun Pappkartons zwischen dem Puppenhaus und der

Spielzeugkiste, und alle Oberflächen waren mit einer dicken Staubschicht bedeckt. Dorthin brachten der Pfarrer und Joseph mich. Beth stand bereits in der Mitte des Raums und hatte ihre Hände so fest verschränkt, dass ihre Finger ganz weiß geworden waren. Ihr Gesichtsausdruck versetzte mich in Panik.

Er hatte etwas Triumphierendes.

Ich drehte mich um, um zu fliehen, doch Pfarrer Frey und Joseph blockierten die Treppe.

»Es geschieht zu deinem eigenen Besten«, sagte der Pfarrer mit der Baritonstimme, die während unserer Messen durch den gesamten Versammlungsraum hallte. Er rührte mich nicht an, sondern zeigte nur, und es fühlte sich an wie ein Schlag auf den Solarplexus. Mir blieb der Atem weg.

Pfarrer Frey hatte, glaube ich, gute Absichten, sein Glaube war echt, ebenso wie seine Überzeugung, dass da etwas in mir war, das durch Gebete und göttliche Gnade korrigiert werden konnte. Gewalt war zu keinem Zeitpunkt seine Intention.

Sie saßen da, beteten und legten mir ihre Hände auf. Sie baten mich, zu erklären, was ich getan hatte. Mich zu den Sünden zu bekennen und zu den Einflüssen, die ich in mein Leben und mein Herz gelassen hatte.

Ich presste die Lippen aufeinander und weigerte mich, zu sprechen. Stattdessen starrte ich die ganze Zeit Beth an, mit brennendem Hass. Ich dachte an all die Male, die sie mich geschlagen, mich einen kleinen Teufel genannt und mir gesagt hatte, dass es kein Wunder sei, dass meine Eltern mich loswerden wollten.

Und in ihren Augen *war* ich auch ein Teufel. Wie sonst nennt man ein Kind, das Wutanfälle bekommt, stiehlt, lügt und brave junge Männer zur Sünde verführt? Das ist kein normales Mädchen. Das ist etwas anderes.

Etwas, was man loswerden muss.

Ich spürte ihre wachsende Frustration, weil ich nicht reden wollte, nicht kooperierte, aber auch nicht kämpfte. Beth stolzierte vor mir hin und her und zählte eine ganze Litanei von schrecklichen Dingen auf, die ich mir hatte zuschulden kommen lassen. Die Bissspuren, die ich auf ihren Armen hinterlassen hatte, als ich vier war; die Schranktür, die ich bei einem Ausbruchsversuch zerbrochen hatte, nachdem sie mich dort eingesperrt hatte, um vor meinen Tobsuchtsanfällen sicher zu sein.

Die Sonne ging unter, und ich hatte kein Wort gesagt. Ich dachte, sie würden irgendwann aufgeben.

Stattdessen ließen sie mich dort oben zurück. Mit ihrem Frust wuchs auch ihr Eifer – der von Pfarrer Frey und vor allem der von Beth. Während Joseph und Emily sich abseits hielten, packten die anderen beiden mich bei den Schultern und wandten sich direkt an den Teufel in mir, als könnte man ihm befehlen, meinen Körper zu verlassen.

Ich hielt den Mund geschlossen. Sagte kein Wort.

Ich weiß nicht mehr im Detail, wie die Sache endete. Es war, als wäre etwas über mich gekommen. Als wäre ich vielleicht wirklich von etwas besessen. Ich ertrug ihre Hände auf mir nicht mehr, ihre Stimmen. Das alles war zu laut, zu heiß, zu *viel.*

Und dann gingen sie – Pfarrer Frey und Joseph. Emily war schon nach Hause zu ihrem armen verführten Jungen gegangen, und so blieb ich mit Beth allein, die noch ausharrte, nachdem die Männer nach unten gegangen waren.

Beth packte mein Gesicht. Mit Sanftheit im Blick, aber genug Kraft, um mir wehzutun.

»Das hier geschieht zu deinem eigenen Besten«, sagte sie,

und ich sprach die ersten Worte, seit ich einen Fuß in diesen Dachboden gesetzt hatte.

Ich nannte sie eine Fotze.

Ich weiß nicht mal mehr, wo ich dieses Wort gehört hatte, nur, dass es das Schlimmste war, was mir einfiel. Ich machte einen Schritt auf sie zu, und vielleicht hatte ich vor, sie zu attackieren, ihr wehzutun, das weiß ich nicht mehr, aber bevor ich die Möglichkeit dazu hatte, holte sie aus und schlug mir fest ins Gesicht.

Beth nannte mich einen Teufel. Eine Schlampe. Sie bezeichnete mich als einen Fluch, der ihr geschickt worden sei, um sie zu verhöhnen. Und da zerbrach etwas in mir. Ich bleckte die Zähne und gab ihr jede ihrer Beschimpfungen zurück. Und jedes Mal schlug sie mir ins Gesicht, bis diese Gesichtshälfte von Schmerz pulsierte und ihre Hand knallrot war.

Es war eine Art Raserei, eine Art Rausch. Und auch wenn dabei hier und da heilige Worte fielen, war es doch nichts als pure Bestrafung. Es war, als hätte jemand ein Feuer in Beths Seele entfacht, und Jahrzehnte des Daseins als sittsame und fügsame Ehefrau verwandelten sich in Zunder für ihren Zorn.

Ich hatte den ganzen Tag auf diesem drückend heißen Dachboden nur eine sehr kleine Mahlzeit bekommen und kaum etwas getrunken, und als sie mir mit der Faust in den Bauch schlug, klappte ich zusammen und fiel zu Boden. Das bremste sie jedoch nicht. Das Feuer wütete weiter in Beth Scott. Sie trat zu. Wieder und wieder, während ich mich zusammenkrümmte und mich wand in dem Versuch, ihr auszuweichen. Ihre hart besohlten Schuhe trafen meinen Bauch, meinen Rücken, meine Schläfe, und dann waren plötzlich Pfarrer Frey und Joseph wieder da und zogen sie weg.

Genug. Das reicht fürs Erste.

Sie ließen mich zusammengekrümmt dort auf dem Boden liegen. Und irgendwo tief in mir drin fühlte ich einen seltsamen stechenden Schmerz.

Die Blutung setzte einige Stunden später ein.

Beth kehrte am Abend mit einem Essenstablett zurück. Vielleicht hatte sie ein schlechtes Gewissen, oder vielleicht wollte sie auch nur noch mehr Gift verspritzen. Ich erinnere mich an das Geräusch des Türknaufs. Daran, wie mein Rock an meinen Oberschenkeln klebte, als ich mich zwang, aufzustehen, schwankend, schwindelig.

An das Lachen, das aus meiner Kehle drang, als sie aufschrie.

Das Tablett fiel zu Boden. Sie floh. Und sie schloss die Tür nicht hinter sich.

Sobald ich die Haustür zuschlagen hörte, rannte ich, die durchnässten Röcke hochhebend, die Treppe hinunter. Das Haus war leer. Ich zog die Kleider von meiner nassen Haut und warf sie in den Kamin. Ich wusch meine Beine mit kaltem Wasser und zog mir frische Sachen an. Das Blut floss weiter, und ich glaubte, dass ich möglicherweise sterben würde, war aber entschlossen, es nicht an diesem Ort zu tun.

Ich packte eine Tasche. Mit Kleidern. Mit dem wenigen Geld, das ich besaß. Mit meinen Schätzen, die ich hinten in meinem Schrank versteckt hatte – einem Silberdollar, einer rosa Muschel, einem kleinen Delfin aus Kristallglas.

Joseph Scotts Jagdmesser.

Ich war auf dem Weg zur Tür, als Joseph nach Hause kam.

Ich bat ihn inständig, mir zu helfen. Mich gehen zu lassen, mich von dort wegzubringen, *irgendetwas* zu tun.

Er hatte das Blut oben nicht gesehen, was ich sagte, ergab

für ihn keinen Sinn. So viel Anstand sollte ich ihm wohl zugestehen. Ihm die Angst eines Mannes zugutehalten, dessen Welt zusammenbricht und dessen Frau eine wirre Geschichte erzählt hat, die halb Sündenbekenntnis und halb Anklage war; der sich erinnert, dass seine Tochter eine Lügnerin und eine Diebin ist, dass ihre Zähne schon einmal Narben an seinem Handgelenk hinterlassen haben, dass sie ein bösartiges Geschöpf ist. Und dennoch. Die Platzwunde an meiner Stirn, der Bluterguss, den ich bereits auf meiner Wange spüren konnte, die vorsichtige Art, in der ich mich bewegte, gekrümmt, als versuchte ich, mich zu schützen *(zu spät)*. Er hat genug gesehen. Er hätte es wissen müssen.

Er hätte helfen müssen.

Ich glaube, er sagte: *Es tut mir leid.* Ich glaube, er sagte: *Ich kann dich nicht gehen lassen.* Ich weiß, dass er sich in die Tür stellte. Ich weiß, dass er meinen Arm packte, dass er mich zurück an diesen Ort bringen wollte.

Das Einzige andere, woran ich mich noch deutlich erinnere, ist die Angst – die helle Panik, die rasch in Wut umschlug.

Elementarer Zorn brach sich in mir Bahn, schoss durch mich hindurch und krachte gegen die Rückwand meines Schädels, denn da war kein Platz mehr für irgendetwas anderes außer Raserei.

Ich weiß noch, wie es sich anfühlte, das Messer in sein Fleisch zu rammen, aber ich weiß nicht mehr, wie es in meine Hand kam. Ich erinnere mich, dass es über Knochen schrappte. Mit diesem ersten Stich traf ich sein Brustbein. Ich muss auf sein Herz gezielt haben. Dreimal holte ich mit dem Messer aus, und dreimal schwang ich es wie wild, und ich schwöre, dass er nicht einmal versucht hat, mich daran zu hindern.

Was mir allerdings am klarsten im Gedächtnis geblieben

ist, sind die Geräusche danach. Sein schockierter, schmerzerfüllter Schrei. Der dumpfe Aufschlag, als er zu Boden ging und rückwärts von mir wegkroch. Das Klirren, mit dem mir das Messer aus den tauben Fingern auf den Boden fiel.

Ich weiß noch, dass ich wegrannte.

25

Joseph hat mir früher Geschichten erzählt – von Noah, Daniel und David, und hin und wieder Märchen von den Gebrüdern Grimm. Ich liebte den Rhythmus der Geschichten. Ihre Musik. Ich konnte stundenlang dasitzen und zuhören. Und dieser Rhythmus wirkt sich auch jetzt noch auf meine Worte aus, so brutal und unschön sie auch sind. *Es war einmal ein Mädchen, das in einen Turm gesperrt wurde,* denke ich.

»O Gott«, sagt Connor. Er ist blass um die Nase. Er sinkt auf den Stuhl neben mir. »*Das* ist damals passiert? Daher stammt dieses Foto?«

Ich bin seltsam auf meine eigenen Extremitäten konzentriert. Darauf, wie sich meine Finger anfühlen, wenn sie aneinanderreiben, auf die Beugung meiner Zehen. Auf die Zähne in meinem Mund, von denen ich jeden einzelnen deutlich spüre. Es ist, als würde ich in meine Einzelteile zerlegt, als würde ich mich als Ganzes auflösen.

Connor starrt mich an. »Du hast gesagt, deine Eltern leben noch. Also hat Joseph …«

Ich zucke mit den Schultern. »Es stellte sich heraus, dass ein sechzehnjähriges Mädchen, das viel Blut verloren hat, nicht allzu stark ist. Ich habe einigen Schaden angerichtet. Er musste genäht werden und hat selbst auch viel Blut verloren, aber Schlimmeres ist nicht passiert. Trotzdem dachte ich damals, ich hätte ihn umgebracht. Ich bin weggerannt. Aber ich kam nicht weit. Ich hatte Glück. Der Polizist, der mich fand, glaubte mir. Er brachte mich ins Krankenhaus. Sie machten Fotos. Und er bot meinen Eltern und den Freys … einen Deal an.«

Es wurde zwar Anzeige erstattet, aber dabei ließen die Behörden es bewenden. Den Freys und den Scotts blieben weitergehende Ermittlungen erspart, und mir auch. Ich kam zu Josephs Schwester, die mich zwar nicht liebte, aber mit dem versorgte, was ich brauchte – einem sicheren Ort, Schulbildung und Zeit, um gesund zu werden.

Und niemand hat je wieder darüber gesprochen. Das war die Vereinbarung, und bis jetzt hat sie gehalten.

Connor hört mir die ganze Zeit gebannt zu. Und als ich fertig bin, reibt er sich wieder mit der Hand durchs Gesicht.

»Warum hast du mir nichts davon erzählt?«

»Ich habe es noch nie jemandem erzählt«, sage ich.

»Ich bin aber nicht irgendwer. Ich bin dein Verlobter. Du hast mir erzählt, deine Eltern wären tot«, sagt er.

»Das ist das, was ich allen erzähle. Ich dachte nicht, dass das eine Rolle spielt.«

»Wie könnte es keine Rolle spielen?«, fragt Connor ungläubig.

»Weil du gar nicht real sein solltest«, sage ich.

Ich wollte es ihm nicht sagen, weil mir klar war, dass er mich dann so anschauen würde, wie er mich jetzt anschaut. Voller Mitleid und Entrüstung. Und voller Angst vor der verwundeten Seele, die vor ihm sitzt.

»Aber du hättest dir doch denken können, dass meine Familie Nachforschungen über dich anstellt«, sagt Connor.

»Ich wollte es dir auch noch sagen«, sage ich.

»Und wann?«, will er wissen.

Ich schaue zu ihm hoch. Er ist wütend. Vielleicht zu Recht. Aber ich habe gerade keine Kapazitäten für Schuldgefühle. »Du hast auch gelogen«, sage ich.

Er erstarrt. »Was?«

»Du hast mir nicht die Wahrheit gesagt, was die Umstände unseres Kennenlernens angeht. Du hast mir erzählt, du wärst ein Freund von Harper, aber das war gelogen. Du wusstest, wer ich war, und hast darum gebeten, mir vorgestellt zu werden, und dann hast du mich darüber belogen und sie gebeten, es auch zu tun. Warum?«

Er saugt lange die Luft durch die Nase ein. Dann stößt er sie wieder aus und wendet sich von mir ab. »Ich kann das jetzt nicht«, sagt er. »Ich kann nicht …« Er steht auf. Er geht in Richtung Schlafzimmer und bleibt dann stehen. Einen Moment lang glaube ich, dass er sich umdrehen und etwas sagen wird, aber stattdessen geht er weiter ins Schlafzimmer und schlägt die Tür hinter sich zu.

Ich bleibe allein auf dem Sofa sitzen und spüre, wie meine Einzelteile sich langsam wieder zu etwas Menschenähnlichem zusammensetzen.

All die Geschichten, die Joseph mir erzählt hat, dienten dazu, eine Moral zu vermitteln. Bei meiner ist es nicht anders. Ich habe die Lektionen, die Joseph mir mitgeben wollte, nicht immer verstanden, und ich glaube auch nicht, dass Connor diese verstanden hat. Es geht bei der Geschichte nicht darum, was auf diesem Dachboden passiert ist. Es geht um das, was danach passierte – was passiert, wenn ich das Gefühl habe, in der Falle zu sitzen.

Es ist gefährlich, ein Tier in die Enge zu treiben. Auch wenn es verletzt ist.

Du hast mich hierhergebracht, Connor. Und ich verstehe immer noch nicht, warum.

Aber ich werde es herausfinden.

26

Ich bin nicht überrascht, die Dragonfly Cabin leer vorzufinden – Trevor und Olena werden heute Nacht sicher nicht hierherkommen. Heute Abend gehört sie mir.

Diesmal gehe ich nicht nach oben. Ich setze mich im Erdgeschoss an die Wand und lasse meinen Blick durch den Raum schweifen. Oben an der Wand ist eine helle Stelle zu sehen, wo vielleicht mal eine Jagdtrophäe gehangen hat, die aber längst abgenommen wurde. Heute Abend wird keine Bestie aus meinen Albträumen aus der Dunkelheit auftauchen.

Connor hat mich hierhergebracht. An einen Ort, der vollständig von seiner Familie kontrolliert wird – Leuten, die alles tun werden, um ihre Geheimnisse zu bewahren. Ich bin abgeschnitten, isoliert. Er hat mich vorher nie etwas zu meiner Vergangenheit gefragt, doch jetzt scheint sie das Einzige zu sein, worüber er reden will. Wer ich bin. Woher ich komme.

Woran ich mich erinnere.

Ich denke an die Art, wie er dieses Foto vor mich hingelegt und das Gespräch auf mich gelenkt hat.

Er wollte ein Geständnis, aber ist das das Geständnis, das er wollte?

Er hat es sicher nicht gewusst.

Wir haben uns sicher zufällig kennengelernt. Wir haben uns zufällig ineinander verliebt, und er hat mich zufällig hierhergebracht, und ich bin nur zufällig das kleine Mädchen, das an der Hand seines Vaters durch den Schnee geht.

Liam Dalton, der Mann mit dem Geweih. Sein Gesicht ist jetzt nicht mehr unscharf in meiner Erinnerung. Ich kann es sehen, wie es über mir aufragt. Halb im Licht, halb im Dunkeln, so wie in meinem Traum. Sie haben seine Affäre vertuscht. Was hat er sonst noch gemacht, was niemand wissen darf?

Ich sehe mich auf das Auto zugehen. Ich kann die Füße sehen, die hinter der Tür hervorschauen. Aber ich will nicht weitergehen. Ich will nicht sehen, was auf das kleine Mädchen wartet.

Lauf weg, denke ich. Und ich bin weggelaufen, oder? Die kalte Luft tat mir im Hals weh. Ich bin weggelaufen und habe mich versteckt, aber er hat mich gefunden. Eine Hand legt sich um mein Handgelenk. Ein Schrei. Ich werde hinausgezerrt, weg von diesem sicheren Ort. Ich bin aufgestanden, ohne es zu merken.

Komm mit, sagt Liam Dalton, also tue ich es. Ich gehe zur Tür und stehe in der Dunkelheit, der Schnee vor mir glitzert silbrig, und ich kann fast die beiden Gestalten sehen – eine große und eine kleine –, die sich schlingernd entfernen.

Ich folge dem Geist von Liam Dalton in den Wald.

* * *

»Weiter«, sagt Liam streng. Er hält ihr Handgelenk fest umklammert, und sie versucht, mit ihm Schritt zu halten, aber ihre Beine sind zu kurz. Alle paar Schritte muss er sie nachziehen, mit einem groben Ruck, der ihr in der Schulter wehtut. Sie weiß nicht, wo sie hingehen. Sie ist diesen Weg noch nie gegangen. »Verflucht noch mal!«

»Wo ist Mama?«, fragt sie traurig.

Er antwortet nicht.

* * *

Zwischen den Bäumen bewegt sich etwas, löst einen kleinen Schneeschauer aus und reißt mich aus meiner Erinnerung.

Dieses Mädchen – sie ist nicht Dora Scott. Aber sie ist auch nicht Theo. Sie hat keinen Namen, wie ich. Und ohne einen Namen ist sie niemand.

Wer bist du?, frage ich stumm. *Wer bin ich?*

Aber natürlich bekomme ich keine Antwort.

Zwischen den Bäumen taucht ein Licht auf und kommt auf mich zu. Ich bin nicht überrascht, die kräftige Gestalt von Mr Vance zu erkennen und den schwarzen Schatten, der neben ihm hertrottet. Duchess kommt geradewegs auf mich zu und legt ihre Schnauze in meine behandschuhte Hand. Ich mag ja kein großer Hundefan sein, aber Befehle befolgen kann ich. Ich kraule sie unterm Kinn, und sie stößt ein genießerisches Grunzen aus.

»Sie hat beschlossen, Sie zu mögen«, schließt Mr Vance daraus. »Sie sind spät unterwegs.«

»Diesmal habe ich eine Taschenlampe dabei«, erwidere ich.

»Trotzdem ist es wahrscheinlich das Beste, wenn Sie zurück zu Ihrer Hütte gehen«, sagt er.

Ich blicke über meine Schulter. Ich weiß nicht mal genau, aus welcher Richtung ich gekommen bin. Wo ich bin. Ich ertappe mich dabei, wie ich die Schatten zweier Fußspuren suche – eine klein und eine groß.

»Sie wollen nicht zurückgehen«, sagt Mr Vance. Die dunklen Augen von Duchess beobachten mich, so, als wartete sie auf meine Antwort. Ich hocke mich hin und kraule ihr das Fell hinter den Ohren, um ein paar Sekunden Zeit zu gewinnen. Sie schaut Vance an und schnaubt. Er kratzt sich nachdenklich an der Nase. »Wissen Sie was, warum kommen Sie nicht einfach mit zu mir? Ich kann Ihnen einen Kaffee machen und Sie zurückbringen, wenn Sie bereit sind.«

»Das ist nicht nötig«, sage ich. »Mir geht's gut.«

»Es würde mir nicht richtig vorkommen, eine junge Dame allein hier zurückzulassen«, sagt Mr Vance, und plötzlich frage ich mich, ob er diese Fürsorge auch einer anderen Frau entgegengebracht hat. Er arbeitet schon seit Jahrzehnten für die Daltons. Also muss er auch hier gewesen, als sie hier war.

»In Ordnung«, sage ich mit einem angedeuteten Nicken. Mr Vance schnalzt mit der Zunge, und Duchess trabt an seine Seite.

»Ist nicht weit«, sagt er.

Vielleicht unterscheiden sich unsere Definitionen davon, was weit ist. Er bringt uns auf eine Route, die zwischen den Kiefern hindurchführt, und unsere Taschenlampen lassen Schatten um uns herumwirbeln. Dann kommen wir an eine Straße, eine, die unebener wirkt als die, die wir genommen haben, und nur breit genug für ein Fahrzeug ist.

»Mir war gar nicht klar, dass es noch eine Straße gibt, die hier hochführt«, sage ich.

»Wenn man sie so nennen will. Das ist ein Umweg, und es gibt kaum einen Grund, sie zu benutzen«, sagt Mr Vance. »Sie ist eher dazu da, um zu den Loipen auf der anderen Seite des Bergs zu gelangen. Aber wenn man ihr lange genug folgt, führt sie einen runter nach Datura.«

Wir gehen gut eine Viertelmeile, dann kommt eine kleine Hütte in Sicht, vor der drei Fahrzeuge parken – ein Jeep, ein

Quad und eine Schneeraupe. Die robuste Alternative, um bei Schnee den Berg hinunterzukommen.

Vance schließt die Tür auf und führt mich hinein, wo mir sofort die lähmende Wärme eines Holzofens entgegenschlägt. Der Schnee schmilzt rasch von Duchess' Flanken, als sie sich an mir vorbeidrängt. Sie hinterlässt perfekte nasse Pfotenabdrücke, als sie zum Ofen hinübergeht, sich ausgiebig streckt und dann mit einem zufriedenen Knurren niederlässt.

Vance gluckst. »Machen Sie es sich bequem, aber ich fürchte, den besten Platz im Haus hat Duchess sich schon gesichert«, sagt er.

Es ist nicht viel Platz in dem Haus, und die Sitzgelegenheiten sind begrenzt. In einer Ecke steht ein Bett, und dann gibt es noch einen einzigen Sessel, dessen Nähte durchgescheuert sind und dessen Polsterfüllung aus den Löchern quillt. Ein kleiner Küchentisch und zwei abgenutzte Stühle sind die einzige Alternative. Es gibt keine Küche, nicht einmal einen Kühlschrank. Und das einzige Licht kommt aus Petroleumlampen, die an den Wänden hängen. Dann gibt es also auch keinen Strom. Vance nimmt einen Topf von einem Regal und geht hinaus. Als er wiederkommt, ist der Topf voll Schnee, er stellt ihn auf den Ofen. Ich lasse mich in dem Sessel nieder. Er knarzt, als ich mich setze.

»Hier wohnen Sie?«, frage ich.

»Nur während dieses speziellen Zeitraums, und hin und wieder auch, wenn ich zu fertig bin, um es bis ganz unten zu schaffen«, sagt er. »Magnus hat mich im Winter gern in der Nähe, vor allem, wenn es so viel Schnee gibt, aber das kommt nicht oft vor. Normalerweise wird es erst später im Winter so schlimm.«

»Sind Sie aus der Gegend?«

»Ich bin in Datura aufgewachsen«, sagt Vance. Er holt einen der Stühle aus der »Küche« und lässt sich mit einem Seufzer darauf nieder. »Ein paar Jahre bin ich herumgezogen, aber ich habe nirgendwo anders was gefunden, was es wert gewesen wäre, dort zu bleiben. Was ist mit Ihnen?«

Ich weiß nicht genau, was er fragt. »Ich war an vielen Orten«, sage ich. »Aber ich habe auch keinen gefunden, an dem ich gern geblieben wäre.«

»Dann reisen Sie nicht viel?«

»Dazu braucht man Geld«, sage ich zu ihm.

»Und der hübsche Kerl, mit dem Sie zusammen sind, unternimmt keine schicken Ausflüge mit Ihnen?« Mr Vance zieht die Augenbrauen hoch.

»Er wollte mit mir nach Paris, als wir zwei Monate zusammen waren, aber ich hatte keinen Reisepass«, gestehe ich. Stattdessen ist er mit mir in die Wüste gefahren, wo die Sonne die Erde glühen und die Luft flimmern ließ. Er hat einen Eiswürfel durch meine Armbeuge gezogen, wenn mir zu warm wurde. Ich hatte noch nie einen Himmel gesehen, der so voller Sterne stand. Wir übernachteten in einem riesigen Haus aus weißem Stein mit einem Pool, der genauso lang war wie das Haus, und ich habe acht Tage lang keinen anderen Menschen gesehen.

Ich habe schnell gelernt, wie Menschen – mich eingeschlossen – auf das Maß an Reichtum reagieren, das Connor und die Daltons repräsentieren. Es gibt die Schmeichler, die Verächter und die Stotterer. Meine eigene Reaktion könnte man mit Erleichterung vergleichen. Es war so, als ob sich eine Faust, die um meinen Hals gelegen hatte, zum ersten Mal gelockert hätte. Vielleicht kann man mit Geld kein Glück kaufen, dafür aber Seelenfrieden. Sicherheit und Geborgenheit.

Komfort. Vergnügen. Das sichere Wissen, dass ich nie in einem Haus wie diesem, in dem ich jetzt sitze, wohnen muss.

Mr Vance seinerseits scheint völlig unbeeindruckt zu sein von den gewaltigen Ressourcen, über die sein Arbeitgeber verfügt. Und er scheint sich nicht daran zu stören, dass er in dieser Hütte schläft, während die Daltons ein Stück weiter die Straße hoch in komfortablen Betten liegen. Er steht auf, um nachzusehen, wie weit das Wasser ist, das jetzt auf dem Ofen dampft.

»Sie arbeiten schon sehr lange für die Daltons«, sage ich.

»Ungefähr dreißig Jahre«, bestätigt Mr Vance.

»Dann waren Sie auch hier …« Ich schlucke. »Sie haben erwähnt, dass Sie hier waren, als Liam Dalton starb. Connors Vater.« Als müsste ich das klarstellen.

Mr Vance kratzt sich mit schmutzigen Fingernägeln am Kinn. Sein Bart macht dabei raspelnde Geräusche. Seine Fingerspitzen sind gelb, und er riecht stark nach Tabak. »Wie ich schon sagte, war ich nicht wirklich hier, als es passierte. Sonst hätte ich vielleicht irgendwas tun können.« Aus seinem Ton spricht ehrliches Bedauern.

»Was genau ist denn damals passiert?«, frage ich. »Nach dem, was Sie erzählt haben, dachte ich, das Dach der Dragonfly Cabin wäre beschädigt gewesen, aber T – jemand anders sagte mir, es wäre an der Lodge passiert.«

»Oh. Ja, das stimmt. Ich kann nachvollziehen, wie Sie zu dem Eindruck gekommen sind. Nein, die Dragonfly war nur …« Seine Stimme verklingt, und zum ersten Mal, seit ich ihn im Wald bei der Hirschjagd getroffen habe, wirkt er nervös.

»Er hat eine Frau dort wohnen lassen«, sage ich, um ihn wissen zu lassen, dass er mir das nicht zu verraten braucht. Er entspannt sich sichtlich.

»Richtig. Mallory Cahill. Reizende Frau.«

Cahill. Jetzt habe ich einen Nachnamen. »Sie kannten sie.«

»Sicher. Hier oben kann man sich vor fast jedem verstecken, aber nicht vor mir«, sagt er. »Mr Dalton – Liam, meine ich – informierte mich, dass hier oben jemand wohnen werde und ich keine Fragen stellen und niemandem davon erzählen solle, seine Familie eingeschlossen. Ich kann nicht sagen, dass mir das angenehm war, aber nun …« Er rückt sich auf seinem Stuhl zurecht.

»Er hat Sie bezahlt«, nehme ich an.

»Ich dachte nicht, dass das irgendeinen Schaden anrichten könnte. Die Lodge war gut verschlossen, und in den Hütten gab es nichts, was sich zu stehlen gelohnt hätte. Ich bin hin und wieder bei ihr vorbei, um zu sehen, ob sie irgendwas brauchte. Sie und das Mädchen.«

»Ihre Tochter haben Sie also auch getroffen?«, frage ich. Mein Mund ist trocken, und mein Herz klopft.

»Ja, sicher. Ein süßes Kind«, sagt er. »Klar, alle Kinder sind süß in dem Alter. Sie konnte einem das Ohr abkauen. Ständig am Plappern. Ich hatte damals einen großen alten Jagdhund – Bishop. Sie hatte wahnsinnige Angst vor ihm, aber wenn ich allein da hochging, heftete sie sich an meine Fersen, während ich arbeitete, und zwang mich, ihr die Namen sämtlicher Pflanzen und Tiere zu sagen. Dass ich mal was nicht wusste, wollte sie nicht akzeptieren, darum musste ich mir manchmal was ausdenken.« Er kichert.

In meinem ersten Jahr bei den Scotts war ich das kleine Mädchen, dessen Wortschatz man an einer Hand abzählen konnte. Und launisch. Ich habe mich niemandem genähert, den ich nicht kannte, und nicht mal denen, die ich kannte. Aber irgendwann später kam diese unstillbare Neugier zum Vorschein – das Bedürfnis, Dinge zu wissen, Namen und Bedeutungen zu sammeln. Ich dachte immer, das käme daher, dass ich meinen eigenen Namen nicht kenne. Dass es die eigentümliche Form meiner seelischen Narbe sei. Aber sie gehörte offenbar schon immer zu mir.

»Was ist denn aus ihnen geworden?«, frage ich. »Mallory und dem Mädchen.«

Das Wasser hat angefangen, zu kochen. Er steht wieder auf, holt den Kaffeekocher heraus und löffelt gemahlenes Pulver aus einer riesigen Dose. »Sie waren schon weg, als ich hier hochkam, um mit Mr Dalton zu helfen. Mit der Leiche, meine ich.«

Er lügt, denke ich. Ich weiß nicht, worüber genau, aber die Art, wie er meinem Blick ausweicht und sich ganz auf seine Aufgabe konzentriert, und der Umstand, dass seine sonst ruhige Hand zittert, zeigen mir, dass er irgendetwas vor mir verbirgt.

»Ja, ich kann mir denken, dass sie danach nicht mehr hierbleiben wollte«, sage ich vorsichtig. »Das hätte wohl nur zu unangenehmen Fragen geführt. Darüber, warum sie hier war.«

»Ich erlaube mir kein Urteil darüber«, sagt er unbehaglich. Der Kaffee ist fertig. Er holt zwei Tassen aus dem Regal und bläst von einer von ihnen den Staub ab, bevor er sie beide zur Hälfte mit Kaffee füllt, der riecht, als könnte er meine Backenzähne zersetzen. Er bringt sie herüber, reicht mir eine und setzt sich dann wieder. Er befingert nervös seine Tasse. »Sie war reizend. Eine sehr reizende Person.«

»Mr Vance«, sage ich. Doch ich zögere. Er schaut mich erwartungsvoll an. Um Zeit zu gewinnen, kräusele ich die Oberfläche meines Kaffees, indem ich darauf blase. »Kann es sein – ist es möglich, dass an diesem Tag noch mehr passiert ist? An dem Tag, als Liam starb, meine ich.«

»Was genau meinen Sie damit?«, fragt er und setzt sich auf.

»Ich weiß es, ehrlich gesagt, auch nicht«, sage ich. Ich weiß nicht, wie ich es erklären soll, ohne zu viel zu erklären.

»Ich weiß, es war eine Tragödie«, sagt Vance. »Ganz schrecklich.«

»Und Sie sind sicher, dass Sie nicht wissen, wohin Mallory und ihre Tochter gegangen sind?«

»Sie ist ohne ein Wort verschwunden. Und sie hatte es eilig«, sagt Vance. »Kann ich gut verstehen, dass sie nicht bleiben wollte.«

»Hat sie irgendwas zurückgelassen?«, frage ich. »Irgendwas, das einen Hinweis darauf geben könnte …?«

Er schaut mich misstrauisch an. »Warum interessiert Sie das so?«

»Keine Ahnung«, sage ich. Ich habe keine gute Erklärung dafür. »Ich … ich bin einfach neugierig. War ich schon immer. Das ist einer meiner Fehler.«

Er nimmt seine Tasse, aber er hat schon lange keinen Schluck mehr davon getrunken. »Ich habe noch einige von ihren Sachen«, sagt er dann langsam. »Für den Fall, dass das Mädchen – ich dachte, sie kommt sie vielleicht irgendwann holen.«

Mein Herz überschlägt sich fast in meiner Brust. »Sind sie hier? Kann ich …?«

Es entsteht noch eine Pause, seine dunklen Augen leuchten, und er steht auf. Er geht zu dem Schrank, der an der Wand steht, und zieht die unterste Schublade auf. Er holt eine Plastiktüte heraus – einen Einkaufsbeutel, der mit der Zeit so dünn wie Papier geworden ist. Er bringt ihn zu mir und überreicht ihn mir ohne weitere Umstände.

Obenauf liegt etwas Großes, Weiches. Ich hole den Bären vorsichtig heraus. Sein Fell ist leicht schmutzig, seine schwarzen Augen stumpf geworden.

Ich blinzele. In meinen Augen stehen Tränen, aber ich wage es nicht, sie wegzuwischen. Vance würde es sehen.

»Das war ihr Liebling«, sagt Vance. Ich kann ihn nicht anschauen. Ich zwinge mich dazu, ruhig zu atmen. »Von dem kleinen Mädchen.«

»Ich kenne nicht mal ihren Namen«, sage ich.

»Ihre Mutter nannte sie Teddy«, sagt Vance, und ich nicke. Das muss dann wohl reichen. »Aber ihr richtiger Name war Rowan.«

Mir entweicht alle Luft, und ich kann keine neue holen. Rowan. Der Name ist wie ein Schlag gegen meine Brust. Ich kenne diesen Namen. Ja, ich kenne ihn. Sie hat mich Teddy genannt, wenn sie glücklich war und lachte, und Rowan, wenn sie traurig war und mir die Haare aus dem Gesicht gestrichen hat.

Lauf weg, Rowan.

An jenem Tag, als sie Angst hatte, hat sie mich Rowan genannt.

Meine Hände halten den Teddy fest umklammert.

»Warum behalten Sie das nicht einfach?«, sagt Vance ruhig. »Ich weiß auch nicht, warum ich es die ganze Zeit aufgehoben habe. Habe offenbar immer noch gehofft, dass sie eines Tages kommt und es abholt. Aber inzwischen wird sie ja erwachsen sein.« Sein Gesichtsausdruck ist schwer zu durchschauen. In seinem Blick liegt etwas Hartes. Etwas Düsteres.

Ich richte meine Aufmerksamkeit wieder auf die Tüte, um den Blick abwenden zu können, und ziehe ein tiefblaues Halstuch heraus. Es riecht muffig, wie der Bär, aber es ist immer noch weich.

Blau. Es war blau, denke ich, und trotzdem rebelliert irgendetwas in meiner Erinnerung.

Jetzt ist nur noch ein Gegenstand in dem Beutel. Es ist eine gerahmte Fotografie, die mit der Vorderseite nach unten liegt. Ich hole sie behutsam heraus und drehe sie um. Da ist sie. Sie lächelt, ein kleines Mädchen drückt sein Gesicht an ihres. Die Frau auf dem Foto hat Sommersprossen auf der Nase und einen Leberfleck im Augenwinkel ihres linken Auges. Sie hat braune Augen und braunes Haar, ein helles Braun, das in weichen Wellen um ihr längliches Gesicht fällt. Ein Gesicht, das Ähnlichkeiten mit meinem aufweist – die großen Augen, die vorstehenden Wangenknochen, das nicht unbedingt Schöne daran, das jedoch zugleich den Blick fesselt.

»Sie war entzückend«, sagt Vance, und ich weiß, dass er nicht von ihrem Aussehen spricht.

Ich starre das Foto an und antworte nicht. Ich habe diese Frau schon mal gesehen.

Nicht in meiner Erinnerung. Auf einem Foto – sogar auf mehreren.

Auf den Fotos, die in Alexis' Koffer versteckt sind.

27

»Ich muss gehen«, sage ich. Ich bin bereits auf den Beinen.

»Sind Sie sicher?«, fragt Vance. »Sie haben Ihren Kaffee nicht mal angerührt.«

Ich muss all meine Konzentration aufbieten, um seinen Worten einen Sinn abzuringen und zu verstehen, was er sagt.

»Ich hätte jetzt gern, dass Sie mich zurückbringen«, sage ich mit fester Stimme.

Einen Moment lang fürchte ich, dass er sich weigert. In meinem paranoiden Hirn flackern Bilder auf, wie er die Tür blockiert und Duchess die Zähne bleckt. Aber er nickt nur.

Auf dem Quad können zwei Leute nebeneinandersitzen. Ich steige auf den Beifahrersitz. Mr Vance nimmt wortlos auf dem Fahrersitz Platz. Ich klammere mich an den Rand des Sitzes, als das Fahrzeug die Straße hochrumpelt und dann auf das unebene Gelände wechselt, wo wir kräftig durchgerüttelt werden.

»Bis hierhin«, sage ich zu Mr Vance, als wir uns der Hütte nähern, aber noch nicht in Sichtweite sind.

»Sind Sie sicher?«, fragt er.

»Ich möchte Connor nicht wecken«, sage ich. Er weist mich nicht drauf hin, dass es hier draußen nichts gibt, was es lärmmäßig mit diesem Motor aufnehmen kann. Dass ihn längst jeder gehört haben wird.

»Wenn Sie darauf bestehen.«

Ich steige ab. Er bleibt mit laufendem Motor stehen, wo er ist, die Scheinwerfer leuchten eine breite Schneise vor mir aus, der ich folgen kann. Einen kurzen Moment lang denke ich, dass er mir noch etwas zurufen wird. Aber er sitzt einfach nur da und beobachtet mich.

Inzwischen bin ich aus dem Lichtkegel herausgetreten. Das Motorengeräusch entfernt sich. Ich bin allein in der Dunkelheit, in der Kälte. Ich gehe weiter, habe aber das Gefühl, weiterhin beobachtet zu werden.

Mallory Cahill. Rowan Cahill.

Lauf weg, Rowan.

Ich kann ihre Stimme beinahe hören. Kann beinahe sehen …

Das Mädchen läuft. Zurück zur Hütte. Zurück durch die Tür mit der Libelle. *Gibt es hier Libellen?*

Vielleicht im Sommer.

Sehen wir sie dann?

Wir können im Sommer nicht hier sein, Teddybär.

Sie rennt die Treppe hoch. Teddy zwei klemmt zwischen dem Bett und der Wand, ist zwischen die Falten der Tagesdecke mit den Gänseblümchen gerutscht. Sie muss sich beeilen. Mama wartet.

Sie läuft zurück zu dem Wagen und hat Angst, dass Mama sauer ist. Aber Mama ist gar nicht da. Nur das Auto ist da und die offene Tür.

Ihre Füße ragen dahinter hervor. Mama ist doch hier. Sie sitzt auf dem Boden. Wie dumm von ihr. Das Mädchen geht seitlich um das Auto herum, bereit, *Buh!* zu rufen oder einen Scherz zu machen. Dann lacht Mama vielleicht, denn sie lacht nicht mehr sehr viel.

Sie sitzt komisch da. Ihr Rücken lehnt an dem Auto, aber sie ist zu weit davon entfernt, zurückgelehnt. Das rote Halstuch liegt um ihren Hals.

Nein. Das Halstuch ist blau.

Das Halstuch ist blau, und es liegt in der Hand des Mädchens. Der Wind erhascht es und weht es zu Boden.

An Mamas Hals und an ihrer Kehle ist alles rot, aber es ist kein Stoff, sondern Blut. Sie greift sich an den Hals.

»Du musst weglaufen, Teddy«, sagt sie. Ihre Stimme klingt komisch. Wie Gurgeln. »Du musst dich verstecken.«

Das Mädchen macht zitternd einen Schritt nach vorn. Der Teddybär baumelt an ihrer Hand.

Mama schluchzt. »*Lauf weg,* Rowan«, sagt sie und wirft ihren Arm hoch, als wollte sie das Mädchen wegstoßen.

Das ist unser Schloss. Hier kann uns niemand was tun, hat Mama gesagt, als sie zu der Hütte kamen. *Dort werden wir sicher sein.*

Also läuft das Mädchen dorthin. Dort wird sie sicher sein, wie Mama versprochen hat.

Alles wird gut werden.

Die Brise weht ein paar lose Haarsträhnen an meinen Hals. Es fühlt sich fast so an wie ein Tropfen Flüssigkeit. Ich kann es jetzt sehen. Das Blut, das an ihrem Hals wie Farbe aussieht. Die Panik in ihrem Blick.

Wie benommen gehe ich zur White Pine Cabin. Innen bleibe ich direkt hinter der Tür stehen. Mein Atem klingt laut in meinen Ohren. Die Erinnerung ist wie ein Traum.

Nein, dieser Ort ist der Traum, und die Erinnerung das einzig Reale.

Rowan, Rowan, Rowan, höre ich die Frau sagen, aber der

Name passt nicht besser als die anderen, die ich ausprobiert habe.

»Ich erinnere mich«, flüstere ich. Das ist fast die Wahrheit.

In der Hütte ist es still. Wenn Connor vom Geräusch des Motors aufgewacht ist, hat es nicht gereicht, um ihn aus dem Bett zu treiben. Ich ziehe mich im Dunkeln aus und gehe zum Schlafzimmer. Die Tür hat kein Schloss. Ich trete leise ein, und er liegt ausgestreckt auf dem Bett, friedlich schlafend. Ich schlüpfe unter die Decke und lege mich mit dem Rücken zu ihm hin. Er rührt sich. Er streckt einen Arm aus und zieht mich zu sich hin.

»Ich liebe dich«, murmelt er an meinem Hals. Ich bin nicht mal sicher, ob er richtig wach ist.

»Ich liebe dich auch«, flüstere ich, und das ist nicht gelogen. In meiner Brust ist eine brennende Hitze, ein blendendes Licht, das nicht abgenommen hat. Ich liebe Connor Dalton so, wie ich ihn liebe, seit ich ihm das erste Mal in die Augen geschaut habe, und das macht mir mehr Angst als alles andere.

Ich bin hier nicht sicher. Ich sollte schlau sein. Ich sollte weglaufen. Aber wenn ich das tue, werde ich nie erfahren, was mir oder meiner Mutter zugestoßen ist.

Und ich werde nie erfahren, ob Connor mich wirklich liebt oder ob er auch in dieser Hinsicht wie sein Vater ist.

Ob auch er ein Monster ist.

28

Der Morgen bringt fahles Licht, das nicht mal in der Lage zu sein scheint, die aufgelockerte Bewölkung zu durchdringen. Die Luft fühlt sich dünner an, und wir verschwenden sie nicht mit Gesprächen. Wir bewegen uns mit leisen Schritten umeinander herum, als fürchteten wir, bemerkt zu werden, und als Olena kommt, um mir etwas auszurichten, ist das beinahe eine Erleichterung.

»Mrs Dalton möchte, dass Sie zu ihr in die Lodge kommen«, sagt sie, den Blick starr auf meinen Oberkörper gerichtet.

Connor erhebt sich hinter mir von seinem Platz am Küchentisch. Olenas Wangen laufen rot an.

»Nur Miss Scott«, sagt sie. Connor setzt sich nicht gleich wieder hin. Unsere Blicke treffen sich, und einen Moment lang erwarte ich, dass er darauf bestehen wird, mich zu begleiten. Aber dann nickt er. Er nimmt wieder Platz und schaut weg.

Ich nehme meine Jacke und folge Olena nach draußen. Sie steckt beim Gehen ihre Hände tief in ihre Jackentaschen. In unseren identischen Jacken und mit Wollmützen auf dem Kopf – ihre weiß, meine grau – sehen wir aus, als hätten wir uns abgestimmt.

»Kann ich Sie irgendwie dazu bringen, mir ein Bein zu brechen, damit ich aus der Sache rauskomme?«, frage ich sie. Sie läuft knallrot an und kichert nervös. Sie ist so jung, denke ich, aber dann fällt mir ein, dass ich auch jung bin. Es fühlt sich nur nicht so an. Hat sich noch nie so angefühlt. »War nur Spaß. Na ja, zum Teil.«

»Danke. Dass Sie mich nicht verraten haben«, sagt sie. Sie hat nicht denselben Akzent wie ihre Mutter, aber sie haben sehr ähnliche Stimmen. Es liegt eine Sanftheit darin, die von einem leicht rauen Unterton konterkariert wird. Sie sieht wirklich wunderschön aus mit ihren Rehaugen und dem dunklen Haar.

»Sie haben was Besseres verdient als Trevor«, sage ich.

»Trevor ist nicht ... Ich weiß, dass er nicht den besten Eindruck hinterlässt«, sagt sie. »Man muss ihn erst richtig kennenlernen.«

»Und wie ist er, wenn man ihn richtig kennengelernt hat?«, frage ich.

Sie klappt den Mund auf. Und wieder zu. »Er ist gut zu mir«, sagt sie.

Dasselbe hätte ich über Peter auch gesagt. Aber vielleicht bin ich dem Jungen gegenüber unfair. Er war in derselben Kirche wie ich, hatte die gleichen verkorksten Vorstellungen von Sex, Geschlecht und Lust, und er war im Teeniealter. Was hätte er tun sollen, als der ganze Ärger anfing?

Ihnen sagen, dass es nicht meine Schuld war, denke ich. Aber selbst jetzt kann ich mir nicht sicher sein, dass das stimmt.

Ich bin nicht die Sorte Mädchen, die Eltern in der Nähe ihrer Söhne – oder Enkelsöhne – sehen wollen. Ich stelle eine Bedrohung für deren Zukunft dar und bin etwas, das geopfert werden muss, um diese Zukunft zu schützen.

Olena lässt mich an der Tür zur Lodge allein. Ich finde Louise in der Küche. Auf dem Herd kocht ein Topf mit Wasser. Sie ist gerade dabei, eine Kräutermischung in das rosa Fleisch eines abgezogenen Kaninchens einzumassieren, und schaut kaum auf, als ich eintrete.

»Sie können die Kartoffeln schälen und klein schneiden«, sagt sie. »Wenn das nicht zu schwierig ist mit Ihrer Hand.«

»Kein Problem«, sage ich, obwohl meine Finger wehtun, wenn ich sie beuge und strecke. Wenigstens ist es meine linke Hand. Wenigstens sind die Finger nicht angeschwollen, sodass der Ring zu eng wird.

Ich erwarte, dass sie gleich auf mich losgeht, aber stattdessen schweigen wir eine ganze Weile, nur das blubbernde Wasser und das *Schnick, Schnick, Schnick* des Schälmessers sind zu hören. Sie stellt das Kaninchen auf die Seite und holt das nächste aus einer Kühlbox zu ihren Füßen.

»Sind die von hier?«, frage ich, da ich die Stille nicht länger ertrage.

»In gewisser Weise schon. Mr Vance züchtet sie«, sagt sie. »Magnus hat es lieber, wenn er weiß, woher sein Essen kommt. Manchmal glaube ich, er wäre glücklicher, wenn er einen Bauernhof hätte und kein Unternehmen, das zu den fünfhundert umsatzstärksten der Welt gehört. Allerdings hat er einen teuren Geschmack. Den könnte er sich mit dem Einkommen eines Bauern natürlich nicht leisten.«

»War Ihre Familie auch vermögend?«, frage ich, unsicher, ob diese Frage vielleicht zu unverblümt ist.

»Zum Zeitpunkt unserer Eheschließung ja. Aber kurz danach hat mein Vater eine Reihe von katastrophalen Investitionen getätigt und alles verloren. Er kam ganz kleinlaut zu uns und hat uns angefleht, ihm aus der Patsche zu helfen. Hat Magnus angeboten, ihm die Firma für ein paar Pennys zu verkaufen. Ihm war alles recht, um sein Vermächtnis zu retten.«

»Und was hat Magnus gemacht?«, frage ich.

Sie dreht das Kaninchen um. Man kann die dünnen Rippen durch das Fleisch hindurch erkennen. »Er hat Nein gesagt. Und das war richtig so. Es ergibt keinen Sinn, schlechtem Geld gutes hinterherzuwerfen. Danach hat mein Vater nie wieder mit uns geredet. Aber Magnus hat richtig gehandelt, und ich habe es ihm nicht vorgeworfen. Man muss zuerst für seine eigene Familie sorgen, koste es, was es wolle.«

Mein Mund ist trocken. Ich entferne vorsichtig ein Auge aus der Kartoffel und schneide eine schwarze Stelle ab. Die Schalen bilden einen kleinen Haufen. Sie riechen nach feuchter Erde.

Ich straffe die Schultern. Atme ein. »Mir ist klar, dass ich wahrscheinlich nicht diejenige bin, die Sie sich für Ihren Enkelsohn vorgestellt haben. Ich bin bettelarm, wurde adoptiert und habe keine Ahnung, welches Erbe ich mit mir herumtrage. Ich habe weder die besten Privatschulen besucht noch Unterricht in – in Etikette bekommen.«

»Über Etikette mache ich mir keine Gedanken«, sagt Louise. »Was mir weitaus mehr Sorgen bereitet, ist, wer Sie sind und wozu Sie fähig sind.«

Sie ist fertig mit dem zweiten Kaninchen und stellt es neben das erste, dann geht sie zu der in die Kücheninsel eingelassenen Spüle, um sich die Hände zu waschen. Als sie damit fertig ist, trocknet sie sich die Hände an einem schiefergrauen Handtuch ab.

»Und wer genau bin ich?«, frage ich sie.

»Ein Mädchen, das den Sohn eines Pfarrers verführt und ihm dann seine Ersparnisse geklaut hat. Und das ihren eigenen Vater mit einem Jagdmesser angegriffen hat. Oder wollen Sie behaupten, dass das nicht passiert ist?«

»Nein, ich habe Joseph angegriffen«, sage ich. Ich frage mich, ob sie sich fragt, ob ich ihr etwas antun würde. Ich frage mich, ob ihr bewusst wird, dass sie eine alte Frau ist, und allein, und eine junge Frau zur Rede stellt, die weniger appetitliche Verwendungszwecke für die Messer kennt, die keinen halben Meter von ihrem Platz entfernt liegen. Die Kälte der Angst ist verschwunden, vertrieben von den schnellen Flammen der Wut, die dafür sorgen, dass meine Haut sich straff und heiß anfühlt. »Wer hat Ihnen diese Geschichte erzählt?«, frage ich. »Joseph Scott war es jedenfalls nicht. Und auch nicht Peter Frey. Sie wollen nämlich nicht, dass irgendjemand weiß, was passiert ist.«

»Das ist nicht von Belang«, sagt sie, was bedeuten könnte, dass sie es nicht weiß. Sie handelt auf der Grundlage von Informationen aus zweiter Hand – von Trevor vermutlich. »Was aber von Belang ist, ist, dass ich weiß, was Sie getan haben.«

»Sie wissen gar nichts«, sage ich. »Sie wissen nicht, was damals geschehen ist.«

»Verstehe. Gibt es dann also irgendetwas, was einen Mordversuch rechtfertigt?«, fragt sie.

»Ich habe nicht versucht, ihn umzubringen«, sage ich. »Und außerdem schulde ich Ihnen absolut gar nichts.«

Sie verzieht angestrengt den Mund. Sie greift in die Tasche ihrer Strickjacke, einer lose fallenden Jacke, die ihre Figur kaschiert. Dann knallt sie einen Zettel auf die Arbeitsfläche – einen Scheck. Ich starre ihn an. »Nur zu«, sagt sie.

Ich strecke zaghaft die Hand aus, so, als könnten sich darunter Dornen verbergen – oder eine mit Blausäure versetzte Nadel. Es ist ein auf den Namen Theodora Scott ausgestellter Scheck in Höhe von fünfundsiebzigtausend Dollar. Mein Blick wandert von dem Scheck zu ihr, ich presse die Lippen zu einer dünnen Linie zusammen. »Was ist das hier, ein Test? Um zu sehen, ob ich mir mehr aus Connor mache als aus schnellem Geld?«

»Das ist kein Test«, sagt Louise, und ihre Stimme ist so hart wie Granit. »Ich kann Ihnen versprechen, dass ich mich bereits entschieden habe, was Sie angeht. Sie werden mich niemals für sich einnehmen. Sie werden niemals zu dieser Familie gehören. Und Connor werden Sie auch nicht an sich binden können. Sie werden von hier verschwinden und niemals wiederkommen. Das, Miss Scott, ist Ihre letzte Chance, nicht mit leeren Händen aus der Sache rauszugehen. Nennen Sie es eine Geste des guten Willens. Oder einen Trostpreis. Und glauben Sie mir, das ist zu Ihrem eigenen Besten.«

Ich werfe erneut einen Blick auf diese Zahl, die ordentlich mit schwarzer Tinte gedruckt ist. Fünfundsiebzigtausend Dollar. Für sie ist das nichts. Für mich ist es Geld, das mein Leben verändern könnte. Vor drei Tagen hätte ich nicht mal einen Moment darüber nachgedacht, aber jetzt?

Ist er das wirklich wert?

Ist es hier noch sicher für mich, wenn ich bleibe?

Ich denke einen Augenblick darüber nach, den Scheck zu zerreißen und ihr ins Gesicht zu werfen. Stattdessen stehe ich nur da. »Ich fürchte, ich habe mich auch bereits entschieden«, sage ich in einem süßlichen Ton und marschiere aus dem Raum, bevor sie etwas erwidern kann.

Ich schaffe es gerade so, nicht zu zittern, bis ich im Flur ankomme.

Eigentlich hätte ich mir denken können, dass sie so etwas versucht. Aber vor allem ihre letzten Worte hallen noch in mir nach. *Zu Ihrem eigenen Besten.* Vielleicht hat sie recht. Vielleicht wäre ich weit weg von hier und mit mehr Geld auf meinem Konto, als ich je in einem Jahr verdient habe, besser dran. Aber nein – ich kann nicht gehen. Nicht ohne Connor.

Nicht ohne Antworten.

Als Magnus direkt vor mir in den Flur tritt, schreie ich fast, schaffe es aber noch, den Schrei in einen überraschten Aufschrei zu verwandeln, während ich taumelnd einen Schritt nach hinten mache. Er steht mit den Händen in den Hosentaschen da.

»Theo«, sagt er. Sein Blick wandert an mir vorbei. Ich drehe mich halb um und sehe, dass Louise mit verschränkten Armen in der Tür zur Küche steht. Er runzelt die Stirn. »Alles in Ordnung?«, fragt er.

»Absolut«, sage ich angespannt.

»Dann sehe ich Sie also morgen früh?«, sagt er. »Wenn wir auf die Jagd gehen?«

»Auf die Jagd. Ja, richtig.« Die hatte ich völlig vergessen – ich habe vergessen, wie langsam die Zeit hier vergeht, und jedes Zeitgefühl verloren. »Ich werde da sein«, sage ich entschieden in dem Wissen, dass Louise zuhört. Magnus macht einen Schritt zur Seite, und ich ziehe an ihm vorbei.

Ich spüre die Blicke der beiden in meinem Rücken, bis ich an der Tür bin.

29

Als ich in die Hütte komme, ist Connor nicht da. Nach seiner Rückkehr fragt er nicht, was Louise wollte, und ich frage ihn nicht, wo er gewesen ist. Er ist den ganzen Tag in einer seltsamen Stimmung – im einen Moment ist er scheinbar nicht dazu in der Lage, mit mir zu sprechen, und im nächsten nimmt er, als ich an ihm vorbeikomme, meine Hand und hält sie sekundenlang fest, ohne mich anzuschauen, bevor er sie wieder loslässt.

Es kommt keine Einladung zum Abendessen. Wir essen stattdessen Reste aus dem Kühlschrank und reden nur das Nötigste.

Am nächsten Morgen wache ich alleine auf. Ich setze mich auf und greife in den leeren Raum neben mir. Ich schlafe nie länger als Connor. Er hat es noch nie geschafft, aufzustehen, ohne mich zu wecken, aber er ist nicht da. Ich stehe schnell auf und kämme mir mit den Fingern durch die Haare, während ich in den Hauptraum gehe. Dort treffe ich auf Connor. Er ist bereits warm angezogen und trinkt Kaffee. Seine Stiefel stehen an der Tür, seine Jacke liegt neben ihm über der Rückenlehne des Küchenstuhls. Er macht sich fertig, um vor die Tür zu gehen.

»Wie spät ist es?«, frage ich, die Reste eines seltsamen Traums abschüttelnd.

»Wir haben noch ein paar Minuten. Ich habe deine Sachen

schon rausgesucht.« Er weist mit dem Kinn auf die Bank, dort warten meine Stiefel und meine Jacke auf mich. Ich erstarre. »Du solltest dich anziehen und noch schnell was essen.« Er klingt normal, schaut mir aber nicht in die Augen.

»Ich habe gestern mit Granddad geredet«, sagt er. »Ich hab's ihm erzählt. Zumindest teilweise. Ich habe ihm gesagt, dass das, was passiert ist, nicht deine Schuld war.«

»Und glaubst du das auch wirklich?«, frage ich.

»Ich glaube ... ich glaube, dass ich keine Ahnung habe, was du alles durchgemacht hast«, sagt Connor. Das klingt zu sehr nach: *Ich kenne dich eigentlich gar nicht,* um mich zu erleichtern.

»Es war nie meine Absicht, dich zu belügen.«

Eine Sehne in seinem Kiefer zuckt. Ich stehe in der qualvollen Stille und wünschte, er würde einfach sagen: *Ist in Ordnung, ich verzeihe dir, ich verstehe das, ich liebe dich, das spielt alles keine Rolle.* Aber natürlich spielt es doch eine Rolle. So etwas braucht Zeit. Das Einzige, worüber wir uns in unserer Beziehung nie Gedanken gemacht haben.

Connor hält mir meine Jacke hin, und ich stecke nacheinander meine Arme hinein, und als ich mich umdrehe, schließt er den Reißverschluss, bis seine Finger an die Unterseite meines Kinns stoßen.

»Wir müssen los«, sagt er, also gehen wir.

Magnus und Nick warten bereits auf uns. Sie haben zwei schneetaugliche Quads bei sich, auf die sie hinten Ausrüstungsgegenstände gepackt haben. Nick trägt eine dampfende Thermoskanne aus Metall bei sich, aus der Kaffeegeruch aufsteigt. Er reicht sie mir an, aber ich schüttele den Kopf; er zuckt mit den Schultern. So früh am Morgen kommt das einer Unterhaltung gleich.

»Wir teilen uns auf«, sagt Magnus, als wir ankommen, ohne Vorrede. »Connor, du gehst mit Nick. Es ist eine Weile her, dass du da draußen warst, also tu, was er sagt. Miss Scott, Sie kommen mit mir.«

Ich bin unangenehm überrascht, und mein Magen zieht sich zusammen, doch ich nicke.

»Es streifen so viele Leute durch den Wald, das wir wahrscheinlich ohnehin nichts erwischen. Das wird eher ein Ausflug mit Waffen als eine Jagd«, sagt Magnus. Er klingt allerdings nicht allzu verärgert darüber. »Aber wir können auch Glück haben. Wenn Sie nicht die ganze Zeit jammern und alles im Radius von einer Meile verscheuchen.«

Ich bekomme eine Weste, sie ist grellorange und reflektierend. Magnus lässt mich auf das Quad steigen, bevor er den Motor anwirft. Ich blicke über die Schulter zu Connor. Er beobachtet mich, aber kaum, dass ich ihn dabei ertappe, dreht er sich um, um die Ausrüstung hinten auf dem anderen Quad zu betrachten.

Eine Zeit lang übertönt der Motorenlärm jedes Bedürfnis nach Unterhaltung. Magnus fährt uns ein ganzes Stück weg von den Hütten. Die anderen folgen uns eine Weile und schlagen dann eine andere Richtung ein. Nicht lange danach hält Magnus an und stellt den Motor aus.

»Sie haben gesagt, Sie hätten schon mit dem Gewehr gejagt, ist das richtig?«, fragt Magnus.

»Nur ein paarmal«, gestehe ich.

Er schnaubt. »Mit dem Bogen ist es schwieriger. Darum geben sich manche Leute erst gar nicht damit ab. Um diese Jahreszeit gibt es hier oben Wilderer. Mr Vance dreht seine Runden und versucht, sie abzuschrecken, aber ich bin ziemlich sicher, dass hier einige rumlungern.« Ich schaue ihn erschrocken an, und er schmunzelt. »Keine Sorge. Sie mögen zwar das Gesetz umgehen, aber trotzdem sind es immer noch Jäger, die auf Wild aus sind. Aber heute ist es mir nicht allzu wichtig, ob ich was erlege. Sie haben also reichlich Gelegenheit, zu üben«, sagt er zu mir. Er blickt sich auf der Lichtung um, zu der wir gekommen sind. »Die Stelle ist gut. Wir können ein paar Pfeile verschwenden, indem ich Ihnen zeige, wie man richtig zielt.«

Während die Morgendämmerung gerade erst einsetzt, versenke ich ungefähr zwanzig Pfeile in Bäumen, Büschen und Schneewehen, von denen ich die wenigsten treffen wollte. Beim Spannen schießt mir jedes Mal ein stechender Schmerz durch die Hand, doch ich weigere mich, mich zu beklagen. Magnus kritisiert meine Beinhaltung, den Winkel meiner Arme, die Richtung meines Blicks. Er steht jedes Mal einige Meter von mir entfernt, kommt nie näher, berührt mich nie, aber sein prüfender Blick ist dennoch einengend.

Ich stelle fest, dass mir der Moment, wenn ich den Pfeil eingespannt habe, am besten gefällt. Das sanfte Gleiten der Sehne durch die Umlenkrollen fühlt sich kaum wie Anstrengung an, und doch verbirgt sich genau in dieser Leichtigkeit die ganze Gewalt des Abschusses.

Schließlich erklärt Magnus mich für einstweilen gut genug – oder er verliert einfach die Geduld. Er führt uns einen dick verschneiten Pfad entlang. Ich gehe nicht davon aus, dass ich auf irgendetwas schießen werde, was sich bewegt.

Magnus ist kein Mann von vielen Worten. Er verhält sich leise und vorsichtig. Ich gehe dahin, wo er mich hinschickt.

Ungefähr eine Stunde nach unserem Aufbruch schaut er von der Stelle auf, an der er in die Hocke gegangen ist. Vor ihm sind Tierspuren zu sehen. Sie sind nicht frisch, der feine Schnee von der letzten Nacht hat sich in jede Vertiefung gelegt. Trotzdem ist er hier stehen geblieben. »Connor hat mir ein bisschen was von dem erzählt, was Ihnen passiert ist«, sagt er.

Ich trete unbehaglich von einem Fuß auf den anderen. »Ich rede nicht gern darüber.«

»Kann ich mir denken.« Er fährt mit dem Daumen über sein Kinn. »Bereuen Sie es?«

Mein Mund öffnet sich, doch es kommt keine Antwort heraus. Dabei sollte diese Frage leicht zu beantworten sein, oder? »Ich wünschte, es wäre nicht passiert.«

»Dinge, die wir nicht kontrollieren können, können wir nicht bereuen«, sagt er. »Aber bereuen Sie Ihre Rolle darin? Ihre Entscheidungen?«

Ich denke an das Mädchen in Peter Freys Zimmer. Sie hätte den Kopf gesenkt halten sollen. Sie hätte fügsam und geduldig sein sollen. Sie hätte sich ruhig verhalten sollen in ihrem Käfig.

»Nein«, sage ich. »Auf diese Weise bin ich da rausgekommen.«

»Und der Mann, den Sie verletzt haben?« Er nennt ihn nicht meinen Vater. Dafür bin ich dankbar.

»Ich bin froh, dass er nicht gestorben ist«, sage ich. Das ist nicht dasselbe wie bereuen.

Er schnaubt. »Manchmal geschehen schreckliche Dinge, die schreckliche Entscheidungen erfordern. Und letztlich hängt es wohl vom Ergebnis ab, ob man diese Entscheidungen bereut oder seinen Frieden damit schließt«, sagt Magnus. »Sie haben getan, was Sie tun mussten. Das verstehe ich. Die Schuld lag nicht bei Ihnen. Man hätte besser auf Sie achtgeben müssen.« Er steht auf. Er überprüft seine Ausrüstung, aber es wirkt so, als wollte er einfach etwas tun, während er nachdenkt. »Warum heiraten Sie Connor wirklich?«

Ich blinzele. Das ist nicht die Frage, die ich erwartet habe.

»Ich liebe ihn«, sage ich. Das klingt jetzt dumm, nach allem, was ich erfahren habe.

Aber es ist nicht weniger wahr.

Er schaut mich skeptisch an. »Schlaue junge Frauen wie Sie heiraten nicht ohne Grund so schnell.«

Ich betrachte ihn forschend, suche nach einem Hinweis darauf, was er von mir will. Doch seine Miene bietet mir keinen Anhaltspunkt. »Wenn ich mit Connor zusammen bin, habe ich das Gefühl, zu jemandem zu gehören«, sage ich leise. »So habe ich mich noch nie gefühlt. Aber es ist nicht nur das. Das ist – ich brauche das. Die Vorstellung, es zu verlieren, ist schrecklich.«

Die Vorstellung, dass es von Anfang an eine Lüge war, ist furchterregend.

»Sie geben ihm ja höllisch viel Macht«, sagt er. Mein Mund schließt sich so schnell, dass meine Zähne aufeinanderstoßen. »Niemand kann Sie retten. Das führt Sie nur ins Unheil und bringt den anderen in eine unmögliche Lage. Was passiert, wenn sich herausstellt, dass er auch nur ein Mensch ist?«

»Das meine ich nicht«, sage ich.

»Rose war so«, sagt er. »Völlig vernarrt, das ist der richtige Ausdruck. Die ganze Welt drehte sich nur um Liam, was sie anging. Er war für sie wie Luft, Wasser und Nahrung. Und dann …« Er hält inne.

An der Art, wie sehr er seine Worte zurückhält, spüre ich, dass er sehr viel ungesagt lässt. »Sie haben gesagt, Liam sei weich gewesen. Nick meinte, er wäre … charmant gewesen.« Das ist zwar nicht ganz das, was Nick gesagt hat, angedeutet hat, aber es ist nah dran.

»Er wollte jedermanns Held sein.« Magnus geht weiter. Er spricht immer noch leise, und ich muss dicht an ihm dranbleiben, um keine Silbe zu verpassen. »Er lebte für die Art und

Weise, wie andere ihn sahen. Er lebte dafür, andere zum Lächeln zu bringen.«

»Das ist doch toll«, sage ich.

Er macht ein Geräusch, das signalisiert, dass er anderer Meinung ist. »Er wollte glänzen, aber nur, wenn jemand da war, der es mitbekam. Er war kein schlechter Mensch. Aber er war süchtig nach Anerkennung. Er hat einige schlechte Entscheidungen getroffen, weil er es brauchte, dass man ihn bewunderte. Er brauchte es, als Held betrachtet zu werden.«

»Glauben Sie, dass Connor auch so ist?«

»Ich glaube, Sie sind so«, sagt er.

Ich lache auf. »Ich bin niemandes Heldin.«

»Vielleicht nicht. Aber Sie wollen diejenige sein, die Connor zum Lächeln bringt. Sie wollen angeschaut werden, nicht gesehen. Das ist das, was Sie fühlen. Nicht dieses Sich-zugehörig-Fühlen.«

»Sie haben keine Ahnung, was ich empfinde. Sie wissen nichts über meine Beziehung«, sage ich. »Sie kennen mich nicht.«

»Ich weiß genau, wer Sie sind«, sagt Magnus. Er schaut zu mir zurück. Ich zähle im Stillen bis drei, bevor er überhaupt nur blinzelt, und noch weiter, bis ich das nächste Mal Luft hole. Ich erwarte, dass er es sagt – dass er mich mit der Wahrheit konfrontiert. *Wissen Sie es wirklich? Dann sagen Sie es mir,* denke ich, wünsche mir mit aller Macht, dass er es sagt. *Sagen Sie mir, wer zum Teufel ich bin, denn ich weiß es nicht.*

»Wenn auffällt, dass Sie nicht perfekt sind, endet das nicht gut«, sagt Magnus. »Sie sind jung. Sie sind hübsch. Sie sind klug. Das ist nicht Ihre einzige Chance. Connor ist nicht der einzige Mann, der Sie anbeten würde.«

»Warum sind Sie alle so sehr darauf aus, mich zu vertreiben?« Meine Stimme ist so leise, dass sie die Luft kaum in Bewegung versetzt.

»Ich mag Sie«, sagt Magnus. »Darum mache ich mir die Mühe, es Ihnen zu sagen. Das ist es nicht wert. Sie sollten gehen, bevor Sie verletzt werden.«

»Das ist so, als würden Sie mir sagen, ich solle mir den Arm abschneiden, um nicht verletzt zu werden«, sage ich merkwürdig ruhig.

Er schaut mich einen Atemzug lang nur an, dann noch einen. Danach scheint er zu einer Art Entscheidung zu kommen und nickt kaum wahrnehmbar. »Nicht weit von hier ist ein Hirsch«, sagt er. »Ich gehe außen herum. Laufen Sie da entlang.« Ein behandschuhter Finger weist mir den Weg. »Ich hole Sie dann ab.«

Er wartet nicht auf meine Bestätigung, sondern geht einfach davon. Darum hat er mich also gebeten, mitzukommen. Nicht, um mich besser einschätzen zu können – er hatte sich sein Bild bereits gemacht. Sondern um mir zu sagen, dass ich gehen soll.

Ich befolge seine Anweisungen. Es ist nicht weit, doch das Gedankenchaos in meinem Kopf scheint mich zu verlangsamen. Er hat gesagt, er würde mich kennen – tut er das wirklich? Hat er erraten, wer ich bin, oder wusste er es die ganze Zeit?

Warum hast du mich hierhergebracht, Connor?

Vor mir erblicke ich die graue Erhebung des Felsens, von dem Magnus mir erzählt hat. Er liegt auf einer kleinen Lichtung, aber die Lichtung ist nicht leer. Ein Hirsch äst dort, ohne mich zu bemerken. Jetzt hebt er ohne speziellen Grund den Kopf, wittert. Dreht die Ohren, als hätte er etwas gehört – mich wahrscheinlich.

Mein Bogen hängt an meiner Körperseite. Ich mache keine

Anstalten, ihn anzuheben. Jeder Drang, mich zu beweisen, verflüchtigt sich beim Anblick seines Atems, der als Nebel in der Luft steht, seiner glänzenden dunklen Augen, die tierische Intelligenz ausstrahlen. Ich schleiche mich an, wobei ich mich eng an einen Baumstamm drücke, und bleibe unten, außer Sichtweite.

Der Bock macht einen Schritt nach vorn. Man könnte ihn für entspannt halten, so wie er dasteht. Man könnte meinen, dass er sich sicher fühlt. Aber ein solches Geschöpf weiß, dass es nie sicher ist. Dass immer etwas darauf wartet, dass es zu langsam ist, dass es einen falschen Schritt macht. Etwas wie ich.

Plötzlich reißt er seinen Kopf herum, seine Ohren bewegen sich in die Richtung eines Geräuschs, das mir entgangen ist. Er erstarrt und schaut auf die Bäume vor ihm. Mein Blick folgt seinem. Einen Augenblick lang glaube ich, etwas zu sehen – eine klitzekleine Bewegung. Das Glitzern von Metall. Dann bricht der Hirsch mit einer heftigen Bewegung nach vorn, springt in wenigen langen Sätzen zur anderen Seite der Lichtung.

Die braune Flanke zieht an mir vorbei. In diesem Moment sehe ich, was direkt auf der anderen Seite der Lichtung ist. Zwischen den Bäumen steht eine Gestalt in einer orangefarbenen Weste.

Connor mit einem schussbereiten Bogen, er zielt genau in die Richtung, wo gerade eben der Bock war. Wo ich noch immer bin, direkt dahinter.

Connor schießt den Pfeil ab.

30

Blut tropft in den Schnee. *Genauso sauber wie eine Gewehrkugel,* hat Magnus gesagt, und er hat nicht unrecht. Er ging glatt durch den Stoff meiner Jacke, das Shirt darunter, die nun aufgeschlitzte, auseinanderklaffende Haut.

Ich greife mir an den Hals. Er ist nass. Nein, meine Finger sind nass, aber die Haut an meinem Hals ist heil.

Ich sehe wieder die braune Flanke des Bocks. Die orangefarbene Weste. Connor, der mich sieht. Der Pfeil, der losfliegt, so schnell, dass meine Augen ihn kaum wahrgenommen hatten, bevor ich den Ruck in meinem Arm spürte. Nein. Nein, er hat den Pfeil abgeschossen, bevor er mich gesehen hat. Oder? Es war ein Unfall.

Oder?

Connor ruft etwas und kommt auf mich zugerannt, und ich stehe immer noch hier und warte, dass der Schmerz einsetzt.

»Theo! Theo, geht es dir gut?«

Der Bock. Connor, der den Pfeil abschießt. Connor, dessen Augen sich weiten, als er mich sieht.

Er nimmt meine Hand.

»Theo?«, sagt er. »Sag was.«

Der Bock. Connor, dessen Augen sich weiten, als er mich sieht. Connor, der den Pfeil abschießt.

»Sie steht unter Schock«, sagt jemand. »Drück da drauf. Setz sie auf den Boden.« Nick.

Connor legt seine Hand fest um meinen Oberarm, und plötzlich setzt der Schmerz ein, glühend heiß wie ein Brenneisen, und mit ihm jähe Panik. Ich schubse Connor weg und stolpere nach hinten. *Er hat mich gesehen und geschossen, er hat geschossen und mich gesehen ...*

»Theo – es tut mir leid, ich wollte dich nicht ...«, stammelt Connor. Ich fühle mich benommen, beginne, zu schwanken.

»Setzen Sie sich auf den Boden, bevor Sie ohnmächtig werden, verdammt noch mal«, sagt Nick. Er geht an Connor vorbei und greift stützend unter meinen unverletzten Arm.

Seine Stimme klingt kühl und hart – fast wütend. Ich gehe in die Knie und falle praktisch zu Boden. Der Aufprall erschüttert meinen Arm. Ich stoße ein Zischen aus, weil es so wehtut, was Nick jedoch ignoriert. Er hockt sich neben mich, um den zerrissenen Ärmel auseinanderzuziehen und sich die Wunde anzuschauen.

»Das sieht fies aus, aber der Muskel ist heil geblieben«, sagt er. »Die Wunde muss genäht werden.« Aus dieser Nähe kann ich jedes Detail seines Gesichts erkennen. Seinen Bart. Die kleine Narbe unter seinem linken Auge. »Kommen Sie. Wir müssen Sie zum Quad bringen.«

Connor kommt auf mich zu. Um zu helfen, nehme ich an, aber ich weiche zurück. Connor zuckt zusammen. Verletzt. *Aber er hat gar nicht das Recht, derjenige sein, der verletzt ist,* denke ich und klammere mich stattdessen an Nicks angebotenen Arm. Er hievt mich hoch. Mir ist immer noch schummrig. Ob wegen des Blutverlusts oder des Schocks, kann ich nicht sagen, aber ich zittere am ganzen Körper.

»Willst du sie ins Krankenhaus bringen?«, fragt Connor.

»Das nächste Krankenhaus ist mehr als eine Stunde von hier entfernt, und dann sitzt man da weiß Gott wie lange rum«, erwidert Nick.

»Datura«, sage ich durch klappernde Zähne. *Bringt mich hier weg.*

»Es macht keinen Sinn, den Berg runterzufahren und zu versuchen, einen Arzt aufzutreiben, wenn Sie einen direkt vor sich haben. Ich werde die Wunde nähen. Wir haben alles hier, was wir brauchen«, sagt er und drängt mich vorwärts.

Sie werden dich nicht gehen lassen, denke ich und bekomme Angst.

»Ist hier alles in Ordnung?«, fragt jemand. Nick bleibt abrupt stehen.

Mr Vance steht zwischen den Bäumen, eine graue Mütze auf seinem schwer zu bändigenden Haar. Er ist ausnahmsweise ohne Duchess unterwegs. Und auch ohne Bogen – stattdessen hat er ein Jagdgewehr geschultert und hält den Schulterriemen mit einer Hand fest. Sie haben Probleme mit Wilderern, fällt mir ein. Mr Vance versucht, sie abzuschrecken.

»Theo hat sich als Hirsch ausgegeben«, sagt Nick, aber ich kann nicht sagen, dass ich für diesen Versuch, witzig zu sein, aufgeschlossen bin. »Wir bringen sie hoch zur Lodge.«

Mr Vance reibt sich das Kinn. »Dann kann man ja von Glück sagen, dass nicht mehr passiert ist, nehme ich an.«

»Wir sollten uns ranhalten«, sagt Nick entschieden.

»Weiß Mr Dalton Bescheid?«, fragt Mr Vance und meint offensichtlich Magnus. Er schaut eigenartig drein. Was macht er überhaupt hier draußen?

»Warum gehen Sie ihn nicht suchen?«, schlägt Nick in einem angespannten Ton vor.

»Ich könnte die junge Frau für Sie auf den Berg hochbringen«, sagt Mr Vance.

»Sie muss ärztlich versorgt werden. Wenn Sie kein Arzt sind, können Sie hier nicht viel ausrichten«, giftet Nick ihn an und geht, mich mit sich führend, weiter. Er hat eine Hand an meinem Ellenbogen – auf der unverletzten Seite –, und auch wenn ich eigentlich keine Hilfe beim Gehen brauche, bin ich mir nicht sicher, ob ich ohne noch wüsste, wie man sich fortbewegt.

Wir lassen Mr Vance hinter uns zurück. Er steht einfach nur da und beobachtet uns. Connor folgt uns, aber er geht langsam; er ist kreidebleich vor Schreck.

Durch meinen Kopf laufen Bilder in Endlosschleife. Ich sehe ständig das Loch in der Flanke des Hirschs vor mir, den wir ausgenommen haben, und stelle es mir an meinem Brustkorb vor. Ich erinnere mich an das aufblitzende Metall zwischen den Bäumen und daran, wie ich mich selbst einen kurzen Moment lang in dem dunklen Teil des erschrockenen Hirschauges gespiegelt habe.

Es war ein Unfall, sage ich mir. Aber ein Teil von mir weigert sich, das zu glauben – der Teil, der weiß, was der Hirsch weiß. Dass ich Beute bin. Und Beute ist niemals sicher.

31

Auf dem Quad ist kein Platz für Connor. Ich fahre mit Nick zurück. In der Lodge entfernt er den provisorischen Verband, den er mir vor der Abfahrt im Wald angelegt hat, dann schneidet er meinen Ärmel bis zur Schulter auf und reinigt die Wunde – ein Vorgang, der noch einmal fast genauso schmerzhaft ist, wie angeschossen zu werden, aber ich versuche, es nicht zu zeigen.

Statt mich in der Küche sitzen zu lassen, wo Olena neugierig an der Tür herumlungert, bringt er mich in Magnus' Arbeitszimmer, bevor er weitere Utensilien holt. Angeblich, um meine Privatsphäre zu schützen. Aber vielleicht glaubt er auch, mich so besser in Schach halten zu können.

Magnus' Arbeitszimmer sieht genauso aus, wie ich es mir vorgestellt hätte. Es ist in dunklen Holztönen und Marineblau gehalten, auf dem Schreibtisch liegt ein goldener Füllfederhalter, an der Wand hängen drei Geweihe als Jagdtrophäen, und die Bücherregale sind so hoch, dass sie bei einem Erdbeben einen Elefanten erschlagen könnten. Ich entdecke auch eine Ausgabe von James Joyce' *Dubliners,* bringe aber nicht die Kraft auf, mich darüber zu amüsieren.

Ich sitze in einem Sessel mit einem hochwertigen, weichen alten Lederbezug, habe die Schuhe abgestreift und die Knie angezogen und fühle mich wie ein kleines Mädchen – verloren und verletzlich.

Eine Wanduhr tickt unaufhörlich, ein hohl klingendes Geräusch. Ohne die Uhr wäre ich mir gar nicht sicher, ob überhaupt Zeit vergeht. Nick hat mich hier zurückgelassen, nachdem er den Sessel mit mehreren Handtüchern abgedeckt hatte. Es wäre nicht gut, wenn meine Wunde die guten Möbel beflecken würde. Das Arbeitszimmer liegt abgeschieden, weit von den großen Panoramafenstern und dem von außen hereinflutenden Licht entfernt.

Ich versuche ständig, mir Connors Miene in dem Moment, als der Pfeil auf mich zuflog, zu vergegenwärtigen. Aber jedes Mal, wenn ich die Augen schließe, sehe ich nicht Connor, sondern Liam vor mir.

Die Tür geht auf. Sofort drücke ich mich – weiterhin von dem erschrockenen Tier in mir gesteuert – tiefer in den Sessel, aber es ist nur Nick. Er ist mit einer großen Ledertasche hereingekommen, die sich, als er den Reißverschluss öffnet, als eine Art Verbandskasten entpuppt. Gemessen daran, was sie alles enthält, ist das allerdings eine unzureichende Bezeichnung.

»Dann wollen wir uns das mal ansehen«, sagt er, zieht den Bürostuhl zum Sessel hin und legt meinen Arm frei. Ich zische auf vor Schmerz und zwinge mich, hinzuschauen. Die Ränder der Wunde sind sauber. In der Haut klafft ein Loch, und ich möchte gar nicht genauer darüber nachdenken, was ich darunter sehen kann. »Sie haben Glück gehabt«, sagt er, seine Stimme klingt schroff, und er hat Mühe, seinen Ärger im Zaum zu halten. »Connor ist ein Idiot.«

»Ich war nicht da, wo ich sein sollte«, sage ich. Ich habe einen Rückzieher gemacht. Er hat mich dort nicht erwartet, also kann es auch keinen Plan gegeben haben, eine Art Unfall zu inszenieren. *Wenn man davon absieht, dass Magnus mich dort hingeschickt hatte.*

Nick lehnt sich zurück. »Ich werde Ihnen eine lokale Betäubung verpassen, damit Sie nichts merken, wenn ich die Wunde zunähe.«

»Ich habe vergessen, zu fragen, was für eine Sorte Arzt Sie sind«, sage ich.

»Endokrinologe«, sagt er. »Aber keine Sorge, ich weiß, wie man eine Wunde näht.« Er nimmt eine Spritze von dem Tablett neben sich und befüllt sie aus einem winzig kleinen Fläschchen. Ich schaue weg, als er sie auf meinen Arm richtet, und beiße mir von innen auf die Wange, als er zusticht. Der Schmerz lässt nach, verblasst zu Kälte und Abwesenheit.

Bilder ziehen in Endlosschleife durch meinen Kopf. Mein Blut, das den Schnee sprenkelt. Das Geweih des Hirschbocks. Connors Gesicht, welches durch das seines Vaters ersetzt wird.

Nick arbeitet schweigend. Er beugt sich dicht zu mir heran, während er die Nadel durch meine Haut schiebt. Ich fühle mich winzig neben ihm, versinke in dem Sessel. Ich schaue auf die Wanduhr. Es ist noch nicht einmal Mittag.

»Kann ich Sie was fragen, Nick?«, sage ich, als er fast fertig ist. Er fährt mit der Arbeit fort, nickt aber. »War Liam jemals gewalttätig?«

Er zieht die Nadel langsam aus meinem Arm. Die Wunde verkleinert sich, indem die Ränder zusammengezogen werden. Mit der anderen Hand drückt er eine Kompresse auf die Wunde, um das Blut abzutupfen, das noch immer hervortritt.

»Machen Sie sich Sorgen wegen Connor?«, fragt er schließlich.

»Nein«, sage ich und schaue weg. »Keine Ahnung.«

»Es war ein Unfall«, sagt Nick.

»Ich weiß.« Aber dazu ist das alles zu seltsam. Dieses Aufblitzen von Metall im Wald. Dass Mr Vance wie aus dem Nichts dort aufgetaucht ist. Dass Magnus mich allein zu dieser Lichtung geschickt hat. Geschichten von Wilderern in diesem Wald: Wenn das Schlimmste passiert wäre, wäre das eine absolut plausible Erklärung gewesen.

Ich kann nicht umhin, mich gejagt zu fühlen.

Wir schweigen wieder. Die Nadel gleitet durch mein Fleisch, einmal, zweimal. »Liam konnte aufbrausend sein. Aber er hat die Kinder nie geschlagen, wenn Sie das meinen«, sagt er vorsichtig.

»Hat er denn jemand anderen geschlagen?«

Er ist jetzt beim letzten Stich angekommen. Er beendet seine Arbeit und schneidet den Faden ab. »Was genau wollen Sie von mir wissen?«

Ich warte, bis er mich anschaut. »Mallory Cahill«, sage ich. »Sie haben sie gekannt, nicht wahr?«

Er hält inne. Er sieht mich an – und dann wieder weg. Heute trage ich keinen Rollkragen, sondern einen U-Ausschnitt, und sein Blick fällt auf die beiden Muttermale oberhalb meines Schlüsselbeins. Dann schaut er mir wieder in die Augen, er ist blass geworden.

Ich bleibe ganz still, mein Instinkt befiehlt mir, keinerlei Geräusch von mir zu geben und mich nicht zu rühren. Ich atme nicht einmal.

Er bewegt sich ruckartig nach hinten und schaut weg. Er legt seine Instrumente auf das Tablett, wischt sich mit der Kompresse Blut von den Fingern. »Sie müssen die Wunde sauber und trocken halten, aber sie braucht nicht abgedeckt zu werden. Die Naht sollte in ein paar Wochen von selbst verschwinden, aber ich sehe mir das natürlich auch noch mal an. Sie werden eine Narbe zurückbehalten.«

Er steht auf und sucht seine Sachen zusammen. Als er die

Tür hinter sich schließt, lässt meine Anspannung nach. Doch nicht Erleichterung tritt an ihre Stelle, nur eine unangenehme Leere, als der Schmerz in meinem Arm langsam zurückkehrt. Plötzlich steigen mir Tränen in die Augen.

Aber ich will nicht weinen. Weinen bringt nichts. Das Gefühl in meiner Brust, meinem Bauch, meiner Kehle ist nutzlos. Ich habe keine Zeit für Kummer oder Selbstmitleid, habe ich nie.

Also will ich diese Gefühle auch nicht. Ich wische mir die Tränen aus den Augen, schaffe es jedoch nicht, ruhig zu atmen.

Diese Leute kannten mich. Sie wissen, dass hier etwas passiert ist. Aber ein Skandal kommt für die Daltons nicht infrage. Sie lassen nicht zu, dass die Untaten ihrer Söhne bekannt werden. Was hier passiert ist, was Liam getan hat, wurde verschleiert. Und ich stelle eine Bedrohung dieses Vertuschungsmanövers dar.

Nick hat mich erkannt. Ich weiß, dass er mich erkannt hat.

Ich blinzele meine Tränen weg, versuche, gleichmäßig zu atmen. Ich muss nachdenken.

Mein Blick fällt auf etwas Grünes zwischen dem schweren Bücherregal und dem Beistelltisch. Ein gerolltes Stück Papier, das in den Spalt gerutscht ist und dort vergessen wurde. Ich starre es einen Moment lang an, überlege, warum es mir aufgefallen ist, und dann wird mir plötzlich klar, dass ich es schon einmal gesehen habe.

Das ist Geschenkpapier. Dasselbe Geschenkpapier, mit dem die Schachtel verpackt war, die mir jemand vor wenigen Tage so liebevoll aufs Fensterbrett gestellt hat.

Meine Finger graben sich in die Armlehnen, meine Fingernägel kratzen über das Leder. Dieser Papierfetzen kann von überallher hier hereingeweht sein. Aber er ist hier. In Magnus' Arbeitszimmer.

Also hat Trevor sein kleines Geschenk hier verpackt. Aber nein. Warum sollte er es mit in die Lodge bringen, an den Ort, wo er höchstwahrscheinlich damit auffallen würde? Trevor ist wütend. Und er schlägt um sich, ohne klare Richtung oder Absicht. Aber diese Nachrichten, diese Drohungen? Sie hatten eine klare Absicht, und sie sollten mich nicht verletzen, sondern mich vertreiben.

Louise hat mir einen Scheck angeboten, damit ich gehe. Magnus hat versucht, mich direkt zur Abreise zu überreden. Und als ich nicht darauf eingegangen bin ...

Mein Blick schnellt zur Tür. Sie ist fest verschlossen, und ich höre niemanden kommen. Sicherlich diskutieren sie gerade irgendwo über das, was passiert ist. Und entwerfen einen Plan, wie sie alles unter Kontrolle behalten können. Wie sie diese Geschichte aufrechterhalten können.

Ich weiß weder, wie viel Zeit ich habe, noch, wonach ich suche, aber ich weiß, wie man einen Raum durchsucht, wie man seine Verstecke aufspürt. Als Erstes gehe ich zu dem Beistelltisch. Er hat ein paar Schubladen, aber darin finde ich nicht viel – ein paar schwere Scheren, einen leeren Notizblock, Tinte. Ich hebe den Papierkringel vom Boden auf und stecke ihn ein. Dann husche ich zum Schreibtisch.

Die Oberfläche wirkt spartanisch: ein zugeklappter Laptop, den aufzuklappen ich mir gar nicht erst die Mühe mache, denn er wird passwortgeschützt sein. Und ein schwarz-goldener Montblanc-Füller auf einem Halter aus Holz. Die oberste Schublade ist, wie erwartet, abgeschlossen, aber die zweite gleitet auf. Darin liegt ein abgegriffener Terminkalender, der vier Jahre alt ist, und ein Sammelsurium von Büroartikeln.

Ich will die Lade schon wieder zuschieben, als ich plötzlich innehalte. Da liegt noch etwas, ganz weit hinten. Es ist ein Telefon – ein billiges Klapphandy.

Wahrscheinlich ein uraltes, das dort vergessen wurde. Ich nehme es heraus und klappe es auf.

Das Display leuchtet auf, und ich werde nach dem Passwort gefragt.

Mir verschlägt es den Atem. Es ist nicht uralt, sondern ein Wegwerfhandy.

Stimmengemurmel lenkt meine Aufmerksamkeit schlagartig wieder zur Tür. Schnell schließe ich die Schublade, stecke das Handy in die Hosentasche und eile zurück zu dem Sessel. Ich lehne mich gerade darin zurück, als draußen Schritte zu hören sind, und einen Augenblick später geht die Tür auf.

Es ist Connor, und er ist völlig aufgelöst. Seine Haare sind zerzaust, seine Kleider nass, und er hat seine Stiefel nicht ausgezogen, worüber seine Großmutter, die hinter ihm steht, entsetzt wirkt.

»Du bist wohlauf«, sagt Connor offensichtlich erleichtert.

»Ihr geht's gut«, sagt Louise. Sie könnte wenigstens versuchen, ein bisschen glücklicher darüber zu klingen. »Wie ich dir gesagt habe. Was dachtest du denn? Dass wir sie einschläfern wie ein lahmes Pferd?«

Connor dreht sich zu ihr um. »Kannst du uns kurz allein lassen?«, fragt er.

Sie verzieht den Mund, dreht sich dann aber um und geht mit abgehackten Bewegungen durch den Flur zurück. Connor schließt die Tür, und wir sind allein. Das Telefon in meiner Hosentasche drückt sich in meinen Oberschenkel. Ich beobachte Connor, mein Mund ist trocken.

»Es tut mir so leid«, sagt Connor. Er hält den Kopf gesenkt, seine Hand liegt noch auf dem Türknauf. »Ich habe dich nicht gesehen.« Als er sich mir zuwendet, sehe ich, dass seine Augen feucht glänzen. Als Erstes frage ich mich, ob diese Tränen echt sind oder ob sie von der Kälte herrühren.

Er kommt langsam auf mich zu, dann kniet er sich hin und legt seine Hände auf meine Knie. Mein ganzer Körper ist in Aufruhr vor Angst; er will, dass ich fliehe; er sagt mir, dass der Jäger gekommen ist und ich die Beute bin. Ich war schon immer Beute.

Ich möchte mich nicht so fühlen. So, als hätte sich ein Messer bis in die Kerbe meines Brustkorbs hochgearbeitet, und selbst der würde aufbrechen. Es wäre einfach, wenn ich ihn nicht lieben würde. Ich wünschte, mein Wissen würde auslöschen, was ich empfinde, aber das hat es nicht. Kann es nicht.

»Bitte«, flüstert Connor mit schmerzerfüllter Stimme. »Ich weiß nicht, was gerade mit uns passiert. Oder was überhaupt los ist. Aber ich brauche dich, Theo.«

Ich lege meine verletzte Hand auf seine Hände und beuge mich vor. Er legt eine Hand in meinen Nacken, drückt seine Stirn an meine und schließt die Augen.

Es gibt nur noch ihn. Nur noch Connor.

Connor, der mich belogen hat. Der mich ausfindig gemacht und hierhergebracht hat, um mich seiner Familie unter die Nase zu halten wie einen Köder. Der es gewusst haben muss. Der mich – vielleicht – dort im Wald gesehen hat. Jeder angsterfüllte Teil von mir schreit, dass er gefährlich ist. Sagt mir, dass ich von hier wegmuss, dass es eine Überlebensfrage ist.

Doch ich weiß nicht, wie ich ihn verlieren und trotzdem überleben soll.

»Wir müssen abreisen«, sage ich. Das ist eine Bitte. Ein Test.

Er lehnt sich zurück. »In Ordnung«, sagt er. Der Schmerz in meinen Rippen lässt nach. »Du hast recht. Wir müssen hier weg, wenn es eine Chance geben soll …« Er führt seinen Gedanken nicht zu Ende. *Wenn es eine Chance geben soll, dass unsere Beziehung das hier übersteht.*

»Können wir heute noch los?«

Er fährt sich mit der Hand durchs Haar. »Morgen«, sagt er. »Gleich morgen früh. Gib mir den heutigen Tag noch, um die Wogen zu glätten. Damit es so aussieht …« Er zeigt auf meinen Arm.

Damit es so aussieht, als wäre ich geflohen, weil ich verletzt wurde und mich erholen will, und nicht so, als hätten sie mir Angst gemacht. Nicht, dass irgendwer darauf hereinfallen würde.

Sie werden dich nicht gehen lassen. Der Gedanke windet sich durch mein Hirn. Ich bringe ihn zum Schweigen.

»Komm, lass uns zurück in unsere Hütte gehen«, sagt Connor, die Hand ausstreckend, und ich ergreife sie. Er hilft mir hoch und führt mich zur Tür.

Ich sage mir, dass es ein Unfall war. Dass er mich am Morgen nach Hause fahren wird und ich in Sicherheit sein werde. Ich werde von hier verschwinden und nie mehr zurückkehren.

Das Tier in mir bleckt die Zähne.

Sie ist auch nie von hier entkommen, flüstert es, und Connor legt seinen Arm um meine Taille.

32

Connor sagt mir, dass ich nicht zum Abendessen zu gehen brauche. Dass jeder Verständnis haben wird. Aber ich muss. Damit ich ihnen ins Gesicht schauen kann. Ich ziehe die Kleider an, die Connor mir gekauft hat – die Wollhose, den salbeigrünen Pulli mit dem Wasserfallausschnitt, die immer gleiche rote Jacke, die ich schnell sauber gemacht habe, weil ich keine andere habe.

Olena nimmt meine Jacke entgegen. Irina führt uns ins Esszimmer. Die Türen gehen auf, und die Gesichter wenden sich uns zu. Rose erhebt sich von ihrem Platz. »Theo, sollten Sie sich nicht ausruhen?«, fragt sie. Ist das nur Sorge in ihrer Stimme, oder auch Unmut?

»Ich möchte lieber unter Leuten sein«, sage ich. Connor zieht meinen Stuhl unter dem Tisch hervor, und ich setze mich. Die Wunde an meinem linken Arm ziept bei jeder Bewegung.

Louise und Magnus wechseln einen Blick. Es sind nicht die einzigen Blicke, die am Tisch ausgetauscht werden. Trevor lehnt sich mit einem Glas Mineralwasser in der Hand lächelnd zurück.

»Freut mich, zu sehen, dass Connors Versuch, sich aus der Heirat herauszuwinden, erfolglos geblieben ist«, sagt er.

»Trevor«, sagt Alexis tadelnd.

»Was denn? Ich bin einfach froh, dass ich nicht der einzige

Dalton bin, der versucht hat, jemanden umzubringen«, wirft Trevor ein.

»Halt dein verdammtes Maul«, giftet Alexis zurück.

»Lex«, sagt Paloma mit einem vorwurfsvollen Blick in Richtung Sebastian. »Bitte.«

»So, das reicht jetzt«, schaltet Magnus sich ein und schüttelt seine Serviette auseinander. »Wir freuen uns, dass Sie kommen konnten, Theo.«

Connors Hand liegt in meinem Rücken, zwischen meinen Schulterblättern. »Das wird unser letztes Abendessen hier sein, darum wollten wir wenigstens mal vorbeischauen«, sagt er.

Louise zieht die Augenbrauen hoch. Alexis zuckt überrascht zusammen.

»Euer letztes Abendessen?«, sagt Rose, darum bemüht, sich ihre Irritation nicht anmerken zu lassen. »Ihr reist ab?«

»Ich glaube, wenn ich bleibe, verliere ich als Nächstes womöglich einen Arm«, versuche ich, die Stimmung etwas aufzulockern. Aber stattdessen klingt es wie eine Prophezeiung.

»Dann verpasst ihr den Weihnachtsabend«, sagt Alexis. »Aber wir haben buchstäblich noch nie ohneeinander Weihnachten gefeiert.«

Ich wünschte, ich könnte Connors Hand unauffällig von meinem Rücken abschütteln. Ich hatte gedacht, wir würden es ohne große Ankündigung einfach tun. Ich wollte ohne viel Aufhebens abreisen und es erst erklären, wenn es bereits zu spät für längere Debatten gewesen wäre.

»Seid ihr im Ernst überrascht, dass sie das Weite sucht?«, fragt Trevor.

»Nach dem, was passiert ist, ist das total nachvollziehbar«, sagt Paloma.

»Absolut«, stimmt Magnus in einem neutralen Ton zu und erhebt sein Glas in meine Richtung. »Tut mir leid, dass der Berg Sie schlecht behandelt hat. Ich hoffe, Sie geben ihm eine zweite Chance, wenn Sie sich erholt haben.«

Das Geschenkpapier lag in Magnus' Zimmer. Und das hier ist das, was Magnus wollte. Dass ich abreise. Nur nicht zusammen mit Connor.

Nick sagt nichts, aber er starrt mich an. Mich überläuft ein kalter Schauer, und ich höre das Blut in meinen Ohren rauschen. Nick wendet seinen Blick nicht ab. Er hält sein Glas an seine Lippen, und ein Tropfen Rotwein balanciert auf dem Rand, aber er trinkt nicht.

Er kennt mich. Ich glaube, vorher wusste er es nicht, aber jetzt hat er es kapiert.

»Theo?«, sagt Connor, und ich erschrecke. Irina ist bereits mit dem ersten Gang gekommen, aber ich war unaufmerksam.

»Ja, danke«, sage ich, ohne zu wissen, was ich gefragt wurde, doch es scheint die richtige Antwort zu sein, da Irina eine großzügige Portion Parmesan über meinen Salat gibt. Dicke, dunkle Rote-Bete-Scheiben liegen darauf. Sie sind kalt an den Zähnen und schmecken leicht erdig. Als ich mir den Mund an der weißen Serviette abtupfe, bleiben rosarote Flecken darauf zurück. Sebastian hat seine Hände damit besudelt, und Paloma weist ihn leise zurecht.

Niemand sagt etwas. Alle tun so, als wären sie auf ihr Essen konzentriert.

»Theo«, sagt Connor leise. »Geht es dir gut?«

Ich zucke zusammen. Jetzt schauen mich wieder alle an. Das hier war ein Fehler. Ich hätte mich in der Hütte verstecken sollen, wie Connor es mir vorgeschlagen hat.

»Ach, weißt du, ich fühle mich doch ganz schön erschöpft«,

sage ich. »Ich glaube, ich geh mich lieber hinlegen. Tut mir leid, dass ich so plötzlich verschwinde.«

»Ist schon okay«, versichert Rose mir, und Alexis und Paloma murmeln zustimmend.

»Ich komme mit«, sagt Connor, und fast lasse ich ihn sogar. Aber dann setze ich ein Lächeln auf und schüttele den Kopf.

»Nein, bleib du nur. Genieß deine Zeit mit der Familie«, sage ich.

Er protestiert noch einmal, aber dann lässt er mich gehen. Kaum haben die Türen sich hinter mir geschlossen, fange ich an, zu zittern.

Ich möchte nicht bis morgen warten. Ich will *jetzt* weg von hier.

Aber da ich noch zwölf Stunden an diesem Ort vor mir habe, muss ich nachdenken. Strategisch sein. Sie sind alle da drinnen, was bedeutet, dass sie nicht hier draußen sind. Sie haben mich nicht im Blick. Dies könnte meine letzte – meine einzige – Chance sein, mich hier unbeobachtet umzuschauen.

Lauf weg, befiehlt mir die Stimme meiner Mutter, und ich würde gern auf ihre Warnungen hören, aber ich habe gerade erst ihren Namen erfahren, und ich brauche noch so viel mehr.

Ich hole mir meine Jacke und trete vor die Lodge.

Die dichten Wolken am Himmel verdecken die Sterne, doch der Schnee reflektiert die strahlenden Lichter der Lodge und weist mir den Weg.

Die Wildflower Cabin liegt außer Sichtweite der Lodge. Ich brauche mir keine Sorgen zu machen, dass jemand aus den großen Fenstern schauen und mich entdecken könnte.

Wenn sie abgeschlossen ist, bin ich verratzt. Meine Neugier ging nie so weit, dass ich dafür eingebrochen wäre, ein einfaches Riegelschloss reicht vollkommen aus, um meinem

Schnüfflerinnen-Ehrgeiz ein Ende zu setzen. Aber Trevor geht hier ständig ein und aus, und er ist von Natur aus sorglos. Impulsiv.

Die Tür ist nicht abgeschlossen. Ich schlüpfe ins Haus, Eindringling und Diebin, und da mir bewusst ist, wie leicht Licht zwischen den Bäumen hindurchschimmert, schalte ich keines ein und verwende stattdessen meine Taschenlampe. In dieser Hütte war ich noch nicht. Sie ist gemütlicher als die anderen. An den Wänden hängen gerahmte Bilder von Blumen und Vögeln, auf dem Boden liegt ein Teppich mit Rosenblütenmuster, auf der Rückenlehne des Sofas sehe ich Quilts anstelle der teuren weißen Wolldecken. Hier hat sich jemand ganz bewusst Mühe gegeben, die Vergangenheit zu bewahren.

Ich beginne mit Trevors Schlafzimmer. Wie seine Schwester hat er seinen Koffer nicht ausgepackt. Doch anders als seine Schwester hat er seine Kleider völlig unbekümmert überall hingeworfen. Ich bewege mich schnell, meine bereits verkümmerten Fähigkeiten erwachen zu neuem Leben. Ich öffne Schubladen, meine Finger gleiten über und unter Möbel, um nach versteckten Dingen zu suchen. Ich schaue in Schuhe hinein. Greife in Jacken- und Hosentaschen. Ich finde Kondome. Einen leeren Beutel mit weißen Körnchen darin – wenig überraschend. Eine Flasche Wodka, die erstaunlicherweise voll ist. Trevor mag ja nicht so clean und trocken sein, wie er tut, aber er ist auch nicht betrunken.

Was er getan hat, hat er, glaube ich, bei klarem Verstand gemacht. Ist das schlimmer?

Sein Handy liegt oben auf der Kommode. Es lässt sich nach Eingabe des Geburtstags seiner Mutter entsperren – wie süß. Ich finde darin eine stattliche Anzahl von Textnachrichten, in denen er junge Frauen dazu zu bringen versucht, ihm aufreizende Fotos zu schicken. Sie biegen ihre Rücken durch, türmen ihre Haare auf ihren Köpfen auf und ziehen Schmollmünder. Wenigstens verschickt er keine Dickpics, seine Selfies sind von der Sorte nackter Oberkörper, nichts unter der Gürtellinie.

Ich will sein Handy schon als uninteressant weglegen, als ich auf eine Nachricht stoße, die einige Monate alt ist.

Es tut mir total leid,

steht darin.

ich weiß, dass ich nicht mit dir reden soll. Aber ich wünschte ehrlich, ich wäre an deiner Stelle. Wenn du das Geld nehmen willst, nimm es. Aber wenn nicht, werde ich …

Da endet die Nachricht. Es ist ein Entwurf. Nicht abgeschickt. Die Nummer ist unter *Kayla* gespeichert.

Das Mädchen, das bei dem Unfall verletzt wurde. Also hat Trevor bereut, was er getan hat. Oder er hat einen Plan verfolgt. Und sich offenbar gegen ihn entschieden.

Ich bezweifle zwar, dass Trevor es merken wird, wenn in diesem Chaos irgendetwas nicht mehr genau an seinem Ort liegt, trotzdem lege ich alles wieder so hin, wie ich es vorgefunden habe, dann gehe ich durchs Wohnzimmer in das andere Schlafzimmer. Hier zögere ich. Rose ist mir nicht allzu freundlich begegnet, aber Connor liebt sie. Und ich wollte sie ebenfalls lieben.

In ihr Zimmer zu gehen, stellt einen Verstoß dar, da gibt es kein Vertun. Doch ich schiebe meinen gesunden Menschenverstand und alle Moralvorstellungen beiseite und betrete ihr Heiligtum trotzdem. Ich stelle mir alles, was ich anfasse, als beschmutzt vor – meine Fingerabdrücke auf der Pillendose, die auf der Kommode steht; das Fett von meinen Händen auf den Bügeln der Lesebrille am Bett.

Hier gibt es nichts zu entdecken. Keine belastenden Fotos, kein zweckdienliches Tagebuch, in dem sie über eine Kampagne gegen mich schreibt oder darlegt, was vor vielen Jahren geschah. Hier gibt es ausschließlich die Dinge, die man zu so einem Urlaub mitbringt. Das einzige Foto ist das an der Wand: Connor, Trevor und Alexis, jung und grinsend; das zu helle Licht des Sommers lässt sie alle in die Kamera blinzeln. Auf ihrer einen Seite steht Rose – nur wenige graue Haare, ganz leichte Fältchen in den Augenwinkeln. Auf der anderen Seite steht Nick, einen Arm um Alexis' Schulter gelegt. Er strahlt ebenso wie sie.

Keine Fotos von Liam. Im Hauptraum der Hütte hing eines, aber hier in ihrer privaten Sphäre darf sie ihn von sich abtrennen. Hier darf sie wütend sein.

Wütende Menschen tun unvorhersehbare Dinge. Wir alle tragen den Hang zur Gewalttätigkeit in uns. Er braucht nur die richtige Nahrung.

Ich ziehe mich zurück. Hier gibt es nichts zu finden.

Als Nächstes könnte ich zu Nicks Hütte gehen, doch ich denke an die Fotos in Alexis' Koffer. Sie beweisen etwas, was meiner Mutter zugestoßen ist. Ich kann sie nicht zurücklassen.

Der erst kürzlich geräumte Weg zur Red Fox füllt sich allmählich wieder. Pulverschnee fällt von meiner Jacke, während ich dort entlanggehe. Ich fange eine Schneeflocke mit der Zunge aus der Luft, und in dem Moment kehrt eine Erinnerung zu mir zurück: Ich drehe mich mit ausgestreckten Armen im Kreis, habe das Gefühl, dass die Bewegung mich in alle Richtungen zerrt, so, als könnte ich auseinanderfliegen, während ich den Kopf in den Nacken gelegt habe und der Schnee mir ins Gesicht fällt.

Ich komme an der Hütte an. Ich habe Alexis nie Olenas Schlüssel zurückgegeben, er ist noch immer in meiner Tasche. Ein Teil von mir erwartet, dass der Schlüssel diesmal nicht mehr passt, doch er passt natürlich, und dann stehe ich in der Hütte. Die Asche glüht noch im Holzofen, und Sebastians Stofftiere sind im Zimmer verteilt, als wären sie alle aus einem großen Zoo ausgebrochen.

Ich gehe schnurstracks ins Schlafzimmer, zu Alexis' Koffer. Einen Moment lang glaube ich, dass die Fotos weg sind, und Panik steigt in mir hoch, aber dann greife ich zwischen ihre Kleider und finde den Umschlag ganz unten – ein halbherziger Versuch, ihn besser zu verstecken.

Da ist sie – Mallory. Meine Mutter. Nicht das Mädchen, das in Trevors Autounfall verwickelt war, und ich kann nicht glauben, dass ich das überhaupt je gedacht habe. Im Innern des blauen Flecks an ihrem unteren Rücken sind dunklere Abdrücke erkennbar: Fingerknöchel. Dieser Bluterguss an ihrer Schulter – der stammt nicht von einem Sicherheitsgurt, sondern von einer Handfläche, ein ausgestreckter Daumen hat sich dort eingedrückt. Ihr Gesicht ist unberührt, es wäre ja auch ungünstig, da Spuren zu hinterlassen, wo sie jeder sehen kann.

Liam Dalton konnte aufbrausend sein. Sein eigenes Fleisch und Blut hat er aber nie angerührt, nein, und auch die respektable junge Frau, die er geheiratet hat, nicht, denn sie konnte sich ihm und seiner Familie gegenüber behaupten. Aber Mallory Cahill, die junge Frau ohne besondere Herkunft, war Freiwild für ihn.

Sie sieht ängstlich aus. Und resigniert. Warum hast du diese Fotos machen lassen, Mallory? Hast du geglaubt, dass sie dich retten könnten? Hattest du vor, zu fliehen?

Hast du es versucht?

Ich kann sie sehen. Ihr honigbraunes Haar. Die Hände, mit denen sie ihren Hals umfasst und versucht, die Blutung zu stoppen. Sie streckt den Arm aus, als wollte sie mich an sich ziehen, stößt mich dann aber von sich weg.

Versteck dich.

Meine Erinnerungen wirbeln in unmöglichen Kombinationen durcheinander, verzerrt und getrübt durch die Bilder aus meinen Träumen. Ich kann mir ihrer nicht sicher sein. Ich versuche, mich neu zu orientieren und an dem festzuhalten, was ich weiß.

Alexis hat die Fotos von meiner Mutter. Ihr Vater hatte eine Affäre mit meiner Mutter. Meine Mutter wurde geschlagen.

Alexis war fünfzehn, als ihr Vater starb. Also eigentlich noch ein Kind. Könnte sie von Mallory gewusst haben? Und von dem, was ihr Vater tat? Vielleicht nicht.

Ich werde von dem Geräusch eines Schlüssels erschreckt, der ins Türschloss gesteckt wird, und springe mit den Fotos in der Hand auf. Ich kann nirgends hin. Mich nirgends verstecken, es sei denn, ich versuche, mich unters Bett zu zwängen, und werde dann in einer noch verfänglicheren Situation entdeckt als die, in der ich gerade stecke. Die Unentschlossenheit lähmt mich, weshalb ich gut sichtbar in der Tür stehe, als Paloma eintritt.

Sie erstarrt mit dem Schlüssel in der Hand, ihr Gesicht ist gerötet. »Was zum Teufel machst du hier?«, fragt sie.

»Ich ... ich kann das erklären«, sage ich, was man so sagt, wenn man keine Ahnung hat, wie man sich erklären kann.

Sie sagt leise etwas und kommt auf mich zu. »Dann solltest du schnell damit anfangen«, sagt sie. Sie hält den Schlüssel wie eine Waffe in der Hand. Ihre Augen sind rot gerändert, sie hat geweint. »Was ist das?«, will sie, auf die Fotos zeigend, wissen.

Ich halte sie ihr hin und entscheide mich für Ehrlichkeit – eine bessere Idee habe ich ohnehin nicht. »Diese Fotos habe ich neulich gefunden, als ich nach einem Buch für Sebastian gesucht habe«, sage ich.

Sie nimmt sie mir langsam ab und starrt darauf. »Was zum Teufel ist das?«, fragt sie. Sie flucht mit der geballten Intensität von jemandem, der nicht häufig Gelegenheit dazu bekommt.

»Weißt du, wer das ist?«, frage ich.

»Nein«, sagt sie knapp. »Was hast du vor? Suchst du nach schmutzigen Dingen, mit der du die Familie anschwärzen kannst?«

»Nein, das kann man so nicht sagen«, erwidere ich. »Ich versuche nur, ein paar Dinge herauszufinden.«

Sie schnaubt und geht in die Küche. Sie wirft die Fotos auf den Tisch und öffnet den Schrank. Dann nimmt sie ein Glas und eine Flasche Whiskey heraus und schenkt sich großzügig ein.

Ich zögere. »Ich habe mit Alexis geredet, über das Foto, das am Baum hing.«

»Sie erwähnte so was.«

»Sie meinte, du hättest es bereits gewusst.«

»Trevor ist ein miserabler Erpresser. Oder wäre es zumindest, wenn es ihm um was anderes ginge als darum, uns allen ans Bein zu pinkeln.« Sie legt eine Hand an die Stirn. »Ich bin es so leid, so zu tun, als ob das alles normal wäre. Als ob es was anderes wäre als krank, so viele beschissene Geheimnisse zu haben.« Sie schaut mich über den Rand ihres Glases hinweg an. »Weißt du, wer das auf den Fotos ist?«

»Ihr Name war Mallory Cahill«, sage ich. »Sie ... hatte was mit Liam Dalton.«

Ihre Augen weiten sich. »Das ist sie?«, fragt sie.

»Weißt du von ihr?«

»Alle wissen von ihr«, sagt sie. »Ich meine, alle in der Familie.« Sie geht zum Tisch und nimmt die Fotos wieder zur Hand. »O Gott. Hat er ihr das angetan?«

»Das weiß ich nicht. Hast du irgendeine Ahnung, was Alexis mit den Bildern vorhaben könnte?«

Paloma stößt die Luft aus. »Nein. Aber ... sie hat ihrer Mom dabei geholfen, ein paar Sachen aus dem alten Haus auszuräumen. Vielleicht hat sie sie da gefunden?« Sie legt sie wieder ab. »Hat Connor dir von ihr erzählt?«

»Nein. Trevor«, sage ich.

»Der Stänkerer«, sagt sie, die Arme verschränkend. »Ich kann dir nicht viel mehr erzählen. Ich hasse diesen Mann.«

»Trevor?«

»Liam«, sagt sie, und meine Augenbrauen gehen hoch. »Das ist nicht meine beste Eigenschaft. Ich weiß, dass ich das nicht tun sollte, wenn man bedenkt, wie – aber sie ist fast daran zerbrochen, weißt du? Sie war meine beste Freundin. Ich habe gesehen, was das mit ihr gemacht hat. Sie hätte es beinahe selbst nicht überlebt.«

»Er hat sich umgebracht, oder?«, sage ich, und jetzt schaut sie mich schockiert an.

»Hat Alexis das gesagt?«

»Nicht mit so vielen Worten.«

»Fuck.« Sie trinkt noch einen Schluck und neigt das Glas dann in meine Richtung. »Willst du auch was?«

Ich sollte es nicht tun, aber ich nicke. Sie geht zurück, stellt fest, dass es keine Gläser mehr gibt, und schenkt dann etwas in eine Tasse, die mit einem Mistelzweig bemalt ist. »Frohes Fest. Trotzdem. Aber ich bin erstaunt, dass Alexis es dir erzählt hat. Ich glaube nicht, dass sie es schon mal jemand anderem als mir gesagt hat.«

»Woher weiß sie es denn?«, frage ich.

Sie lehnt sich an die Arbeitsplatte. »Er hat mit ihr geredet. Unmittelbar vorher. Darum hat sie es erraten, als sie von seinem Tod erfuhr. Aber sie haben ihr eingeschärft, dass sie nichts sagen soll. Die Daltons und ihre Geheimnisse, du weißt, wie das ist.«

»Wer hat es ihr denn gesagt? Rose?«

Sie schüttelt den Kopf. »Wahrscheinlich der Alte. Er war derjenige, der hier hochkam, nachdem Mr Vance die Leiche gefunden hatte. Ich weiß nur, dass Alexis zur Verschwiegenheit verpflichtet wurde. Rose und Connor haben keine Ahnung davon. Und Trevor natürlich auch nicht. Was ganz schön verkorkst ist. Sie hätten es verdient, es zu erfahren. Aber es steht mir nicht zu, das zu tun.« Sie wirft mir einen Blick zu, der sehr deutlich macht, dass es mir in ihren Augen auch nicht zusteht.

Alexis war fünfzehn Jahre alt. Fünfzehn, und ihr Vater hat sich umgebracht, und sie durfte es keiner Menschenseele sagen. Das ist monströs.

»Sie gibt sich die Schuld daran«, sagt Paloma. »Sie glaubt, sie hätte es merken und es ihm ausreden müssen. Aber statt darüber zu sprechen, um das alles *verkraften* zu können, tut sie, was man ihr gesagt hat, und hält es schon die ganze Zeit geheim. Ohne Rücksicht darauf, was das mit ihr macht. Das ist das, was dich in dieser Familie erwartet, Theo. Und ich schwöre dir, die meiste Zeit denke ich, dass es das wert ist, aber manchmal …« Sie leert ihr Glas und knallt es auf den Tisch. »Manchmal wünschte ich, ich könnte die Zeit zurückdrehen und mir selbst sagen, dass ich verdammt noch mal das Weite suchen sollte.«

33

Ich gehe so schnell ich kann in Richtung der Autos und dann um das südliche Ende des Teichs herum, um zur Straße zu gelangen. Kurz darauf kommt das Tor in Sicht. Dann bin ich auch schon darüber hinweggestiegen und laufe bis zu der Stelle, an der ich das erste Funksignal empfangen habe, das plötzlich da war wie ein Farnblatt, das nach einem späten Wintereinbruch aus dem frühlingshaften Schnee aufragt.

Vor dem Verlassen der White Pine habe ich das Klapphandy aus Magnus' Arbeitszimmer eingesteckt. Ich trage noch immer dieselbe rote Jacke, trotz der kaputten Stelle am Arm, denn eine zweite Jacke habe ich nicht mitgebracht.

Ich hole das Telefon heraus. Es lässt sich nicht entsperren, aber vielleicht brauche ich das auch gar nicht. Ich hole mein eigenes Handy aus der Tasche und öffne die Textnachrichten.

Halt dich von Connor Dalton fern.

Vielleicht hätte ich das beherzigen sollen.

Ich drücke auf Absender anrufen. Dann warte ich und warte – und dann leuchtet das Display des Klapphandys auf. Ein eingehender Anruf.

Ich beende ihn rasch. Magnus ist also derjenige, der mir die Nachrichten schickt. Ich habe ihn nicht in Betracht gezogen, weil ich dachte, er wäre vom alten Schlag, aber natürlich kennt er sich mit moderner Technik aus. Er leitet mehrere Unternehmen, wickelt große internationale Geschäfte ab, und er ist weder ein Frühstücksdirektor noch die Sorte Manager, die sich nicht einmischt. Und das Geschenk? Zweifellos eine dramatische Geste. Und zugleich eine Art, mir unmissverständlich klarzumachen, dass mich hier irgendjemand loswerden will.

Ich halte noch immer mein Telefon in der Hand. Indem es das bisschen Empfang anzapft, das es hier gibt, liefert es mir treu meine Benachrichtigungen. Drei verpasste Anrufe von Harper.

Zwei von der unbekannten Nummer. Joseph.

Ich will die Benachrichtigungen schon wegwischen, als das Display aufleuchtet und das Telefon klingelt. Joseph versucht es erneut.

Ich erstarre in Unentschiedenheit. Es klingelt einmal, zweimal. Ich habe nie wieder mit ihm gesprochen. Schon bei dem Gedanken daran, seine Stimme zu hören, fange ich an, zu zittern. Aber Joseph könnte Antworten für mich haben. Es könnte sein, dass er sich an Dinge erinnert, zu denen ich ihn bis jetzt nicht befragen konnte, weil ich zu wenig wusste.

Ich nehme den Anruf an.

»Hallo?«, sage ich. Obwohl ich mich extrem zusammenreiße, bebt meine Stimme. Ich beschließe, es auf die Kälte zu schieben.

»Dora, ich hätte nicht gedacht, dass du drangehst«, sagt Joseph, und er klingt noch exakt genauso wie vor acht Jahren.

»Mein Name ist Theo.«

»Gut, dann Theo«, sagt er. Ich habe mich geirrt. Er klingt älter. »Theo – das klingt so erwachsen.«

»Lass das«, sage ich und schließe die Augen. Ich bin nicht

erwachsen. Mit jedem Wort von ihm schrumpfe ich innerlich zusammen und werde wieder das Mädchen, das geweint und ihn um Hilfe angefleht hat. »Du hast geschrieben, wir müssten reden. Also rede.«

»Dora – Theo –, was passiert ist, tut mir leid. Du ahnst gar nicht, wie oft ich mir wünsche, ich könnte die Zeit zurückdrehen«, sagt Joseph.

Ich stoße ein ersticktes Lachen aus. »Ja, die Sache ist ja auch nicht allzu gut für dich ausgegangen.«

»Das meine ich nicht. Ich habe bekommen, was ich verdiene«, sagt er. Er klingt ehrlich. Ich denke daran, wie er aussah, als wir uns das letzte Mal gegenüberstanden: Er war über und über voller Blut, das Messer lag zwischen uns auf dem Boden. An die Art, wie er mich angeschaut hat, als wäre ich ein wildes Tier, als sollte mich jemand unschädlich machen. Vielleicht hatte er nicht ganz unrecht.

»Ich will nicht über das reden, was passiert ist«, sage ich wie betäubt. »Aber irgendwer hat geplaudert. Über die Dinge, über die wir Stillschweigen vereinbart hatten.« Dieses Wort zu benutzen, *wir,* fühlt sich an, wie etwas Verdorbenes herunterzuschlucken. Als würde ich mich zu einer von ihnen machen, so wie ich früher war – wie ich nie war.

»Ich weiß«, sagt Joseph. »Es tut mir leid, Dora.«

»Theo«, erwidere ich giftig. »Ich habe diesen Namen immer gehasst.«

»Theo«, wiederholt er, als würde er sich daran erinnern, als versuchte er, den Namen einzuüben. Aber das braucht er nicht. Wir werden nie wieder miteinander sprechen. »Weißt du, warum sie dir diesen Namen gegeben haben?«

»Weil ich ein Geschenk Gottes war«, antworte ich in einem bitteren Ton.

»Weil es das Einzige war, was du damals gesagt hast. ›Teddy.‹« Er sagt das, als wäre es niedlich. So, als hätte er keine Ahnung, dass in dieser Geschichte etwas Schreckliches verpackt ist. »Es hat sich vieles verändert. Für mich. Beth und ich haben uns getrennt. Nicht lange, nachdem du weg warst. Ich lebe jetzt in Colorado. Nächstes Jahr werde ich heiraten.«

»Glückwunsch«, sage ich tonlos.

»Bradley ist toll. Ich glaube, du würdest ihn mögen«, sagt Joseph, und mir dreht sich der Magen um.

»Du …« Ich versuche, diese Information in meine Erinnerungen an Joseph und Beth einzuordnen. Sie passt dazu, dass sie sich nie berührt haben. Dazu, wie oft sie betonte, sie hätte ihn gerettet. Dazu, wie seine Schwester jedes Mal den Mund verzog und den Kopf schüttelte, wenn sie die Hinwendung ihres Bruders zum Glauben erwähnte. Dazu, dass Beth ihm in ihren niederträchtigsten Momenten in einem ätzenden, hasserfüllten Ton die Schuld für ihre Unfruchtbarkeit gab.

»Du brauchst nichts zu sagen«, fährt Joseph fort. »Das macht nicht wieder gut, was ich getan habe. Und was ich unterlassen habe. Ich hätte mich um dich kümmern müssen. Doch ich hatte zu viel Angst. Vor vielen Dingen. Gottesfürchtig, das sollten wir sein, nicht wahr? Aber ich sag dir: Ich spüre Gott erst, seitdem ich keine Angst mehr habe.«

»Das freut mich für dich«, sage ich und bin überrascht, dass das sogar stimmt. Ich kann ihm nicht verzeihen. Doch ich kann mich freuen, dass er eine Möglichkeit gefunden hat, jemand anders zu werden.

»Aber das ist nicht der Grund, warum ich anrufe.« Joseph räuspert sich, und aus diesem Geräusch ist herauszuhören, wie seine Hoffnung zerbricht. Er muss gewusst haben, dass dies keine freudige Wiedervereinigung werden würde, die all unsere

Wunden heilt, aber irgendwas in uns hält immer an solchen Fantasien fest. *Dies wird der Tag sein, an dem sie mich endlich lieben. Dies wird der Tag sein, an dem ich endlich gut genug bin.*

»Du wurdest kontaktiert, oder? Wegen mir. Wegen dem, was passiert ist.«

»Ja«, sagt Joseph.

»Und was hast du gesagt?«

»Ich hatte nicht vor, ihnen irgendwas zu sagen«, antwortet Joseph. »Aber ich bin nicht der Einzige, den sie angerufen haben. Ich schätze, einige Leute glauben, es wäre genug Zeit vergangen. Chief Monroe ist in den Ruhestand gegangen, er ist jetzt unten in Boca Raton. Seine Drohungen haben nicht mehr so viel Gewicht.«

»Das wusste ich nicht.« Es gab eine Zeit, in der ich davon träumte, dass Chief Monroe mich aufnehmen, mich adoptieren würde. Aber sein Interesse an mir ging nur so weit, mich da rauszuholen. Das hat mir das Leben gerettet. Mehr hätte ich nicht verlangen können, nicht wirklich.

Aber tief im Herzen hegt man eben doch Hoffnung.

»Das meiste wusste dieser Typ schon, es war nur leider die schlimmstmögliche Version der Geschichte.«

»Die Version, die Beth erzählen würde, meinst du«, sage ich. Oder Peter.

Ein Grunzen. »Exakt. Also ... habe ich ihm die Fotos geschickt. Damit er es sieht. Damit er weiß, warum du es getan hast. Ich habe ihm gesagt, dass ich dir nicht die Schuld gebe. Weil es auch so ist. Ich verdiene diese Narben. Jeden Zentimeter davon.«

Das Atmen fällt mir schwer. Die Kälte lässt meine Augen feucht werden, aber es gibt keine Tränen, nicht jetzt. »Weißt du, wer es war?«, frage ich. Meine Stimme ist sehr ruhig. Ich verstehe nicht, wie ich so ruhig sein kann. »Die Person, die die Fragen gestellt hat, meine ich.«

»Es war mehr als eine«, sagt Joseph. »Beim ersten Mal war es ein Mann, der seinen Namen nicht nennen wollte. Und ehrlich gesagt, war das ein ziemlicher Idiot. Und beim zweiten Mal war es ein Privatdetektiv. Ich habe ihn gegoogelt – schien ein richtig schickes Unternehmen zu sein. Mit welchen Leuten hast du dich da angelegt, D– Theo?«

»Das spielt keine Rolle«, sage ich. »Danke fürs Bescheidgeben.«

»Das Ding ist ...« Er hält inne. Ich höre, dass er sein Gewicht verlagert, ein Stuhl quietscht. Ich frage mich, wie die Sterne in Colorado gerade aussehen, ob er weit genug von der Stadt entfernt ist, um sie über sich erkennen zu können. Hier gibt es nichts außer einer dunklen Wolkendecke. »Bei diesem zweiten Mal haben sie nicht nur gefragt, was passiert ist. Sie wollten auch wissen, woher wir dich bekommen haben. Und ob du uns irgendwas erzählt hast über die Zeit davor.«

Ich beobachte den Weg einer einzelnen Schneeflocke, die wenige Zentimeter vor meinem Gesicht durch die Luft treibt. »Und was hast du ihnen gesagt?«

»Nichts«, sagt Joseph schroff. »Das geht nur dich was an.«

»Aber es gab etwas, was du hättest erzählen können.«

Es folgt eine lange Stille. Ich warte. »Du hast damals nicht viel geredet«, beginnt er schließlich. »Du hast sehr lange nur dieses eine Wort gesagt: *Teddy.* Ich habe dir eine Million Teddybären gekauft, aber du hast sie immer von dir weggeschoben und den Kopf geschüttelt, so, als ob es die falschen wären.«

Weil der richtige die ganze Zeit hier war, der mit dem weichen braunen Fell und der roten Schleife. Ich schließe die Augen.

»Aber dann hast du nach und nach angefangen, zu sprechen. Aber nur abends, wenn ich dir Geschichten vorlas. Dann hast du dich in meine Armbeuge geschmiegt. Das waren die einzigen Gelegenheiten, bei denen du jemals ruhig wirktest. Und eines Abends hast du mir aus heiterem Himmel selbst eine Geschichte erzählt. Du hast gesagt, du hättest in einem Schloss auf einem Berg gewohnt. Ich habe gefragt, ob dich das dann zu einer Prinzessin macht, und du hast gesagt, nein, die Prinzessin wäre tot. Du hast gesagt, ein schrecklicher Oger wäre auf den Berg gekommen. Und du hast mir erzählt ...« Er holt tief Luft. »Du hast mir erzählt, du wüsstest, wie es sich anfühlt, wenn man tot ist. Dass es sich sehr, sehr kalt anfühlt. Doch wärst du nicht allein gewesen, weil die Prinzessin bei dir gewesen sei. Du wärst aufgewacht. Aber sie nicht. Und dann hätten die Feen dich weggebracht, um eine neue Familie für dich zu finden.«

»Wo kam ich denn her, Joseph?«, frage ich. »Du hast immer gesagt, jemand in der Kirche ...«

»Das war gelogen«, sagt Joseph, und ich wünschte, ich wäre überrascht. »Aber nicht ganz. Jemand in der Kirche kam auf uns zu. Er wusste, dass wir ein Kind wollten und langsam verzweifelten, weil es nicht klappte. Er meinte, es gäbe da ein Kind, das eine Familie bräuchte, aber es wäre nicht ... der offizielle Weg. Er sagte, wir müssten es unter der Hand machen. Und würden Geld dafür bekommen. Wir haben keine Fragen gestellt. Wir waren einfach nur dankbar dafür, dich zu haben. Aber ich wusste immer, dass an der Sache irgendwas faul war.«

»An mir, meinst du.«

»Nein, an dir war nie irgendwas faul. Du warst traumatisiert. Das weiß ich jetzt. Verflucht, nein, ich wusste es auch damals schon, aber ich dachte, es würde reichen, dich zu lieben.«

»Hätte es ja vielleicht auch, wenn ihr besser darin gewesen wärt«, sage ich mit einem bitteren Unterton.

»Theo, ich …«, beginnt Joseph.

Ich lege auf. Und dann blockiere ich seine Nummer. Mir laufen Tränen über die Wangen. Ich will seine Entschuldigung nicht. Sie nützt mir nichts, nicht jetzt.

Eine Prinzessin in einem Schloss. Ein Oger. Das ergibt ebenso viel Sinn wie der Rest.

Ich sehe es fast vor mir. Kann beinahe ihre Stimme hören. Ich sinke in den Schnee und schlinge die Arme um meine Knie. Während weiter Schnee fällt, starre ich die silberhelle Straße hinunter. Es ist unheimlich still. Ich kann nicht mal mich selbst hören.

Mallory Cahill. Nein, *Mama.* Ich stelle mir die Frau von den Fotos vor, die Blutergüsse auf ihrem Körper, und einen Moment lang ist sie da.

Mama. Mit nacktem Rücken. Sie hat den Kopf gedreht und schaut über ihre Schulter. Ich sehe sie nur durch den Spalt in der Tür.

Ich soll da nicht reingehen.

Die betäubende Kälte dringt durch meine Kleider. Ich sollte zittern, tue es aber nicht. Mein Körper ist verschwunden, alle Geräusche sind verschwunden, es gibt nur noch das unheimlich bleiche Nicht-Licht des Schnees und der Nacht, und in diesem Raum existiere ich nicht; das *Hier* existiert nicht. Die Wärme und das Licht sind vollständig verschwunden, und ich folge ihrer Spur, und da ist sie.

Das Mädchen schaut zu, während die Mutter Kleider in einen Koffer packt. »Verreisen wir?«

»Für kurze Zeit.«

Das Mädchen malt Figuren in das Kondenswasser am Autofenster. Ihre Mutter verstellt den Rückspiegel, um sie anzuschauen, sie lächelt. Das Mädchen lächelt auch, aber ihr ist nach Weinen zumute. Draußen vor dem Fenster setzt Schneefall ein.

Das Mädchen dreht sich lachend um sich selbst, fällt in den Schnee. Sie steht gleich wieder auf, begierig nach dem Applaus ihres Publikums. Der Junge verdreht die Augen, aber er lächelt. Sie ist zufrieden. Sie möchte ihn beeindrucken. Sie glaubt, dass sie immer Freunde sein werden.

Sie schaut in das Gesicht des Mannes mit dem Geweih hoch, und sie schreit, aber sie bleibt wie erstarrt stehen, und er packt ihren Arm ...

* * *

Der Schnee fällt weiter. Schnell und in dicken Flocken, die sie bedecken. Sie gräbt sich in ihn hinein, als wäre er eine Decke. Ihr war vorher so kalt, aber jetzt wird ihr langsam wieder warm. Sie denkt, dass sie jetzt gern schlafen würde.

Die Sonne ist verschwunden. Sie kann ihre Füße nicht mehr spüren und auch ihre rechte Hand nicht, obwohl sie weiß, dass sie da ist, denn sie liegt direkt vor ihrer Nase auf dem Schnee.

Wolken bedecken den Himmel. Verfinstern den Mond. Doch ein Stern ist noch da und leuchtet in der Nacht. Manchmal ist er bernsteinfarben, und manchmal glüht er in einem trüberen Rot. Hin und wieder bewegt er sich. Sie dachte zuerst, es wäre ein Stern, bei dem man sich was wünschen kann, aber sie hat sich etwas gewünscht, und das ist nicht in Erfüllung gegangen.

Hilfe.

Sie versucht, es auszusprechen, aber ihre Stimme funktioniert nicht. Der Stern flackert. Er erhellt ein Gesicht, den dunklen Glanz von Augen, die sie beobachten.

Ihr ist gar nicht mehr so kalt, denkt sie. Sie fühlt sich jetzt sehr warm. Sie schließt die Augen. Vielleicht ist doch Hilfe gekommen, und ihre Mutter hat sie in eine Decke eingewickelt und vor den Kamin gelegt, und bald wird sie ihr eine Geschichte über die Prinzessinnen im Wald und all die Orte erzählen, an die sie als Nächstes fahren.

Die Erinnerungen flackern. In der Dunkelheit sind sie fast gegenständlich. Ich könnte die Hand ausstrecken und sie berühren.

»Du siehst so kalt aus«, sagt meine Mutter. Sie hockt sich vor mich und wickelt ein rotes Tuch um meinen Hals. Ihr Lächeln ist herzlich und furchtlos. »Was machst du hier draußen, Teddy?«

»Dich suchen«, flüstere ich und blinzele. Meine Augen fühlen sich verklebt an. Meine Glieder sind schwer. »Mama?«

Ich bin allein. Ich bin allein, und meine Mutter ist tot, schon seit Jahren. Ich bin hier und jetzt, und sie nicht. Wie lange bin ich schon hier draußen? Zu lange, ich sitze hier, und der Schnee um mich herum türmt sich immer höher.

Ich weiß nicht, wie viel von der Erinnerung real ist. Ihren Fetzen, Fragmente. Ich ziehe Linien dazwischen, um sie herum. Mache eine Geschichte daraus. Und kann nicht mehr sagen, was meine Erfindung ist und was die Wahrheit. Vielleicht konnte ich das nie.

Ich muss mich bewegen. Aber ich will nicht. Hier, wo mein Körper aufhört, real zu sein, haben meine Erinnerungen den Raum, um aufzublühen. Die Kälte und die Erinnerungen – sie sind miteinander verbunden. So, als hätte ich sie in der Kälte zurückgelassen und wäre jetzt zu ihnen zurückgekehrt.

Rowan, sagt die Stimme meiner Mutter voller Angst. Ich möchte bei ihr bleiben. Ich möchte mich erinnern.

Ich weiß, wie es sich anfühlt, tot zu sein. Es ist kalt, so kalt.

Die Antworten sind hier. In der Kälte. In der Dunkelheit. Wenn ich bleibe, werde ich sie finden. Wenn ich bleibe, werde ich niemals von hier fortgehen.

Ich erhebe mich schwankend, falle beinahe hin. Meine Füße sind komplett taub, meine Hände und mein Gesicht ebenfalls. Ich krümme meine Finger. Sie lassen sich nur langsam beugen.

Du musst weglaufen. Du musst dich verstecken. Ich war so gut darin, mich zu verstecken. Aber er hat mich trotzdem gefunden, oder? Der Mann mit dem Geweih. Liam Dalton. *Der Oger.*

Die Bewegung wärmt mich langsam auf. Ich schiebe die Hände unter meine Achseln, um meine Körperwärme zu horten. Meine Schritte sind gedämpft. Die Geschichte setzt sich Stück für Stück in meinem Kopf zusammen.

Liam hat uns hierhergebracht. Ich weiß nicht, mit welchen Versprechungen er sie hergelockt hat – Geld, Sicherheit, Liebe –, aber sie ist ihm gefolgt. Sobald sie isoliert und allein war, hat sich die Stimmung gedreht. Darum mussten wir fliehen.

Aber er muss herausgefunden haben, dass sie wegwollte. Er ist zurückgekommen. Er war wütend. Er hat ihr wehgetan.

Sie umgebracht.

Und dann …?

Vielleicht hat er begriffen, was er getan hatte, und die

Schuldgefühle haben ihn überwältigt. So oder so, er hat sich umgebracht.

Und was war mit mir?

Ich war eine Zeugin. Ein unerledigtes Problem. Eine Bedrohung für die Geschichte, die die Daltons erzählen wollten.

Es ist alles hier. In der Kälte. Die Teile von mir, die die ganze Zeit in der Eiseskälte gefroren waren und jetzt auftauen.

Das rote Halstuch – *Blut, das beim Trocknen dunkel geworden ist* –, die bittere Kälte, der rot glühende Stern – *ein Zigarettenende, bernsteinfarben* –, der Mann mit dem Geweih, dessen Gesicht halb schwarz ist – *da bist du ja* – und wir müssen los, Kleines, wir müssen jetzt los.

Einzelteile. Sie setzen sich nicht zu einem vollständigen Bild zusammen. Zu versuchen, sie in die richtige Reihenfolge zu bringen, die Verbindungslinien zwischen ihnen zu finden, grenzt an Wahnsinn.

Ich komme am oberen Ende der Straße an. Mein Herz rast so schnell, dass ich die Pause zwischen den Schlägen kaum spüre. Die Fenster der Lodge sind hell erleuchtet. Der Weihnachtsbaum erstrahlt in roten, grünen und weißen Lichtern. Eine Gestalt steht in der Nähe des Fensters. Aus dieser Entfernung kann ich nicht sagen, wer es ist.

Ich bleibe reglos stehen aus Angst, selbst auf diese Distanz womöglich erspäht zu werden. Ich weiß nicht, wie spät es ist. Ich traue mich nicht, mein Handy herauszuholen und nachzusehen für den Fall, dass das Licht auffällt. Ich weiß, dass ich lange weggeblieben bin.

Ein Geräusch zerreißt die Stille der Nacht – gedämpft, weit entfernt. Es klingt wie ein Vogel oder vielleicht auch ein Kaninchen in den Fängen eines Raubtiers. Auch die Person am Fenster scheint sich ihm zuzuwenden, doch der Vorhang der Stille senkt sich rasch wieder. Die Gestalt wendet sich ab und geht aus dem Zimmer, und ich erkenne den Gang – Louise Dalton.

Ich horche angestrengt, ob das Geräusch noch einmal erklingt, doch es bleibt still. Mir klappern die Zähne. Ich sehe das Licht der White Pine vor mir. Es fühlt sich nicht sicher an, hineinzugehen. Aber hier draußen kann ich nicht bleiben.

Ich gehe zur Tür. Meine Hand fingert an dem Knauf herum, dann geht die Tür auf, und Connor steht da und starrt mich an. Sein Blick wandert meinen Körper hoch und runter, und er atmet durch die geschlossenen Zähne aus.

Er zieht mich wortlos ins Innere der Hütte. Meine Hände sind zu taub, um meine schneebedeckten Handschuhe abzustreifen oder meine Stiefel auszuziehen, darum macht er das für mich. Als wäre ich ein Kind.

Er wickelt mich in eine Decke ein und führt mich zu dem Ende des Sofas, das dem Holzofen am nächsten liegt, von dem eine große Hitze ausgeht. Ich zucke zurück, da die Hitze auf meiner Haut schmerzt. Er legt seine Hände um meine und haucht sie an, um sie zu wärmen.

»Was hast du draußen gemacht?«, fragt er.

»Ich bin zu der Stelle gegangen, wo ich Empfang hatte.«

»Wen hast du angerufen?«

»Magnus«, sage ich, traurig den Mund verziehend, doch er schaut mich nur verwirrt an. »Ich habe in der letzten Zeit Textnachrichten bekommen, in denen stand, dass ich mich von dir fernhalten soll. Weil ich in Magnus' Arbeitszimmer ein Wegwerfhandy gefunden habe, bin ich da rausgegangen, um die Nummer zu testen. Die Nachrichten kamen von ihm.«

»Das ergibt doch gar keinen Sinn«, sagt Connor. »Warum sollte er das tun? Das war bestimmt Trevor, der sich danebenbenommen hat, wie immer.«

Er reibt weiter meine Hände. Ich verspüre ein unangenehmes Kribbeln darin, als das Gefühl in sie zurückkehrt.

»Ich habe ein Foto von dir gesehen«, sagt er, ohne aufzublicken. »Ich war in Harpers Ausstellung. Wir hatten uns vorher nie getroffen – sie war eine Freundin einer Freundin. Ich hatte dort sogar ein Date.« Er lacht leise. »Ein miserables. Ich habe das Foto von dir gesehen und das Tattoo. Es hat mich an die andere Hütte erinnert – Dragonfly. Dad hat den Namen ausgesucht. Er hat auch das Ornament für die Tür gekauft. Darum hat mich dein Tattoo an ihn erinnert. Ich musste daran denken …« Er seufzt, beugt den Kopf über meine Hände und legt seine Stirn auf meine Fingerknöchel. Dann blickt er hoch, in meine Augen. »Ich weiß wirklich nicht, wie ich es beschreiben soll. Wie das damals war, als er starb. Es war … kompliziert. Ich konnte ihm nie böse sein wie die anderen alle. Und als ich dieses Foto sah, das Tattoo – dich –, kam mir das irgendwie wie ein Zeichen vor. Darum habe ich Harper gebeten, uns miteinander bekannt zu machen.«

»Warum hast du mir das nicht erzählt? Warum hast du so getan, als wärst du ein Freund von ihr?«, frage ich.

Er macht ein belustigtes Geräusch. »Weil ich fand, dass ›Hallo, du erinnerst mich an meinen Vater, der meine Mutter betrogen hat, und irgendwie fasziniert mich das‹ kein so guter Anmachspruch ist.«

»Ja, verstehe ich«, gebe ich zu.

»Ich habe mir eingeredet, es wäre Schicksal. Was wohl eine elegante Beschreibung für einen Zufall ist, der eine bleibende Wirkung entfaltet«, sagt er. Er steht auf und lässt sich neben mir auf dem Sofa nieder. Er setzt sich so hin, dass er mich berührt und wir beide in dieselbe Richtung schauen. »Es tut mir leid. Ich hätte es gleich sagen sollen. Ich hätte nicht lügen sollen.«

Ich schaue ihn an. Seine Miene wirkt offen und verletzlich, seine blauen Augen glänzen. Doch ein Geständnis bedeutet nicht viel, wenn man bereits beim Lügen ertappt wurde.

»Diese Fotos. In Alexis' Zimmer«, sage ich. »Du hast gesagt, darauf wäre Kayla zu sehen.«

Er antwortet nicht, über sein Gesicht huscht ein Ausdruck von schlechtem Gewissen. Ich öffne den Reißverschluss meiner Jacke. Das Foto, das ich gestohlen habe, ist noch da, an meinen Körper gepresst. Ich lege es zwischen uns auf den Couchtisch, und seine Fingerspitzen berühren den Rand.

»Das ist nicht Kayla«, sage ich. »Das ist Mallory Cahill.«

»Woher weißt du das?«, fragt er, seine Stimme klingt kratzig. »Woher kennst du ihren Namen?«

»Hat dein Vater ihr das angetan?«, frage ich.

Er stößt zischend die Luft aus. »Nein. Das hätte er niemals getan.«

»Warum hast ...«

»Alexis hat sie im Haus gefunden. In Dads alten Sachen«, sagt Connor. »Sie wollte dasselbe wissen. Ob ich denke, dass Dad das getan hat. Aber er hätte das nie getan.«

»War er wirklich der Mensch, den du zu kennen glaubtest? Er hat eine Frau hier oben versteckt«, sage ich. »Hat er deine Mutter je geschlagen? Oder dich?«

Sein Kopf fährt zu mir herum, in seinem Blick steht Wut. »Nein. Nie«, sagt er. »Und er hätte auch Mallory nie angerührt.«

»Wo kamen die Fotos denn dann her?«

»Ich weiß es nicht«, sagt er. »Ich habe keine Ahnung. Er hat meine Mutter betrogen, okay. Das ist schlimm. Aber er war nicht gewalttätig.«

»In Ordnung«, lenke ich ein. Er schaut wieder das Foto an,

nimmt es in die Hand und betrachtet jeden einzelnen Bluterguss.

»Ich habe sie einmal getroffen«, sagt er. »Mallory. Mein Vater hat mich mit hier hoch genommen. Er hat es mir nicht erzählt. Er hat nur gesagt, sie wäre eine Freundin. Am besten erinnere ich mich an das kleine Mädchen. Wir waren fast im selben Alter und haben an dem Nachmittag zusammen gespielt. Wir hatten viel Spaß.«

»Im selben Alter?«, wiederhole ich.

»Eigentlich nicht wirklich. Ich war sieben. Sie fünf«, sagt er.

»Bist du sicher?«

Er schaut mich merkwürdig an. »Ja. Du weißt doch, wie Kinder sind. Sie machen ein großes Bohei um ihr Alter. Sie hatte rausgefunden, dass ich genau eine Woche vor ihr Geburtstag habe, und hielt sich dann dran mit: ›Wenn du zwölf wirst, werde ich zehn. Wenn du siebzehn wirst, werde ich fünfzehn.‹ Sie hat sich Sachen ausgedacht, die wir dann zusammen tun würden. Sie war … echt süß.«

Zwei Jahre und eine Woche. Plötzlich weiß ich, wann ich Geburtstag habe. Ich bin ein Jahr älter, als ich dachte. Ich lehne mich zurück. Connor beobachtet mich.

»Ich glaube nicht, dass er geplant hatte, mich mitzunehmen«, sagt er in einem leicht defensiven Ton. »Mom war krank, und er musste unerwartet auf mich aufpassen. Ich hatte keine Ahnung, warum sie hier waren.«

Plötzlich erinnere ich mich wieder daran, wie ich mich um mich selbst gedreht habe, an das Gefühl, Schneeflocken mit der Zunge aufzufangen. Daran, dass der Junge lachend meine Hand genommen und mich mitgezogen hat. *Komm, lass uns gehen.*

Das Bild verändert sich. Der Mann mit dem Geweih, die

Hand auf meinem Handgelenk, dieselben Worte, wütend ausgesprochen – oder …

»Theo?« Connor fasst mir ins Gesicht, und ich zucke zusammen, aber er drückt nur seinen Daumen auf meine Wange und wischt eine Träne weg. Er schaut mich an, zwischen seinen Augenbrauen hat sich eine Falte gebildet. »Er war ein guter Mensch. Er war immer sehr geduldig mit uns. Sanft. Er hat nie die Stimme erhoben, und er hat mir beigebracht, anderen zu helfen. Er hat gesagt, dazu wären wir schließlich auf der Welt. Um einander zu helfen. Er hätte das da niemals gemacht.«

»Wer war es dann?«, frage ich, aber Connor starrt mich an, scheint mich gar nicht zu hören. Dann öffnen sich seine Lippen.

Ich berühre ihn. »Connor …«

»O mein Gott«, sagt er. »Teddy. Sie hieß Teddy.« Er erhebt sich abrupt und schlägt die Hand vor den Mund, und meine Hand fällt wieder in meinen Schoß. Er schaut auf das Foto auf dem Tisch und dann wieder zu mir. Ich sitze angespannt da, die Ellenbogen auf den Oberschenkeln.

»Ich wusste es nicht«, sage ich.

»Stimmt es denn?« Seine eine Hand liegt an seiner Hüfte, mit der anderen fährt er sich durchs Haar, er wirkt fassungslos. »Du bist sie. Wie – aber – hast du das alles arrangiert?«

»Wie könnte ich? Du bist derjenige, der mich ausfindig gemacht hat, schon vergessen?«, erwidere ich.

»Du hast gesagt, ich käme dir bekannt vor. An dem Tag, an dem wir uns kennengelernt haben. Du meintest, du hättest das Gefühl, mich zu kennen, weil …«

»Weil wir uns schon einmal begegnet waren«, sage ich mit krächzender Stimme. »Und weil du deinem Vater so ähnlich siehst.«

Er schüttelt den Kopf. »Aber du musst doch gewusst haben, wer ich war. Du musst – Moment. Du hast gesagt, du wärst adoptiert worden, als du vier warst. Das ergibt keinen Sinn.«

»Ich war klein für mein Alter. Sie haben mein Alter geschätzt. Connor, ich hatte keinerlei Erinnerung an mein Leben vor den Scotts, bis ich mit dir hierhergekommen bin. Ich konnte mich weder an dich erinnern noch an deinen Vater oder meinen eigenen verdammten Namen. Rowan Cahill. Meine Mutter nannte mich Teddy. Und ich war hier.«

Ich war hier. Es war real. Ich kam irgendwoher, und ich war jemand.

Mir laufen Tränen übers Gesicht. Sie sind nutzlos, aber ich kann sie nicht stoppen. Ich fahre mir mit den Handballen über die Wangen, und der Verband, der noch immer meine Handfläche bedeckt, kratzt über meine Haut.

Connor betrachtet mich schweigend. Dann setzt er sich langsam auf die Kante des Couchtischs. Er beugt sich, die Ellenbogen auf den Knien, vor und schaut zur Seite. »Erklär es mir«, sagt er dann und sieht mich direkt an. In ihm brodelt es, er wirkt wütend.

Nein, nicht wütend.

Ängstlich.

»Mein Wissen ist bruchstückhaft«, sage ich langsam und mit Bedacht. Ich habe nur eine Chance, es ihm so zu erklären, dass er mir glaubt. »Es fing mit der Hütte an – Dragonfly. Ich habe mich daran erinnert, dass ich schon mal dort war. Und dann habe ich ein Foto gefunden, auf dem ich drauf war.« Ich stehe auf, gehe ins Schlafzimmer und kehre mit dem Foto zurück. Er hält es mit beiden Händen fest und betrachtet es aufmerksam. »Trevor hat mir von Mallory erzählt. Dass dein Dad sie hier versteckt hielt, dass sie eine Tochter hatte. Und hier und da stellten sich einzelne Erinnerungen bei mir ein. Nichts *Belastbares.* Aber ich erinnere mich ...« Meine Stimme verklingt, meine Hände ballen sich zu Fäusten. »Meine Mutter hat sich nicht aus dem Staub gemacht, nachdem dein Vater gestorben war. Sie wurde getötet. Ermordet, glaube ich. Und dann landete ich irgendwie am anderen Ende des Landes, und die Scotts bekamen einen Packen Geld dafür, dass sie mich aufnahmen und keine Fragen stellten.«

»Und du glaubst, mein Vater wäre es gewesen«, sagt Connor, er klingt hohl. »Du glaubst, er hätte ihr wehgetan.«

»Der Mann in meinem Traum. Das ist er«, sage ich, und ich muss ihm nicht erklären, welchen Traum ich meine. »Connor, Alexis hat mir erzählt, dass dein Vater nicht bei einem Sturz ums Leben kam. Er hat sich umgebracht.«

Er weicht zurück und verzieht schockiert das Gesicht. »Was?«

»Paloma hat es mir bestätigt. Sie sagte, Alexis wüsste es, aber irgendjemand – vermutlich deine Großeltern – hätten ihr das Versprechen abgenommen, es dir und deiner Mutter nicht zu sagen«, sage ich so sanft wie möglich.

Connor schüttelt den Kopf. »Das ergibt doch keinen Sinn.«

»Ich weiß, dass es schwer ist ...«

»Nein, ich meine, es ergibt wirklich keinen Sinn«, erwidert Connor energisch. »Als ich achtzehn wurde, habe ich mir eine Kopie des Obduktionsberichts besorgt. Ich dachte, er würde mir helfen, mit der Sache abzuschließen oder so was in der Art. Als Todesursache waren darin Unterkühlung und ein Epiduralhämatom angegeben – nach einem Schlag gegen die Schläfe. Er muss kurz das Bewusstsein verloren und beim Aufwachen wahrscheinlich gedacht haben, es ginge ihm gut. Dieser Zustand muss ein paar Minuten angehalten haben. Aber der Bluterguss hat sich schnell ausgebreitet, und irgendwann ist er wieder zusammengebrochen. Sie konnten nicht mit Sicherheit herausfinden, ob letztlich die Kälte oder die Blutung im Schädel die eigentliche Todesursache war. Er ist gestürzt und mit dem Kopf aufgeschlagen. Das ist das, was passiert ist.«

»Er könnte auch gesprungen sein«, schlage ich vor.

»Selbst die Lodge hat nur zwei Stockwerke«, sagt Connor. »Das ist eine idiotische Methode, um sich umzubringen. Eher was, um sich ein Bein zu brechen.«

»Mr Vance … er hat gesagt, dein Vater hätte sich das Genick gebrochen«, fällt mir dann ein. »Aber hätte er es nicht wissen müssen? Er war doch derjenige, der die Leiche nach unten transportiert hat. Was haben sie euch denn damals gesagt?«

»Nichts. Ein Unfall. Er ist gestürzt«, sagt Connor.

»Er hatte Blut im Gesicht«, sage ich, und Connor schaut mich verwirrt an. Ich hebe eine Hand in dem vergeblichen Versuch, es zu erklären, während ich nach Worten suche. »Ich bin zu meiner Mom gelaufen, und sie – sie rang mit dem Tod«, sage ich. Ich lege die Hand an meinen Hals, und meine Finger verfolgen den Weg des Bluts. »Sie hat mir gesagt, dass ich mich verstecken soll. Und ich habe es getan, aber er hat mich gefunden. Er kam zur Tür rein, und ich habe geschrien, weil er wie ein Monster aussah. Das Geweih hinter ihm, und sein Gesicht …«

Die Hälfte davon war dunkel. Vom Schatten und von Blut. Nicht ihrem, sondern seinem eigenen.

Also hat sie sich gewehrt, bevor er ihr etwas getan hat. Und dann hat er mich gesucht, und als er mich gefunden hat, hat er meine Hand gepackt, und er war so wütend …

Aber das war gar keine Wut. Ich habe denselben Fehler gemacht wie bei Connor. Es war keine Wut, sondern Angst.

Ich soll da nicht reingehen.

Ich kann diese Tür wieder sehen. Sehe, wie sie aufschwingt, genau so weit, dass ich hindurchspähen kann.

Das Mädchen öffnet die Tür zwei, drei Zentimeter, nicht mehr. Sie weiß, dass sie nicht hier sein soll. Sie weiß, dass sie nicht sehen soll, was sie sieht.

»Reicht das?«, fragt ihre Mutter.

»Wir müssen alles draufhaben«, antwortet eine Stimme.

»Das ändert doch nichts.«

»Könnte es aber.«

»Du weißt nicht, wie er ist. Du weißt nicht, wie so was abläuft.«

»Dann willst du einfach aufgeben?«

»Ich kann nirgends hin.«

»Lass mich dir helfen, Mallory«, sagt Liam. Dann schaut er hoch und sieht sie und lächelt. »Hallo, Teddy.«

»Er war es nicht«, flüstere ich, mein Blick ist unfokussiert. »Er war es gar nicht. Er hat versucht, zu helfen.« Ich habe es falsch verstanden. Ich hatte Angst, aber nicht vor Liam Dalton.

»Theo«, sagt Connor langsam. »Was Mallory und mein Vater getan haben, war schlimm, aber nicht nur, weil er meine Mom betrogen hat. Ich habe es erst sehr viel später herausgefunden. Es war ein Grund dafür, dass Nick und Mom – warum sie danach so eng zusammengerückt sind. Sie haben gemeinsam getrauert.«

»Nick«, wiederhole ich wie betäubt.

»Mallory hat mit ihm zusammengewohnt, als sie und Dad zusammenkamen«, sagt Connor.

Nick. Er hat sie auch gekannt. Und mich. Das kam mir seltsam vor, aber ich habe es nicht genau durchdacht. Und Trevor – seine Witzchen darüber, dass Untreue in der Familie läge. Damit meinte er nicht nur, dass sein Vater seine Mutter betrogen hat. Sondern dass Liam auch Nick hintergangen hat.

Nick, der das Foto aus meiner Tasche gesehen hat. Der die Muttermale an meinem Hals gesehen hat und genau weiß, wer ich bin. Der weiß, dass ich all die Fragen gestellt habe, die ich nicht stellen sollte.

Connor redet weiter. »Als Alexis mir diese Fotos gezeigt hat, dachte ich, dass das keinen Sinn ergibt. Warum sollte Dad sie gehabt haben, wenn diese Blutergüsse seine Schuld waren? Das ergibt nur Sinn, wenn er sie für sie aufbewahrt hat. Nick hat seit jeher Aggressionsprobleme. Mom dachte immer, ich hätte was gegen ihn, weil ich nicht wollte, dass er Dads Position einnimmt, aber ich schwöre, ich habe immer gespürt, dass er mich hasst.«

Ich fühle mich wie betäubt. Auf der Suche nach irgendeiner Empfindung berühre ich mein Gesicht mit den Fingerspitzen.

»An was erinnerst du dich *genau?*«, fragt Connor.

Ich schließe die Augen. Und erzähle es ihm.

34

Das Mädchen ist gut darin, sich zu verstecken. Sie weiß, wie man sich still verhält. Wenn das Monster wütend ist, läufst du nicht weg, du gibst keinen Laut von dir.

Die Tür wird plötzlich aufgestoßen. Ein Ungeheuer betritt den Raum – ein Ungeheuer in der Gestalt eines Menschen, und aus seinen Schläfen sprießt ein Geweih – und sie schreit …

Aber es ist nur Liam. Nicht das Monster, im Gegenteil.

»Da bist du ja, Kleines. Komm. Wir müssen gehen«, sagt Liam, aber sie ist zu verängstigt, um sich zu rühren. Er sieht furchterregend aus, die Hälfte seines Gesichts ist unter frischem Blut verborgen, das aus einer Wunde an seiner Schläfe austritt. Er bückt sich, nimmt ihr Handgelenk und zieht sie hoch. Zerrt sie langsam zur Tür. Sie wirft sich nach hinten, und er bleibt stehen. Er atmet keuchend. In seinem Blick steht Sorge, doch er lässt sich auf ein Knie herunter und legt seine Hände auf ihre Schultern.

»Hör mir zu, Teddy. Es ist wichtig, dass du mir vertraust. Vertraust du mir?«, fragt er, und das Mädchen nickt. »Wir müssen weglaufen. Wir müssen weglaufen und dürfen erst aufhören, wenn ich es sage. Schau nicht zurück und werd nicht langsamer. Kannst du das tun?«

»Ja«, flüstert sie. Dann: »Wo ist Mama?«

Seine Hand hebt und senkt sich dann wieder, eine hilflose

Geste. »Lass uns gehen«, sagt er nur, dann zieht er sie hinaus in den Schnee. *Ich habe meine Jacke nicht an,* möchte sie ihm sagen, doch sie sieht seine Miene und schluckt die Worte hinunter.

Der Schnee ist so tief, dass sie kaum vorankommt. Sie muss drei Schritte machen, wenn er nur einen macht, und er zieht sie am Handgelenk mit sich, doch sie presst die Lippen zusammen und gibt keinen Laut von sich. Er dreht unablässig den Kopf. »Hier entlang«, murmelt er manchmal.

Das Mädchen wird müde – doch seine Schritte werden zuerst langsamer. Er stolpert, stützt sich an einem Baum ab. Dann schüttelt er den Kopf und richtet sich wieder auf.

»Müssen weiter«, sagt er und macht zwei Schritte.

Und dann fällt er hin.

Er versucht, sich wieder aufzurichten, drückt sich mit einem Arm hoch, bricht aber wieder zusammen. Schließlich liegt er mit dem Gesicht nach unten im Schnee, aber der Kopf ist so gedreht, dass sie seine Augen sehen kann, die nur noch einen Spalt weit geöffnet sind.

»Mr Liam?«, sagt das Mädchen. »Mr Liam. Wir dürfen nicht langsamer werden.« Sie packt seinen Arm. Sie zerrt daran. Zerrt noch einmal. Aber er steht nicht auf. Sie sinkt neben ihm auf die Knie, blickt sich um. Es ist niemand sonst zu sehen. Es ist niemand da, der ihr sagen könnte, was sie tun, wo sie hingehen soll.

Die Sonne ist fast untergegangen. Es wird dunkel im Wald. Dunkel, und ach, so kalt.

Sie legt sich neben ihn und wartet darauf, dass er wieder aufwacht.

35

»Er ist hingefallen«, flüstere ich. Die einzelnen Bruchstücke haben sich selbst zusammengefügt. Vor ihm hatte ich nie Angst. Er war der Ritter, nicht der Oger. Wir haben versucht, zu entkommen. »Nick hat ihr wehgetan. Liam – er muss versucht haben, zu helfen. Darum hat er sie auch hierhergebracht, um sie in Sicherheit zu bringen. Doch Nick hat rausgefunden, wo sie war. Er war da. Ich erinnere mich, dass er dort gestanden hat.«

Mir beim Sterben zugesehen hat.

Connors Hände zittern. Mir ist immer noch nicht wärmer geworden. »Ich habe Mom damals erzählt, dass ich euch getroffen hatte«, sagt er. »Dad hatte mich zwar gebeten, es für mich zu behalten, aber es ist mir rausgerutscht. Sie muss es Nick erzählt haben. Wenn er hier hochgekommen ist – wenn Nick ihm einen Schlag versetzt hat und Dad dann entkommen ist und dich geholt hat, aber dann ...«

Mir entweicht ein Laut, wie ein Schmerzensschrei. Connor erschrickt. Ich schaue ihn an, mir verschwimmt alles vor den Augen. »Du glaubst mir«, sage ich.

Er hält inne, aber nicht, weil es nicht wahr wäre. Ich kann sehen, dass er nachdenkt – weil er keine vorschnellen Schlüsse ziehen will. Er möchte sich sicher sein. Und er möchte, dass wir beide wissen, dass er es auch so meint, als er sagt: »Ich glaube dir.«

»Und du wusstest nicht, wer ich war«, sage ich.

»Nein. Ich hatte keine Ahnung.«

»Und dass du mich hierhergebracht hast, war keine Falle? Um herauszufinden, was ich wusste? Ob ich Ärger machen würde?«, frage ich.

»Nein, natürlich nicht. Ich war nicht mal sicher, ob ich dich mitnehmen wollte, aber Mom hat mich überredet«, sagt er. »Nicht, dass ich dich nicht hier haben wollte«, fügt er rasch hinzu. »Aber meine Familie kann ganz schön anstrengend sein ... auch ohne ... all das hier.«

»Aber du hast mich gefunden. Auf der anderen Seite des Landes. Wenn du es nicht wusstest ...« Wie könnte das ein Zufall sein?

»Schicksal?«, schlägt Connor vor.

»Ich glaube nicht ans Schicksal«, erwidere ich tonlos.

Er schaut mich an, und trotz des Grauens steht so etwas wie Staunen in seinem Blick. »An dem Tag damals, vor all den Jahren, haben wir Stunden zusammen im Schnee verbracht. Du hast mir erzählt, dass du keine Kälte magst. Dass du irgendwo hinwillst, wo es immer warm ist. Und ich habe gesagt, dann solltest du in Los Angeles leben. Da kommt meine Mom her, und da ist es das ganze Jahr über warm. Du meintest, da wolltest du hinziehen und zur Schule gehen, wegen der Bücher – genau so hast du es gesagt: zur Schule gehen wegen der Bücher. Bücher seien der Ort, an dem sie all die interessanten Sachen aufbewahren.«

Ich gebe ein skeptisches Geräusch von mir. »Du glaubst, ich bin nach Los Angeles gezogen, weil du es mir geraten hast?«

»Vielleicht«, sagt Connor.

»Los Angeles ist eine große Stadt.«

»Aber ich habe dich gefunden. Bin von der Straße in einen

Raum gestolpert, in dem du in Schwarz-Weiß hingst«, sagt Connor.

»Womit wir wieder beim Schicksal wären.«

»Mir reicht das«, sagt er.

Ein gepresstes Lachen kommt über meine Lippen. »Wir hätten einfach durchbrennen sollen.«

»Können wir noch immer«, sagt Connor. Er legt seine Hand in meine. Ich starre auf unsere Finger herab.

Er könnte immer noch lügen. Vielleicht ist das ein Trick, um herauszufinden, woran ich mich erinnere und was ich vorhabe.

Vielleicht hat er mich gesehen und dann den Pfeil abgeschossen.

Aber ich weiß, dass ich niemals Angst vor Liam Dalton hatte. Und jetzt habe ich auch keine Angst vor Connor.

Ich lehne mich zu ihm hin und drücke meine Lippen auf seine. Eine ganz leichte Berührung, eine Frage, nichts weiter, bis er sie beantwortet. Er legt seine Hände um mein Gesicht und vertieft den Kuss, und dann bewegt er sich vom Tisch aufs Sofa. Seine Hände streichen über meine Beine, meinen Hals, streifen mir sanft die Jacke von den Schultern. Ich zucke zusammen, als er mit der Handfläche über meinen Arm fährt, doch der Schmerz verflüchtigt sich schnell wieder.

Es ist nicht sanft. Und es ist nicht fordernd. Als seine Hand unter mein Shirt gleitet, hält er inne; ich drücke mich gegen ihn. Während ich die Beine um seine Taille schlinge, lege ich eine Hand auf seine Brust und schaue ihm in die Augen, und ich rühre mich erst wieder, als er es tut und seinen Körper an meinen schmiegt.

Jede Bewegung ist nun eine Frage. Wir könnten sie mit Worten unterlegen, aber in diesem Moment zählt nur eine einzige Antwort.

Meine verletzten Stellen tun noch weh, aber ihn so zu haben ist den Schmerz wert, weil ich mir jetzt sicher bin. Nichts anderem kann ich mir sicher sein, aber seiner bin ich mir sicher.

36

Ich erwache mit einem Schrei, meine Haut ist trotz der Kälte schweißnass. Schwaches Morgenlicht fällt durchs Fenster. Ich erinnere mich, dass Connor mich geweckt und mir ins Bett geholfen hat. Und ich erinnere mich, dass ich so erschöpft war, dass ich gleich wieder eingeschlafen bin. Jetzt ist Connor nicht hier, und seine Seite des Betts sieht unberührt aus. Er hat sich gar nicht zu mir gelegt.

Ich schlüpfe in meine Hausschuhe und gehe in den Hauptraum. Connor ist bereits angezogen, er steht mit einer Tasse Kaffee in der Küche. Ich schaue zur Tür, auf seine Stiefel, die voller Schnee sind. Er war schon draußen.

»Hast du überhaupt geschlafen?«, frage ich. Er schüttelt den Kopf, und ich muss unwillkürlich lächeln. »Wir sollten packen.« Aber etwas in seiner Miene sorgt dafür, dass sich mir der Magen umdreht.

»Wir können nicht abreisen«, sagt er. Angst schnürt mir die Kehle zu. Er weist mit dem Kinn zur Tür. »Schau mal raus.«

Ich gehe zum Fenster, und als ich den Vorhang zur Seite schiebe, sinkt mein Mut. Die Welt ist unter einer weißen Decke verborgen – einer hohen, unerbittlichen Schneeschicht.

»Bei dem Wetter können wir nicht mit dem Auto den Berg runterfahren, ohne uns zu gefährden, nicht heute«, sagt Connor. »Vance wird uns den Weg frei machen, aber nicht heute, und wahrscheinlich auch nicht morgen.«

»Dann nehmen wir die Schneeraupe«, sage ich.

Connor zögert. Dann: »Ich werde fragen.«

»Connor …« Ich werfe ihm einen warnenden Blick zu. Er legt seine Hände beruhigend auf meine Arme und fährt an ihnen auf und ab.

»Ich finde eine Lösung. Ich habe dir versprochen, dass wir fahren, und wir werden auch fahren. Aber ich weiß nicht, wie man mit der Schneeraupe umgeht, und wenn wir uns verhalten, als wäre das ein Notfall, werden hier einige Augenbrauen hochgezogen werden. Obwohl …«

»Was?«, frage ich.

»Wir könnten es ihnen sagen«, erwidert er. »Mit Granddad reden. Mit meiner Mom. Wenn sie wissen, was los ist, kann Nick nicht …«

»Magnus ist derjenige, der mir die Nachrichten geschickt hat, schon vergessen?«, frage ich. »Warum sollte er das tun, wenn er nicht weiß, wer ich bin? Was auch immer damals passiert ist, Nick hat es nicht alleine vertuscht. Und wir wissen nicht, wer sonst noch beteiligt war.« Ich füge nicht hinzu, dass das auch seine Mutter einschließt.

Er lässt die Schultern sinken. »In Ordnung. Du hast recht.« Er küsst meine Stirn. »Tut mir leid. Ich wünschte, ich könnte dich sofort von hier wegbringen. Aber solange ich bei dir bin, kann Nick dir nichts tun.«

»Wir gehen rüber und frühstücken mit den anderen«, sage ich. »Wir lächeln, halten Händchen und tun so, als wäre nichts. Und dann nutzen wir die erste Gelegenheit, um von hier wegzukommen.«

»Hey«, sagt Connor. Er legt seinen Daumen an mein Kinn,

direkt unterhalb meiner Unterlippe. »Hör zu, Theo. Ich weiß nicht genau, was vor all den Jahren passiert ist oder was jetzt passiert. Aber ich weiß, was passieren wird.«

»Ist das so?«, frage ich skeptisch.

»Ja. Wir werden von hier entkommen. Wir werden die Wahrheit rausfinden. Und wir werden zusammen sein«, sagt Connor. »Wir werden heiraten und die Welt bereisen, uns eine Katze anschaffen und Kinder bekommen, wenn wir welche wollen – wir werden all die Dinge tun, die wir tun wollten. Alles, was wir uns versprochen haben.«

»Deine Familie …«

»Du bist meine Familie«, sagt er. »So funktioniert das. Dafür steht der Ring. Was auch immer passiert, was auch immer wir rausfinden – wir haben uns füreinander entschieden. Daran hat sich nichts geändert.«

Ich lege meine Hand auf seine Brust, spüre seinen schnellen Herzschlag. Unter meinem Ärmel schaut der Rand meines Tattoos hervor. Ich wusste nie, ob es eine Warnung oder ein Wegweiser sein sollte. Jetzt begreife ich, dass es beides ist. Es hat mich hierhergebracht. In meine Vergangenheit, zu meinen Erinnerungen. Aber als Erstes hat es mich zu Connor geführt.

»Lass uns gehen«, sage ich. Ich nehme seine Hand, und wir treten gemeinsam vor die Tür.

* * *

In der Lodge ist es still, als wir dort eintreffen. Wir sind früh auf, aber es dringt bereits der Duft von Kaffee und etwas mit Muskat Gewürztem an meine Nase, und ich stelle mir vor, dass Irina noch früher aufgestanden ist.

Irina erscheint auch fast im gleichen Moment und winkt

uns hinein. »Tut mir leid, ich bin etwas spät dran«, sagt sie, während sie uns ins Esszimmer führt. Dort steht auf dem Sideboard bereits Kaffee sowie eine Auswahl an Frühstücksbackwaren. Ihre Definition von »spät dran sein« ist nicht dieselbe wie meine. »Olena sollte eigentlich helfen, aber sie ist ...« Sie unterbricht sich und setzt einen finsteren Blick auf.

»Überhaupt kein Problem«, versichert Connor ihr.

»Ich glaube, Ihre Großmutter wird bald hier sein«, sagt sie und murmelt etwas über »diesen jungen Mann«, als sie den Raum verlässt. Dreimal darf man raten, mit wem Olena ihre Zeit vertrödelt.

Ich gieße mir einen Kaffee ein – oder, wie Connor spöttisch sagt, meine Sahne mit Zucker und einem Spritzer Kaffee –, als Louise, wie angekündigt, kommt; ihre Schritte klacken auf den Bodendielen. Sie bleibt in der Tür stehen, ihr Blick liegt auf mir, mit offenkundigem Missfallen.

»Connor. Miss Scott«, sagt sie.

Meine Tasse kratzt über ihren Unterteller. Ich gehe zum Tisch, setze beides an meinem Platz ab und begrüße sie mit einem freundlichen »Guten Morgen«. Spiel deine Rolle. Lass die Tasse nicht klappern, auch wenn deine Hände zittern.

»Ich hatte den Eindruck, dass Sie abreisen wollten«, sagt sie schmallippig.

»Oh, ich glaube, bei dem Schnee reist niemand ab«, sage ich leichthin, ohne die indirekte Frage zu beantworten. »Darf ich Ihnen einen Kaffee holen, Louise?«

»Schwarz«, sagt sie und nimmt ihren Platz neben dem oberen Tischende ein, ein gutes Stück von mir entfernt.

»Bin schon dabei«, sagt Connor, der womöglich spürt, dass ich mich entschließen könnte, ihr ihren Kaffee über den Schoß zu kippen.

Er stellt ihn gerade neben ihrer Hand ab, als die Tür sich erneut öffnet und Trevor hereingeschlurft kommt. Er sieht schludrig aus – sein Kragen steht offen, seine Haare sind zerzaust und seine Augen ganz klein von zu wenig Schlaf oder vom Trinken oder beidem. Er gähnt ungeniert, während er zum Sideboard schlendert; dort schnappt er sich ein mit einer Nuss-Zimt-Mischung gefülltes Blätterteigteilchen, steckt es sich direkt in den Mund und streift dann die Krümel von seinen Fingern auf den Fußboden.

»Das war ja ein ganz schöner Schneesturm letzte Nacht«, sagt er, als er sich auf den Stuhl direkt neben meinem fallen lässt.

»Schon auf dem Weg von der Hütte hierher kam ich mir vor wie auf einer Arktis-Expedition.« Meine Stimme ist fröhlich, aber meine Fingernägel bohren sich in meinen Oberschenkel. Mein ganzer Körper befiehlt mir, zu fliehen, doch ich kann nirgends hin.

Im Flur sind Stimmen zu hören. »... aber irgendwann schlafen sie doch auch bis nach Sonnenaufgang, oder?«, sagt Alexis, dann kommen sie und Paloma hereingewuselt. Paloma hat Sebastian auf dem Arm. Er hat zwei Dinosaurier mitgebracht, schlägt sie gegeneinander und knurrt dabei wie eine wilde Bestie. Paloma setzt ihn kurzerhand auf einen Stuhl und stürzt sich dann direkt auf den Kaffee, während Alexis betreten in der Nähe der Tür stehen bleibt und ihren Schal abnimmt.

»Ich hoffe, ihr habt alle gut geschlafen, wir haben nämlich kein Auge zugetan«, sagt sie mit aufgesetzter Fröhlichkeit.

»Stimmt was nicht?«, fragt Connor.

»Ach, irgendwas hat Bastian mitten in der Nacht aufgeweckt, und danach konnte er nicht mehr einschlafen. Ist wegen jedem kleinen Geräusch sofort ausgeflippt.« Alexis folgt

Paloma, während sie spricht. Paloma belädt einen Teller mit Gebäckstücken, stellt ihn neben Sebastian und setzt sich dann, ohne auch nur einmal einen Blickkontakt herzustellen. »Man sollte meinen, dass er danach lange schlafen würde, aber nein …«, fährt Alexis fort.

Rose kommt herein, gefolgt von Magnus. Rose ist, wie immer, tadellos zurechtgemacht – sie bewegt sich und spricht, als würde sie jede Regung ihres Gesichts im Beisein ihrer Schwiegereltern genau abwägen. Während wir alle unsere Plätze einnehmen, behält Louise mich im Auge und gibt sich keine Mühe, ihren Unmut über meine Anwesenheit zu verbergen.

Irina tritt ins Zimmer. Sie trägt ein Tablett mit dampfendem Rührei mit Pilzen, stellt es in die Mitte des Tischs und wischt sich, offensichtlich erschöpft, die Hände an der Schürze ab. »Einen Augenblick bitte, der Rest kommt sofort«, sagt sie.

»Wo ist denn Ihre Tochter? Hilft sie Ihnen nicht?«, fragt Magnus.

Irinas Blick fliegt zu Trevor. »Sie ist spät dran. Ich habe sie heute noch gar nicht gesehen.«

»Wir müssen darüber reden, dass du die Hausangestellten von der Arbeit ablenkst«, sagt Magnus.

Trevors Miene ist ausdruckslos. »Sie schläft sich wahrscheinlich nur aus«, sagt er, dann ist Irina aus der Tür, und das Essen tritt in den Mittelpunkt der Aufmerksamkeit.

Ich greife nach dem Servierlöffel und spüre Louises Blick auf mir, während ich mir etwas auf den Teller lade und anfange, zu essen. Schließlich legt sie ihr Besteck mit einem lauten Klirren auf ihrem Teller ab und sagt: »Tut mir leid, aber ich kann das nicht.«

Ich erstarre, während meine mit Ei beladene Gabel auf halbem Weg zum Mund ist.

»Was kannst du nicht?«, fragt Alexis.

»Ich werde nicht hier sitzen und mein Essen mit dieser Frau teilen, als wüssten wir nicht, was los ist«, erwidert Louise mit pikierter Miene.

»Ich weiß nicht, was Sie meinen«, sage ich durch geschlossene Zähne.

»Ich hab's euch doch erklärt, Grandma«, schaltet Connor sich ein.

»Ja, ja, du hast uns von dieser sogenannten Erklärung erzählt. Dieser ach so perfekten tragischen Geschichte«, erwidert Louise in einem ätzenden Ton. »Aber es ist ja nicht so, als könnten wir irgendwas davon überprüfen. Sie hat bereits mehrfach gelogen und das auch selbst zugegeben. Und *jetzt* sollen wir ihr glauben?«

Ich lege meine Gabel mit einem leisen Geräusch ab. »Ich wäre durchaus froh, wenn ich abreisen könnte«, sage ich in einem süßlichen Ton, um meine Angst zu übertönen. »Wenn wir ein Fahrzeug hätten, das uns von hier wegbringen könnte.«

»Ich bin sicher, Mr Vance wird Ihnen den Gefallen tun, Sie zu begleiten«, sagt Louise.

Ich weiß nicht, was Mr Vance weiß oder vermutet. Was ihm gesagt wurde. Aber er war hier, als Liam starb, und er ist den Daltons treu ergeben. Das bedeutet, dass ich ihm nicht trauen kann. Aber Connor wird ja bei mir sein.

»Wenn Mr Vance uns fährt, reisen wir ab«, sagt Connor.

Ich nicke. »Ich danke Ihnen allen für Ihre Gastfreundschaft.« Ich erhebe mich, und Connor tut es mir nach. Er streckt die Hand aus, so, als wollte er meine nehmen, doch Louises Stimme bremst ihn.

»Connor, auf ein Wort«, sagt sie.

Ich presse meine Lippen aufeinander, nicke ihm aber zu.

»Ich warte im Foyer«, sage ich. Ich mache gute Miene. Solange er mit mir kommt, können sie ihm so viel Gift ins Ohr träufeln, wie sie wollen. Bald werden wir nicht mehr hier sein.

Ich verlasse das Zimmer und widerstehe der Versuchung, in der Nähe zu bleiben und zu versuchen, etwas von ihrem Gespräch mitzubekommen. Connor wird mir sagen, was los ist. Ich gehe weiter, atme gleichmäßig, und beinahe gelingt es mir, meine Angst in Schach zu halten.

Nick steht im Foyer. Er wendet mir den Rücken zu, doch als er mich kommen hört, dreht er sich um, wie an dem Abend meiner Ankunft, und ebenso wie an jenem Abend erstarrt er, als er mich sieht. »Theo«, sagt er. »Was machen Sie hier?«

»Frühstücken«, sage ich. »Oder vielmehr mich von der Frühstückstafel vertreiben lassen.« Ich recke mein Kinn hoch und sage mir, dass es keinen Grund gibt, hier in der Lodge Angst zu haben, mit lauter Zeugen in dem Zimmer am Ende des Flurs. Aber das hilft nicht.

Er kommt so schnell auf mich zu, dass ich keine Zeit habe, zu reagieren, bevor seine Hand sich um meinen Oberarm legt, nur wenige Zentimeter von der Wunde entfernt, die er erst gestern genäht hat. Der Schmerz lässt mich aufschreien, doch er lässt nicht locker und starrt mich an, sucht mein Gesicht ab – aber wonach? Seine Zähne sind zusammengebissen, er atmet plötzlich schwer, und ich erstarre.

Rühr dich nicht.

Gib keinen Laut von dir.

Mach den Oger nicht wütend.

»Was ist denn hier los?«, dringt Trevors Stimme von hinten zu uns; er klingt träge und unbekümmert und kommt mit den Händen in den Taschen angeschlendert. »Hat das Bauernmädchen das teure Silber geklaut?«

Nick lässt mich los und macht einen Schritt zurück. Dann geht er ohne ein Wort an uns beiden vorbei und den Flur hinunter in Richtung Esszimmer.

»Was zum Teufel sollte das?«, murmelt Trevor und kommt noch einen Schritt näher, während er seinem Onkel nachblickt.

»Ich weiß es nicht«, erwidere ich mit bebender Stimme. Und das ist nur halb gelogen. Trevor schaut mich neugierig an.

»Er ist ein Scheißkerl«, sagt er.

»Ich weiß«, sage ich.

»Nein, ich meine – er ist wirklich einer. Seine Frau hat gerichtlich ein Kontaktverbot gegen ihn durchgesetzt. Er darf sich weder ihr noch den Kindern nähern. Darum sind sie auch nicht hier«, sagt er. »Die Geschichte hätte ich auch an den Baum hängen können, aber dann hätte er mich wahrscheinlich erschossen.« Er steht noch immer in dieser lässigen Scheiß-egal-Haltung da, doch aus dem, was er sagt, klingt eine alte Verletzung durch, durch die sich erhabenes Narbengewebe zieht.

»Selber Scheißkerl«, erinnere ich ihn.

»Ja«, sagt er. Und zu meinem Erstaunen wirkt er schuldbewusst. »Das mit deiner Hand tut mir leid.«

»Ach ja?«

Er zieht die Hände aus den Taschen und krempelt beinahe behutsam seinen linken Hemdsärmel hoch. Ich stoße zischend die Luft aus. Die Innenseite seines Unterarms ist nahe dem Ellenbogen mit einem Dutzend kreisrunder Brandwunden übersät, die alle in unterschiedlichen Stadien des Abheilens sind, von vernarbt bis frisch verkrustet. »Mich überkommt manchmal dieser Drang, und dann ist es, als könnte mein Hirn nichts anderes mehr hören. Bei einem anderen habe ich das vorher noch nie gemacht. Tut mir echt leid. Das war mies.«

»Du sagst es«, presse ich hervor. Er krempelt seinen Ärmel

wieder herunter. »Dann sollte ich wohl dankbar sein, dass du dich entschuldigst.« Ich werde diesen kleinen Psychopathen jetzt nicht auch noch bedauern.

»Hör zu«, sagt er. »Olena und ich waren gestern Nacht draußen in der Hütte, aber sie ist allein von da weggegangen. Sie müsste eigentlich wieder in ihrem Bett gelandet sein, aber es klingt so, als wäre sie das nicht.«

Mich befällt Beklommenheit. »Und wo ist sie dann?«

»Ich weiß es nicht. Aber ich will auch nicht alle in Panik versetzen oder sie in Schwierigkeiten bringen, wenn sie sich vielleicht nur – irgendwo vor der Arbeit drückt«, sagt Trevor. Er schluckt. »Kannst du mir helfen, nach ihr zu suchen?«

»Wieso fragst du mich?«

»Weil dir niemand glauben wird, wenn du uns verpfeifst«, sagt er achselzuckend.

Olena ist nicht zurückgekommen. Gestern Nacht gab es einen heftigen Schneesturm, und Olena ist nicht im Haus. Aber ich werde nicht allein losziehen.

»Trevor«, sage ich, aber dann fällt mein Blick in den Flur. Nick ist nicht im Esszimmer verschwunden. Er hat sich nur ein Stück zurückgezogen, und Magnus steht bei ihm. Die beiden unterhalten sich leise, während Nick mich fixiert. Als ich seinen Blick bemerke, überkommt mich kalte Angst.

Ich bin hier nicht sicher.

»Gut, wie du meinst«, sagt Trevor und geht los.

»Warte«, sage ich schnell. »Ich komme mit.« Lieber draußen mit ihm unterwegs sein, als mit den beiden hier drinnen bleiben. Trevor mag ja ein Blödmann sein, aber er ist hier einer der wenigen, bei denen ich mir sicher bin, dass sie nichts mit der Sache zu tun haben.

Dazu vertrauen die anderen ihm zu wenig.

Wir gehen zusammen hinaus. Trevor hält mir die Tür auf, ein demonstrativ galantes Benehmen, das sich eher wie Hohn anfühlt. Bei einem Blick zurück sehe ich, dass Nick und Magnus uns weiter beobachten. Ich beschleunige meine Schritte und folge Trevor in Richtung Wald.

»Sie muss eigentlich auf dem direkten Weg hierher zurückgegangen sein«, sagt Trevor.

»Was ist der schnellste Weg zur Dragonfly Cabin?«, frage ich. Er zeigt mir den Weg, lässt mich aber vorausgehen, womit er mich zwingt, ihm den Rücken zuzuwenden. Ich spüre ein Kribbeln im Nacken, bin in höchster Alarmbereitschaft. Trevor war ein Kleinkind, als sein Vater starb. Und ihm liegt offensichtlich nicht allzu viel daran, den guten Namen der Familie zu schützen. Das heißt aber nicht, dass er keine potenzielle Bedrohung darstellt.

»Deine Familie scheint deine kleine Racheaktion ja ziemlich schnell verschmerzt zu haben«, sage ich, vor allem, um ihn zum Reden zu animieren, denn so kann ich leichter abschätzen, wo genau er sich aufhält, wenn ich ihn nicht sehen kann.

»Das wird Konsequenzen haben!«, sagt er, seinen Großvater imitierend. »Als ob mich das jucken würde. Sie haben keinen Zugriff mehr auf meinen Treuhandfonds, also können sie mir damit auch nicht mehr drohen.«

»Na, Gott sei Dank«, sage ich und verdrehe die Augen.

»Ich bin ein verzogenes Balg, ich weiß«, sagt er, und ich kann hören, dass er grinst.

»Hast du irgendwelche höheren Ziele, was du mit deinem Leben anstellen willst, oder bist du einfach nur hier, um Spaß zu haben?«, frage ich mit einem offen verächtlichen Unterton.

Er wird tatsächlich einen Moment still, und nur unsere

Schritte führen die Unterhaltung für uns fort. »Weißt du, was *Anhedonie* bedeutet?«

»Das ist die Unfähigkeit, Freude oder Vergnügen zu empfinden«, sage ich. Ich fand schon immer, dass das ein zu schönes Wort für so etwas Deprimierendes ist.

»Ich glaube, ich wurde damit geboren«, sagt er. »Ich kann mich nicht erinnern, jemals glücklich gewesen zu sein. Und wenn das Beste, worauf ich hoffen kann, in etwas nicht ganz so furchtbar Schrecklichem besteht, wozu es dann überhaupt versuchen?«

»Erzählst du mir das, weil es stimmt, oder weil du möchtest, dass ich dich bemitleide?«, frage ich, mich zu ihm umwendend.

Er starrt mich einen Moment an, dann gehen seine Mundwinkel nach oben, und ein schiefer Zahn kommt zum Vorschein. »Du könntest mich heilen.«

Ich will mich gerade wieder nach vorn drehen und ihm sagen, dass er mich mal kreuzweise kann, als mir etwas ins Auge fällt. Abgesehen von der ein oder anderen aus dem Schnee ragenden Kiefernnadel ist hier im Wald alles grau und weiß. Aber mitten in dieser Farblosigkeit habe ich etwas Rotes aufblitzen sehen.

Rot – wie ein Rotkardinal im Schnee, aber von diesen Vögeln habe ich hier bislang keinen gesehen, und dann kommen mir auch schon andere Dinge in den Sinn. *Das rote Halstuch.* Ich wende meinen Kopf wieder der Stelle zu, doch die Konturen der Landschaft haben das rote Etwas vor mir verborgen, wenn es denn überhaupt wirklich da war. Ich mache trotzdem einen Schritt in die Richtung, in der ich es vermute, und dann – ja, da ist etwas Rotes. Aber es ist nicht blutrot, sondern heller. Das Rot von der Jacke, die ich trage. Ich mache noch einen Schritt darauf zu und noch einen.

»Theo?«, sagt Trevor.

Vance hat mich gewarnt, dass es nicht sicher sei, nachts im Dunklen hier herumzulaufen. Es gibt Stellen, die plötzlich steil abfallen, Senken und Furchen. Hier kann man leicht stolpern und stürzen. Umknicken. Sich ein Bein brechen.

Sie liegt am Fuß einer tiefen Senke, mit dem Gesicht nach unten. Ein Arm ruht ausgestreckt vor ihrem Körper auf dem Schnee, der andere verdreht unter ihrem Körper. Ihr dunkles Haar ist ausgebreitet, die Wollmütze vom Kopf gerutscht. Es ist viel Schnee gefallen; er bedeckt ihre Schultern und die Blutlache, die sich neben ihrem Kopf gebildet hat, doch das Blut ist aufgesogen worden und zeichnet ein rosafarbenes Muster in den Schnee, das wie schleichender Schimmel aussieht.

»Theo, was …«, beginnt Trevor, aber dann hat er zu mir aufgeschlossen. Er schreit auf vor Schreck und taumelt zurück. »Oh, *fuck*.«

Ich ignoriere ihn und arbeite mich zu ihr vor. Aus Angst, dass sie dabei ist, zu ersticken, vergesse ich alles, was ich über Nackenstabilisierung und Atemwegssicherung weiß, und packe ihre Schulter, um sie umzudrehen …

Ihre Augen stehen offen. Ihre Haut hat einen bläulichen Ton, und sie ist tot, schon seit Stunden. Es gibt nichts, was ich tun könnte, und das Erste, was ich empfinde, das Allererste, ist Erleichterung. Es ist befreiend, zu wissen, dass ich sie nicht retten kann, denn so bleibt mir die Qual erspart, es zu versuchen, und ich weiß, dass ich mich für diesen Moment mein ganzes restliches Leben lang schämen werde. Und genauso schnell ist das Gefühl auch schon wieder vorbei. Es verwandelt sich in Traurigkeit, in Schrecken und Verwirrung.

»Olena!«, sagt Trevor und fällt neben mir auf die Knie. »Wir müssen Hilfe holen! Sie ins Warme bringen! Wir müssen …«

Ich blicke ihn an und warte. Er keucht, ist verzweifelt. Doch dann schließt sich sein Mund, und alle Luft entweicht auf einmal aus ihm.

Ich schaue wieder auf Olena, obwohl es das Letzte ist, was ich jetzt sehen möchte. Ihr Haar ist mit einer Mischung aus Blut und Schnee seitlich an ihrem Gesicht festgefroren, und darunter ragt der ausgefranste Rand einer Wunde hervor. Mein Blick wandert weiter den Hang hinunter. Dort liegt ein Stein, so groß wie zwei aneinandergepresste Fäuste und an einem Ende spitz zulaufend. Daran klebt etwas Dunkles, was Blut sein könnte.

Ich denke an das Geräusch, das ich gestern Abend gehört habe, als ich im Dunkeln zurück in die White Pine gestolpert bin. Es klang wie der Schmerzensschrei eines Vogels oder Kaninchens.

Ich streiche Olena mit den Fingerspitzen die Haare aus dem Gesicht. Ihr leerer Blick bohrt sich in meinen, und ich habe das Gefühl, schon einmal hier gewesen zu sein.

Hier in der Kälte.

Mit einer Leiche, aus der längst alle Wärme gewichen war.

Mit Augen, die mich anstarren.

Ich war in den letzten Tagen mehrfach in der Dragonfly – Mr Vance hat mich gesehen und anderen davon erzählt. Hat Nick davon erzählt. Und dieser Weg – wir sind vom Kurs abgekommen, sind weiter südlich als der direkte Weg, den Olena eingeschlagen hätte, wenn sie die kürzeste Route hätte nehmen wollen. Doch wegen des vielen Schnees muss Olena eine Abkürzung zu den Autos und dem Teich gewählt haben, um zu dem leichter begehbaren Pfad zu gelangen, der um den Teich herumführt.

Aus diesem Grund ist sie auf die White Pine zugelaufen. In ihrer roten Jacke, die dieselbe Farbe hat wie meine.

Im Dunkeln sahen wir gleich aus, Olena und ich.

»Was ist passiert?«, fragt Trevor, als ob ich das wüsste. Als ob ich es erklären könnte.

Ich blicke auf und sage völlig ruhig: »Sie ist gestürzt.«

37

»Was machen wir denn jetzt?«, fragt Trevor und schaut mich hilflos an. »Was sollen wir jetzt tun?«

Von außen betrachtet, könnte man mich für absolut ruhig halten. »Bleib hier«, sage ich entschlossen und selbstsicher zu ihm. »Ich hole Hilfe.«

Ich gehe los, bevor er protestieren kann. Im Kopf überschlage ich, wie weit es zur White Pine Cabin ist. Zu den Schlüsseln, zum Wagen, durch Schneewehen den Berg hinunter. Ich könnte es schaffen.

Nicht ohne Connor.

Ich folge meinen eigenen Fußspuren. Laufe die Stufen zur Lodge wieder hoch und ins Haus. Die Mühe, meine Schuhe auszuziehen, mache ich mir nicht. Ich werde überall auf den glänzenden Dielen Schnee verteilen, aber was soll's? Soll er doch einsickern. Soll er doch das Holz ruinieren, sodass die Daltons sie herausreißen und von vorn beginnen müssen.

Connors Stimme dringt an mein Ohr. Er ist im Wohnzimmer. Ich folge dem Klang, meine Gefasstheit, die gar keine ist, hält mich aufrecht. Ich erwarte, ihn im Gespräch mit Louise vorzufinden, aber Rose ist bei ihm, die beiden stehen dicht beieinander. Sie hält ihre Arme locker verschränkt, ihr Kopf ist gesenkt, alles an ihrer Haltung strahlt Unbehagen und Niedergeschlagenheit aus. Connor hat eine Hand in die Hüfte gestützt, die andere liegt in seinem Nacken; er ist nicht weniger unglücklich als sie. Ich trete in meinen Winterstiefeln mit stampfenden Schritten ins Zimmer, und er wendet sich um.

»Theo?«, sagt er stirnrunzelnd. »Wo warst du?«

»Ich muss dich sprechen.«

Die Falte zwischen seinen Augenbrauen wird tiefer. Er berührt seine Mutter kurz an der Schulter, eine Geste, die *Warte kurz* besagt, dann eilt er zu mir und fragt mit gesenkter Stimme: »Was ist denn los? Du siehst ...«

»Wir müssen hier weg«, sage ich leise, so dezent, dass Rose es nicht hören kann. »Jetzt sofort.«

»Ja, tun wir ja«, sagt Connor. »Wir müssen noch mit Mr Vance sprechen, und dann ...«

»Vergiss Vance. Nur wir beide, und jetzt sofort«, sage ich. »Hör mir gut zu und verhalte dich ruhig. Olena ist tot.«

Er erbleicht vor Schreck. Ich nehme seine Hand und drücke sie fest. Er darf jetzt nicht ausflippen.

»Connor, wir müssen *jetzt* los«, sage ich, doch in diesem Moment schlägt die Haustür zu. Schwere Schritte durchqueren das Foyer, und ich fluche leise, als jemand laut ruft.

»Mom? Mom!«

»Trevor?«, erwidert Rose überrascht und schaut mich erschrocken an. Dann wankt Trevor ins Zimmer. Sein Gesicht ist kreidebleich, sein Blick völlig verstört.

»Mom, sie ist – Olena – sie ist tot«, sagt er.

Rose schreit auf und schlägt die Hand vor den Mund, ihr Blick fliegt zwischen Trevor und mir hin und her, während sie sich ein Bild zu machen versucht. Ich halte noch immer Connors Hand. Wir könnten gehen. Aus der Tür spazieren und abfahren. Aber es ist bereits zu spät. Louise erscheint in dem anderen Durchgang – »Was ist los?« –, dann folgen weitere

Schrittgeräusche, mehr Familienmitglieder strömen herbei, und jetzt gibt es kein Entkommen mehr.

»Olena ist tot«, wiederholt Trevor kläglich. »Sie ist – sie lag einfach da, und …« Er würgt und zeigt in die ungefähre Richtung des Waldes. »Ich weiß nicht, was passiert ist. Sie war mit mir zusammen, und dann …«

»O Gott«, sagt Rose leise, aber sie schaut nicht Trevor an, sondern an ihm vorbei, und wir drehen uns alle um.

Irina steht im Flur. Sie hat die Hände vors Gesicht geschlagen, als versuchte sie, sich zu verstecken, ihre Augen zu verdecken, um alles um sie herum auszublenden. Sie zittert am ganzen Körper. Und dann fängt sie an, zu schreien.

Louise löst sich als Erste aus ihrer Starre. Sie durchquert mit überraschender Geschwindigkeit den Raum und drückt Irina an sich. Irinas Schreie ziehen alle an, die bislang noch nicht gekommen waren. Angst und Verwirrung machen sich breit. Alexis ergreift Palomas Hand, Paloma hebt Sebastian in ihre Arme, als bereite sie sich darauf vor, zu fliehen, und hinter ihnen taucht Nick auf.

Irinas Schreie lassen nach. Sie sinkt gegen Louise und murmelt aufgeregt: »Das ist nicht wahr«, höre ich. »Das ist nicht wahr.«

»Was ist hier los?«, fragt Magnus. Er steht in dem Flur, der zum Bad und zu seinem Arbeitszimmer führt.

»Es scheint einen Unfall gegeben zu haben. Olena ist tot«, sagt Louise. Jedes Mal, wenn diese Worte laut ausgesprochen werden, wirkt das irgendwie weniger real.

Trevor erklärt stockend die Situation. Alexis und Paloma rücken zusammen und verschränken ihre Hände. Irina weint still in Louises Armen.

Als Trevor fertig ist, blickt Magnus drei volle Sekunden

stumm zu Boden und nickt dann. »Louise, bring Irina nach oben.«

Louise nickt ebenfalls. Sanft, aber mit einer sachlichen, konzentrierten Miene führt sie ihre Angestellte zur Treppe. Magnus wartet, bis man oben eine Tür zugehen hört, bevor er weiterredet.

»Trevor, du führst Connor und Nick zu Olena. Man wird uns auffordern, nichts anzurühren, aber findet etwas, womit ihr sie wenigstens bedecken könnt. Ich rufe den Sheriff und den Coroner an und höre, was sie sagen. Alexis, Paloma – ihr solltet mit Sebastian zurück in die Red Fox gehen. Rose, du bringst Theo ins Arbeitszimmer, sie kann sich dort ausruhen.«

»Ich kann zurück in die White Pine gehen«, sage ich sofort.

»Sie stehen unter Schock. Sie sollten jetzt nicht allein sein«, sagt Magnus schroff, um jeden Widerspruch im Keim zu ersticken. »Und da Sie bei Trevor waren, als Olena gefunden wurde, wird der Sheriff vielleicht Fragen an Sie haben.«

Der Sheriff – wenn der Sheriff hierherkommt, wird mich das sicherlich auf eine Art schützen. Und mir eine Möglichkeit bieten, von hier wegzukommen.

Rose nimmt meinen Arm, ihr Griff ist sanft, aber unnachgiebig. Ich schaue Connor an, der mich hilflos ansieht. Es gibt keinen vernünftigen Grund, mich zu weigern. Also gehe ich mit.

Die Uhr über Magnus' Schreibtisch tickt im Sekundentakt. Es ist eine Stunde vergangen, seit Rose mich hier allein gelassen hat. Ich habe keine Ahnung, was los ist. Niemand ist gekommen, um mich zu holen. Niemand hat mit mir gesprochen. Ich starre auf die Tür und frage mich, ob sie abgeschlossen ist. Noch sehe ich keinen Grund, das zu überprüfen, aber ich lasse meinen Blick durch den Raum schweifen und merke mir, welche Gegenstände darin schwer genug wären, um als Waffe zu dienen.

Olena ist tot. Irgendjemand hat sie umgebracht. Weil er dachte, ich wäre sie.

Das ist nicht die einzig mögliche Sichtweise. Aber in meinen Augen ist es die einzige, die zählt. Denn sollte es so gewesen sein, kann ich es mir nicht leisten, etwas anderes zu glauben. Sie erklärt, warum Nick so schockiert wirkte, als er mich im Foyer gesehen hat.

Jemand klopft höflich an die Tür, und sie öffnet sich, bevor ich reagieren kann. Rose. Sie hat eine Tasse in der Hand. »Ich dachte mir, dass Sie wahrscheinlich einen Tee gebrauchen können.« Ihre Augen haben diesen Glanz, der verrät, dass sie sich arg zusammennimmt, um nicht zu weinen.

»Danke«, sage ich. Alle reden mit mir, als wäre ich aus Porzellan. Vielleicht nützt es mir, wenn sie mein Schweigen für ein Zeichen von Erschütterung halten, während ich insgeheim versuche, einen Plan zu schmieden.

Ich nehme den Tee an und trinke davon. Er ist viel zu süß, aber ich schenke Rose trotzdem ein dankbares Lächeln. Zumindest die Wärme ist wohltuend.

»Ich habe schon überlegt, ob ich Ihnen etwas Stärkeres bringen soll«, sagt Rose. Statt wieder zu gehen, kommt sie weiter ins Zimmer hinein. Sie setzt sich halb auf den Tisch und legt die Hände um ihre Ellenbogen. »Tut mir leid, dass wir zwischenzeitlich fast vergessen hatten, dass Sie hier sind. Wir stehen natürlich alle unter Schock.«

Ich feuchte meine Lippen an und überlege, was ich darauf erwidern könnte. »Um mich sollten Sie sich keine Gedanken machen. Irina muss ja am Boden zerstört sein.«

»Wir kümmern uns um sie. Louise hat ihr ein starkes Beruhigungsmittel gegeben, das hilft ihr«, sagt Rose. »Ich kann mir gar nicht vorstellen, wie sie sich fühlen muss.«

»Das brauchen Sie ja auch gar nicht, Sie kennen das ja aus eigener Anschauung«, denke ich laut und trinke langsam an meinem Tee. Allmählich finde ich Gefallen an der Süße.

Sie runzelt die Stirn, als hätte sie das so noch gar nicht betrachtet. »Wegen Liam, nehme ich an? Damals war ich allerdings schrecklich wütend auf ihn. Es war ... kompliziert.«

»Sie wollten sich scheiden lassen«, sage ich.

Sie presst die Lippen zusammen. »Trevor«, beginnt sie, bremst sich dann jedoch. »Aber ja. Ich hatte die Papiere ein paar Tage vor seinem Tod aufsetzen lassen. Ich hatte herausgefunden, dass er mich betrog, was Sie, glaube ich, wissen.« Sie sagt das ganz sachlich und faltet ihre Hände. Ich erröte.

»Ich hörte so was.«

»Er war eine Weile distanziert gewesen, viel auf Reisen gegangen. Was mich aber am meisten aufgeregt hat, war, dass er Connor in die Sache mit reingezogen hat. Er hat ihn mit hier hoch genommen. So habe ich es herausgefunden. Siebenjährige sind nicht dafür bekannt, dass sie Geheimnisse für sich behalten können«, stellt sie trocken fest, und ich verspüre einen Stich im Herzen. Sie denkt seit all den Jahren, ihr Mann hätte sie verraten. »Man zieht seine Kinder nicht in so was rein. Wenn ich sage, dass ich mir nicht vorstellen kann, was Irina durchmacht ... Bis man selbst Kinder hat, ist es schwer, zu verstehen, dass es nicht einfach ... eine Art Liebe plus ist, besser als Liebe oder mehr. So ist es nicht. Dieser Drang, sie zu beschützen, ist ein unbezähmbarer Instinkt ... Man würde alles tun.«

Ich trinke noch einen Schluck, um ihr nicht zu sagen, dass

dieser Instinkt meiner Erfahrung nach bei einem erschreckend großen Teil der Bevölkerung nur schwach ausgeprägt ist.

»Aber manchmal ...« Rose seufzt. »Ich weiß nicht. Ich glaube, der Fehler der Daltons ist, dass ihr Beschützerinstinkt allzu ausgeprägt ist. Ich weiß, dass ich Trevor gegenüber allzu fürsorglich war.«

Ich denke an Nick, dass er gesagt hat, er hätte versucht, zu ihm durchzudringen. An die Narben auf Trevors Arm. Daran, wie leid er es ist, Dinge unter den Teppich zu kehren. »Ich glaube nicht, dass Trevor geschützt wurde, als er es wirklich brauchte«, sage ich.

»Wovon reden Sie?«, fragt Rose.

»Rose«, sage ich vorsichtig. »Als Connor Ihnen damals von Mallory Cahill erzählt hat, haben Sie es da jemandem weitererzählt?«

»Ich – na ja, vermutlich schon. Ich habe es Nick erzählt.« Sie lacht grimmig. »Und dann habe ich es Liam gesagt. Ich habe ihm gesagt, dass ich mich scheiden lassen will. Und das war auch das Erste, was er mich damals gefragt hat. Wer es sonst noch wüsste. Als wäre es seine größte Sorge, wer darüber im Bilde war, was er da trieb. Er fragte mich, wem ich es gesagt hätte, und dann ist er weg. Er ist schnurstracks zu ihr gefahren, und ...« Sie bricht ab. Sie atmet tief ein, und ihr wird bewusst, wie viel sie mir erzählt hat. »Tut mir leid, ich glaube, ich kann gerade nicht klar denken, wegen allem.«

»Er ist nach Idlewood gefahren, nachdem Sie es ihm gesagt haben«, sage ich. Er muss Mallory Bescheid gegeben haben, sie gewarnt haben, dass Nick wusste, wo sie war. Dann ist er selbst hochgefahren, ohne sich die Zeit zu nehmen, Rose zu erklären, was los war. »Und das war der Tag, an dem er starb, oder?«

»Warum fragen Sie mich das alles?«, sagt Rose plötzlich abwehrend. »Das ist viele Jahre her.«

Der Bodensatz wirbelt unten durch meine Tasse. »Ist der Sheriff eigentlich gekommen?«, erkundige ich mich, um der Frage auszuweichen.

Rose schaut mich finster an. »Nein. Er schafft es heute nicht hier hoch«, sagt Rose. »Aber Connor und Mr Vance sind losgefahren, um den Coroner zu holen.«

»Was?«, frage ich alarmiert.

»Sein Wagen schafft es nicht den Berg hoch bei dem Wetter. Darum müssen sie ihn holen«, sagt Rose.

Mein Puls pocht in meinen Schläfen. Connor ist weggefahren? Das kann nicht sein. Nicht, ohne mir Bescheid zu geben. Er würde mich nicht hier alleinlassen. Er würde mich nicht mit ihnen alleinlassen.

»Wann ist er denn gefahren?«, frage ich.

»Erst vor ein paar Minuten, glaube ich«, antwortet sie, die Stirn runzelnd. »Tut mir leid, ich dachte, er wäre vorbeigekommen, um es Ihnen zu sagen.«

»Ich muss gehen«, sage ich. Es tut ihr nicht leid, mich ziehen lassen zu müssen, ihr ist unangenehm, dass sie mir so viel erzählt hat. Ich gehe aus dem Zimmer, und sie hält mich nicht auf. Ich habe ein Dröhnen in den Ohren, ich muss hier weg. Ich muss Connor einholen. Zu Fuß schaffe ich es nicht, aber mit dem Quad vielleicht schon. Hinter dem Haus steht eines, an dem Schuppen. Das kann ich nehmen.

Meine Stiefel stehen im Flur. Ich weiß nicht, wo meine Jacke ist, aber bei dem Gedanken, sie anzuziehen, überläuft mich ohnehin ein Schauder. Ich kann nicht aufhören, an diesen Moment zu denken, in dem ich aus dem Augenwinkel etwas Rotes gesehen habe. Und dieser klagende Schrei – *ein Kaninchen, es war nur ein Kaninchen* – hallt in meinen Ohren wider. Olena war nicht diejenige, die sterben sollte.

Als ich meine Stiefel anziehe, brauchen meine Augen einen Moment, um auf die Schnürsenkel scharf zu stellen. Die Lichter des Weihnachtsbaums ziehen sich in die Länge, sehen aus wie gezackte Sterne.

Ich gehe seitlich um die Lodge herum. Meine Füße fühlen sich schwer an. Jedes Geräusch lässt mich zusammenzucken: der Wind, der Schnee, der von einem Zweig weht, das Flattern von Flügeln. Ich spüre, wie sich eine Hand um mein Handgelenk legt und mich vorwärtszieht.

»Beeil dich«, sagt Liam zu mir.

Beeil dich, denn er kommt. Er ist hier.

Ich laufe an den Mülltonnen vorbei und hoffe, dass die Betonwand mich vor Blicken aus dem Haus schützt. Die Bäume bilden eine weitere Barriere. Ich halte den Atem an, bis der Schuppen in Sicht kommt – der Schuppen und das Quad, das davor parkt.

Ich schaue nach. Der Schlüssel steckt nicht. Ich erinnere mich vage, dass Magnus sie im Schuppen an einen Haken gehängt hat. Glücklicherweise ist der Schuppen nicht abgeschlossen. Ich ziehe die Tür auf.

Und werde von einem Leichnam begrüßt. Der Tierkadaver hängt gehäutet und ausgenommen da, damit das Fleisch an der kalten Luft reifen kann. Weiße Fettstreifen marmorieren das tiefrote Fleisch. Die Brusthöhle steht offen. Der Kopf wurde entfernt. In der Luft hängt der Geruch von Blut. Dies ist nicht der Hirsch von vor einigen Tagen, den ich mitgeholfen habe, auszuweiden. Magnus muss an dem Tag, an dem Connor mich fast getötet hätte, draußen im Wald geblieben sein. Er muss seine Beute schließlich doch noch erwischt haben.

Ich gehe zu der Werkbank. Da ist der Schlüssel, er hängt an einem Schlüsselbrett. Ich stecke ihn ein und blicke dann nach unten. Auf dem Tisch liegt das Messer, das Magnus mir vor einigen Tagen in die Hand gedrückt hat. Der Griff ist handgeschnitzt, aus einem Geweih, und die Klinge ordentlich eingeklappt. Auch dieses Messer stecke ich in die Tasche, und ich will mich gerade umdrehen, als der Lichtstrahl, der durch die offene Tür hereingefallen ist, plötzlich verdeckt wird.

Nick Dalton steht am Eingang. Seine Hände hängen entspannt herab, seine Miene drückt absolut keine Feindseligkeit aus. Mein Magen zieht sich vor Angst zusammen, doch er seufzt nur.

»Hallo, Teddy.«

38

»Nick«, sage ich. Ich klinge gestresst, meine Beine zittern. »Ich sagte ja schon, dass ich nicht Teddy heiße. Einfach nur Theo.«

Er macht einen halben Schritt vor und füllt nun die Türöffnung aus, blockiert meinen Weg nach draußen. Ich könnte schreien. Aber wie weit würde meine Stimme tragen? Und würde mir irgendwer, der mich hört, zu Hilfe kommen?

»Das war so ein niedlicher Spitzname. Mallorys kleiner Teddybär. Rowan – dein Name ist Rowan Cahill«, sagt er und schüttelt den Kopf. »Ich dachte zuerst, es wäre ein Zufall. Ich dachte, du könntest es unmöglich sein, und habe mir gesagt, dass ich nicht paranoid sein soll. Rowan Cahill ist tot, sagte ich mir. Nicht zu fassen, wie lange ich gebraucht habe, um es zu kapieren.«

»Ich weiß nicht, wovon Sie sprechen«, sage ich, doch es ist nur ein Flüstern. Der Raum fühlt sich eng an. Der Geruch des abhängenden Fleischs wirkt auf einmal penetrant, und mir dreht sich der Magen um.

»Warum bist du hergekommen? Warum hast du es auf Connor abgesehen?«, fragt er und wirft mir einen ratlosen, fragenden Blick zu. »Wolltest du dich nur mit uns anlegen? Dachtest du, du könntest irgendwas von uns kriegen?«

»Ich will gar nichts von Ihnen.« Meine Hand wandert zu meiner Tasche. Mein Arm fühlt sich schwer an. Wie auch mein ganzer restlicher Körper. Mein Mund ist so trocken wie Watte, und mein Herz schlägt langsam, sehr langsam. Meine Angst ist wie eine Stimme, die aus der Ferne ruft. Ich kann sie nicht richtig verstehen.

»Du hättest nie hierher zurückkommen sollen«, sagt er und macht noch einen Schritt auf mich zu – oder sind es zwei? Er steht jetzt direkt vor mir, und es ist so, als hätte ich die Sekunden dazwischen gar nicht mitbekommen.

Hat ihr ein starkes Beruhigungsmittel gegeben, das hilft ihr, denke ich. Der Tee. Ich dumme Gans. Ich hätte vorsichtiger sein sollen.

»Hoppla«, sagt er leise und greift nach meinem Arm. Ich versuche, mich loszumachen, aber stattdessen geben meine Knie nach, und ich falle nach vorn, stemme mich mit einer Hand gegen seine Brust. Er schaut auf mich herab. Es ist zu dunkel in dem Schuppen, als dass ich seinen Gesichtsausdruck erkennen könnte.

»Was haben Sie mit meiner Mutter gemacht?«, flüstere ich.

»Ich habe getan, was ich tun musste«, sagt Nick, ohne einen Hauch von Reue in der Stimme.

Ich öffne den Mund, um zu schreien – aber er drückt eine Hand auf mein Gesicht, um das Geräusch zu ersticken. Meine Glieder sind schwach, die Luft wie Wackelpudding. Er drückt mich zu Boden. Ich habe nicht die Kraft, mich zu wehren. Als ich auf den Rücken falle, entweicht mir schließlich ein Schmerzenslaut. Dann drückt er sein Knie in meinen Magen und verlagert sein Gewicht auf meinen Brustkorb, sodass ich keine Luft holen kann, um zu schreien, als er meine Arme packt. Die Wunde, die er vor weniger als einem Tag genäht hat, schmerzt, doch selbst dieses Gefühl ist gedämpft.

Ich bin wie eine Puppe mit schlaffen Gliedern, er kann mit

mir machen, was er will. Er packt mein Handgelenk. Ich versuche, es ihm zu entwinden, bin aber zu schwach. Dann hat er sich auch das andere Handgelenk geschnappt, und etwas Dünnes, Hartes wird um beide herumgelegt – ein Kabelbinder. Ich drücke mich hoch, versuche, Nick abzuwerfen, aber er scheint es noch nicht einmal zu bemerken.

Sein Gewicht verlagert sich einen Moment lang – ich öffne den Mund, um zu schreien, und er drückt ein ekelhaft schmeckendes Tuch hinein. Dann greift er mir tief in die Haare und reißt meinen Kopf nach hinten, damit ich ihn anschaue. »Still jetzt«!, sagt er, als würde er einen Hund zurechtweisen. »Ich tu dir nicht weh.«

Noch nicht, heißt das. Er befestigt den behelfsmäßigen Knebel mit einem Band und steht dann auf.

»Das sollte reichen«, sagt er, und in meinem trägen Zustand brauche ich eine Weile, um zu begreifen, dass er nicht mit mir spricht. Sondern mit jemand anderem. Der unmittelbar draußen vor der Tür steht.

»Bring sie weg. Du hast ein paar Minuten. Bring sie in die Dragonfly. Ich komme gleich nach.« Das ist Magnus' Stimme.

Nicks Schatten bewegt sich wieder zu mir hin und blockiert das Licht, und als die Dunkelheit über mich fällt, entfaltet das Mittel, das sie mir verabreicht haben, seine volle Wirkung. Ich drifte in eine Art Halbschlaf, verliere so weit die Kontrolle über meinen Körper, dass ich nicht mehr verhindern kann, dass mir die Augen zufallen. So weit, dass ich mein Zeitgefühl verliere und auf bloße Empfindungen reduziert bin …

Eine Schulter drückt in meinen Oberkörper. Eine Hand greift in meine Tasche – nicht die, in der das Messer steckt, wenigstens das –, und dann merke ich an der Vibration, dass ein Motor angeht. Ich brauche viel zu lange, um einen schlüssigen

Gedanken zusammenzubekommen. *Ich liege auf einem großflächigen Schlitten, der von dem Quad gezogen wird.* Jetzt kann ich nur noch daran denken, dass Magnus dieses Ding dazu benutzt, um die Tierkadaver dort hinzubringen, wo sie zerlegt werden. Dann gibt es einen Zeitsprung, und ich bin nicht mehr draußen, sondern werde eine Treppe hochgetragen und anschließend auf einem Holzboden abgelegt.

Ich befinde mich in dem großen Schlafzimmer der Dragonfly. Ich liege auf der Seite, mit dem Gesicht zum Schminktisch. Nick ist in dem Spiegel zu sehen.

»Du hättest wirklich nicht zurückkommen sollen.« Er sagt das, als wäre es mein Fehler. Etwas Unvermeidliches, Bedauerliches, das er in Wahrheit aber nicht bedauern wird. Er geht in die Hocke. Ich drehe den Kopf, wobei jede Bewegung große Konzentration erfordert, und blinzele zu ihm hoch. »Du solltest tot sein. Dann wäre das hier überhaupt nicht nötig gewesen.«

Ich bin so müde, so unerträglich müde. Ich versuche, die Augen offen zu halten, aber sie fallen immer wieder zu, und ich höre ein Geräusch, das wie ein Brummen klingt – wie das Surren von Insektenflügeln. Das ist das Letzte, was ich höre, bevor ich das Bewusstsein verliere.

* * *

Das Mädchen liegt auf dem Boden, seine Wange ist gegen das Holz gedrückt. Es ist kalt hier, aber nicht so kalt, wie es vorher war. Sie kann ihre Finger nicht spüren. Es ist schwer, die Augen zu öffnen, aber sie tut es, und als sie scharf stellen, liegt ihre Mutter ihr gegenüber. Ihr Hals ist dunkelrot, das Rot hat Risse, wie Flussschlamm. In der Haut an ihrem Hals klafft eine seltsame Furche, und weiteres Blut sickert in ihren Pulli. Ihre Augen sind offen. Aber sie sieht das Mädchen nicht.

Das Mädchen versucht, zu sprechen, doch es kommt kein Ton heraus. Sie versucht, den Arm auszustrecken, aber es ist noch immer so kalt; ihre Arme gehorchen ihr nicht, und das Mädchen weiß mit absoluter Gewissheit, dass es sich genau so anfühlt, wenn man tot ist. Wenn man tot ist, wenn der Körper nicht mehr funktioniert und man in ein Loch gelegt und mit Erde bedeckt wird. Aber sie will nicht in ein Loch gelegt und mit Erde bedeckt werden, und sie fängt ganz leise an, zu weinen.

»Was ist das zum Teufel?« Schritte. Ein neues Gesicht kommt in ihr Blickfeld. Ein Mann beugt sich zu ihr herunter. »Du lebst noch, Kleines?«

* * *

Ein Fuß stößt gegen meine Schulter. Ich versuche, die Augen zu öffnen, und krümme mich dann instinktiv zusammen, um mich gegen das grelle Licht zu schützen.

»Willkommen zurück«, sagt Nick und geht in die Hocke. »Du warst eine ganze Weile abgetaucht. Ich hatte schon Sorge, dass sie dir zu viel verabreicht hat.«

Ich bewege meine Hände. Die Kabelbinder schneiden in meine Haut. Wenigstens sind meine Arme vorn zusammengebunden und nicht auch noch auf den Rücken gedreht. Er beobachtet mich und kaut auf seiner Unterlippe.

»Ich möchte dich was fragen«, sagt er. »Ich nehme dir den Knebel ab. Aber schrei nicht! Es hört dich ohnehin niemand, und es macht die Situation für dich nur noch unangenehmer. Verstanden?«

Ich nicke. Alles, wenn ich nur dieses Ding aus dem Mund wegbekomme. Er greift schnaufend um mich herum und macht sich an dem Band zu schaffen. Er knotet es auf und zieht mir den Knebel aus dem Mund. Dann setzt er sich mit dem Rücken an die Wand und zieht ein Knie an.

»Warum bist du hergekommen?«, fragt er mich.

»Wie meinen Sie das?« Mein Mund ist so trocken, dass die Worte nur bruchstückhaft herauskommen.

Er wedelt mit der Hand durch die Luft. »Connor. Diese Reise. Was war der Plan?«

Mein Atem geht stoßweise. Ich wünschte, ich könnte mich aufsetzen, aber meine Muskeln fühlen sich an wie Gummi. »Kein Plan.«

»Klingt gewagt.«

»Ich wusste nicht, wer ich war. Ich wusste nichts von alldem. Es gab keinen Plan.«

»Dann ist es was – Schicksal?«, fragt er. Er lacht und lehnt seinen Hinterkopf gegen die Wand. »Was für ein verdammter Albtraum.«

»Wem sagen Sie das?«, krächze ich.

Er schlägt mit der Faust seitlich gegen die Wand. »Dann war das einfach nur beschissenes Pech?«, sagt er und schaut mich an, als hätte ich eine Antwort darauf. »Du wusstest es wirklich nicht.«

Ich schüttele den Kopf, der sofort anfängt, zu pochen.

»Also wenn du und Connor euch nicht begegnet wärt, wenn er sich nicht Hals über Kopf verknallt hätte wie ein Idiot, wäre nichts von alldem passiert«, sagt er. »Ich wette, du wünschst dir, du hättest nie ein Auge auf ihn geworfen.«

Das sollte ich wohl. Olena ist tot. Und ich bin sicher, dass ich die Nächste sein werde. Aber ich kann mir nicht wünschen, dass

Connor nicht in mein Leben getreten wäre. Ich bin nicht wegen Connor hier, mit gefesselten Händen. Sondern wegen Nick.

»Was haben Sie mit mir vor?«, frage ich.

Er stößt die Luft aus und schaut zur Seite, als würde er nachdenken. »Das ist die Frage, nicht wahr? Wir können dich schlecht gehen lassen.«

»Doch, könnten Sie.«

»Nein, können wir wirklich nicht.« Er hat auch noch die Frechheit, so zu tun, als täte es ihm leid.

Ich versuche, genug Spucke zu sammeln, um zu schlucken, damit ich den Geschmack von dem Tuch loswerde, aber die Kombination aus dem Knebel und den Drogen sorgt dafür, dass mein Mund sich klebrig anfühlt. »Sie haben Olena umgebracht, stimmt's?«

»Das war ein Unfall«, sagt er sofort.

Ich schnaube. »Heißt das: Sie ist gestürzt? Oder heißt das: Eigentlich sollte es mich treffen?«, frage ich. Ich bewege unauffällig meine Handgelenke, teste, wie viel Spielraum sie haben. Die Fesseln sind viel zu robust, als dass ich sie sprengen könnte. Ich krümme mich, presse dabei die Ellenbogen gegen meinen Rumpf und spüre das Messer in meiner Tasche. Gut. Noch habe ich also nicht alle Optionen ausgeschöpft.

Er legt den Kopf auf die Seite. »Ich habe echt gedacht, ich würde verrückt werden. Bis zu dem Moment, in dem ich deine Wunde genäht habe und du mir all diese Fragen gestellt hast. Aber es war einfach nicht möglich. Ich habe dich sterben sehen.«

»Ich erinnere mich.« Das Gesicht im Schein der Zigarettenglut, während die Kälte meinen Körper in Besitz nahm. Das war Nick. Er stand einfach nur da, in der Dunkelheit, und wartete darauf, dass ich sterbe.

»Er hat es mir nie erzählt«, fährt Nick fort. »Dass du nicht wirklich tot warst. Dass er dich heimlich weggebracht hat. Er dachte wohl, er könnte die ganze Sache allein regeln, und wir würden nicht rausfinden, was er getan hat.«

»Ihr Vater, meinen Sie«, sage ich.

Er macht ein Geräusch ganz hinten in seiner Kehle. »Jetzt kapier ich das. Das süße kleine Mädchen retten. Wer wollte das nicht tun? Also hat er dich irgendwo hin verfrachtet und dir ein neues Zuhause besorgt, und das war's. Problem gelöst, und er hatte ein reines Gewissen. Aber dann bist du zurückgekommen.«

Hat Magnus mich gleich erkannt, als Connor angerufen und ihm erzählt hat, dass er seine Verlobte mitbringt, und ihm Fotos geschickt hat? Er muss gewusst haben, dass alles ans Licht kommen würde, wenn ich hier auftauche. Was ich gesehen habe. Und was er getan hat, indem er mich verschont hat. Darum hat er versucht, mich einzuschüchtern.

»Heute bist du natürlich kein süßes kleines Mädchen mehr«, sagt Nick. »Er ist endlich zur Vernunft gekommen. Du hast Glück, dass dein Verlobter so ein schlechter Jäger ist. Er hat dir mit seinem Patzer das Leben gerettet.«

Das Aufblitzen von Metall im Wald. Mr Vance mit seinem Jagdgewehr. Und Magnus, der mir eine letzte Chance gegeben hat, von hier zu verschwinden, bevor er mir gesagt hat, welchen Weg ich nehmen soll. Wo ich warten soll. »Ärger mit den Wilderern«, sage ich.

»Es wäre leicht gewesen, irgendeinem Jäger, der widerrechtlich auf unserem Gelände unterwegs war, die Schuld anzuhängen. Der Plan war gut, das muss ich ihm lassen. Aber er hätte es mir verdammt noch mal *sagen* sollen. Er hätte mir vertrauen sollen, aber er hatte zu viel Bammel, dass ich seinem kleinen Geheimnis auf die Spur komme. Wenn ich es gewusst hätte, hätte ich Connor ablenken können, aber nein. Stattdessen vermasselt ihm mein genialer Neffe alles. Das hat dich verschreckt. Du wolltest abreisen, aber es war offensichtlich, dass du dich nicht einfach still davonmachen würdest, was immer Dad sich erhofft hat. Und ja, als ich kapiert hatte, was hier wirklich läuft, habe ich beschlossen, die Sache in die Hand zu nehmen. Sie hatte dieselbe Jacke. Sie war da, wo ich dich vermutet habe. Das ist bedauerlich. Sie war ein hübsches Ding. Nicht allzu helle, aber nett.« Er macht eine Handbewegung, die so viel besagt wie: *Was will man machen?*

»Ich merke schon, Sie fühlen sich richtig schlecht deswegen«, sage ich.

»Würde es sie zurückbringen, wenn ich mich schuldig fühlen würde? Nein? Wozu sich dann verrückt machen?«, erwidert er. »Das lernt man als Arzt: Wenn du Fehler machst, stirbt manchmal jemand. Aber du kannst nicht den Rest deines Lebens damit verbringen, dir Vorwürfe zu machen. Du lernst deine Lektion und machst weiter.«

»Mord ist kein Fehler«, sage ich.

In seinem Blick flammt Wut auf. Plötzlich muss ich daran denken, wie wütend er war, als ich Sebastian draußen in der Kälte gefunden habe. Ich dachte, er wäre aus Sorge um Sebastian sauer, und habe aus seiner Reaktion geschlossen, dass er ein guter Mensch ist. Aber wie sich herausstellt, ist er einfach nur ein wütender Mensch.

»War meine Mutter umzubringen auch einfach nur ›bedauerlich‹?«, frage ich. »Was es nur ein Unfall?«

Er schaut mich an. »Sie hat mich zur Weißglut gebracht, weißt du. Sie wusste wirklich, wie man mich so richtig auf die Palme bringt. Aber ich gebe zu, dass ich zu weit gegangen bin. Ich war jung. Ich war verliebt.«

»Das ist keine Liebe«, erwidere ich zornig.

»Und du glaubst zu wissen, was Liebe ist?«, fragt er verächtlich. »Ich habe sie geliebt. Und ich hätte alles getan, um sie zu halten. Was am Ende passiert ist, ja, das war bedauerlich.« Er hält inne. »Aber ich habe sie nicht umgebracht.«

Meine Atem wird schneller. Er lügt. Er muss lügen. Sein Blick geht in die Ferne. Er greift an seine Hemdtasche, so, als wollte er eine Zigarettenschachtel herausholen, die nicht mehr da ist. Und dann erzählt er.

* * *

Schon komisch, wie Geheimnisse sich ans Licht kämpfen. Man denkt, man hätte sie streng gehütet, durch Drohungen, Versprechungen und sorgfältige Planung, aber dann finden sie ihren Weg. Sein Bruder war so vorsichtig – aber dann: eine kranke Frau, ein Kind auf dem Beifahrersitz, ein Anruf vom Berg, dass das Wasser nicht funktioniert, ein abgerungenes Versprechen, das schnell gebrochen wurde.

Mach dem Jungen keinen Vorwurf. Er versteht nicht, was er angerichtet hat, indem er seiner Mutter von der Frau erzählt hat, die auf Idlewood wohnt. Doch jetzt ist das Geheimnis gelüftet, und es fliegt rasch von Ohr zu Ohr. Der Junge sagt es seiner Mutter, und sie tut das, was sie sich immer geschworen hat, zu tun, sollte sie je in diese Situation kommen: Sie hört sich keine Ausreden an und lässt sich auch nicht mit Dementis abspeisen. Sie wird ihm eine Chance geben, es ihr zu erklären, aber zuerst wird sie dafür sorgen, dass sie vorbereitet ist. Sie ruft ihren Anwalt an, lässt die Scheidungspapiere aufsetzen. An diesem Tag wartet sie darauf, dass er nach Hause kommt. Dass sie ihn zur Rede stellen kann. Sie braucht Unterstützung, ein mitfühlendes Ohr, und darum ruft sie den Bruder ihres Mannes an. Sie erzählt ihm alles.

Er hört zu. Und dann fährt er zum Berg. Nur um herauszufinden, dass er dort nicht der Erste ist.

Es wurde bereits auf die Frau geschossen, als er dort ankommt. Das hast du nicht erwartet, nicht wahr? Sie drückt ihre Hand schwach auf die Wunde an ihrem Hals und kämpft sich hoch. Es ist noch Leben in ihr. Sie war immer stur.

Sie sieht ihn und schreit. Sie stürzt nach vorn, um nach irgendetwas zu greifen – einem Gewehr, das im Schnee liegt. Um es hochzuheben, muss sie die Hand vom Hals nehmen, und während Blut aus ihrer Wunde spritzt, kommt sie ins Taumeln. Er ist in zwei Schritten bei ihr und entreißt ihr die Waffe.

»Idiotin«, knurrt er sie an. Er packt sie am Hals. Die einzige Möglichkeit, ihre Blutung zu stoppen. Drückt sie auf die Rückbank des Wagens. »Leg dich hin, verdammt. Wer …«

»Lass sie los!« Das ist sein Bruder. Er kommt angesprintet. Es gibt keine Möglichkeit, irgendetwas zu erklären. Sie stoßen zusammen. Sein Bruder greift nach dem Gewehr. Sie kämpfen miteinander, der Mann gewinnt die Oberhand und kann dem andern die Waffe entreißen. Er schlägt einmal fest damit zu. Nur einmal.

Nur zur Selbstverteidigung.

Aber sein Bruder fällt um, und die Frau starrt ihn entsetzt an.

»Wir fahren hier weg«, sagt er. »Wo ist das Mädchen?«

Aber sie schüttelt den Kopf. Dieses Miststück, sie war noch nie eine große Hilfe. Dragonfly. Sie sind bestimmt in der Dragonfly Cabin unterbracht. Und wahrscheinlich ist das Mädchen dort. Er läuft los, durch den Schnee.

* * *

»Ich habe nicht auf sie geschossen«, sagt Nick. Jedes Wort könnte gelogen sein. Aber warum sollte er sich diese Mühe noch machen? »Sie hat sich Geschichten ausgedacht, weißt du. Hat aus jeder Kleinigkeit ein Riesendrama gemacht. Ich will mich nicht rausreden. Als Partner war ich echt mies. Ich habe zu viel getrunken und bin dann zu wütend geworden. Aber so, wie sie es dargestellt hat, als wäre ich ein Monster ... Ich bin kein Monster.«

»Fast wäre ich drauf reingefallen«, sage ich. »Aber ich habe die Fotos gesehen. Ich habe gesehen, was Sie gemacht haben.«

Er zieht seinen Daumen über seine Lippen. »Du warst ein süßes Mädchen. Ich wünschte wirklich, nichts von alldem wäre passiert.«

»Es ist nicht einfach *passiert.* Sie haben es getan. Es war Ihre Entscheidung«, gebe ich zurück.

»Ich habe dir nichts getan.«

»Ich erinnere mich.« In meinen Augen sammeln sich Tränen, und ich kann sie nicht wegwischen. »Sie standen einfach da. Und haben mir beim Sterben zugesehen.«

»Ich habe dich nicht umgebracht. Das hat die Kälte erledigt«, sagt er. »Es wäre besser gewesen, wenn's geklappt hätte. Das hätte allen eine Menge Leid erspart. Vor allem dir. Aber nichts davon war meine Schuld. Ich habe Mallory nicht erschossen. Und das mit Liam war ein Unfall.«

»Wenn Sie sie nicht umgebracht haben, wer dann?«, frage ich.

Einen kurzen Moment lang sieht es so aus, als wollte er mir antworten. Dann knarzt die Treppe. Vance kommt, mit Duchess im Schlepptau, und mein Herz macht einen Satz, aber natürlich schaut er Nick an.

»Mr Dalton?«

Nick seufzt und drückt sich hoch. »Tut mir leid«, sagt er. Dann zu Vance: »Sprechen Sie nicht mit ihr. Behalten Sie sie nur im Blick, bis die Sonne untergeht. Dann bringen wir sie von hier weg.«

»Ja, Sir.«

Nick murmelt leise etwas, und das Knarzen der Stufen zeigt an, dass er geht.

Er sagt, er hätte sie nicht umgebracht.

Ich will ihm nicht glauben. Aber warum sollte er mich jetzt noch belügen?

Ich erinnere mich. Ich erinnere mich doch an ihn, denke ich stur, und ich erinnere mich wirklich. Aber ich habe nicht gesehen, dass er auf sie geschossen hat.

Es war noch jemand da.

39

Mr Vance tritt ans Fenster. Während er hinausschaut, nimmt er seine Mütze ab und knetet sie in den Händen. Die Haustür öffnet und schließt sich.

Krallen machen ein klickendes Geräusch auf dem Holzboden. Duchess kommt in Sicht. Sie beschnüffelt mich und bedenkt mich mit einem neugierigen, besorgten Blick, dann geht sie zu Vance und setzt sich neben ihn.

»Warum tun Sie das?«, frage ich ihn.

Er schaut auf seine Hände herab und wringt die Mütze darin. »Die Daltons sind gute Menschen. Ich möchte nicht, dass Sie denken, dass sie das nicht sind. Ich habe Ihnen ja gesagt, dass ich ein bisschen rumgekommen bin, als ich jünger war. Ich habe mir einigen Ärger eingehandelt. Großen Ärger sogar. Danach war Magnus der Einzige, der noch geglaubt hat, dass ich zu irgendwas gut war. Er hat mir die Chance gegeben, neu anzufangen. Ich schulde ihm mein Leben. Nicht, dass es je viel Wert gewesen wäre. Aber trotzdem. Wenn Sie so tief in der Schuld von jemandem stehen, dann lässt sich das nicht leicht wiedergutmachen.«

Er schaut mich sorgenvoll an, und ich möchte ihm am liebsten die traurigen Augen auskratzen.

Ich will etwas sagen, muss aber husten, weil mein Mund immer noch schrecklich ausgetrocknet ist von dem ekligen Knebel. Mr Vance macht ein Geräusch, das wie »Tsch« klingt, und kommt herüber. Er zieht mich am Ellenbogen in eine aufrechte Position und hilft mir, zum Bett zu rutschen und mich mit dem Rücken dagegen zu lehnen. Dann nimmt er einen Flachmann aus der Tasche und setzt ihn an meine Lippen. Die Flüssigkeit darin ist warm von seiner Körperwärme und schmeckt nach Terpentin. Ich muss erneut husten, aber ich kann sprechen.

»Sie werden mich umbringen.«

Er schaut mich bekümmert an. Er weiß es schon. »Eigentlich sollte es schnell gehen. So, dass Sie gar nichts mitbekommen«, sagt er.

»Sie sollten mich erschießen. Nachdem Sie mir all die Sachen über meine Mutter erzählt haben«, sage ich. »Darüber, wie sehr Sie sie mochten.«

»Mr Dalton hat sein Bestes gegeben. Er hat versucht, Sie zu beschützen. Hat Ihnen gesagt, dass Sie abreisen sollten«, sagt Mr Vance.

»Ja, das habe ich gehört.«

»An dem Abend, an dem Sie bei mir waren, habe ich's begriffen. Mir wurde klar, wer Sie sind, und ich hab's ihm erzählt – dass Sie lauter Fragen stellen. Sie hätten nicht fragen sollen. Und ich hätte es Ihnen nicht erzählen sollen, aber ich hab's trotzdem gemacht – Sie sind ja jetzt erwachsen. Ich habe Sie nicht gleich erkannt, ich wusste es nicht. Es ist nicht meine Schuld.«

Schon komisch, dass keinen irgendeine Schuld in der ganzen Sache trifft.

Er kratzt sich am Hals. »Ich war derjenige, der mitbekommen hat, dass Sie nicht tot waren. Damals. Habe gehört, dass Sie so leise Geräusche gemacht haben, ganz wimmerig, wie ein Hundebaby. Ich habe Sie genommen und aufgewärmt. Und in meine Hütte geschmuggelt. Ich weiß auch nicht, was ich dachte, was ich danach tun würde. Konnte nur nicht ertragen, dass Ihnen noch irgendwas zustößt, armes kleines Ding, das Sie waren.«

Er scheint nicht zu verstehen, wie sehr das seinem rosaroten Blick auf die Daltons widerspricht. Der einzige Grund, warum er heimlich etwas für mich tun musste, war, dass sie eine Gefahr für mich darstellten. Für ein fünfjähriges Kind.

»Magnus hat es natürlich rausgefunden«, sagt er. »Er hat sich den Plan ausgedacht. Einen Ort, an den Sie gehen konnten. Wohin, hat er mir nicht verraten.«

»Und meine Mutter?«, frage ich. *Blaues Halstuch – sie lächelt, nimmt mich in den Arm. Rotes Halstuch – sie sagt mir, dass ich weglaufen soll.*

»Wir haben sie begraben«, sagt er. »Draußen im Wald. Ich habe eine schöne Stelle gesucht. Eine sehr schöne Stelle. Im Sommer blühen dort Wildblumen. Mallory hätte das gefallen.«

»Werden Sie mich an derselben Stelle begraben, Mr Vance?«, frage ich flüsternd und versuche gar nicht erst, die Angst zu verbergen, die sich durch meine Worte windet.

»Das ist nicht meine Entscheidung«, sagt Vance, doch er schaut unbehaglich drein. »Man kann es ihnen nicht verübeln, Miss Scott. Man kann ihnen nicht vorwerfen, dass sie ihr eigen Fleisch und Blut beschützen wollen. Sie war wütend. Sie konnte nicht klar denken.«

Ich runzele verdutzt die Stirn. Ich bin noch ziemlich groggy von dem Beruhigungsmittel, und einen Moment lang denke ich, ich hätte etwas verpasst. »Sie? Welche sie?«, frage ich. Louise?

»Sie wollte nur mit Mallory reden. Die Waffe war nur Show, mehr nicht«, sagt Vance.

Ich kann mir Louise zwar ohne Weiteres wütend vorstellen,

aber jemanden mit einem Gewehr zu bedrohen, ist schon etwas anderes. Louise ist eher der Typ Frau, der andere die Waffe halten lässt.

Aber Rose ...

Rose ist diejenige, die mir den Tee verabreicht hat. Das ganze Gerede diente nur dazu, herauszufinden, was ich wusste. Rose hat entdeckt, dass ihr Mann sie betrog – oder zumindest glaubte sie das. Und sie wusste, wo er die Frau und das Kind versteckt hielt.

Also fuhr sie hin, um sie zur Rede zu stellen.

Ich hatte angenommen, Nick wäre es gewesen. Nick ist in Rage hier hochgestürmt, um Gott weiß was zu tun, und Liam – Liam hat mich beschützt, wie ich jetzt weiß. Uns beschützt. Aber in dem Punkt, vor wem er mich beschützt hat, lag ich offenbar falsch.

Die Waffe war nur Show. Aber irgendwas ist schiefgelaufen. War es ein Unfall oder geschah es im Affekt? Spielt das eine Rolle? Der Schuss wurde abgegeben. Meine Mutter mit der Hand am Hals, Blut strömt durch ihre Finger, und auf einmal war das, was die Daltons vertuschen mussten, nicht mehr die Affäre.

Mr Vance seufzt. »Ich gehe nach unten und halte Ausschau und so.« Er nimmt das Tuch.

»Nein ...«, aber er rammt mir den Knebel wieder in den Mund und fixiert ihn mit dem Band. Ich stoße gedämpfte Protestlaute aus, doch vergebens.

»Warten Sie einfach hier«, sagt er, als hätte ich eine andere Wahl.

Duchess bleibt bei mir. Sie kommt zu mir hingeschlendert, beschnüffelt mich wieder und stupst mir ihre Nase in die Seite. Dann geht sie um mich herum. Ich erstarre und warte mit klopfendem Herzen, dass sie die Zähne fletscht. Doch sie seufzt nur und lässt sich neben mir nieder. Sie legt ihren Kopf auf meinen Oberschenkel, die dunklen Augen wachsam, die Ohren aufgestellt.

Sie atmet gleichmäßig, ihr Körper verströmt Wärme. Und mit ihrem Kopf im Schoß schließe ich die Augen und gestatte mir, die Tränen laufen zu lassen.

* * *

Ich weiß nicht, wie lange es dauert, bis meine Tränen versiegt sind. Ich konzentriere mich auf das gleichmäßige Heben und Senken von Duchess' Brustkorb und passe meine Atmung an ihre an.

Jetzt muss ich nachdenken, meine Erinnerungen und die blinde Panik über meine Situation hinter mir lassen und mir überlegen, wie ich hier rauskomme. Ich habe das Messer. Und vielleicht noch ein paar Minuten, bis Vance zurückkommt.

Das Messer ist eine leichte Übung. Es steckt noch immer in meiner Jackentasche, wo Nick es in seiner Hast, mich hierherzuschaffen, glücklicherweise übersehen hat. Seine Eile deutet darauf hin, dass Leute auf dem Berg sind, die nicht mit ihm gemeinsame Sache machen. Louise, Vance, Magnus, Rose, Nick – sie alle stellen eine Bedrohung dar. Aber es könnte auch noch Hilfe hier sein.

Ich muss hoffen.

Ich drehe und winde mich so lange, bis ich das Messer aus der Tasche gefummelt bekomme. Mit gefesselten Händen dauert es eine Weile, aber schließlich gelingt es, und ich kann es aufklappen. Ich verdrehe die Hände, um es unter das Plastik des Kabelbinders zu bugsieren und diesen dann zu zersägen, habe damit aber keinen Erfolg. Also drehe ich mich stattdessen und klemme die Klinge zwischen zwei Bodendielen, und schließlich kann ich so viel Druck auf die Fessel ausüben, dass sie reißt. Meine Hände sind frei. Als ich mich aufsetze, erhebt Duchess sich mit einem leicht ärgerlich klingenden Geräusch, weil ihr die Kopfstütze genommen wurde.

»Still«, sage ich leise. »Platz, Duchess.«

Sie blinzelt mich an und streckt sich ausgiebig. Dann steht sie da, als wartete sie darauf, was ich als Nächstes mache. Vorsichtig ziehe ich die Beine unter mich und stehe auf. Ich erwarte, dass sie knurrt oder bellt, doch stattdessen wedelt sie leicht mit dem Schwanz, kommt zu mir und drückt ihren großen Kopf unter meine Hände. Ich kraule sie hinter den Ohren, und sie schnauft.

»Braves Mädchen«, flüstere ich. Und jetzt raus hier.

Neben dem Bett ist ein Fenster. Wir sind im ersten Stock – höher, als mir lieb ist, aber der Schnee sieht weich aus; ich muss hoffen, dass er den Aufprall dämpft. Ich öffne – mit quälender Langsamkeit – die Verriegelung und schiebe das Fenster hoch.

Nach wenigen Zentimetern bleibt es hängen. Ich beiße mir auf die Lippe, um nicht zu fluchen, lege die Finger um den unteren Rand des Fensters und drücke es hoch …

Es gibt nach und schiebt sich ein Stück weiter nach oben, bevor es mit einem lauten Klacken erneut verkantet.

»Was geht da oben vor?«, ruft Mr Vance.

»Mist«, zische ich und versuche es erneut, doch das Fenster bewegt sich kein Stück weiter. Die Öffnung ist viel zu klein, als dass ich hindurchpassen würde. Ich höre Vance' polternde Schritte auf der Treppe und strenge mich an. Gehe in die Hocke und stemme meine Schulter von unten gegen den Fensterrahmen. Das Fenster wackelt leicht, gibt aber nicht nach.

»Aufhören!«, befiehlt Vance, und grobe Hände packen mich, ziehen mich vom Fenster weg und drehen mich um. Ich habe kaum Zeit, zurückzuzucken, als er mir mit dem Handrücken hart ins Gesicht schlägt.

Duchess knurrt. Dann geht alles ganz schnell: schwarzes Fell, weiße Zähne, rosa Zahnfleisch; Duchess schnappt in die Luft und stürzt sich nicht auf mich, sondern auf Vance. Sein Griff lockert sich, während er verdattert nach hinten stolpert, und ich reiße mich los.

»Duchess, down!«, brüllt er, doch sie steht zwischen uns, die Nackenhaare aufgestellt, die Zähne gefletscht. »Was zum Teufel ist in dich gefahren?«, ruft Vance und geht wieder auf mich zu. Doch sie stürzt sich erneut auf ihn und schnappt in die Luft, wie um ihn zu warnen, und er weicht zurück.

Ich stürme los. An Duchess vorbei und die Treppe hinunter. Auf dem Weg zur Tür fällt mein Blick auf eine helle Stelle über dem Rahmen, an der früher eine Jagdtrophäe gehangen hat, das verblasste Holz darum herum zeigt deren Kontur.

Die Luft trifft mich kalt und scharf wie ein Messer, und wie vor langer, langer Zeit laufe ich los.

40

Das Sonnenlicht wird vom Schnee reflektiert und blendet mich. Zur Lodge kann ich genauso wenig wie zur White Pine, denn dort werden sie mich als Erstes suchen.

Doch es gibt hier einen Menschen, von dem ich mir sicher bin, dass er mit alldem nichts zu tun hat. Vielleicht wird sie mich dafür hassen, dass ich sie in diese Sache hineinziehe, aber ich habe keine andere Wahl.

Ich laufe zur Red Fox Cabin.

Bei jedem Schritt erwarte ich, entdeckt zu werden, aber der Wald ist leer. Ich erreiche die Hütte, teste die Tür – nicht abgeschlossen – und platze, ohne anzuklopfen, ins Haus.

Sebastian spielt auf dem Fußboden mit seinen Dinos. Paloma sitzt, die Hände um eine Tasse gelegt, am Tisch. Alexis steht an der Zimmerseite und kaut auf einem Daumennagel. Alle drei starren mich an.

»Theo, was …«, beginnt Alexis, dann springt Paloma auf, rennt zu Sebastian und nimmt ihn auf den Arm. In dem Moment wird mir bewusst, dass ich noch immer das Messer in der Hand habe und damit herumfuchtele.

Ich lasse es sinken. Ich schließe mit dem Fuß die Tür und halte meine andere Hand hoch. »Tut mir leid«, sagte ich. »Ich wollte euch nicht erschrecken.«

»Dann leg das Messer weg«, fährt Paloma mich an und stellt

sich so hin, dass das Sofa zwischen uns ist. Sebastian windet sich in ihren Armen.

»Das kann ich nicht«, sage ich. »Hört zu, ich habe keine Zeit, alles zu erklären. Ist Connor inzwischen zurück?«

»Connor? Der war nie weg«, sagt Alexis verdutzt. »Wir dachten, du wärst mit Mr Vance nach Datura gefahren.«

Ich blinzle und schüttele verwirrt den Kopf. Inzwischen kann ich Wahrheit und Lügen nicht mehr unterscheiden. »Wisst ihr, wo er ist?«

»In der White Pine, nehme ich an«, sagt Alexis. »Was ist denn los?«

»Ich muss mit ihm sprechen«, sage ich. »Eine von euch muss ihn holen gehen. Aber sagt niemandem, dass ich hier bin. Bitte!«

Sie schauen sich an. Paloma drückt Sebastian noch enger an sich. »Wir können ihn holen gehen. Warte hier«, sagt sie leise.

»Nein«, sage ich und wünschte, ich könnte ihnen trauen. »Nur eine von euch geht, die andere bleibt hier bei mir.« Ich formuliere es nicht als Drohung, aber sie verstehen beide und wechseln noch einen Blick.

»Geh du«, sagt Alexis. »Und nimm Bastian mit.«

»In Ordnung«, sagt Paloma. »Komm, Schätzchen.« Sie geht langsam auf mich zu und verlagert Sebastian auf ihre andere Körperseite.

»Hier«, sagt Alexis und reicht Paloma ihre Jacke. Ihre Hand berührt kurz Palomas.

»Erzähl es niemandem«, erinnere ich sie. »Bitte, das ist nicht sicher.«

Paloma überlegt und nickt dann. »Ich schicke Connor her und sage zu niemandem sonst ein Wort«, sagt sie, und ich glaube ihr. Oder möchte ihr glauben.

Ich öffne ihr die Tür. Sie zuckt zuerst zurück, als ich mich ihr nähere, dann geht sie hinaus. Ich schaue ihr lange genug nach, um sicher zu sein, dass sie in Richtung der White Pine geht, bevor ich die Tür wieder schließe.

Alexis ballt ihre Hände zu Fäusten und öffnet sie dann wieder. Sie ist so schmal. Wie ein Vögelchen. Ich ertappe mich dabei, dass ich darüber nachdenke, wie leicht ich sie überwältigen könnte.

»Du bist verletzt«, sagt Alexis. Ich weiß nicht, was sie meint, aber sie legt eine Hand an ihre Wange, nahe dem Mund, und als ich dasselbe tue, fühlt meine Haut sich empfindlich an.

»Das hier tut mir wirklich leid«, sage ich, »aber ich brauche einfach Hilfe. Ich hatte nicht vor, hier messerschwingend reinzuplatzen.«

»Trotzdem hältst du es weiter in der Hand«, sagt sie eisig.

»Ja, tut mir leid«, wiederhole ich. »Ich kann kein Risiko eingehen.«

»Welches Risiko denn?«, frage sie. Ihr Stimme ist ruhig. Ich bin sicher, sie ist es gewöhnt, mit Krisen umzugehen. Doch ihre Hände zittern leicht.

»Dass du jemandem sagst, wo ich bin«, sage ich.

»Hast du irgendwas gemacht?«, fragt sie fast flüsternd. »Hast du Olena attackiert?«

»O Gott, nein«, versichere ich ihr und mache einen Schritt nach vorn – woraufhin sie sofort nach hinten stolpert. Ich möchte fast lachen. Ich hatte so eine schreckliche Angst. Wenigstens hat jetzt zur Abwechslung mal jemand vor mir Angst. »Nick hat Olena umgebracht.«

»Das ist doch lächerlich. Warum sollte er das tun?«, fragt sie.

»Weil er dachte, ich wäre sie. Hör zu, das ist kompliziert. Und du wirst es wahrscheinlich eh nicht glauben«, sage ich.

»Versuch's doch mal.« Sie reckt trotzig das Kinn hoch. Ich blicke zur Tür. Es wird ein paar Minuten dauern, bis Connor kommt.

»Haben sie es dir gesagt?«, frage ich.

»Was gesagt?«

»Das mit mir. Wer ich bin.«

»Die Geschichte, dass du als Jugendliche straffällig geworden bist?«, fragt sie. »Du hast auf jemanden eingestochen, richtig? Was das jetzt hier nicht besser macht, wenn ich ehrlich bin.«

Wenn ich ihr trauen würde, würde ich das Messer weglegen. Ich würde ihr versichern, dass ich ihr nichts Böses will. Wir würden uns zusammen hinsetzen und reden.

Aber ich traue Alexis Dalton nicht.

»Nein. Haben sie dir erzählt, dass meine leibliche Mutter Mallory Cahill war?«, frage ich. Und zu meiner Überraschung wird Alexis kreidebleich. Sie taumelt und stützt sich an der Rückenlehne eines Küchenstuhls ab. »Ich fasse das mal als ein Nein auf.«

»Das ist unmöglich«, sagt Alexis.

»Warum? Weil ich tot sein sollte?«, frage ich.

Sie schaut mich mit offenem Mund an. »Nein. Weil – weil das verrückt wäre«, sagt sie, doch ihre Stimme bebt. Da ist noch mehr.

Es klopft an der Tür. Ich spähe durch den Spalt im Vorhang, ohne Alexis aus den Augen zu lassen, und atme auf, als ich Connor auf der Terrasse stehen sehe. Ich öffne die Tür gerade weit genug, um ihn einzulassen, ohne selbst gesehen zu werden. Er legt sofort die Arme um mich.

»Gott sei Dank«, sagt er, mich wieder loslassend. »Granddad hat mir erzählt, du wärst abgereist, aber ich wusste, dass du nicht allein gefahren wärst. Wo warst du?«

»Gefesselt in der Dragonfly Cabin«, sage ich. »Deine Mutter hat mich betäubt.«

»Sie hat *was?*«, fragt Connor.

Ich fahre mir mit der Hand über den Kopf. »Sie hat mir einen Tee gebracht, und da war irgendwas drin. Und sie hat mir erzählt, du wärst ohne mich wegfahren – was offensichtlich gelogen war. Daraufhin habe ich versucht, von hier zu entkommen, aber Nick hat mich gefunden und gefesselt und in die Dragonfly gebracht. Sie wussten alle darüber Bescheid. Magnus. Louise. Mr Vance.«

»Das würde meine Mutter nie tun«, sagt Connor und starrt mich an. »Sie würde sich in so was nicht reinziehen lassen.«

»Mr Vance hat mir erzählt ... Er hat erzählt, sie hätte eine Waffe gehabt. Und dass sie es nicht mit Absicht getan hat«, sage ich, und meine Wut auf Rose ist nichts verglichen damit, wie sehr ich wünschte, Connor das hier nicht antun zu müssen. »Es war ein Unfall.«

»Sie ...« Seine Verwirrung verwandelt sich allmählich in Einsicht. Er stößt die Luft aus und schaut mich mit aufkeimendem Entsetzen an. »Du glaubst, sie hat Mallory getötet? Zu so was ist meine Mutter nicht imstande. Sie würde nie jemandem wehtun. Vance hat sich geirrt.«

»Nein, hat er nicht«, sagt eine leise Stimme.

Ich hatte fast vergessen, dass Alexis da ist. Sie hat sich nicht von ihrem Platz am Tisch wegbewegt, aber jetzt verschränkt sie die Arme fest vor der Brust.

»Alexis?«, sagt Connor.

»Mr Vance hat sich nicht geirrt. Aber es war nicht Mom«, sagt Alexis. Sie holt zitternd Luft. »Ich war das. Ich habe Mallory Cahill umgebracht.«

41

Sie ist nicht dumm. Sie ist fünfzehn; sie weiß, was eine Affäre ist. Sie hat mitbekommen, dass ihr Vater in den letzten Wochen quasi abgetaucht war. Sie hat gehört, wie er telefoniert und Dinge arrangiert hat, die so bezahlt werden sollten, dass sie nicht auf der Kreditkarte auftauchen. Sie hat gesehen, wie er teure Geschenke gekauft hat, und wusste, dass sie nicht für seine Kinder oder seine Frau waren. Als Connor ihr dann von der Frau erzählt, die auf dem Berg wohnt, weiß sie genau, was das heißt.

Sie sagt nichts. Jedenfalls zuerst nicht. Bis sie ihre Mom am Telefon hört.

Ich dachte, du solltest das wissen, sagt ihre Mutter. Und: *Ich gebe ihm die Papiere, sobald er nach Hause kommt.*

Die Papiere liegen in der untersten Schublade der Kommode ihrer Mutter. Sie schaut sie sich an und weiß, was sie bedeuten. Was passieren wird.

So hat sie sich noch nie gefühlt. Wütend, verzweifelt und panisch, so, als säße sie in der Falle, und sie wird alles tun, um sich daraus zu befreien. Ihre Eltern können sich nicht scheiden lassen. Sie lieben sich doch. Sie sind nicht wie andere Eltern, die sich trennen – sie streiten sich nicht, sie lachen zusammen, sie schleichen sich weg, um allein zu sein, so oft sie können. Sie weiß, dass sie eine gute Ehe führen. Geführt *haben.*

Was bedeutet, dass irgendetwas die Ursache für dieses Chaos ist.

Irgend*jemand.*

Die andere. Bis jetzt hat sie die Wut, die dieser Begriff auslöst, nie verstanden. Ihr Vater ist ein guter Mensch, und die Ehe ihrer Eltern ist stabil, also muss diese Frau schuld sein, und alles wird wieder gut sein, wenn sie nicht mehr da ist. Ihre Mutter wird es nicht tun. Rose Dalton erträgt Ungemach mit Würde. Sie lächelt und sagt: *Wir werden das überstehen,* als wäre das die einzige Option.

Alexis weiß, dass man manchmal mehr tun muss, als Dinge durchzustehen.

Ihr Dad hat ihr das Autofahren beigebracht. Für den Führerschein ist sie noch nicht alt genug. Aber sie sieht älter aus, vor allem, wenn sie sich Klamotten von ihrer Mutter leiht und ihre Lieblingssonnenbrille aufsetzt. Paloma wird andauernd auf ihre Volljährigkeit überprüft, aber sie kaum einmal.

Sie nimmt das Auto ihrer Mutter. Sie legt das Jagdgewehr in den Kofferraum; sie wird es nicht benutzen, aber sie fühlt sich sicherer, wenn sie es dabei hat. Was weiß sie schon über diese Frau? Sie könnte gefährlich sein. Ein guter Mensch kann sie jedenfalls nicht sein, nicht, wenn sie ihrer Familie das antut. Die Waffe wird sie zwingen, sie anzuhören. Die Waffe wird dafür sorgen, dass sie versteht.

Der erste Teil der Fahrt ist einfach. Polizisten überholen sie, ohne auch nur zu stutzen. Sie kontrolliert ihr Aussehen im Spiegel. Kein Anzeichen von Tränen. Roter Lippenstift, den Paloma ihr gekauft hat, weil sie damit wie ein Filmstar aus den Vierzigerjahren aussieht. Sie wirkt mindestens wie dreiundzwanzig. Sie fühlt sich unbesiegbar.

Die Fahrt den Berg hinauf entpuppt sich als äußerst schwierig. Damit hat sie nicht gerechnet. Die Straße wurde teilweise geräumt, aber sie musste noch nie durch so viel Schnee fahren. Der Wagen schwenkt aus, bleibt stecken, schlingert. Als sie oben ankommt, hängt sie schwer atmend über dem Lenkrad, das sie verkrampft umklammert hält. Um nicht weiterfahren zu müssen, stellt sie das Auto gleich am Tor ab. An den Code erinnert sie sich ohnehin nicht mehr. Sie nimmt das Jagdgewehr aus dem Kofferraum und klettert über den Zaun.

Zuerst sieht sie die Frau von hinten. Sie steht neben einer alten braunen Limousine und verstaut Taschen auf der Rückbank. Sie hat schmutzig blondes Haar, die Farbe, die wie Spülwasser aussieht, und billige Strähnchen. Sie ist spindeldürr. Vielleicht ist das der Grund, warum Dad überhaupt Augen für sie hat, weil er den Körper von Rose, die drei Kinder zur Welt gebracht und keine Zeit für Sport hat, leid ist. Diese Vorstellung erfüllt Alexis' Teenagerherz mit gerechtem Zorn.

Dann dreht die Frau sich um. Dieses knochige Gesicht, die viel zu großen Augen. Die beiden starren sich einen Moment stumm gegenseitig an, bevor die Frau sagt: »Wer zum Teufel sind Sie?«, und Alexis klar wird, dass all die ätzenden Worte, die sie sich zurechtgelegt und so oft geprobt hat, am Ende nichts ergeben als rohen Schmerz. Da sie diese Worte nicht zu vernünftigen Sätzen ordnen kann, stottert sie.

»Ich habe jetzt keine Zeit für so was«, sagt die Frau und will sich abwenden, sie schickt sie weg, sie *ignoriert* sie. Alexis hebt die Waffe.

»Stopp!«, sagt sie. Die Frau erstarrt, ihr Mund öffnet sich zu einem überraschten O, und Alexis verspürt tiefe Befriedigung. Das jetzt fühlt sich an wie Macht. Wie Gerechtigkeit.

»Hören Sie, ich weiß nicht, worum es geht, aber ...«, beginnt die Frau, und Alexis knurrt.

»Sie wissen nicht, worum es geht? Wissen Sie nicht, wer ich bin? Ich heiße Alexis Dalton. Sie vögeln meinen Vater.«

Die Frau hat die Frechheit, erstaunt auszusehen. »Alexis? Dann sind Sie Liams Tochter«, sagt sie, und allmählich scheint ihr etwas zu dämmern. »Nein. Alexis. Sie haben …«

»Sie halten die Klappe«, sagt Alexis. Sie ist sich bewusst, dass Tränen über ihre Wangen laufen. »Sie hören zu. Sie kriegen ihn nicht. Das können Sie unserer Familie nicht antun. Sie werden verschwinden, okay? Sie werden verschwinden und nie mehr zurückkommen.«

Die Frau *lacht*.

»Was glauben Sie, was ich hier gerade versuche?«, sagt sie. »Alexis, bitte …«, sagt sie und macht einen Schritt vor.

Sie macht einen Schritt vor und streckt den Arm aus.

Sie macht einen Schritt vor, und die Bewegung kommt so plötzlich …

Und sie hat *gelacht* …

Und sie greift nach der Waffe …

Und sie macht *alles* kaputt …

Und Alexis fühlt sich überrumpelt.

Dieses Gefühl sorgt dafür, dass sich ihr Finger um den Abzug krümmt.

Ihre Wut.

Die Art, wie die andere so plötzlich nach vorn gestürmt ist.

Sie hat gelacht.

Der Schuss zerreißt die Luft.

42

»Ich wollte das nicht. Ich schwöre, dass ich es nicht wollte.«

Das Dröhnen ist wieder da. Dieses Surren wie von Insektenflügeln. Ich starre Alexis an, aber es ist so, als würden die Einzelheiten kein Bild mehr ergeben. Ich sehe Lippen, Augen, die Rundung einer Wange, die kecke Nase – aber kein Gesicht. Keine Person.

Sie redet immer noch. »Ich hätte versuchen sollen, ihr zu helfen, aber ich ... bin weggerannt. Irgendwie war dann plötzlich Dad da – er fragte mich, was passiert sei. Und ich sagte ihm, ich hätte sie umgebracht. Er schickte mich zu Mr Vance' Hütte, dort sollte ich unter allen Umständen bleiben, bis er mich holen kommt. Also bin ich da hin. Und geblieben. Aber Dad ist nie gekommen. Irgendwann hat Grandpa mich abgeholt. Weil Dad, er – er ...« Sie verschluckt sich an ihren eigenen Tränen.

»Paloma hat mir erzählt, dass er sich umgebracht hat«, sage ich. Zumindest hat sie mir gesagt, dass Alexis das glaubt. Connors Hand schließt sich um meine Schulter. Ich bin nicht sicher, ob er mich damit trösten oder zurückhalten will.

»Es ist meine Schuld.« Ihre Stimme klingt ganz klein, sie ist wieder fünfzehn und vollkommen verloren. Sie atmet tief durch. »Granddad und Grandma haben mir gesagt, was ich tun soll. Also nichts im Grunde. Ich sollte so tun, als wäre es nicht passiert. Und immer bei dieser Geschichte bleiben. Keine Fragen stellen.«

Es war Alexis. Und nicht Rose. Ich hätte es sehen müssen. Wie sie sofort eingesprungen sind, um sie decken. Louise, Magnus, Nick – sie haben sich zusammengetan, um ihre kleine Prinzessin vor den Folgen ihres Handelns zu bewahren. Koste es, was es wolle.

Auch wenn es mein Leben kostet.

»Hast du wenigstens mal gefragt, was aus mir geworden ist?« Meine Stimme ist ein Knurren. Sie klingt wie die einer Fremden.

Ihre Augen weiten sich erschrocken. »Ich wusste gar nichts von dir. Erst später habe ich von dir erfahren. Und ich habe nachgefragt. Sie haben gesagt, dass du zu einer anderen Familie gekommen bist. Dass du nichts gesehen hättest und dass sie sichergestellt hätten, dass du versorgt bist, dass ich mir keine Gedanken zu machen bräuchte.«

»Ich wäre da draußen fast gestorben«, sage ich. »Und als ich nicht gestorben bin, haben sie mich am Ende der Welt bei irgendwelchen Fremden abgeladen. Ich kannte nicht mal meinen eigenen Namen. Das Einzige von meiner Mutter, woran ich mich erinnere, ist, wie sie aussah, als sie starb, und du …«

Sie hat Privatschulen besucht. Ihre Freundin geküsst. Einen Abschluss an einer angesehenen Uni gemacht, auf einer Insel geheiratet und alle Vorteile genossen, die man hat, wenn man eine Dalton ist. Es spielt keine Rolle, was du tust. Wichtig ist nur, wer du bist. Und sie ist eine Dalton.

Ich bin niemand.

Es gibt nur eine Möglichkeit, worauf das hier hinauslaufen soll. »Wusstest du, wer ich bin?«, frage ich.

»Nein, bis buchstäblich gerade eben nicht«, sagt sie.

»Dann wusstest du nicht, was sie getan haben. Deine Großeltern, Nick, deine Mom – dass sie versucht haben, mich umzubringen, um zu vertuschen, was *du* getan hast?«, frage ich sie.

»Nein, ich schwöre, und ich hätte sie auch nie darum gebeten«, faselt sie.

»Deine Großeltern haben dir versprochen, dass sie sich um alles kümmern, nicht wahr? Dass du keine Schwierigkeiten zu befürchten hast. Und sie werden nicht zulassen, dass dieses Versprechen gebrochen wird«, sage ich.

»Aber das können sie nicht – *so etwas* würden sie nie tun«, sagt Alexis. Ich schaue sie unverwandt an. Dann wende ich mich Connor zu.

»Wir müssen hier weg«, sage ich. Er starrt seine Schwester an. Sein Blick ist stumpf. »Connor.«

Sein Blick fliegt ruckartig zu mir. »In Ordnung«, sagt er. »Wie?«

»Mit einem der Quads«, schlage ich vor. »Nick hatte eins. Ich weiß nicht, wo es jetzt ist. Aber es müsste noch ein zweites bei Mr Vance sein. Kennst du den Weg? Ich war einmal dort, aber ich weiß nicht, ob ich noch mal dorthin finde.«

»Ja. Nebenweg. Nicht schwer zu finden.« Connor sagt nur noch das Nötigste. Was er gehört hat, erschüttert ihn. Ich verschränke meine Finger mit seinen. *Zusammen schaffen wir das,* versuche ich, ihm zu signalisieren.

»Warte. Was habt ihr vor?«, fragt Alexis.

»Wir hauen ab«, sagt Connor, aber es ist klar, was Alexis gemeint hat.

»Werdet ihr … wenn ihr nach Hause kommt, wollt ihr dann …« Sie kann es nicht aussprechen.

Ich mache einen Schritt auf sie zu. Sie zuckt zusammen,

weicht aber nicht zurück. »Alexis, deine Familie versucht, mich umzubringen, um dich zu schützen.«

»Nein«, sagt sie, aber es ist kein echtes Abstreiten. Eher kindliches Wunschdenken.

»Olena ist gestorben, weil Nick sie mit mir verwechselt hat«, presse ich hervor. »Willst du wirklich sehen, was passiert, wenn er eine zweite Chance bekommt?«

»Bitte«, flüstert sie. Aber ich weiß nicht, worum sie bittet. Darum, dass ich ihr Geheimnis bewahre – oder darum, dass nichts von alldem passiert ist? »Connor, ich …«

»Sag kein verdammtes Wort mehr«, knurrt Connor, und sie zuckt zurück, ihr ganzer Körper schrumpft in sich zusammen. »Wenn du nicht helfen kannst, steh wenigstens nicht im Weg.«

In ihrem Blick steht so viel Schmerz. Sie hat meine Mutter umgebracht. Mich meines gesamten Lebens beraubt. Ein Teil von mir möchte ihr jedes Quäntchen von diesem Schmerz aufbürden, für immer, egal, wie sehr er sie zerreißt. Doch sie ist nicht allein an allem schuld.

Connor öffnet die Tür, aber ich bleibe noch einmal stehen und blicke zu Alexis zurück.

»Dein Vater hat sich nicht umgebracht«, sage ich freiheraus zu ihr. »Auch darüber haben sie dich belogen.«

Ich warte ihre Reaktion nicht ab.

Wir verlassen die Red Fox und laufen in den Wald hinein.

43

Wir nehmen nicht den Weg. Sie werden nach uns – mir – suchen. Unser einziger Vorteil ist, dass es hier noch immer Leute gibt, die Fragen stellen würden, wenn sie zu offensichtlich vorgehen. Und der Zwang zur Raffinesse wird sie verlangsamen.

Außerdem kennt Connor diesen Berg.

Wie schön es hier draußen ist, denke ich. Die Sonne ist durch die Wolken gebrochen, und der frische Schnee glitzert und leuchtet in alle Richtungen. Die imposanten Bäume tragen einen hellen Putz, durch den das tiefe Smaragdgrün der Nadelbäume hervorschaut.

Meine Mutter und ich haben in einem Zauberwald gewohnt. Aber nur kurz.

Connor blickt über die Schulter zu mir hin, und ich erinnere mich erneut daran zurück, wie ich mich im Schnee um mich selbst gedreht habe – mit glucksendem Gelächter, immer schneller und schneller. Trotz allem und trotz des Wissens darüber, was uns auf den Fersen ist, muss ich lächeln, und Connor antwortet mir, indem er seine Mundwinkel ebenfalls nach oben zieht. Für einen kurzen Moment gibt es nur uns beide unter diesem Dach aus Zweigen, und dieser Ort ist wieder so zauberhaft, wie er sein sollte.

Aber wir dürfen nicht stehen bleiben, denn in der Sorte Märchen befinden wir uns nicht. Der Sorte mit Prinzessinnen, die mit Tieren im Wald sprechen, oder Königssöhnen, die auf ihrem weißen Ross zur Rettung herbeieilen. Eher in der Sorte, in der böse Stiefmütter in glühenden Eisenpantoffeln tanzen und Müllerstöchter von ihren liebenden Vätern die Hände abgehackt bekommen.

»Hier entlang«, sagt Connor. Es ist das erste Mal, dass einer von uns etwas sagt, und eine schwarze Krähe fliegt auf und krächzt ihren Unmut heraus. Unser Weg beschreibt eine Biegung. Wir laufen jetzt bergab, und das geht leichter. Wir erreichen die Straße. Sie ist unberührt von Reifenspuren, was ich als gutes Zeichen werte. Wir bewegen uns parallel zu einer Reihe von tiefen Fußspuren, die in eine einzige Richtung führen – in die entgegengesetzte zu der, in der wir unterwegs sind. Also ist Vance weggegangen und noch nicht zurückgekehrt.

Wieder gute Nachrichten. Was ein Zeichen dafür sein müsste, dass unser Glück nicht ewig anhalten kann. Trotzdem hoffe ich noch immer, dass wir in wenigen Augenblicken unterwegs und frei sein werden, als in mittlerer Distanz ein Motorengeräusch zu hören ist.

Connor bleibt kurz stehen, um mir einen Blick zuzuwerfen. Wir bestätigen uns gegenseitig, dass wir dasselbe gehört haben, und erhöhen unser Tempo.

Das Geräusch kommt definitiv näher. Als Vance' Hütte in Sicht kommt, weine ich fast vor Erleichterung. Wir sprinten zu dem Quad, das noch genau da steht, wo ich es zuletzt gesehen habe.

»Schlüssel?«, fragt Connor.

»Im Haus?«, schlage ich vor. Connor läuft zur Tür. Abgeschlossen. Er schlägt, ohne zu zögern, mit seiner behandschuhten Faust ein Fenster neben der Tür ein, greift, die verbliebenen Glasscherben ignorierend, durch das Loch in der Scheibe und verzieht des Gesicht, als er seinen Arm verdreht, um an das Schloss zu gelangen. Da, die Tür geht auf.

Ich stürme an ihm vorbei. Die Schlüssel. Wo hat Vance sie hingelegt? Ich erinnere mich vage, dass er eine Schublade aufgezogen hat, an ein metallisches Klirren. Also renne ich in den winzigen Küchenbereich und reiße wahllos Schubladen auf. Da sind sie. Ich werfe sie Connor zu und folge ihm nach draußen.

Das Motorgeräusch ist inzwischen kein Brummen mehr, sondern eher ein Röhren, und es kommt immer näher. Wer auch immer das ist, muss unsere Spuren gesehen und unser Ziel erraten haben.

Connor setzt sich rittlings auf das Quad. Ich schwinge hinter ihm ein Bein über den Sitz und schlinge meine Arme um seine Körpermitte, als er den Motor anlässt. Er gibt mir keine Vorwarnung, bevor er das Fahrzeug mit einem ohrenbetäubenden Aufheulen des Motors ruckartig in Bewegung setzt.

»Festhalten!«, schreit er. Wir schwenken nach links und düsen die Straße hinunter.

Diese ist nicht mit der Straße vergleichbar, über die wir den Berg hochgefahren sind, sie ist schmal und kurvenreich und fällt zu einer Seite mit kaum einem halben Meter Abstand steil ab. Auch ohne den Schnee, der sie bedeckt, und das andere Fahrzeug, das immer näher kommt, wäre sie beängstigend genug. Connor reißt den Lenker herum, um uns durch eine scharfe Kurve zu bringen, und als ich über die Schulter nach hinten blicke, sehe ich das dunkle Waldgrün des anderen Quads, und Nick, den Fahrer.

»Connor«, sage ich in einem warnenden Ton.

»Ich weiß!« Vor der nächsten Kurve wird er langsamer.

Nick nicht. Links von uns fällt der Hang kurz, aber steil ab, und unten warten schneebedeckte Felsen.

Ich schaue mich noch einmal um. Nick hat angehalten. Kurz bin ich erleichtert und verwirrt, doch dann sehe ich, dass er das Jagdgewehr, das er geschultert hat, in die Hand nimmt und auf uns zielt.

»Waffe!«, schreie ich, und schon ertönt der erste Schuss. Connors Hände zucken – und entsprechend auch das Quad. Etwas prallt gegen den Felsen neben uns. *Vorbei, er hat nicht getroffen,* denke ich, dann zerreißt ein zweiter Schuss die Luft, und Connor stöhnt erschrocken auf. Er ruckt auf seinem Sitz nach vorn. Das Quad gerät ins Schlingern.

Rutscht auf den Fahrbahnrand zu.

Und darüber hinaus.

Ich verliere den Halt. Zuerst falle ich durch die Luft, dann pralle ich mit der Schulter auf dem Boden auf, und ich stürze weiter den Hang hinunter. Ich habe gerade die Arme schützend um meinen Kopf gelegt, als ich unten gegen die Felsen knalle.

Mir entweicht sämtliche Atemluft. Ich sehe grelle Lichter. Mit dem Gesicht nach unten liege ich benommen im Schnee. Ich kann mich nicht rühren. Kann nicht denken. Und kann nicht sehen, wo Connor gelandet ist.

Die Sonne ist fast untergegangen. Aber in der Beinahe-Dunkelheit leuchtet über uns ein Licht. Es ist zu hell, um ein Stern zu sein, glaube ich. So sollte ein Stern nicht aussehen.

Einen Moment lang entgleitet die Gegenwart, und ich existiere nur in der Erinnerung.

Der Mann hat sich lange nicht bewegt. Seitdem er hingefallen ist, gar nicht mehr. Sein Körper hat ihr eine Zeit lang etwas Wärme geboten, doch davon ist jetzt nichts mehr zu spüren.

Das bernsteinfarbene Leuchten des Sterns ist länger geblieben, aber sie kann die Augen nicht mehr offen halten. Sie kann sich gar nicht mehr rühren.

Irgendetwas in ihr bemerkt knirschende Schritte, die Stimme, leise und wütend ...

»Was hast du getan?«

»Er hat mich angegriffen. Ich habe mich nur verteidigt.«

»Und das Mädchen? Hat sie dich auch angegriffen?«

»Ich habe sie nicht angerührt.«

»Wie lange stehst du schon hier?«

Stille. Ein verächtliches Geräusch, dann spürt sie Hände auf ihrem Körper. Finger drücken sich in ihren Hals, mehr Stille. »Sie ist tot.«

Die Stimme irrt sich natürlich. In ihrer Brust schlägt, ganz schwach, noch ihr Herz. Die Kälte bringt sie um, aber seine Arbeit ist noch nicht beendet.

»Was machen wir jetzt?«

»Wir? Du bist derjenige, der das getan hat.«

»Ist das so?«

»Wovon sprichst du?«

»Mag sein, dass ich dir scheißegal bin, Dad. Aber was ist mit deiner geliebten Enkeltochter?«

»Hol Vance. Wir müssen hier aufräumen.«

* * *

Die Kälte sickert mir bis in die Knochen. Der einzelne Stern leuchtet so grell, dass er fast blendet, und einen benebelten Moment lang kann ich mich nicht erinnern, wo ich bin und was für ein Tag ist. Das Licht ist nicht das glühende Ende einer Zigarette, sondern der Scheinwerfer des Quads, und die Silhouette, die den Lichtstrahl durchschneidet, ist Nick. Er muss sich umdrehen, um mit dem Gesicht zum Hang sicher zu uns abzusteigen. Sein Rücken zeigt zu mir. Ein Stück entfernt entdecke ich Connors braune Jacke, seinen Körper. Er rührt sich nicht.

Er ist bewusstlos, sage ich mir. Nicht tot. Er kann nicht tot sein.

Meine Hand liegt neben meiner Jackentasche. Ich greife hinein. Das Messer ist noch da. Meine tauben Finger fummeln ungeschickt daran herum, aber dann klappt es auf. Nick erreicht den Fuß des Hangs. Ich lasse meinen Arm ganz schlaff liegen, das Messer ist in der Tasche versteckt. Ich schließe die Augen bis auf enge Schlitze und bewege mich nicht. Atme nicht.

»Teddy«, sagt Nick leise. »Teddy, kannst du mich hören?« Er kommt mir so nah, dass ich ihn spüren kann. Seine Stiefel knirschen, als er in die Hocke geht und sich über mich beugt. »Lebst du noch, Teddy?«, fragt er, packt meine Schulter und dreht mich um. Ich mache mich schwer. Er ächzt. Dann zieht er seinen Handschuh aus und tastet nach meinem Puls.

Das Messer gleitet aus meiner Tasche. Ich stoße es nach oben und stemme mich mit der anderen Hand von dem harten Boden hoch. Die Klinge dringt unter seiner Achselhöhle ein, und er heult auf, wirft sich zurück. Das Messer kommt mit einem schmatzenden Geräusch wieder heraus, und ich richte mich – den heftigen Schmerz in Rücken, Schulter und Hals ignorierend – auf und stürze mich auf ihn.

Es hat keinen Sinn, auf das Herz zu zielen. Da sind zu viele Knochen im Weg, diese Lektion habe ich einst gelernt.

Die Gurgel tut's auch.

Er hebt eine Hand. Auf diese Weise kriegt er die Klinge in die Handfläche gebohrt, und diesmal lässt sie sich schwerer wieder herausziehen. Er tastet nach seinem Gewehr, doch das liegt unter ihm. Jetzt hat er keine unverletzte Hand mehr frei, legt aber die blutverschmierte um meinen Hals und drückt fest zu. Statt zurückzuweichen, lasse ich mich auf ihn fallen. Das plötzliche Gewicht überrascht ihn. Sein Ellenbogen gibt nach, dann sind wir Auge in Auge, und nichts ist mehr zwischen mir und der weichen Haut seiner Gurgel.

»Du hättest dich vergewissern sollen, dass ich tot war«, sage ich und stoße das Messer unterhalb von seinem Kiefer nach oben.

44

Einem sterbenden Tier sollte man nicht zu nahe kommen. Beute ist nicht hilflos, und auch jeder Jäger kann bluten.

Ich vermeide Nicks Fehler. Ich bin mir sicher, dass er tot ist, als ich das Messer wieder herausziehe und mich mit zitternden Beinen aufrichte. Ich schaue auf ihn herab. Seine Augen sind hervorgetreten, die Zunge hängt ihm halb aus dem Mund, sein mit Stoppeln übersäter Hals ist blutüberströmt, und ich spüre nicht einen Hauch von Bedauern.

Er hat damals dort gestanden und mir beim Sterben zugesehen. Darauf gewartet, dass die Kälte ihre Arbeit macht, weil er zu feige war, es selbst zu tun. Oder vielleicht war er auch einfach schlau und wusste, dass wegen eines Mädchens, das an Unterkühlung gestorben ist, weniger Fragen gestellt würden als wegen eines Mädchens mit Würgemalen am Hals oder einer Kugel im Rücken.

Auch Liam hat er beim Sterben zugesehen.

Noch mehr Lügen. Noch mehr Geschichten, die nicht zusammenpassen. Es gab keinen Selbstmord. Nicht Scham und Entsetzen haben Liam in den Tod getrieben, sondern ein Schlag auf den Kopf hat dazu geführt, und Alexis bekam eine Geschichte erzählt, die sie nachhaltig einschüchterte. Ihre Schuldgefühle sorgten dafür, dass sie den Mund hielt. Aber das ist jetzt vorbei, sage ich mir und weiß doch im gleichen

Moment, dass das nicht im Entferntesten der Wahrheit entspricht.

»Theo.« Connor taumelt auf mich zu. Eine Seite seines Gesichts ist furchtbar verschrammt, er hält einen Arm ganz dicht am Körper und drückt die andere Hand fest auf die Stelle, an der Blut aus seinem Arm quillt, aber er atmet, er steht aufrecht, er *lebt.*

Er starrt mich an, und ich weiß, was er sieht. Blut auf meinen Kleidern. An meinen Händen. An meinem Hals, wo Nick ihn gepackt hat. Und auf dem Messer, das ich noch immer in der Hand halte. Ich wappne mich dafür, dass er vor mir zurückweichen wird.

Doch er geht nur langsam weiter. Sein Blick fliegt zu Nick und schnell wieder von ihm weg. Dann streckt er seine eigene blutverschmierte Hand aus und zieht mich an sich. Er küsst mich. Nicht grob, nicht zärtlich, dieser Kuss ist notwendig, unvermeidbar.

»Du bist okay«, sagt er. Dann löst er sich von mir, schaut mir in die Augen und fragt: »Bist du okay?«

Ich nicke, kaum mehr als ein Zittern. »Dein Arm …«

»Nicht ideal«, sagt er knapp. Er meint, dass er blutet, aber er blutet nicht so sehr, dass es lebensgefährlich wäre. Er trägt seinen grauen Schal, den nehme ich ihm ab und binde ihn fest um die Wunde, er ächzt vor Schmerzen. Das ist nur ein Notbehelf, doch er scheint die Blutung zu verlangsamen. »Ein glatter Durchschuss, glaube ich«, sagt er. »Das wird schon wieder.« Er klingt, als wäre ihm unwohl.

»Wir holen Hilfe«, erwidere ich und achte darauf, dass meine Stimme nicht zittert oder bricht. Ich hätte ihn beinahe verloren. Ich hätte beinahe alles verloren.

»Lass uns von hier verschwinden«, sagt er.

Wir sollten fliehen. Nicks Quad nehmen, den Berg hinunterfahren und zusehen, dass wir von hier wegkommen.

Aber sie werden uns verfolgen. Mich verfolgen.

Versteck dich, Rowan.

Ich bin nicht mehr sie. Vom Verstecken habe ich genug. Es wird Zeit, meine Zähne zu zeigen.

»Wir fahren zurück zur Lodge«, sage ich, und Connor schaut mich an, als hätte ich den Verstand verloren. Ich lege meine Hand an sein Gesicht. »Vertraust du mir?«, frage ich.

Er denkt lange nach. Ich warte. Ich bin nicht gekränkt. Ich möchte, dass er sich entscheidet. Dass er sich sicher ist. »Ich vertraue dir«, sagt er.

»Dann hilf mir, das Gewehr zu holen.«

45

In der Nacht ist die Lodge wie ein Leuchtfeuer. Alle Lichter sind an, und durch die großen Panoramafenster kann ich Gestalten im Wohnzimmer erkennen. Wir haben unsere Taschenlampen ausgeschaltet, doch wegen des Lichts, das der Schnee reflektiert, könnten sie uns trotzdem sehen, wenn sie in unsere Richtung schauen.

»Bist du bereit?«, frage ich Connor.

»Nein«, sagt er, geht aber weiter.

Sie sind alle im Wohnzimmer, als wir eintreten. Alle außer Sebastian – selbst Paloma ist hier. Sie steht in der Ecke, mit der Schulter an die Wand gelehnt, ein Glas Rotwein in der Hand, und ist mit ihren Gedanken offensichtlich eine Million Meilen weit weg. Ich frage mich, was Alexis ihr erzählt hat. Dann blickt Louise auf, ihre Augen weiten sich erst und ziehen sich dann zusammen.

»Was ist los, zum Teufel?«, sagt Trevor. Rose schreit auf. Alexis greift mit bebender Hand nach ihrem Drink. Nur Magnus rührt sich nicht, er sitzt in einem Ohrensessel, dem Platz, der seine Vorrangstellung zum Ausdruck bringt.

»Oh, gut, es sind schon alle hier«, sagt Connor. »Setz dich, Mom.«

»Du bist verletzt.« Sie geht mit ausgestreckter Hand auf ihn zu.

»Rose, setz dich hin«, befiehlt Magnus. Sie schaut erst ihn an, dann wieder Connor, und ist offensichtlich hin- und hergerissen. Dann sinkt sie jedoch folgsam auf das Sofa.

»Du auch, Trevor«, sagt Connor. Trevor steht hinter dem Sofa, seine gleichgültige Miene kaschiert beinahe das beunruhigte Flackern in seinem Blick. Er umrundet das Sofa und setzt sich zwischen seine Mutter und seine Schwester. Dann schlägt er die Beine übereinander und legt in einer aufgesetzt lässigen Pose seine Arme auf die Rückenlehne. Ich kann den schnellen Puls an seinem Hals sehen.

»Wo ist Nick?«, fragt Magnus.

»Nicht hier«, sage ich. Magnus kneift die Augen zusammen, aber ich bin nicht bereit, ihm eine eindeutige Antwort zu geben.

»Was geht hier vor, Connor?«, fragt Rose.

»Das kann ich dir sagen«, erwidert Connor. »Diese Familie hegt schon zu lange zu viele Geheimnisse, und es wird Zeit, dass alles auf den Tisch kommt.« Er schaut Paloma an. »Geht es Sebastian gut?«

»Er schläft oben«, sagt sie.

»Du kannst gehen, wenn du willst«, sage ich zu ihr. Sie hat keinen Anteil an alldem.

»Ich würde lieber bleiben«, sagt sie. Alle sitzen – Rose, Trevor und Alexis auf dem Sofa, Louise und Magnus zu beiden Seiten davon auf Sesseln. Fast wie ein Gemälde.

»Und?«, kommt es giftig von Louise.

»Okay, ich lege ja schon los.« Ich trete vor. »Mein Name ist Theo Scott, aber ich hieß nicht immer so. Ich wurde als Rowan Cahill geboren. Mallory Cahill war meine Mutter.« Es ist mir wichtig, das laut auszusprechen, ein heiliger Moment.

»Ach du heilige Scheiße«, sagte Trevor, ihm fällt die Kinnlade runter. Rose stößt einen Laut aus und schlägt die Hand vor den Mund, aber das könnte auch alles gespielt sein. Louise und Magnus machen keinen überraschten Eindruck, und Alexis natürlich auch nicht.

»Mallory Cahill? Das war wer …?«, beginnt Paloma mit gerunzelter Stirn.

»Liams kleine Geliebte«, sagt Louise und trommelt mit den Fingern auf der Armlehne.

»Das ist gelogen«, knurrt Connor.

»Connor«, sagt Rose sanft. »Ich weiß, dass du das nie glauben wolltest. Ich weiß, dass du ihn geliebt hast. Das habe ich auch getan. Aber auch gute Menschen machen manchmal schreckliche Fehler.«

»Connor hat recht. Liam hat nicht mit meiner Mutter geschlafen«, sage ich. Und zu Alexis gewandt füge ich hinzu: »Zu diesen Fotos, die du gefunden hast: Er hat ihr nur geholfen, die Bilder zu machen, als Beweis dafür, was Nick ihr angetan hatte. Liam hat sie versteckt, während sie überlegt hat, wo sie als Nächstes hinkonnte.«

»Nein. Das kann nicht sein …«, sagt Alexis. In ihr gibt es einen Widerstreit unterschiedlicher Bedürfnisse. Wenn ihr Vater keine Affäre hatte, wird zwar ein Schmerz gelindert. Aber das bedeutet, dass ihre Wut an jenem Tag absolut fehl am Platz war. Völlig sinnlos und daher nur umso armseliger.

»Er hat es Ihnen, Rose, nicht erzählt. Er hat es niemandem erzählt. Weil er um Mallorys Sicherheit fürchtete. Was Sie wussten, nicht wahr?« Ich schaue Magnus an. Und Louise.

»Ich lasse nicht zu, dass Sie so über meinen Sohn reden«, sagt Louise. »Nick würde niemals …«

»Sie hatte schon einmal versucht, ihn zu verlassen«, unterbricht Magnus sie. Sein Kopf ist gebeugt, seine Hände sind verschränkt. »Er hat sie fast umgebracht. Und ihr damit gedroht, Sie umzubringen.« Er hebt den Blick und schaut mich an, und zwischen uns findet eine Art Austausch statt. Anerkennung, vielleicht. Es wird Zeit für die Wahrheit, das wissen wir beide. »Liam hat versucht, ihr unter neuem Namen eine Wohnung zu besorgen.«

»Ich glaubte, es wäre ihre Schuld«, sagt Alexis fast flüsternd. »Sonst hätte ich doch nicht ... Ich wusste nicht ...«

Rose wendet sich ihr zu, aber Paloma ist diejenige, die spricht. »Was hast du gemacht, Lex?«, fragt sie mit heiserer Stimme.

Alexis steht auf. Sie ringt die Hände. »Ich bin hierhergefahren – ich wollte bloß mit ihr reden. Ich wollte nicht, dass das passiert.«

»Alexis, wir brauchen das nicht zu besprechen«, sagt Louise.

»O doch«, gebe ich zurück und mache einen Schritt vor. »Erzähl's ihnen, Alexis.«

Sie holt zitternd Luft und wappnet sich. »Ich kam hier hoch, mit Dads Gewehr. Mallory war hier. Wir haben gestritten, und ich – ich habe sie erschossen.«

Rose stöhnt auf. Paloma drückt eine Faust in ihren Bauch und zieht scharf die Luft ein.

»Du verstehst, warum wir dir nicht die Wahrheit gesagt haben«, wendet Louise sich an Rose. »Alexis hat einen Fehler gemacht. Einen unglückseligen, schrecklichen Fehler, und wir haben versucht, zu verhindern, dass er zu weiterem Leid führt.«

»Sie haben einen Mord vertuscht«, sage ich höhnisch.

»Einen *Unfall*. Einen, der auch Alexis' Leben hätte zerstören können. Oder wäre die Welt ein besserer Ort, wenn sie die ganze Zeit in einer Gefängniszelle gesessen hätte?«

»Ist das wirklich wahr, Alexis?«, fragt Rose leise. Und Alexis nickt traurig.

»Du wusstest es nicht?«, fragt Connor und sieht sie forschend an.

»Natürlich nicht.«

»Aber du hast Theo ein Schlafmittel verabreicht.«

»Was?« Sie sieht ehrlich erschrocken aus, und ich muss ihr wohl glauben.

»Ach, Schluss mit den Albernheiten«, sagt Louise höhnisch und wedelt ihre Hand durch die Luft. »Ich habe den Tee gekocht. Ich habe die Sache in die Hand genommen. Und zwar so, wie sie besser schon vor Jahren erledigt worden wäre.«

Sie steht auf. Connors Körper spannt sich an, aber ich lege eine Hand auf seinen Arm. Das Letzte, was wir jetzt brauchen, ist eine Schießerei.

»Hört zu. Es ist wahr. Mallory wurde umgebracht. Und Liam, er ruhe in Frieden, konnte nicht ertragen, was seine Tochter getan hatte, und hat sich das Leben genommen. Wir können nicht mehr ändern, was passiert ist. Wir können nur entscheiden, was wir jetzt tun. Lasst uns doch mal sehen, was hier Sache ist. Vor uns steht Theodora Scott. Eine junge Frau mit schwieriger Herkunft und einer Vorgeschichte voller Gewalt, Promiskuität und kriminellem Verhalten. Eine Frau, die unsere Familie ins Visier genommen und belästigt, Connor verführt und diese wilde Geschichte erfunden hat.«

»Sie ist keine …«, beginnt Connor, doch ich unterbreche ihn.

»Nein. Bitte, Louise, fahren Sie fort«, sage ich.

Sie stößt hörbar die Luft aus. »Was ich sagen will, ist, dass wir entscheiden können, welche Geschichte wir erzählen. Eine, die unsere Tochter – deine Frau«, fügt sie mit einem Blick zu Paloma hinzu, »ins Gefängnis bringt? Ganz zu schweigen davon, dass wir anderen vielleicht auch dort landen, weil wir die

Wahrheit vertuscht haben? Oder erzählen wir eine Geschichte über eine gestörte Frau, die unsere Familie unterwandert hat? Die sich eine wilde Fantasiegeschichte zusammengebraut hat? Und versucht hat, uns zu erpressen? Eine gewalttätige Frau, die so weit gegangen ist, Olena zu ermorden?«

»Olena ist gestürzt«, sagt Trevor und setzt sich auf.

Louise lächelt selbstgefällig. »Die Obduktion wird zeigen, dass sie mehrere Schläge abbekommen hat. Und die Polizei wird Beweise finden, die Ms Scott eindeutig mit dem Verbrechen in Verbindung bringen. Und ein Geständnis.«

Zweifellos in Form eines Abschiedsbriefs. »Das war also der Plan?«, frage ich. »Sagen Sie mir, war es Ihre Idee, Olena zu töten, oder hat Nick das ganz allein erledigt?«

»Er hat gedacht, Sie wären es, Sie kleines Miststück«, giftet Louise mich an, und Rose schnappt laut nach Luft. Trevor schaut seine Großmutter unverwandt an. Der Puls an seinem Hals schlägt heftig.

»Wo ist Nick?«, fragt Rose.

Er hat sich nützlich gemacht, nachdem Liam gestorben war. Sie hat ihm vertraut. Er war ihr Freund. Ihr Verbündeter. Und ihren Kindern ein Vater. Ich wünschte, ich müsste das nicht tun.

»Er ist tot«, sage ich.

»Nein«, sagt Louise, die Wahrheit glatt verleugnend. »Nein. Er – er ist nicht, er …«

Rose schluchzt auf. Trevor knurrt laut: »Gut so.«

»Trevor«, sagt Magnus mahnend.

»Hat sie nicht gerade gesagt, dass er Olena umgebracht hat? Und was hat er noch getan? Diese Mallory misshandelt? Was dich ja nicht weiter schockieren kann, Grandpa, schließlich hilft dein Anwalt ihm gerade, weil er dasselbe mit seiner Ehefrau gemacht hat«, sagt Trevor. »Onkel Nick, was für ein beschissener Held. Ein super Typ, nur schade, dass er Frauen so gern wehtut.«

»Das sagt ja der Richtige«, faucht Alexis.

»Ich wollte Kayla nie wehtun«, gibt Trevor wütend zurück. »Olena war – sie war nett. Sie hatte das alles nicht verdient. Nick – verdammt.« Er presst sich die Handballen auf die Augen.

»Bist du sicher?«, fragt Rose.

»Er hat auf mich geschossen, Mom«, sagt Connor und zeigt auf seinen Arm.

»Das ist gelogen«, beharrt Louise, doch ihre Stimme ist hoch, und sie bebt. »Er hätte dir nie was getan. Er wollte die Familie schützen.«

»Er hat seinen eigenen Bruder umgebracht«, sage ich.

»Nein«, sagt Louise. »Das ist absurd. Liam hat sich selbst umgebracht.« Sie schaut Magnus an und hält die Sessellehne so fest umklammert, dass ihre Fingerknöchel weiß hervortreten. »Liam hat sich das Leben genommen, das hast du mir gesagt.«

»Epiduralhämatom«, sagt Connor. »Dad ist an einer Verletzung gestorben, die von einem Schlag gegen den Kopf herrührte. Ich habe den Obduktionsbericht gelesen. Es gab keine Wunden, die auf einen Selbstmord hindeuteten.«

Alexis schluckt. »Du hast gesagt, sie hätten gelogen. Aber warum sollten sie …«

»Sie haben dir erzählt, es wäre Selbstmord gewesen, damit du still bist«, sage ich zu Alexis. »Um dir die Schuld in die Schuhe zu schieben. Aber ihr wart nicht zu zweit hier oben. Nick war auch da.«

Alexis ist bleich geworden. Sie blickt verständnislos drein. Paloma streckt die Hand nach ihr aus, doch Alexis scheint sie gar nicht wahrzunehmen – und dann geben plötzlich ihre Knie nach. Paloma kann sie gerade noch auffangen. Sie drückt Alexis an sich und tröstet sie wie ein kleines Kind, aber Alexis gibt keinen Ton von sich; sie starrt nur mit weit aufgerissenen Augen vor sich hin und zittert am ganzen Körper.

»Magnus«, sagt Louise, und ich sehe zum ersten Mal einen Hauch von Furcht in ihrem Blick; sie hat Angst, dass ihr alles entgleitet. »Das ist nicht wahr, oder?«

Magnus beugt sich vor und verzieht das Gesicht, als hätte er Schmerzen. »Sie haben sich gestritten. Liam hat einen Schlag gegen den Kopf abbekommen. Es war keine Absicht.«

»Unsinn. Er hätte überleben können, wenn er Hilfe bekommen hätte«, sage ich. »Nick hat uns beobachtet. Liam ist hingefallen und nicht mehr aufgestanden, und ich wusste nicht, was ich tun sollte, also bin ich neben ihm im Schnee liegen geblieben. Ich habe gesehen, dass Nick ein Stück weiter weg stand. Er hat darauf gewartet, dass wir sterben.«

Louises Hände flattern durch die Luft, als versuchte sie, etwas Unsichtbares zu erhaschen. »Magnus«, sagt sie wieder, als würde sie ihn bitten, es abzustreiten, doch er bleibt absolut ruhig.

»Es war schon vorbei, als ich dort ankam«, sagt Magnus. »Ich habe getan, was ich konnte, um den Schaden zu begrenzen. Und dazu gehörte auch, dass ich Informationen für mich behalten habe, die andere nur verletzt hätten.«

»Aber Alexis zu erzählen, ihr Dad hätte sich ihretwegen umgebracht, war in Ordnung?«, feuere ich zurück. Magnus verschränkt seine Finger und antwortet nicht.

Louise drückt ihre Handflächen fest auf die Armlehnen ihres Sessels. Sie starrt lange ins Leere, dann strafft sie ihre Schultern. »Nichts davon ändert etwas an dem, was wir tun müssen«, sagt sie mit Bedacht. »Wir müssen unsere Familie schützen. Wir müssen …«

»Ach, halt die Klappe, Grandma«, entfährt es Connor, und alle schweigen erschrocken. »Unsere Familie schützen? Du meinst unseren Ruf schützen. Einen Mörder schützen.«

»Ich meine, dass wir deine Schwester Alexis schützen müssen«, sagt Louise.

Alexis ist noch auf den Knien, aber sie hat sich wieder aufgerichtet. Paloma hält locker ihre Arme um sie. Alexis starrt zu Boden, ihre Kiefer sind aufeinandergepresst. Ich kann mir vorstellen, was sie denkt. Sie ist nicht wie ihre Großmutter. Sie will nicht, dass ich sterbe. Aber trotzdem ist da diese leise innere Stimme, dieser Selbsterhaltungstrieb.

Sie hat jemanden getötet. Damit kommt man nicht einfach ungestraft davon.

»Wenn wir jetzt die richtigen Entscheidungen treffen, ist es eine Tragödie, aber keine Katastrophe«, sagt Louise. »Denkt doch an die Folgen, wenn das alles rauskommt. Oder wir einigen uns auf eine Version dessen, was passiert ist, und …«

»Nein«, sagt Alexis. Ihre Augen sehen eingesunken aus, und sie sind von dunklen Schatten umgeben. »Ich werde mich stellen. Ich mache da nicht länger mit. Ich hätte es nie tun sollen.«

»Tu dir das nicht an«, sagt Louise. »Deiner Familie, und dir …«

»Lou«, sagt Magnus, und sie stockt. Er steht auf. Connor spannt sich an, aber Magnus steckt nur seine Hände in die Hosentaschen und lässt seinen Blick über alle schweifen, als wollte er die Szene in sich aufnehmen. »Ich würde gern mit Theo allein sprechen.«

»Einen Teufel wirst du«, erwidert Connor.

Magnus schaut mich an. Ich glaube, ein Teil von mir hat

Magnus immer verstanden, so, wie er mich immer verstanden hat. »Ist in Ordnung«, sage ich. Connor wirkt perplex, doch Magnus nickt. Er streckt den Arm aus, um mich aus dem Raum zu führen.

»Wir können uns in meinem Arbeitszimmer unterhalten«, sagt er.

»Was machst du, Theo?«, fragt Connor leise. Ich drücke seine Hand.

»Mach dir keine Sorgen. Ich bin gleich zurück«, sage ich ihm.

Er hält mich nicht auf. Auch die anderen nicht. Im Raum hinter uns ist es totenstill, als ich Magnus folge.

46

Magnus schweigt, während wir ins Arbeitszimmer wechseln. Ich trete ein und bleibe dann stehen; er schließt die Tür und geht an mir vorbei zu dem Sideboard, auf dem eine Karaffe mit Scotch steht.

»Nehmen Sie einen Drink?«, fragt er.

»Ist der mit Beruhigungsmitteln versetzt?«

Er lacht. »Dafür ist es ein bisschen spät, meinen Sie nicht?« Er gießt sich etwas ein und nippt, dann steht er da, neigt das Glas und betrachtet die Flüssigkeit darin. »Früher habe ich Scotch gehasst. Ich habe ihn nur getrunken, weil ich dachte, dass es von mir erwartet wird. Weil es zum Image eines Geschäftsmanns dazugehört. Und irgendwann habe ich vergessen, dass ich ihn nicht mochte.«

Er schenkt ein zweites Glas ein und bietet es mir an, doch ich rühre mich nicht. Er zuckt die Achseln.

»Wie Sie wollen.«

»Warum sind wir hier, Magnus?«, frage ich.

»Ich habe versucht, Sie vor dem hier zu bewahren«, sagt Magnus.

»Ich weiß. Sie haben mir die Nachrichten geschickt. Und mir dieses ›Geschenk‹ hinterlassen«, sage ich.

»Und ich hatte es keiner Menschenseele erzählt. Die Einzigen hier oben, die wussten, dass Sie überlebt haben, waren

Mr Vance und ich. Und ich wusste, dass ich darauf vertrauen konnte, dass er Stillschweigen bewahrt«, führt Magnus aus. »Louise hätte das nicht zugelassen. Und Nick sicher auch nicht.«

»Erwarten Sie jetzt Dankbarkeit von mir?«, frage ich.

»Nein. Aber ich möchte, dass Sie bedenken, dass ich kein uneinsichtiger Mann bin. Selbst nachdem Sie hierhergekommen waren, habe ich Ihnen noch jede Gelegenheit geboten. Ich habe mir die Zeit genommen, herauszufinden, ob Sie sich Ihrer wahren Herkunft bewusst sind. Ob Sie sich an die Ereignisse von damals erinnern. Ich habe so lange gewartet, wie ich konnte, aber als Mr Vance zu mir kam und mir erzählte, er hätte Ihnen Mallorys Sachen gegeben, wusste ich, dass meine Hoffnungen unbegründet waren. Es war unvermeidlich.«

»Also haben Sie versucht, mich töten zu lassen.«

Er gönnt sich noch einen Schluck von seinem Drink. »Nick hat es an dem Tag natürlich kapiert. Und er hat es Louise erzählt. Ich weiß nicht, ob sie mir je verzeihen wird.«

»Sie ist unbarmherziger als Sie«, stelle ich fest. »Aber ich weiß nicht, ob mich das überrascht.«

»Sie ist auch nicht diejenige, die sich die Hände schmutzig macht«, sagt Magnus. »Sie hat noch nie getötet. Sie versteht nicht, welchen Preis man dafür zahlt. Aber sie liegt auch nicht ganz falsch, was die Folgen all dessen angeht, was hier heute passiert ist. Das wird ein Desaster. Nicht nur für mich und für sie. Für die gesamte Familie und die Firma. Connors Treuhandfonds, sein Erbe, besteht zu großen Teilen aus Unternehmensanteilen, wussten Sie das? Wie alles, was den Lebensstil dieser Familie finanziert.«

»Tragisch«, sage ich.

»Und dann kommt noch hinzu, dass der Name der Familie

beschmutzt wird«, fährt Magnus fort. »Alexis könnte im Gefängnis landen. Sebastian würde seine Mutter verlieren. Und auch an Connor und Trevor würde dieser Makel haften bleiben, obwohl sie gar nicht involviert waren.«

»Reicht das als Grund aus, um einen Mord zu vertuschen? Sie haben gehört, was Alexis gesagt hat. Sie will gestehen. Sie hat keine Lust mehr, mit diesem Geheimnis zu leben.«

»Und das wäre wirklich sehr tragisch, wenn man bedenkt, dass sie gar keine Mörderin ist«, sagt Magnus. Ich schweige überrascht. Magnus nimmt einen großen Schluck von seinem Drink. »Ihre Kugel hat Mallory in den Hals getroffen. Sicherlich eine gefährliche Verletzung, aber keine unmittelbar tödliche.«

Ich starre ihn an. Der Geruch seines Scotchs vermischt sich mit dem des trocknenden Bluts auf meinen Kleidern. »Wie ist meine Mutter dann gestorben?«

***

So fängt es an: ein Anruf, die besorgte Stimme von Vance.

Ihre Enkeltochter ist hier. Irgendwas stimmt nicht. Sie sagt kein Wort, außer, dass sie es nicht gewollt hätte.

Auch mit dir will sie nicht reden. Ihr Vater geht nicht an sein Telefon, dein jüngerer Sohn auch nicht. Also musst du selbst rausfinden, was los ist. Um die Situation unter Kontrolle zu bringen. Du bist nicht weit vom Berg entfernt. Aber dennoch, es ist schon dunkel, als du die Straße nach oben nimmst und auf das Tor zufährst.

Die Frau wirkt wie ein Geist. Sie ist bleich, sie schwankt. Ihr Halstuch ist mit Blut durchtränkt, aber sie steht aufrecht da. Sie hat ein Telefon in der Hand. Du steigst langsam aus dem Wagen. Sie fällt bei deinem Anblick auf die Knie, so, als ob die Chance auf Rettung ihr die restliche Kraft rauben würde.

»Bitte«, sagt sie. »Ich kann sie nicht finden. Meine Tochter …« Ihre Stimme ist schwach. Sie ist kraftlos. Deine Gedanken sind bei diesem Anruf.

»Was ist passiert?«, fragst du sie.

»Alexis«, sagt sie. »Sie war hier – ich habe versucht, es ihr zu erklären – sie hatte die Waffe, und …« Ihre Augen sind glasig, ihr Blick unfokussiert. Sie schaut auf ihr Telefon. »Ich habe Empfang«, sagt sie und atmet vor Erleichterung zitternd auf. Sie fängt an, die Nummer einzutippen.

Es gibt Entscheidungen, die man nach und nach trifft. Entscheidungen, die allmählich in einem reifen; Entscheidungen, die man mit Bedacht trifft, nachdem man die Möglichkeiten sorgfältig abgewogen haben. Doch in Momenten wie diesen ist dafür keine Zeit. Momente wie diese erfordern Menschen, die die Situation erfassen können und tun, was getan werden muss, ohne zu zögern.

»Ich erledige das für Sie«, sagst du, und sie gibt dir das Telefon, denn warum sollte sie es auch nicht tun? Du gehst von ihr weg. Tust so, als würdest du telefonieren. Bei deiner Rückkehr kniet sie immer noch zitternd da.

»Meine Tochter«, sagt sie. »Sie ist noch da oben, und Nick …«

»Es wird alles gut«, versicherst du ihr. Du breitest eine Decke auf der Rückbank aus. Legst sie darauf und fährst weiter den Berg hoch.

Du musst die Situation unter Kontrolle bringen.

Du findest das Auto. Blut im Schnee, Blutspuren, die in alle Richtungen führen. Du sagst ihr, dass sie warten soll, dass du gleich zurück bist. Du folgst der Spur zur Hütte, findest sie leer vor. Dann gehst du weiter in den Wald. Die Spuren sind undeutlich, die Nacht dunkel. Du verlierst die Spur, verfolgst den Weg zurück, findest sie wieder.

Als du auf deinen jüngeren Sohn stößt, sind sie bereits tot. Beide, sein Bruder und das Mädchen. »Was hast du getan?«, fragst du ihn.

»Ich habe gar nichts getan«, sagt er.

Dein ältester Sohn ist tot. Und auch das Kind, wer auch immer das ist.

Du musst die Situation unter Kontrolle bringen.

Du gehst zurück zum Wagen. Die Frau lebt noch, ist aber schwächer geworden. Sie atmet flach und schnell und hat Probleme, ihre Augen scharf zu stellen. Als sie etwas sagt, kannst du sie nicht verstehen, du musst dich ganz nah zu ihr hinunterbeugen.

»Haben Sie sie gefunden?«, fragt sie. »Meine Tochter. Liam. Geht's ihnen gut?«

»Ja, alle sind wohlauf. Sie sind jetzt auf dem Weg hierher«, sagst du zu ihr.

Sie sagt: »Danke«, und im gleichen Moment treibst du ihr das Messer in die Brust. Dasselbe Jagdmesser, das du immer an deinem Gürtel trägst, wenn du an diesen Ort kommst; den Talisman, der dir anzeigt, dass du die Grenze zwischen der Außenwelt und der Welt des Bergs überschritten hast.

Du weißt, wie man sauber tötet. Sie muss nicht leiden. Sie stirbt mit dem Gedanken, dass ihr Kind in Sicherheit ist, und vielleicht ist das eine Gnade. Das redest du dir zumindest ein, während du ihre Leiche aus dem Wagen ziehst und in den Schnee legst.

Die Situation unter Kontrolle bringst.

Du tust, was getan werden muss.

47

Ich ziehe meine Hand aus der Tasche. Das Messer liegt auf meinem Handteller, offen, an der Klinge klebt noch Nicks Blut. Ich starre es an, meine Finger schließen sich darum.

»Sie können mich mit diesem Messer töten. Es läge eine gewisse ausgleichende Gerechtigkeit darin«, sagt Magnus. »Oder Sie können von diesem Berg runterfahren und allen genauestens erzählen, was passiert ist. Doch ich selbst werde nie eine Gefängniszelle von innen sehen.«

»Sie glauben nicht, dass man mir das abnehmen wird? Oder Alexis? Oder Connor?«, frage ich.

»Oh, ich bin sicher, Sie werden sie überzeugen. Aber die Sache ist die: Mein Leben ist bald zu Ende.« Er lässt seine Augenbrauen tanzen, sein Ton ist ironisch. »Bauchspeicheldrüsenkrebs. Ich habe vielleicht noch acht Monate, oder ein Jahr, wenn's hochkommt. Und ich möchte diese Zeit ungern mit einem Gerichtsverfahren verplempern. Darum biete ich Ihnen einen Deal an. Wir alle verlassen diesen Ort mit derselben Geschichte: Nick hat Olena umgebracht und versucht, Ihnen den Mord anzuhängen. Als Sie ihm draufkamen, hat er versucht, auch Sie umzubringen. Sein Tod war reine Selbstverteidigung. Wenn auch natürlich schrecklich. Das wird ein harter Schlag für uns, aber er arbeitet nicht für die Firma. Wir werden seine Taten ausführlich verurteilen und Sie – Theodora Scott, wie Sie verstehen werden, nicht Rowan Cahill – in unsere Familie einladen. Sie und Connor werden heiraten und ein schönes Fest feiern, und die Welt wird sehen, dass Sie uns vergeben haben. Alle bekommen ihr Happy End, und Sie werden erleben, dass ich in der Erde verrotte.«

Meine Finger fühlen sich taub an, erfroren. Aber ich spüre jede Rille des Messers in meiner Hand, die Struktur des Geweihs, aus dem es geschnitzt ist. War es ein Hirsch, den Magnus selbst getötet hat?, frage ich mich.

Er nippt wieder an seinem Scotch, dann hält er mir den hin, den er mir eingeschenkt hat. »Sind Sie sicher, dass Sie nichts möchten?«

»Warum sollte ich mich damit einverstanden erklären?«, frage ich ihn.

»Weil das der günstigste Ausgang wäre, finden Sie nicht? Sie und Connor bekämen Ihr gemeinsames Leben, mit den Geldmitteln und den Annehmlichkeiten, die ihm zustehen. Für Rose und Paloma und Sebastian wäre gesorgt. Und auch für Trevor vermutlich, auch wenn ich sicher bin, dass er einen Weg finden wird, seine Chance zu verspielen. Nick ist tot. Ich werde auch tot sein. Reicht das nicht?«

»Nein, das reicht nicht«, erwidere ich scharf. »Das ist keine Gerechtigkeit.«

»Gerechtigkeit ist keine Option, meine Liebe«, sagt Magnus mit einem Hauch von Bedauern. »Ich werde nicht leiden, ganz egal, wozu Sie sich entschließen. Töten Sie mich jetzt, berauben Sie mich nur einiger weniger Monate, die, wie mir gesagt wurde, ohnehin von unerträglichen Schmerzen geprägt sein werden, während Sie sich selbst in Konflikt mit dem Gesetz bringen. Sie haben heute einen Menschen getötet, Theo. Entlarven Sie mich, und ich werde am Ende meines Lebens eine

Menge Ärger ertragen müssen, aber wenig mehr. Akzeptieren Sie die Bedingungen, und Sie werden denselben Schutz genießen wie alle Daltons. Wir sorgen für die Unseren, Theo, und das schließt Sie mit ein. Aber nur, wenn Sie zustimmen.«

Das Messer wird warm in meiner Hand. Es wäre so einfach, es in seine weichen Stellen zu versenken. Er sagt, ich kann nicht dafür sorgen, dass er leidet? Ich bin sicher, ich könnte eine Möglichkeit finden.

Er stößt ein kehliges Geräusch aus, so, als hätte er etwas vergessen. »Ach, noch etwas. Es gibt etwas, was ich Ihnen schuldig geblieben bin und was ich Ihnen gern geben werde, wenn Sie zustimmen.«

»Und zwar?«, frage ich.

»Ich werde Ihnen sagen, wo Ihre Mutter begraben ist«, sagt er. Meine Hand zuckt unwillkürlich. »Wenn Sie sich weigern, werden Sie sie niemals finden, das versichere ich Ihnen. Also treffen Sie Ihre Wahl.«

Meine Mutter. Meine Kehle schnürt sich zu. Durch meinen Kopf schwirren Bilder, doch ich weiß, dass es keine echten Erinnerungen sind. Ich erinnere mich nicht an das Gesicht meiner Mutter. Ich kenne es von Fotos, mehr nicht. Sie wird immer eine Fremde für mich sein, ein Geist. Aber ich könnte sie finden. Ich könnte sie aus der kalten Erde holen und ihr ein richtiges Begräbnis zuteilwerden lassen.

Ich könnte mich von ihr verabschieden.

Ich mache einen Schritt vor, mit dem Messer in der Hand. Er weicht nicht zurück. Er zuckt nicht einmal.

Ich lege das Messer auf das Silbertablett neben ihm, indem ich den Griff langsam loslasse.

»Theo?«, sagt er. »Wie sieht Ihre Entscheidung aus?«

Ich gehe von ihm weg. Hinaus ins Foyer, wo noch immer der

Weihnachtsbaum mit all den blinkenden Lichtern und silbernen und goldenen Kugeln steht. Dort wartet Connor auf mich.

»Alles in Ordnung?«, fragt er.

Ich greife nach seiner Hand. Meine ist blut- und dreckverkrustet. Seine ist blass und weich, aber er hält meine ganz fest.

»Mir geht's gut«, sage ich zu ihm. »Und ich weiß, was ich tun muss.«

48

Ich habe wieder den Traum, wie so oft. Inklusive dem Surren der Libellenflügel, dem roten Stern und dem Mann mit dem Geweih. Ich hatte gedacht, die Wahrheit zu kennen, würde ihn verändern, aber er war ja nie eine Lüge, die aufgedeckt werden musste. Nur eine Wahrheit, die ich nicht verstand.

Von einem sanften Druck auf meinen Arm werde ich wach. Es ist die stumpfe Nase eines Hundes mit schwarzem Fell, die Ohren sind sorgenvoll aufgestellt. Sie merkt es immer. Und irgendwoher weiß sie, dass sie mich wecken muss.

»Hey, du«, sage ich und grabe meine Finger in Duchess' Fell. »Ist schon gut.« Sie schnaubt, nicht überzeugt, und drückt ihre Nase wieder in meine Hand. Connor rührt sich neben mir im Schlaf. Ich schlüpfe unter der Decke hervor, leise, damit er nicht wach wird, und tapse, gefolgt von Duchess, ins Wohnzimmer. Die Sonne schickt sich gerade an, aufzugehen, am Horizont erscheint ein Lichtstreif. Einer dieser Momente, in denen die Welt innezuhalten scheint.

Wir haben im Frühjahr geheiratet, Connor und ich. Mag sein, dass alles ein bisschen schnell ging, aber wir hatten beide keine Lust, länger zu warten. Wir haben die Zeremonie sehr klein gehalten – Harper und Rose waren unsere Trauzeuginnen auf dem Amt, und danach haben wir in unserer Wohnung zusammen gegessen. Es ist eine schöne Wohnung, nicht weit von dem Buchladen entfernt. Sie ist kleiner, als Connor es gewöhnt ist, doch er ist auch nicht mehr so reich, wie er mal war. Er hat gerettet, was er konnte, als Magnus ihn enterbt hat, und eine Weile überlegt, das Geld an Wohlfahrtsorganisationen zu spenden. Aber ich habe ihn überredet, es nicht zu tun. Nennt es Blutgeld, wenn ihr wollt – aber ich denke, nach allem, was auf dem Berg passiert ist, habe ich es mir verdient.

Und nach allem, was danach noch passierte.

Magnus hat Wort gehalten. Als die Polizei kam, kam sie, um mich zu verhaften. Obwohl Connor meine Unschuld beteuerte, sah es zehn Tage lang so aus, als würde Magnus mit seiner Geschichte – dass ich Olena umgebracht hätte und Nick obendrein – durchkommen. Doch Magnus' Kontrolle über seine Familie war nicht so umfassend, wie er dachte.

Alexis war diejenige, die aus der Reihe getanzt ist. Anders wäre es auch nicht gegangen. Rose und Paloma hätten es nie getan, nicht, wenn sie Alexis hätten anprangern müssen, um mich zu entlasten. Und Trevor – nun ja. Kann sein, dass er kein Monster ist, aber er war schon immer ein Feigling. Doch am Ende haben alle ausgesagt. Und der Polizei genau erzählt, was passiert ist und wessen Verschulden es wirklich war.

Wir sprechen nicht über den Prozess. Es wurde zwar Anklage erhoben, aber es ist unwahrscheinlich, dass es je wirklich zu einer Verhandlung kommen wird. Magnus erhält jetzt palliative Pflege, und wie er vorhergesagt hat, wird niemand einen sterbenden Mann wegen eines zwanzig Jahre zurückliegenden Verbrechens vor Gericht zerren – zumindest keinen unfassbar reichen sterbenden Mann mit einer Armee von Anwälten. Und Louise – sie beharrt darauf, von alldem nichts gewusst zu haben. Sie sei eine verwirrte alte Frau, sagen ihre Anwälte. Sie geht jetzt am Stock und spricht mit zitternder Stimme.

Paloma hat nach der Hochzeit Blumen geschickt. Sie wohnt jetzt eine Zeit lang mit Sebastian bei ihrer Familie. Alexis und sie sprechen zwar noch miteinander, aber es ist schwer zu sagen, was weiter passieren wird. Was verziehen werden kann. Diese Frage stelle ich mir auch immer noch selbst. Connor besucht seine Schwester häufig. Es ist möglich, dass sie einer Gefängnisstrafe entgeht – sie war minderjährig, außerdem hat sie niemanden wirklich getötet.

Es wird keine Gerechtigkeit geben. In dem Punkt hatte Magnus recht. Selbst Mr Vance ist verschwunden, und auch wenn die Polizei nach ihm sucht, bezweifle ich, dass sie ihn finden wird. Er hat nur eine Nachricht hinterlassen, in der er darum bat, jemand möge sich um Duchess kümmern, was wir nun tun.

»Theo?«, ruft Connor. Er steht schlaftrunken in der Schlafzimmertür.

Ich habe den Namen behalten. Rowan fühlt sich nicht an, als wäre es meiner. Er gehört einem kleinen Mädchen, das in der Kälte gestorben ist. Theo ist der Name, den ich mir selbst erkämpft habe, außerdem nennt Connor mich so, seit wird uns wiedergefunden haben. Also bin ich Theo Rowan Cahill. Connor hat meinen Nachnamen angenommen. Von seinem eigenen war er zu dem Zeitpunkt nicht mehr so angetan.

»Ich bin nur unruhig«, erkläre ich ihm. Das ist das Einzige, worüber wir uns gegenseitig belügen dürfen: Wir tun so, als würden uns die Ereignisse auf dem Berg nicht nahegehen.

Er kommt herüber, stellt sich hinter mich und legt seine Arme um mich. Ich greife nach hinten und berühre seine Schulter. Mein Daumen fährt über die Narbe, die er an der Stelle zurückbehalten hat, an der die Kugel seinen Arm durchbohrte. Sie hat einen Zwilling auf der anderen Seite.

Wegen mir hat er jetzt Narben auf der Haut. Ich bin nicht die Einzige mit Albträumen.

»Komm zurück ins Bett«, murmelt er mir ins Ohr.

»Ich glaube, ich würde lieber aufbleiben und mir den Sonnenaufgang anschauen«, sage ich.

»Soll ich bleiben?«

Ich schüttele den Kopf. »Schlaf noch ein bisschen.«

Er nimmt mich beim Wort und verschwindet wieder. Ich gehe zum Sofa und kuschele mich an die Armlehne. Duchess fragt nicht erst um Erlaubnis, bevor sie hochspringt, sich neben mir niederlässt und lange ausatmet. Ihr Kopf sinkt erwartungsvoll auf meinen Schoß.

Die Sonne wirft zartes Orange und Gelb auf die Unterseiten der Wolken. Über Idlewood wird sie schon am Himmel stehen und auf die grünen Hänge herabscheinen, der ganze Schnee ist längst geschmolzen.

Magnus hat seine Ankündigung wahr gemacht und verschwiegen, wo Mallory Cahill liegt. Eine Suche im Wald ist ergebnislos geblieben. Das Gebiet ist einfach zu groß, und es ist zu viel Zeit vergangen. Sie wollten sichergehen, dass sie nicht gefunden wird. Also werden sie ein tiefes Loch gegraben haben.

Ich werde sie nie zur letzten Ruhe betten können. Mich nie verabschieden können. Doch jetzt ist Sommer.

Die Wildblumen blühen, wo auch immer sie ist.

Dank

Wie immer schulde ich sehr vielen Menschen Dank für die Hilfe, Unterstützung und harte Arbeit, die erforderlich waren, um diesen Text von einer hingekritzelten Notizblockseite mit dem Titel »Mörder-Hütte«, zu einem richtigen Buch zu machen. Meine frühesten Mitverschwörerinnen waren Susan Morris, Erin M. Evans, Corry L. Lee, Rashida Smith und Shanna Germain. Sie haben mir geduldig zugehört, während ich mich von »Also, da ist diese junge Frau, und die Familie ihres Verlobten ist total dubios, und dann gibt es GEHEIMNISSE, und wahrscheinlich stirbt jemand« zu etwas weiterhangelte, das annähernd ein Plot war. Auch Lauren Spieller, die eine außergewöhnliche Agentin ist, sowie meiner brillanten Lektorin Christine Kopprasch und dem gesamten Team bei Flatiron bin ich zutiefst dankbar. Ein besonderer Dank gilt ferner Karissa Vacker, die nun schon zum dritten Mal ihre Stimme meinen Hörbüchern geliehen und dabei jedes Mal die Erwartungen übertroffen hat.

Es ist mitunter überwältigend, sich klarzumachen, wie viele Menschen an der Entstehung eines Buches beteiligt sind – vom Lektorat über das Design und das Marketing bis hin zu den Mitarbeitenden im Lager –, darunter viele, mit denen ich niemals direkt in Kontakt trete, deren Arbeit und Können jedoch absolut unverzichtbar für den gesamten Prozess sind. Und natürlich hört es damit nicht auf: Mein besonderer Dank gilt all jenen Bibliothekar*innen und Buchhändler*innen, die sich für mein Buch engagiert haben – und natürlich all meinen Leser*innen. Ich würde auch schreiben, wenn mein einziges Publikum ein Stein mit Wackelaugen namens Paolo wäre, aber so macht es eindeutig mehr Spaß.

Schließlich gelten meine unendliche Liebe und Dankbarkeit meinem Mann Mike, der sowohl hervorragende Mokkas als auch einen spitzenmäßigen Manhattan macht und damit der ideale Ehepartner für eine Autorin ist.